UNE CONSTELLATION DE PHÉNOMÈNES VITAUX

www.editions-jclattes.fr

Anthony Marra

UNE CONSTELLATION DE PHÉNOMÈNES VITAUX

Traduit de l'anglais (États-Unis)
par Dominique Defert

Roman

JC Lattès

Titre de l'édition originale :
A CONSTELLATION OF VITAL PHENOMENA
publiée par Hogarth, un département de Crown Publishing Group,
une filiale de Random House, Inc., New York.

Couverture : Bleu T
Photo : © Stephen Carroll / Trevillion images
Design intérieur du livre d'après Maria Elias

ISBN : 978-2-7096-4241-5

Ce livre a été publié avec l'accord de Hogarth Press, un département de Crown Publishing Group, une filiale de Random House, Inc.
(Première édition août 2014)

À mes parents et à ma sœur

« C'est cette mort que m'avait rappelée
le chardon écrasé au milieu du labour. »

Léon Tolstoï, *Hadji Mourat.*

LES PREMIER ET DEUXIÈME JOURS

1

1994 1995 1996 1997 1998 1999 2000 2001 2002 2003 **2004**

Le lendemain matin, après que les Russes eurent brûlé dans la nuit sa maison et emmené son père, Havaa rêva d'anémones de mer. Pendant que la fillette s'habillait, Akhmed, qui n'avait pas dormi du tout, marchait de long en large devant le seuil de la chambre à coucher, en regardant le ciel qui pâlissait derrière la fenêtre. Jamais encore le lever du soleil ne lui avait semblé être de si sinistre augure. Quand Havaa sortit enfin de la chambre, paraissant bien plus âgée que ses huit ans, il lui prit sa valise et marcha vers la porte d'entrée. La petite lui emboîta le pas. Il ne releva les yeux qu'une fois arrivé au milieu de la rue, devant les décombres de la maison.

— Havaa, il faut qu'on s'en aille.

Mais ni l'un ni l'autre ne bougea.

La neige s'enfonçait sous leurs pieds tandis qu'ils contemplaient l'amas de cendres sur le trottoir d'en face. Quelques braises chuintaient encore dans les flaques de neige grise, mais tout était brûlé. Sept ans plus tôt, Akhmed avait aidé Dokka à construire une extension à la maison pour que la fillette puisse avoir une chambre à elle. Il avait dessiné les plans, coupé et ébranché le tronc, débité les planches, et peu à peu la pièce était sortie de terre. Et quand Dokka lui avait promis qu'il lui rendrait la pareille si jamais il avait à son tour un enfant, Akhmed avait remercié son ami et était rentré chez lui, avec un nœud dans la gorge qui s'était mué en larmes quand il avait refermé la porte d'entrée. Traîner ce tronc sur les quarante mètres qui les séparaient de la forêt lui avait coûté son lot de cals et de sueur ; et, en quelques heures, les flammes avaient emporté dans le ciel ce qui lui avait pris des mois à concevoir, des semaines à transporter et des jours à tout faire de ses mains, hormis les clous, les boulons, les gonds et les loquets. Envolés aussi tous les petits trésors qui faisaient de la maison de Dokka son foyer. Il y avait l'échiquier avec ses pièces de bois sculpté, posé sur la desserte. Quand on déplaçait le roi blanc, le personnage ventripotent oscillait sur son socle, comme un homme ivre ; Dokka l'avait surnommé Sa Majesté Boris Eltsine. Il y avait le vase de porcelaine décoré d'arabesques persanes et, à côté, une radiocassette avec une antenne longue à toucher le plafond si on posait l'appareil sur un bottin, mais trop courte encore pour capter quoi que ce soit sinon des parasites. Il y avait son Coran, un livre vieux de quatre-vingt-cinq ans, avec sa couverture pourpre ourlée de calligraphie, que le grand-père de Dokka avait acheté à La Mecque. Il y avait toutes ces choses, et toutes avaient été dévorées par le feu ; les flammes ne faisant pas la différence entre la parole d'Allah et celle des télécoms soviétiques, le Coran comme le bottin étaient retournés dans la bouche de Dieu, d'un même souffle de fumée.

Les doigts de la fillette se refermèrent sur son poignet. Il voulait la jucher sur son épaule et piquer un sprint vers le nord jusqu'à ce que la forêt fasse disparaître le village derrière eux, mais, devant ces restes de charpente calcinés, il demeurait tétanisé, incapable de dire un mot de réconfort à la petite, de prendre sa main et de l'entraîner vers le seul refuge qu'il imaginait pour eux.

— C'est ma maison, articula Havaa dans le silence.

Sa voix résonna comme dans un grand couloir désert.

— Il ne faut plus y penser. Pas comme ça.

— Pas comme ça ?

— Pas comme si c'était encore ta maison.

Il noua son écharpe orange autour de sa tête et fronça les sourcils en voyant une trace de doigts sur ses joues… Il était réveillé la veille quand les Russes étaient arrivés. D'abord le murmure d'un diesel, un ronronnement grave qui, avec le temps, était devenu plus terrifiant que le fracas d'une fusillade. Puis des voix russes. Il s'était précipité dans le salon et avait écarté les doubles rideaux – un peu, pas trop. Dans le triangle de verre, les faisceaux des phares fendaient la nuit. Quatre soldats, costauds, bien nourris, étaient sortis du camion. L'un buvant de la vodka au goulot et jurant chaque fois qu'il trébuchait dans la neige. Le grand-père de ce soldat, le jour où son petit-fils avait été appelé au centre de conscription de Vladivostok, lui avait raconté qu'il serait mort à Stalingrad sans la vodka et ses bienfaits miraculeux. Le bidasse, dont les joues portaient les stigmates d'une acné soignée au dentifrice, considérait la Tchétchénie pire encore que la poche Stalingrad, et avait du coup durci son régime vodkaïque. Dans son salon, Akhmed voulait crier, taper sur un tambour, envoyer une fusée éclairante, n'importe quoi qui puisse attirer leur attention. Mais de l'autre côté de la rue, ils avaient déjà atteint la porte de Dokka ; le téléphone était inutile – plus de ligne depuis dix ans. Ils avaient frappé à la porte une fois, deux fois, puis l'avaient enfoncée à coups de pied et s'étaient engagés dans le couloir. Akhmed avait vu le faisceau de leur torche courir sur les murs. Il s'était écoulé alors les deux minutes les plus longues qu'il eût connues de sa vie, puis les soldats étaient réapparus avec Dokka. Le ruban adhésif qui le bâillonnait se fronçait sous ses cris inaudibles. Ils lui avaient passé une cagoule noire sur la tête. Où était Havaa ? La sueur ruisselait sur le front d'Akhmed. Ses mains étaient lourdes comme du plomb. Quand les militaires avaient empoigné Dokka par la ceinture pour le jeter dans la benne du camion et refermé les portes, une bouffée de soulagement l'avait envahi malgré lui – qui s'était aussitôt muée en mépris pour lui-même, parce qu'il était vivant, en sécurité dans son salon, alors que, dans ce camion à vingt mètres de là, Dokka était un homme mort. Il y avait un grand **02** peint au pochoir au-dessus du pare-chocs : un véhicule des forces de sécurité du ministère de l'Intérieur. Il n'y aurait donc aucune trace de l'opération. Dokka n'avait pas été officiellement arrêté. C'était donc qu'il ne reviendrait pas.

« Où est la fille ? » s'inquiétaient les soldats. « Elle n'est pas là. » « Peut-être cachée sous le plancher ? » « Ça m'étonnerait. » « Ne prenons pas de risque. » Le soldat soûl avait alors ouvert un jerricane et était reparti en titubant dans la maison. Quand il en était ressorti, il avait gratté une allumette et l'avait jetée à l'intérieur avant de refermer la porte. Les flammes s'étaient frayé leur chemin dans les rideaux. Les vitres des fenêtres avaient commencé à s'embuer. Havaa ! Où était Havaa ? Quand le camion était enfin parti, le feu avait gagné les murs et le toit. Akhmed avait attendu que les feux arrière ne soient plus que des cerises rouges dans la nuit avant de traverser la rue. Contournant les flammes, il avait couru vers la forêt qui bordait l'arrière de la maison. Ses pas brisaient le tapis végétal gelé. À la lueur de l'incendie, il aurait pu compter le nombre de cernes sur les souches. Derrière la maison, le visage de la fillette lui était apparu, masqué par intermittence par les troncs. Des filets blancs grandissaient sous ses yeux, noyant la cendre des joues. « Havaa ! » Elle était assise sur une valise et ne répondait pas. Il l'avait soulevée de terre comme un baluchon et emportée chez lui. Avec une serviette humide, il avait nettoyé son front couvert de suie. Il l'avait mise au lit, auprès de sa femme invalide, sans trop savoir quoi faire ensuite. Peut-être ressortir et lancer des boules de neige sur la maison en feu ? Ou se coucher à côté de la fillette pour lui tenir chaud entre leurs deux corps d'adultes ? Ou bien faire ses ablutions et s'agenouiller ? Mais il avait déjà fait sa prière plus tôt, et si cinq suppliques quotidiennes n'avaient pas sauvé la maison de Dokka, une sixième n'y changerait rien. Il avait préféré se rendre à la fenêtre du salon, écarter les rideaux et regarder la maison, qu'il avait aidé à construire, disparaître dans une boule de feu. Et maintenant, au petit matin, il nouait une écharpe orange autour de la tête de la fillette. Découvrait cette trace de doigts sur sa joue... Et comme ce pouvait être celle de la main de Dokka, il n'y toucha pas.

— Où va-t-on ?

Elle se tenait au milieu des empreintes de pneus qui avaient gelé durant la nuit. La neige s'étendait blanche de part et d'autre. Akhmed n'en revenait toujours pas. Qu'est-ce que les Russes reprochaient à Dokka ? Et à Havaa, une enfant de huit ans ? Elle lui arrivait au nombril, ne pesait guère plus qu'un fagot de bois, mais pour Akhmed c'était un être immense et essentiel qu'il craignait de ne pouvoir protéger.

— À l'hôpital, répondit-il avec un ton qui se voulait sans appel.

— Pourquoi ?

— Parce que tu y seras en sécurité. C'est là que les gens vont quand ils ont besoin d'aide. Et je connais quelqu'un là-bas. Un docteur. (Il ne connaissait en fait que son nom.) Elle nous aidera.

— Comment ?

— Je vais lui demander si tu peux rester avec elle...

Qu'est-ce qu'il racontait ? La plupart de ses grandes idées, qui lui paraissaient infaillibles en pensée, s'écroulaient par terre comme des oiseaux morts dès qu'il les exprimait. La fille fronça les sourcils.

— Il ne reviendra pas, c'est ça ?

Elle regardait sa valise bleue posée dans la rue entre eux deux. Huit mois plus tôt, son père lui avait demandé de préparer cette valise et de la laisser dans l'armoire. Et celle-ci y était restée jusqu'à la nuit précédente, quand il la lui avait mise dans les bras et l'avait fait sortir par la porte de derrière tandis que les Russes fracassaient celle côté rue.

— Je ne crois pas.

— Tu ne sais pas, c'est ça ?

Ce n'était pas un reproche dans la bouche de la fillette, mais c'en était un aux oreilles d'Akhmed. Il était donc un si mauvais médecin ? Au point qu'elle doutait même de son jugement quand il disait que son père était mort.

— On sera à l'abri là-bas, lâcha-t-il. Mieux vaut qu'on se dise qu'il ne reviendra pas.

— Mais s'il revient ?

La douleur cachée dans cette simple question lui était insupportable. Et si elle se mettait à pleurer ? Soudain cette possibilité l'effraya. Comment pourrait-il l'arrêter ? Il devait à tout prix l'apaiser, et se calmer lui aussi. La panique était plus fulgurante et contagieuse qu'un virus. Il tripota l'écharpe de la fillette. Par miracle, elle avait échappé au brasier, et était restée aussi orange que le jour où elle était sortie de la teinture.

— Comment ça, « s'il revient ? ». Si cela arrive, je lui dirai où tu es. Je ne vois pas où est le problème.

— Le problème, c'est mon père.

— Oui, je suis d'accord, répliqua Akhmed, soulagé de trouver un terrain d'entente.

Ils s'éloignèrent sur la route forestière d'Eldár, la rue principale du village, et leurs empreintes de pas marquèrent la neige là où les traces de pneus s'arrêtaient. Des deux côtés de la route, les maisons défilaient, des maisons qu'il connaissait par le nom de leurs occupants plutôt que par leur numéro. Un visage apparut un bref instant à une fenêtre non murée.

— Remonte ton écharpe, recommanda-t-il.

À l'exception de ses études à l'école de médecine, Akhmed avait passé sa vie entière à Eldár ; il ne pouvait plus se fier au système des clans, les *taïps*, qui avait résisté à un siècle de tsarisme, puis à un autre de lois soviétiques, pour imploser finalement pendant la guerre d'indépendance. De retour en

1999, après une trêve trop anarchique pour être appelée la paix, la guerre avait déchiqueté le *taïp* du village en unités d'allégeance de plus en plus petites, jusqu'à ce que les liens de loyauté se limitent à ceux unissant parents et enfants. L'abattage, le seul secteur économique stable du village, avait cessé dès les premiers bombardements. Sans plus de perspectives d'avenir, ceux qui n'avaient pu émigrer portaient les armes pour les rebelles ou jouaient les indics pour les Russes. Il fallait bien survivre.

En marchant, Akhmed glissa son bras autour des épaules de Havaa. La fillette avait toujours été forte et stoïque, mais cette résignation-là, cette passivité, elle était d'une autre nature. Elle marchait d'un pas traînant, butant dans la neige à chaque pas ; pour la dérider, Akhmed lui raconta la blague de l'imam aveugle et de la prostituée sourde, une blague un peu déplacée pour une enfant de huit ans, mais c'était la seule qui lui venait à l'esprit. Elle l'écouta mais ne rit pas. Elle remonta la fermeture de sa doudoune, cachant un sweat-shirt qui, à Manchester, avait dû déjà réchauffer cinq frères avant que le sixième ne le donne à la Croix-Rouge de son école pour forcer sa mère à en acheter un nouveau.

Au bout du village, là où la forêt s'amincissait de part et d'autre de la route, ils passèrent devant un portrait d'un mètre de haut, cloué à un tronc. Deux ans plus tôt, après que quarante et un villageois eurent disparu en une seule journée, Akhmed avait fait leur portrait sur quarante et un panneaux de contreplaqué, qu'il avait protégés d'une couche de vernis et accrochés un peu partout dans le village. Là, c'était celui d'une femme jadis imbue d'elle-même dont il avait mis au monde la cadette. Malgré son insistance, elle ne lui avait jamais payé son temps ni ses frais pour la naissance. Lorsqu'elle fut portée au nombre des disparus, il avait décidé de dessiner sur son portrait un poil disgracieux qui sortait de sa narine gauche. Cela l'avait amusé sur le moment de se moquer de cette femme orgueilleuse. Depuis, il avait fait la paix avec son fantôme. Elle ressemblait alors à une géante décapitée épiant le voyageur. Rapidement, il n'était resté d'elle que deux yeux, un nez et une bouche, se fondant dans le sous-bois.

La forêt se dressait autour d'eux, de grands bouleaux squelettiques dont les troncs blancs se desquamaient de leurs écailles grises. Ils progressaient au bord de la route, sur la bande de gravier gelée. Ici, à l'extérieur des traces des tanks, le risque de marcher sur une mine était moindre. Mais ils surveillaient néanmoins la moindre bosse suspecte dans la neige. Par sécurité, Akhmed avançait quelques mètres devant Havaa. Une autre blague lui revint en mémoire, celle à propos d'un commissaire du peuple amoureux, mais il préféra ne pas la raconter. Quand la fillette montra des signes de fatigue, il la conduisit dans les bois, jusqu'à un tronc d'arbre abattu invisible de la route, pour qu'elle puisse souffler un peu. Alors qu'ils étaient assis l'un à côté de l'autre, elle lui réclama sa valise bleue. Elle l'ouvrit et fit un inventaire silencieux de son contenu.

— Qu'est-ce qu'il y a là-dedans ?

— Mes souvenirs, répondit-elle.

Akhmed ne voyait pas trop ce qu'elle voulait dire, mais ne releva pas. Il sortit du pain noir roulé dans un mouchoir, le rompit en deux parts inégales et lui donna la plus grosse. Elle l'avala d'un trait. Quant à lui, il avait faim depuis si longtemps qu'il avait l'impression d'avoir l'estomac perpétuellement enflammé. Alors il se força à manger lentement, coinçant la boule de mie contre ses gencives. Si le pain ne suffirait pas à lui remplir le ventre, il avait au moins cette sensation d'avoir quelque chose dans la bouche. La fillette avait déjà englouti la moitié de sa part quand il avala sa première bouchée.

— Tu devrais manger lentement. Il n'y a pas de papilles gustatives dans ton estomac, tu sais.

Elle marqua un arrêt pour réfléchir à cette précision anatomique, puis prit une autre bouchée.

— Mais la faim n'est pas sur ta langue, répliqua-t-elle en déglutissant.

Dans sa main en coupe, elle recueillait les miettes qu'elle enfournait aussitôt dans sa bouche.

— Je détestais le pain noir autrefois, fit remarquer Akhmed.

Quand il était enfant, il n'en mangeait que recouvert de miel. Puis, comme sa mère lui coupait des tranches de pain de plus en plus grosses, son petit déjeuner se résuma à une petite oasis de miel perdue sur un désert de mie noire.

— Tu me donnes ta part, alors ?

— J'ai dit « autrefois », riposta-t-il, imaginant un pot débordant de miel trônant sur un comptoir, sans le moindre pain noir alentour.

Havaa s'agenouilla et examina le dessous du tronc sur lequel ils étaient assis.

— Ça ira pour Ula, toute seule ? murmura-t-elle.

Sa femme n'allait jamais bien de toute façon, qu'elle soit seule, avec lui ou avec n'importe qui. Sur le papier, elle semblait souffrir d'un lupus doublé d'une démence précoce, mais en pratique son système nerveux était si emmêlé que ses coudes se crispaient quand elle parlait, et son pied gauche avait plus de bon sens que son cerveau. Avant de partir ce matin, il l'avait informée qu'il serait absent pour la journée. Alors qu'elle le regardait de ses yeux vides, il avait l'impression de n'être rien d'autre qu'une hallucination de plus pour elle. Il lui avait pris la main et, pour l'apaiser, s'était mis à décrire de mémoire un vieux tableau de Zahkarov, les pâturages verdoyants, le jardin d'herbes aromatiques, la petite chaumière, jusqu'à ce qu'elle se rendorme. Quand elle se réveillerait plus tard dans la matinée, le verrait-elle encore assis sur le matelas ? Une part de lui était-elle restée, là-bas, à son chevet ? Faisait-il partie définitivement de ses chimères ?

— C'est une adulte, dit-il enfin. Les enfants ne doivent pas s'inquiéter pour les adultes.

Derrière le tronc, Havaa ne répondit rien.

Il avait toujours veillé à considérer Havaa comme une simple enfant et elle jouait le jeu, comme si l'enfance et l'innocence étaient des êtres fantastiques, morts depuis longtemps, qu'elle ressuscitait de temps en temps pour faire semblant de croire à l'existence. Les seules fois où elle avait mis les pieds dans une école, c'était pour voler les pupitres afin d'en faire du bois de chauffe. Pourtant, Akhmed avait parfois l'impression qu'il partageait avec la fillette le même regard sur le monde, chacun de part et d'autre du fossé des années. C'était une illusion, bien entendu, mais il devait croire qu'elle était plus mature que son âge, qu'elle pouvait en supporter davantage qu'une enfant de huit ans. Havaa réapparut derrière l'arbre et se releva sans le regarder.

— Qu'est-ce que t'as trouvé ? demanda-t-il.

Elle lui montra la chose jaune qu'elle avait dans la paume.

— Une bête gelée.

Elle glissa le cadavre dans la poche de son manteau.

— Au cas où tu aurais un petit creux ?

Elle sourit, pour la première fois de la journée.

Ils repartirent d'un pas vif le long de la route pour rattraper le temps perdu par leur halte. À coups de grandes expirations, Akhmed cherchait de l'air frais parmi les vapeurs de gasoil et les relents de pneus brûlés. Le jour leur offrait une relative sécurité. Au moins, on ne les prendrait pas pour des chiens errants.

Ils entendirent les soldats avant même que le point de contrôle soit en vue. Akhmed leva la main. Le vent s'engouffra entre ses doigts. Utilisée autrefois pour le transport des billes, la route forestière reliait le village à la ville de Volchansk. Les trouées entre les arbres étaient les seules issues possibles sur cette route ; et, ces derniers mois, pour contrôler le secteur, les Russes se contentaient d'un seul barrage. Il se trouvait à cinq cents mètres devant eux, à la sortie d'un virage.

— On va retourner dans les bois.

— Pour manger à nouveau ?

— Pour marcher. Il ne faudra pas faire de bruit.

Havaa hocha la tête et porta son index à la bouche. La forêt était pétrifiée par le froid, comme écrasée au sol. Partout, des branches tordues, saillant du manteau de neige, leur griffaient les tibias. Ils décrivirent ainsi une grande courbe pour contourner le point de contrôle. Visible à travers le sous-bois, le poste se résumait à un bout de bâche de l'armée cloué à un peuplier dans le vain effort de paraître légitime. Une poignée de soldats y faisait le planton. Marcher en silence sur ce couvert de feuilles mortes aurait été illusoire, si les huit soldats – davantage porteurs de maladies vénériennes que locuteurs de mots tchétchènes – n'étaient aussi vifs que des ânes morts ; deux cent cinquante mètres plus loin, Akhmed et Havaa purent revenir sur la route. Un soleil jaune orangé brillait entre les nuages. Il était près de midi. De part et d'autre du ruban de macadam, les arbres se succédaient régulièrement. Tous semblables et pourtant chacun différent ; le nombre de branches, le diamètre du tronc, le périmètre de feuilles mortes gisant à la base. De menus détails, certes, mais c'étaient ces menues choses qui faisaient de deux yeux, un nez, une bouche, un visage unique.

Puis les arbres laissèrent la place à un grand champ ras, coupé par la route.

— Pressons le pas, s'inquiéta Akhmed.

La fillette se mit à trotter derrière lui. Ils avaient traversé la moitié de l'espace ouvert quand ils tombèrent sur les membres postérieurs d'un loup, sectionné en haut de la cuisse. Plus loin dans le champ, du sang teintait la neige de pourpre. Rien ne se décomposait par ce froid. La tête et les pattes avant gisaient au sol, reliées à l'arrière de l'animal par trois mètres d'intestins écarlates. Ce qui restait de la gueule était figé dans son ultime expression au moment du trépas, la langue pendant comme un ruban entre les mâchoires.

— Voilà un animal bien imprudent. (Akhmed s'efforçait de regarder ailleurs, mais il y avait du sang et des chairs partout.) Il a oublié les mines.

— Nous, on va faire plus attention, pas vrai ?

— Oui, on va rester sur la route. Et éviter les champs.

La petite se tenait près de lui, l'épaule collée à son flanc. Jamais, elle ne s'était aventurée aussi loin de la maison.

— Ça n'a pas toujours été comme ça, dit-il. Avant ta naissance, il y avait des loups, des oiseaux, des scarabées, des chèvres, des ours, des moutons, des chevreuils.

Cent mètres d'une neige épaisse les séparaient de la forêt. Quelques chaumes morts perçaient la terre gelée, là où la dépouille du loup resterait intacte jusqu'au printemps. Leur haleine brassait l'air autour d'eux. Aucun prophète n'aurait prédit cette apocalypse. Ni la clameur des trompettes, ni le bruissement des ailes des anges n'avaient annoncé à Akhmed qu'il allait découvrir ce champ, avec cette fillette à son côté, avec sa main dans la sienne.

— Ils vivaient tous ici, annonça-t-il en contemplant la terre vide.

— Ce sont les Russes qui les ont emmenés ?

— Marchons.

***

Des bestioles blanches voletaient autour d'une ampoule grillée. Une main ferme lui secoua l'épaule, la tirant de son rêve. Sonja se trouvait dans un lit dans l'aile de traumatologie, vêtue encore de sa blouse. Avant de regarder la main qui l'avait réveillée, avant même de quitter le creux que son corps avait imprimé dans le matelas de mousse, elle plongea la main dans sa poche, davantage par réflexe que par décision, et secoua le flacon de pilules ambre, comme si son contenu avait fait le même voyage dans ses songes et avait besoin d'être réveillé lui aussi. Les amphétamines tintinnabulèrent pour manifester leur présence. Elle se releva, clignant des paupières pour finir de chasser de sa vue les petites bêtes virevoltantes.

— Il y a quelqu'un qui voudrait te voir, annonça Deshi derrière elle, en tirant, sans attendre, les draps au pied du lit.

— Me voir pour quoi ?

Sonja se baissa pour tâter ses pieds, soulagée de les trouver encore là.

— Elle me prend pour sa secrétaire ou quoi ? répliqua la vieille infirmière, en secouant la tête. Bientôt, elle va me pincer les fesses comme cet oncologue qui s'envoyait quatre secrétaires par an. Un sale métier. Les oncos sont tous des obsédés.

— Qui veut me voir, Deshi ?

La vieille femme releva la tête, surprise.

— Un type d'Eldár.

— À propos de Natasha ?

L'infirmière pinça les lèvres. Elle aurait pu répondre « non », ou « une autre fois, peut-être », ou « il est temps de passer à autre chose, ma grande », mais elle se contenta de secouer la tête.

L'homme était assis dans le couloir, adossé au mur, coiffé du *pes* traditionnel. Le sien était bleu marine, une taille trop petite, et orné d'un pompon à perles. Sa veste était coincée sur ses épaules comme sur un cintre. Une fillette se tenait à côté de lui, le nez plongé dans une valise bleue.

— Sofia Andreyevna Rabina ? demanda-t-il.

Elle eut un temps d'arrêt. Cela faisait huit années qu'on ne l'avait pas appelée par son nom complet. Tout le monde utilisait son diminutif.

— Sonja suffira.

— Moi, c'est Akhmed.

Une barbe naissante ombrait ses joues. La mousse à raser était un luxe pour beaucoup d'hommes. Était-ce un rebelle wahhabite ou simplement un pauvre hère ?

— Vous êtes un barbu ?

Il tâta ses poils, gêné.

— Non, non. Pas du tout. Je ne me suis pas rasé depuis trois jours. C'est tout.

— Qu'est-ce que vous voulez ?

Il désigna la fillette. Elle avait une écharpe orange nouée sur la tête à la manière d'un fichu, un manteau rose bien trop grand, et un sweat-shirt, sans doute encore un « Manchester United » vu le flot de maillots de cette équipe qui arrivait d'Angleterre depuis le transfert de Beckham à Madrid. Elle avait une peau pâle et jaunâtre, comme une poire pas encore mûre. Quand Sonja arriva à leur hauteur, la petite avait pris un objet dans la valise, qu'elle tenait caché derrière le couvercle ouvert.

— Elle a besoin d'un endroit où dormir.

— Et moi, d'un billet d'avion pour aller sur la mer Noire.

— Elle n'a nulle part où aller.

— Et moi, je n'ai pas vu le soleil depuis des années.

— Je vous en prie.

— C'est un hôpital, pas un orphelinat.

— Il n'y a pas d'orphelinat dans ce pays.

Par habitude, Sonja tourna la tête vers la fenêtre, mais elle ne put rien voir à travers le treillis de chatterton collé sur les vitres. La seule lumière provenait des tubes fluorescents au-dessus de leurs têtes, dont la lueur bleue leur donnait à tous l'air d'être en hypothermie. C'était quoi ça, ce truc qui voletait au plafond – une mouche ? Non, c'était encore sa vue qui lui jouait des tours.

— Son père a été arrêté par les soldats russes, hier soir. Ils l'ont emmené à la Décharge.

— Je suis désolée.

— C'était un brave homme. Un arboriste ingénieur forestier à Eldár, avant les guerres. Il n'avait plus de doigts. Et il était très bon aux échecs.

— Il *est* très bon aux échecs, rectifia la petite en jetant un regard noir à Akhmed.

C'était par la grammaire que la fillette continuait de faire vivre son père. Après avoir repris Akhmed, elle s'adossa contre le mur et, à petites expirations, elle répéta : « Il est, il est, il est. » Son père était ses matins et ses soirs, il était son tout. Il faisait tant partie de son monde qu'elle ne pouvait pas plus décrire sa présence que celle de l'air qu'elle respirait.

Akhmed lui décrivit l'homme par une succession de courts souvenirs. Sonja lui accorda plus de temps qu'à tout autre importun en temps ordinaire, parce qu'elle aussi avait tenté de faire revivre un être cher par l'évocation, elle aussi avait tenté de redonner une forme à des cendres, et qu'en énumérant les plats favoris de Natasha, les musiques qu'elle aimait, ses manies agaçantes, elle aussi espérait la voir se matérialiser sous l'effet de ces singularités.

— Je suis désolée, répéta-t-elle.

— Et les Russes ne cherchaient pas seulement Dokka, précisa-t-il, en regardant la fillette.

— Pourquoi ils en ont après la petite ?

— Pourquoi ils en ont après tout le monde ?

Cette urgence sans appel lui était familière. C'était celle de tant de maris, de frères, de pères, de fils. Et elle était heureuse que cette souffrance, parce que c'était celle d'un inconnu, ne la submerge pas.

— Laissez-la rester ici, s'il vous plaît.

— Impossible.

C'était la bonne décision, la seule responsable. Elle avait déjà assez à faire avec les mourants. Elle ne pouvait pas s'occuper en plus des vivants.

L'homme baissa la tête, d'un air dépité ; et, curieusement, cela lui rappela ce qu'elle avait ressenti après un examen de chimie organique : *b) substitution électrophile aromatique* – sa seule mauvaise réponse du QCM.

— Combien de médecins travaillent ici ? demanda-t-il, adoptant apparemment une nouvelle tactique.

— Un seul.

— Pour tout l'hôpital ?

Elle eut un haussement d'épaules. Qu'est-ce qu'il imaginait ? Quiconque ayant des diplômes, quelques économies, et un peu de nez, avait plié bagage.

— C'est Deshi qui fait tourner la boutique. Je ne suis qu'une employée ici.

— Je suis médecin, annonça-t-il. Pas un chirurgien ni un spécialiste, mais j'ai eu mon diplôme. (Il porta la main à sa barbe. Une miette noire en tomba.) Elle va rester avec vous et je travaillerai ici jusqu'à ce qu'on puisse lui trouver un toit.

— Personne n'acceptera la petite.

— Alors je continuerai à travailler ici. J'ai terminé l'école de médecine dans les dix meilleurs de ma promo.

L'entendre transformer une requête en obligation agaçait déjà la jeune femme. Elle était revenue d'Angleterre huit ans plus tôt avec son nom complet et avait l'habitude qu'on lui marque ici le même respect auquel elle avait eu droit, à sa grande surprise, quand elle était venue faire médecine à Londres. Peu importait qu'elle soit une femme et d'origine russe; seul et unique chirurgien de Volchansk, elle était choyée, honorée et révérée en ces jours de guerre, bien au-delà de ce qu'elle aurait connu en temps de paix. Et ce moujik de toubib, ce type si maigre qu'on aurait senti sa colonne en appuyant sur son estomac, s'imaginait qu'il allait la forcer à quoi que ce soit? Plus agaçant encore que son ton, il y avait la justesse de son analyse. Dernière survivante, ou presque, d'une équipe de cinq cents personnes, Sonja croulait sous le travail. Elle tenait le coup grâce aux amphétamines et au lait concentré sucré, elle avait des hallucinations, de plus en plus de mal à avoir de l'empathie pour ses patients, et avait croisé suffisamment de cas de stress traumatique secondaire chez ses collègues pour savoir qu'elle avait déjà un pied dedans. Au bout du couloir, par la porte entrouverte de la salle d'attente, elle aperçut le bas d'une robe noire, le gris de baskets jadis blanches, et un hijab vert qui, au lieu de couvrir les longs cheveux bruns, maintenait en écharpe un bras cassé. La femme, une habituée des urgences, souffrait de décalcification osseuse sévère. Selon ses calculs, c'était sa vingt-deuxième fracture, mais en fait ce n'était que sa vingt et unième.

— Les dix meilleurs? répéta Sonja, sans cacher son scepticisme.

— Quatrième, pour être exact, s'empressa de répondre Akhmed.

— Dites-moi alors la procédure à suivre avec un patient a-réactif ?

— Eh bien… D'abord je lui ferais remplir un questionnaire pour vérifier ses antécédents médicaux et pour savoir s'il y a eu des pathologies particulières chez des membres de sa famille.

— Vous feriez remplir un questionnaire à un malade inconscient ?

— Non, bien sûr que non. C'est stupide. (Il hésita une seconde.) Je donnerai le formulaire à sa femme, par exemple.

Sonja ferma les yeux. Croire au miracle ! Quand elle les rouvrirait, ce médecin crétin et cette petite auraient disparu… Mais non.

— Vous savez ce que moi je ferais en pareil cas ? Je vérifierais les voies aériennes, puis la respiration, puis le pouls, et je sécuriserais les cervicales. Neuf fois sur dix, je contrôlerais l'hémostase. Et je découperais ses vêtements pour rechercher d'éventuelles blessures.

— Oui, oui, je ferais tout ça pendant que la femme du patient remplit les papiers.

— Bon, essayons une autre question, davantage à votre niveau. Qu'est-ce que c'est ? demanda-t-elle en levant le pouce.

— Un pouce ?

— Non. C'est le premier doigt composé du métacarpe, de la phalange proximale et de la phalange distale.

— C'est une périphrase.

— Et ça, dit-elle en désignant son œil gauche. Que pouvez-vous me dire, hormis qu'il s'agit de mon œil, qu'il est marron et qu'il sert à voir ?

Akhmed fronça les sourcils, ne sachant trop quoi ajouter.

— Les pupilles sont dilatées, articula-t-il finalement.

— Quelles causes possibles? On vous a appris ça dans le top dix ?

— Traumas crâniens, consommation de drogue ou excitation sexuelle.

— Ou, neuf fois sur dix, que l'endroit est mal éclairé !

Elle tapota une petite cicatrice sur sa tempe. Personne ne savait quelle en était l'origine.

— Et ça ?

Il esquissa un sourire.

— Je ne me risquerais pas à dire ce qu'il y a là-dedans.

Elle se mordilla la lèvre un moment, puis hocha la tête.

— C'est d'accord. Il nous faut quelqu'un pour laver les draps de toute façon. La petite peut rester si vous travaillez.

La fillette se plaqua derrière Akhmed. Dans sa paume, un coléoptère jaune, dans une flaque de glace fondue. Sonja regrettait déjà d'avoir accepté.

— Comment tu t'appelles ? demanda-t-elle en tchétchène.

— Havaa, répondit Akhmed.

Il poussa doucement la fillette vers Sonja. Mais elle résista, n'osant s'aventurer en terrain inconnu.

* * *

Un an plus tôt, quand Natasha avait disparu pour la deuxième et dernière fois, Sonja s'était mise à passer une ou deux nuits à l'hôpital, puis bientôt des semaines entières. Après un mois et demi sans qu'elle soit rentrée chez elle, elle avait abandonné définitivement l'idée d'y revenir un jour. Les deux kilomètres qui la séparaient de son appartement étaient plus vastes que le Sahara. Et là-bas, c'était le silence, plus terrible encore que les hurlements sur la table d'opération. Des années plus tôt, elle avait posé devant Big Ben, pour que sur la photo, prise par son fiancé, on ait l'impression qu'elle tenait la tour dans ses mains. C'était le huitième jour de leurs fiançailles qui en avaient duré dix-sept. La photo était scotchée au-dessus de son bureau dans sa chambre, mais même pour la récupérer, elle ne pouvait se décider à rentrer chez elle. Dormir ou non au service de traumatologie ne changeait pas grand-chose. Elle passait déjà dix-sept de ses dix-huit heures de veille à l'hôpital. Elle connaissait les corps qu'elle ouvrait, rafistolait et refermait, plus intimement que leurs épouses ou parents ; et cette intimité… c'était aussi proche de la création de la vie que le souffle du premier mot de Dieu.

Donc, quand elle accepta que la fillette restât avec elle, elle voulait dire ici, à l'hôpital. Mais la petite l'avait déjà compris quand elle suivit Sonja dans sa chambre.

— C'est là qu'on va dormir, d'accord ? dit Sonja en posant la valise de Havaa à côté du matelas encombré.

La fillette tenait encore sa bestiole dans sa paume.

— C'est quoi ça ?

— Un animal mort.

Sonja poussa un soupir, soulagée de voir que ce n'était pas une hallucination.

— Pourquoi ?

— Parce que je l'ai trouvé dans la forêt et que je l'ai rapporté avec moi.

— D'accord, petite. Mais pourquoi ?

— Parce qu'il faut l'enterrer, face à La Mecque.

La jeune femme ferma les yeux. Ça n'allait pas commencer. Même enfant, elle n'aimait pas les gosses. Et ça n'avait pas changé.

— Je reviens ! lança-t-elle avant de s'éloigner dans le couloir.

Akhmed était rapide pour se changer. C'était déjà ça. Le temps qu'elle montre la chambre à Havaa, il avait enfilé une blouse blanche. Elle le trouva occupé à lisser les plis devant la glace.

— C'est un hôpital, pas une salle de bal.

— Je n'ai jamais porté de blouse.

Il détourna la tête, mais elle le vit rougir dans le miroir.

— Comment avez-vous pu passer l'internat sans porter de blouse ?

Il ferma les yeux et rougit davantage.

— Mes professeurs ne croyaient pas beaucoup en moi. Je n'ai jamais fait, à proprement parler, d'internat.

— Ce n'est pas ce qu'on aime entendre quand on vient d'engager un médecin.

— Je sais que j'ai beaucoup de chance de travailler ici. (Il avisa les manches courtes qui laissaient apparaître ses biceps pâles.) Je ne pensais pas qu'elles étaient si serrées.

— Ce sont des blouses pour femmes.

— Vous n'en avez pas pour hommes ?

— Aucun homme ne travaille ici.

— Donc, je porte des habits de femmes.

— Et il vous faudra passer un hijab aussi. (Elle le vit blêmir.) Je plaisante. Un foulard suffira.

Il acquiesça, ne sachant que penser.

Visiblement, elle avait engagé un crétin… mais un crétin qui pouvait laver les draps, faire les lits, et gérer les familles. C'était déjà ça.

— Vous êtes déjà venu ici? demanda-t-elle, décidée à ne lui offrir qu'une visite sommaire des lieux.

— Oui.

— Quand ça ?

— Je suis né ici.

Elle le conduisit à travers les services déserts : cardiologie, endocrinologie, médecine interne. La couche de poussière et de cendres qui tapissait le sol gardait mémoire du moindre de leurs pas.

— Où est le matériel ? s'enquit-il.

Les chambres étaient vides – matelas, draps, perfusions, blouses jetables, sparadraps, pansements, thermomètres, seringues et poches, tout avait été descendu au rez-de-chaussée. On n'avait laissé que ce qui était boulonné au sol ou aux murs, avec quelques objets sans utilité : portraits de famille, diplômes sous cadre provenant de Sibérie, de Moscou ou de Kiev.

— On a tout déménagé en trauma et à la maternité, expliqua-t-elle. Ce sont les seuls services encore ouverts.

— Trauma et maternité…

— Cocasse comme association, non ? Dans ce pays, finalement, soit on baise, soit on se vide de son sang.

— Non. Ce n'est pas drôle.

Il caressa sa barbe, enfouissant ses doigts dans la toison jusqu'à la première jointure. Il avait ce tic quand il était troublé ou indécis. Ses doigts connaissaient le chemin par cœur, mais trouvaient rarement de réponse.

— Les gens naissent, les gens meurent, ajouta-t-il. Et c'est ici que ça se passe.

Ils grimpèrent un escalier dans la lumière blafarde des lampes de secours. Au troisième étage, ils suivirent un couloir qui menait à l'aile ouest du bâtiment. Soudain, elle ouvrit sans prévenir la porte des réserves. Elle eut une bouffée de joie malicieuse quand elle le vit pâlir et reculer d'un pas, de peur de tomber.

— Que s'est-il passé ? bredouilla-t-il.

Le sol s'arrêtait un mètre après le seuil. Il n'y avait plus de murs, plus de fenêtres, juste la ville battue par le vent d'hiver, comme en cinémascope.

— Il y a quelques années, on a hébergé des rebelles. Les Russes ont fait sauter le mur en représailles.

— Il y a eu des victimes ?

— Maali. La sœur de Deshi.

— Une seule ?

— C'est l'avantage d'être en sous-effectif.

Les jours où les deux camps observaient le cessez-le-feu, elle venait ici contempler la ville et tenter de reconnaître les bâtiments désormais en ruine. Ce tas qui scintillait de dix mille éclats de soleil était autrefois un immeuble de bureau tout en verre où travaillaient neuf cent dix-huit personnes. Sous ce minaret, un imam potelé avait conduit ses fidèles à la prière. Plus loin, c'était une école, une bibliothèque, un foyer de Jeunes Pionniers de l'URSS, une prison, une épicerie. Là-bas, c'était l'endroit où sa mère lui avait recommandé de ne jamais faire confiance à un homme qui disait vouloir épouser une femme intelligente. Et là, c'était le quartier où son père lui avait appris à faire de la bicyclette en imitant les pétarades d'un bus lancé à sa poursuite qui allait l'écraser si elle ne pédalait pas assez vite ; et là, c'était le lieu où elle avait résolu sa première équation d'algèbre devant son instituteur – un homme pour lequel les progrès de Sonja étaient une consolation chaque fois qu'il se prenait à regretter de ne pas avoir suivi l'exemple de son frère, qui lui était devenu gardien de prison, une profession bien plus rémunératrice ; et c'était sur la pelouse de l'université qu'elle avait appelé à l'aide quand elle avait vu un type en empaler un autre avec un pieu, avant d'apprendre qu'il s'agissait d'étudiants répétant une pièce d'Eschyle. On aurait dit une ville faite de boîtes de chaussures qu'un enfant colérique aurait écrasées à pieds joints. Elle pouvait passer un après-midi entier à reconstruire sa ville, à la repeupler, jusqu'à ce que l'hallucination devienne plus crédible que la réalité.

— Avant, on ne pouvait pas voir le fleuve d'ici, dit-elle. Cet hôpital est désormais la plus haute construction de la ville.

Il y avait eu de grandes tours et des projets pour en édifier de plus grandes encore. Après la dissolution de l'URSS, et avec l'arrivée du capitalisme, les réserves de pétrole promettaient la prospérité pour la Tchétchénie. Eltsine avait dit aux républiques : « Prenez autant de souveraineté que vous pourrez en avaler » ; et, après deux mille ans d'occupation, l'indépendance semblait à portée de main pour le pays. Les grands-parents de Sonja avaient emménagé à Volchansk en 1946, après que Staline eut ajouté les chauffeurs de poids lourds et les couturières à la liste croissante de professions nécessitant une purge, mais elle se sentait tout autant l'âme patriotique que ses camarades de classe tchétchènes qui pouvaient remonter leur arbre généalogique jusqu'au gland originel. Partout un optimisme fébrile régnait, jusque dans les projets immobiliers qu'on commandait désormais à des architectes de Riyad, Melbourne ou Minsk. Fière de ces grands travaux, la municipalité exhibait les plans sur les panneaux d'affichage, les distribuait comme des prospectus au marché. C'était si nouveau pour elle. Ces croquis scandaient que le summum de l'urbanisme ne consistait plus à construire le plus grand et le plus horrible parallélépipède de béton armé qui soit. Une fois, elle avait tenu l'un de ces prospectus devant l'horizon et, quand le soleil couchant l'avait traversé, ces tours flamboyantes avaient paru faire partie du paysage.

— Ils voulaient vraiment emmener la petite ? demanda-t-elle en reportant son attention sur Akhmed.

Cela ne la surprenait pas outre mesure. Mais elle préférait poser quand même la question. Les disparitions frappaient au hasard, comme la foudre. Seuls les véritables insurgés – une portion infinitésimale des détenus – acceptaient leur infortune.

— Ça donne le vertige, déclara Akhmed.

Parlait-il de la pièce ouvrant sur le vide, ou des décombres de la ville autour, ou du fait que les Russes aient voulu arrêter une fillette de huit ans ? Au loin, des traînées blanches des tirs montaient dans le ciel, puis disparaissaient dans les nuages.

— Le jour de paye doit être proche, commenta Akhmed.

Elle hocha la tête. Les soldats russes n'étaient payés que s'ils utilisaient un certain pourcentage de leurs munitions. Quand ils en avaient assez de tirer en l'air, ils enterraient leur surplus de balles, puis les déterraient quelques heures plus tard et touchaient ainsi une prime pour avoir découvert une cache rebelle.

— Continuons la visite ! ordonna Sonja.

Ils traversèrent l'ancienne maternité, à présent abandonnée depuis la mort de Maali, et descendirent l'escalier pour rejoindre la nouvelle maternité au rez-de-chaussée. Deshi posa son tricot et se leva pour venir à leur rencontre en regardant Akhmed d'un air soupçonneux. Après douze histoires d'amour en soixante-trois ans d'existence – chacune ayant commencé dans la passion, et fini dans des affres plus ardentes encore –, Deshi avait appris à se méfier des hommes, de tous les êtres de sexe masculin, quels que soient leur âge ou leur taille, des nouveau-nés aux arrière-grands-pères, parce que tous, sans exception, étaient capable de briser le cœur des femmes.

— Il va rester avec nous ? s'enquit-elle.

— Provisoirement, répondit Sonja.

— Et la gamine ?

— Provisoirement.

— Rebonjour ! lança Akhmed. On s'est rencontrés tout à l'heure.

— Il parle sans qu'on lui demande, sans même qu'on s'adresse à lui, fit observer Deshi.

— Je voulais juste dire bonjour.

— Et il continue à parler sans permission. Et il a un vilain nez.

— Hé, je suis là, j'entends tout, intervint Akhmed.

— Il nous dit qu'il est là. Comme si on était aveugles ou demeurées !

— Qu'est-ce que j'ai fait de mal ? demanda-t-il à Sonja. Je me tiens juste là, sans rien faire.

— Qu'est-ce qu'il s'imagine ? Que sa présence pourrait me faire oublier son grand nez ? Mais je le vois son vilain nez prêt à fureter partout. Je ne vois que lui.

— Qu'est-ce que je suis censé répondre à ça ?

Akhmed implora Sonja du regard. La jeune femme sourit et se tourna vers Deshi.

— Tu as vu comment il me regarde ! lança Deshi, d'une voix vibrante d'indignation. Il cherche déjà à me séduire !

— Mais non. Pas du tout. Je suis juste là. Je ne fais rien !

— Le déni, c'est le premier réflexe du traître.

— Vous citez Staline, lâcha Akhmed.

— Tu vois. C'est un coureur de jupons et un stalinien.

— C'est ridicule.

— Il doit être oncologue.

— L'oncologie est l'une des spécialités les plus importantes de la médecine.

Deshi n'en revenait pas.

— Qu'est-ce que je disais ! s'écria-t-elle. Un coureur, un stalinien et un oncologue ! C'est le pompon ! C'est trop pour moi !

— Sauf votre respect, j'ai trente-neuf ans et vous pourriez être ma mère. Je ne veux avoir avec vous que des relations strictement professionnelles.

— Que des relations professionnelles ? D'abord, il me fait du gringue, et ensuite il m'insulte. Il se moque d'une vieille femme comme moi. Quelle honte !

— Je suis désolé, ça va ? Désolé. Je voulais juste sympathiser avec vous.

Deshi fit une moue pleine de dédain.

— Seule une lopette s'excuse devant une femme.

Les yeux d'Akhmed s'étaient embués quand Sonja mit un terme à la joute. Elle vit qu'il était plus choqué encore que lorsqu'il avait ouvert la porte des réserves donnant dans le vide, et, malgré son envie de rire, elle se sentit coupable de l'avoir lâché devant Deshi sans le prévenir.

— Ça suffit ! dit-elle. Akhmed, je vous présente Deshi. Deshi, Akhmed. Maintenant, au boulot !

— Avec plaisir, marmonna Deshi en retournant à son bureau à côté de la couveuse.

— C'est quoi son problème ? demanda Akhmed quand l'infirmière fut hors de portée d'oreilles.

— Et il ose dire que c'est Deshi qui a un problème ! lança Sonja, en singeant l'infirmière.

Le voyant blêmir, elle lui assura qu'elle plaisantait.

— Elle s'est amourachée un jour d'un oncologue. Et ça a mal tourné.

Dans le premier lit, une femme avec des cheveux bruns et graisseux donnait le sein à son bébé. Elle releva le drap sur la tête de l'enfant quand elle les vit s'approcher.

— Tout va bien, la rassura Sonja. Il est médecin aussi.

— Mais c'est un homme.

— Cet hôpital est une maison de fous ! lâcha Akhmed en se retournant.

La femme le fixa des yeux, contrariée qu'on dise que son nourrisson souffrait de problèmes mentaux, puis elle descendit le drap pour montrer la face fripée du bébé accroché à son téton.

— Il a faim, constata Sonja.

— Il faudra bien qu'il s'y fasse, répondit la femme en fermant les yeux.

Dans le lit suivant, une mère dormait sur le flanc, le visage enfoui dans l'oreiller. Une couveuse, sur un chariot de métal, était installée près de sa couche. À l'intérieur, le bébé était malingre et brûlant. On eût dit un oiseau écrasé plutôt qu'un humain.

— Malnutrition intra-utérine ? s'enquit Akhmed.

— Zéro nutrition, oui ! Depuis la seconde guerre, plus aucune femme n'est en état de mettre au monde un enfant en bonne santé.

— Et j'imagine que les pères ne sont pas des civils.

— Nous avons pour habitude de ne jamais poser de questions.

Sonja se dirigea vers la porte. Une fois dans le couloir, elle s'arrêta devant une ampoule.

— Vous voyez des papillons, là ?

— Où ça ?

— Laissez tomber.

Cinq semaines plus tard, elle trouverait un papillon dans le bidon d'eau, et croirait à une hallucination jusqu'à ce qu'elle sente ses ailes froissées battre dans sa paume.

— Le service de trauma est juste au bout du couloir.

2

1994 1995 **1996** 1997 1998 1999 2000 2001 2002 2003 2004

Quelques jours après les accords de paix de Khassaviourt, Sonja rompit avec son fiancé écossais, quitta l'internat à l'hôpital, et prit place dans les multiples avions qui allaient la mener de Londres à Vladikavkaz, en passant par Varsovie et Moscou. À son arrivée en Ossétie du Nord, elle monta dans un taxi dont la banquette arrière avait été retirée pour pouvoir charger davantage de bagages. À chaque virage que négociait le chauffeur gitan, sa valise unique glissait au sol et cognait dans son dossier, comme pour lui rappeler que, contrairement aux illusions dont elle se berçait quand la poitrine de Brendan allait et venait contre la sienne, son existence était si insignifiante qu'elle tenait dans une seule valise. Pourquoi je suis revenue ?

Des panaches noirs montaient des cheminées au loin, une ligne de montagnes rabotées par les vents barrait l'horizon, et partout le goût âcre de l'« air » post-soviétique comme si elle avait un linge crasseux dans la bouche. Quand ils atteignirent la gare routière, elle attendit que le chauffeur lui remette sa valise à roulettes avant de le payer. Cadeau d'adieu de Brendan, la Samsonite la cataloguait « étrangère » aussi clairement qu'une enseigne lumineuse, tandis qu'elle la tirait derrière elle, au milieu des malles antédiluviennes des autres passagers. La compagnie nationale d'autocars ne proposait plus de transport pour la Tchétchénie, mais après avoir attendu une heure dans une file de trois personnes, un employé lui fit signe de se diriger vers un kiosque qui vendait des revues porno lesbiennes, des cigarettes ukrainiennes, des cassettes du groupe Air Supply, et des tickets pour un minibus privé qui faisait une fois par semaine le trajet de l'Ossétie du Nord à la Tchétchénie. Le prochain départ était le lendemain matin. Malgré la fatigue du voyage, elle savait qu'elle ne parviendrait pas à dormir. Elle passa la nuit sur un banc, avec son lacet de chaussures noué à la poignée de sa valise pour dissuader les petits gitans de partir avec.

— Je vous conduis tous à vos tombes ! déclara le chauffeur du bus quand il arriva dans la salle d'attente pour prendre les billets.

Il était six heures quinze du matin. Il se pencha en arrière d'un air satisfait, comme s'il avait un verre de vodka invisible, posé en équilibre sur son ventre rebondi.

— Si j'en ai l'occasion, je vous vends au premier bandit, kidnappeur ou marchand d'esclaves qu'on croisera sur la route ! Vous voilà avertis. Si vous n'aviez pas acheté ces billets, je n'aurais pas à conduire ce bus dans ce pays de malheur. Alors, pour me venger, je vais rouler sur tous les nids-de-poule que je pourrai trouver pour vous rendre le voyage aussi pénible qu'il l'est pour moi. Et, non, il n'y aura pas d'arrêts pipi et, oui, les cahots avec une vessie pleine, c'est l'horreur !

Sonja somnola pendant une heure, la tête posée contre la vitre. Chaque secousse se répercutait dans le verre et traversait sa tempe. Le couinement des freins, suivi des instructions en russe données au mégaphone par un garde-frontière la sortirent brutalement de sa torpeur. Les soldats étaient tous des jeunots terrifiés. Ils ordonnèrent aux passagers de descendre du van et d'aller ouvrir leur bagage vingt mètres plus loin dans un champ, pendant qu'ils allaient s'accroupir à distance, les bras refermés autour de leurs jambes, les yeux fermés, comme s'ils s'apprêtaient à plonger dans un lac. Le pauvre chauffeur piaffait d'impatience. Depuis qu'il était gosse, alors qu'il vivait sur les rives du Terek, il rêvait d'avoir un bateau et d'organiser des balades pour touristes. Six ans et neuf mois plus tôt, une semaine avant que le mur de Berlin tombe, il avait mis toutes ses économies dans un bateau de croisière, qui n'avait jamais été construit, et dans une licence, qui ne fut jamais accordée, pour pouvoir emmener en promenade des membres du parti sur le fleuve. Et maintenant, il était assis par terre, adossé aux roues du bus ; mais, sous lui, le sol bougeait comme un océan houleux et dangereux. Et il aurait le mal de mer pendant des années.

Le passage du poste douanier acheva de réveiller Sonja. Maintenant qu'ils quittaient l'Ossétie du Nord sous contrôle russe pour entrer en Tchétchénie, elle ne perdait pas une miette du paysage qui défilait derrière la fenêtre. La route était constellée de trous, et le chauffeur tenait ses promesses ! Une succession de champs en friche. Une ferme effondrée. Une charrue abandonnée au bout d'un sillon, quatre mois après le temps des labours. Un puits de pétrole en flammes. Et à l'horizon, des montagnes coiffées de neige. Il fallut dix heures pour parcourir les deux cents kilomètres jusqu'à Volchansk. Il y avait sur la route plus de points de contrôle que de stations-service. À chaque poste, elle devait s'éloigner de vingt mètres de la route pour ouvrir sa Samsonite tandis que les soldats se bouchaient les oreilles par précaution.

Elle parla à la vieille femme assise à côté d'elle dans un tchétchène laborieux, butant sur chaque mot comme s'ils étaient des noyaux d'olive dans sa bouche. Mais la femme était une auditrice hors pair, silencieuse et attentive, tandis que Sonja lui racontait son existence jusqu'à ces deux derniers jours. Elle énuméra les défauts de Brendan – ses ongles trop longs, sa manie de chanter du Rodgers et Hammerstein en urinant, son refus de corriger ses fautes de grammaire à elle. Et, plus elle tentait de convaincre sa voisine que Brendan aurait fait un piètre mari, plus elle regrettait l'habitude qu'il avait d'écrire ses initiales dans la paume de sa main avec ses ongles trop grands, ou de tirer la chasse d'eau par un tonitruant *the hiiiiiillls are aliiiiive with the sound of muuuusiiiic*, les maladresses intentionnelles qu'il commettait en anglais, juste pour voir si elle les remarquerait, mettant en pièces la langue de Shakespeare pour en construire une autre qu'eux seuls comprenaient. C'était si agréable d'avoir une oreille compatissante pour se décharger de tout ce poids. Une heure passa ainsi avant que la vieille femme ne sorte un calepin de son sac, griffonne quelque chose dessus et le tende à Sonja. « Je pensais que vous aviez compris, avait écrit la femme. Je suis sourde. »

La gare de Volchansk, jadis à trois niveaux, n'était plus qu'une ruine de plain-pied. Le chauffeur sortit son chapeau pour récolter les pourboires tandis que ses passagers débarquaient.

— Vous allez tous mourir dans ce trou de l'enfer ! lança-t-il avec facétie. Mieux vaut donner vos roubles à un homme honnête et pieux comme moi, qui risque sa vie chaque semaine pour nourrir sa famille, plutôt qu'à ces meurtriers sans foi ni loi !

Tout en sachant que c'était une mauvaise idée, elle lâcha un billet de mille roubles dans le chapeau – une misère eu égard à l'inflation – et descendit du véhicule avant que le chauffeur n'ait le temps de l'insulter. Au carrefour suivant, elle rattrapa la vieille femme sourde qui venait de héler une Lada jaune citron. Elle avait passé toute son enfance dans une exploitation de citrons et, pendant les dix-sept premières années de sa vie, elle n'avait jamais mangé un plat qui ne contienne pas cet agrume. Il y avait des salades concombre-citron, des haricots citron vinaigrette, du poulet au citron, des truites farcies au citron, du mouton mariné au citron, du riz au citron, du lait caillé au citron, du pudding au citron, des gâteaux abricot-citron, des cookies à la confiture de citron, la liste était sans fin. Dans quatre ans et un mois, elle fêterait ses soixante-seize ans et mangerait son premier citron vert.

La vieille femme fit signe à Sonja de monter dans son taxi. Devant l'hésitation de la jeune femme, elle sortit son calepin et sous « je suis sourde », elle écrivit : « Le couvre-feu va sonner et vous êtes plus jeune et jolie que moi. »

La carcasse d'un camion de livraison bloquait la rue trois cents mètres avant son immeuble. Sonja sauta de voiture et la Lada jaune citron redémarra sans lui laisser le temps de claquer la portière. Le bâtiment sur la gauche avait perdu sa façade ; elle se sentit comme une souris devant une maison de poupée. Elle reporta son regard sur la rue où des pans de macadam manquaient à intervalles réguliers. Le terrain était censé être plat – pas de collines ni vallées à cinquante kilomètres à la ronde –, pourtant elle commença à s'enfoncer dans un canyon, longeant une paroi de glaise et de restes d'asphalte, puis se retrouva à escalader des montagnes de gravats – qui avaient dévalé cinq étages d'air plus un étage de terre –, à marcher en équilibre sur des conduites d'égout, maudissant sa Samsonite récalcitrante – elle se souvenait que, dans le manuel d'utilisation de la valise, il était précisé que les roulettes devaient être utilisées uniquement sur sol dallé. Soudain, elle comprit où elle était. *Je suis au fond d'un putain de trou de bombe !* Puis, aussitôt, une question surgit : *Qu'est-ce que je fiche ici ?* La réponse était aussi immatérielle que les trois syllabes qui étaient à l'origine de son retour : *Natasha,* sa sœur, hiératique, si belle et irrésistible, toujours à l'aise en société, qu'elle avait eue au téléphone pour la dernière fois le jour où la première guerre avait commencé, un an, neuf mois et trois semaines plus tôt. Sa sœur qu'elle avait vue pour la dernière fois le jour de son départ pour Londres, quatre ans, deux mois et une semaine plus tôt. Cette sœur qu'elle enviait encore cinq ans et deux mois plus tôt, jusqu'au jour où elle avait reçu la réponse de l'université de Londres. Cette sœur qu'elle avait cessé d'aimer d'un amour aveugle quelque part plus loin encore dans le passé, quand l'une et l'autre avaient pris deux chemins différents. Jadis, elle ne se serait jamais levée de son lit pour sa sœur, mais aujourd'hui elle était descendue au fond d'un cratère de bombe. Elle n'aurait jamais traversé une pièce pour elle, mais elle avait parcouru tout un continent.

Son immeuble se trouvait après la boulangerie où, enfant, on lui donnait des gâteaux en échange de la farine qu'elle ramassait au sol et qu'elle mettait en sac. Les fenêtres du bâtiment avaient été soufflées et une ligne d'impacts de balles zébrait de pointillés la façade. Cependant il tenait encore debout. La porte du hall gisait devant le seuil comme un paillasson souhaitant la bienvenue au visiteur. Elle grimpa au deuxième étage. Son souffle était trop court pour emplir ses poumons.

L'appartement était fermé à clé. Elle toqua à la porte et attendit. Aucun bruit de pas de l'autre côté, ni grincement de parquet. Après quatre essais, et quatre silences, Sonja sortit sa clé de sa trousse de toilette et ouvrit la porte. Elle n'appela pas. Aucune envie d'entendre sa voix résonner dans le vide. Trop triste. Sur le mur d'en face, les fenêtres éventrées dessinaient des carrés de ciel. Une bougie à demi consumée trônait sur la table, collée au suif dans un verre à vodka. Elle avait dormi cinq heures ces deux derniers jours et, d'un coup, la fatigue lui tombait dessus, lui picotant la peau. Elle alluma la bougie et une faible lueur se mit à danser sur les murs beiges. Pas de factures ni de courriers, rien de léger que le vent n'ait emporté dans les airs, rien où laisser un au revoir. Le mobilier n'avait pas changé : le divan contre le mur du salon, avec la même tache laissée par la marmite de bortsch que Natasha avait renversée. La télévision Ekran noir et blanc perchée sur son tabouret de traite. La table de la cuisine, calée avec trois pochettes d'allumettes. Ç'avait été son foyer. Son canapé. Elle était revenue. Le visage enfoui dans les coussins, elle pleura dans le tissu qui, malgré les années, sentait encore le bortsch.

Le lendemain matin, elle alla frapper aux autres portes du couloir. Elle ne se souvenait plus des noms des voisins. Devant le silence, elle comprit qu'ils avaient non seulement quitté sa mémoire, mais aussi la ville. Le quatrième jour, elle entendit des bruits de pas dans le couloir. Sonja trouva une femme voûtée sur le seuil, vêtue d'un imperméable vert, malgré le beau temps. Elle avait dans les mains une dizaine de sacs en plastique, les poignées tenues ensemble.

— Qui êtes-vous ? lui demanda la femme, avec une suspicion évidente.

Laina avait déjà dépassé la force de l'âge quand Sonja était partie pour Londres. Elle avait travaillé au rayon cosmétiques du Grand Magasin d'État et avait une peau de rêve, à faire pâlir d'envie les trentenaires – la meilleure publicité pour les produits, se félicitait son directeur –, une peau entretenue avec toutes les crèmes et lotions qui se trouvaient en vitrine, une peau que Sonja et sa mère, et même sa sœur, avaient admirée et qui ressemblait aujourd'hui à une peau de pêche, certes, ayant cependant trop longtemps séjourné au soleil.

— Je suis Sonja.

Laina examina la jeune femme du bout des doigts, lui souleva les poignets, plia ses oreilles.

— Sonja, oui, articula-t-elle, enfin convaincue. Tu habitais ici.

— Je vous ai entendue dans le couloir, expliqua Sonja un peu plus tard, alors qu'elles buvaient un thé chez la vieille femme. J'ai cru que c'était quelqu'un d'autre.

— Tu ne devrais pas ouvrir quand tu entends des bruits de pas. Ce n'est pas une bonne idée.

— Ça l'était cette fois.

— Une chance sur un million.

— Faut croire que je suis très chanceuse.

— Non. Que tu es très stupide.

— Pourquoi cet imper ? Il n'y a pas un seul nuage à la ronde.

Laina se dirigea vers les trous béants des fenêtres, par lesquels on distinguait ce qui restait de la ville, un panorama où le regard portait seize blocs d'immeubles plus loin que deux ans auparavant.

— Je n'ai pas confiance en Dieu. Qui sait ce qu'il nous réserve.

Le bazar s'était peu à peu repeuplé avec de petits colporteurs et de vieilles femmes comme Laina pour qui la guerre n'empêchait pas les bonnes affaires. Elle venait de troquer un bidon d'huile pour moteur contre des sandales qui portaient les empreintes noirâtres de quarante orteils différents. Elle avait eu un mari, autrefois, aujourd'hui mort, qui ne l'aurait jamais trompée dans un lupanar. Et un fils, aujourd'hui disparu, qu'elle avait menacé de marier à Sonja s'il se comportait mal. Youri Gagarine souriait sur le cadran de l'horloge accrochée au-dessus des fourneaux. Sonja observa le cosmonaute, le temps de rassembler son courage et son souffle pour expulser la question, restée coincée dans son larynx depuis un an et demi. Quand la petite aiguille chatouilla la paume ouverte du héros de l'espace, elle prit une profonde inspiration et demanda :

— Vous savez où est Natasha ?

Laina se mordit la lèvre et secoua la tête.

— Non. Je ne sais pas où les gens sont partis.

Personne ne pouvait répondre à cette question. Les jours devinrent semaines et Sonja continuait d'accoster en vain les rares voisins quand ils sortaient pour trouver du travail, de la nourriture, une bataille ou un meilleur abri, mais elle ne recevait en retour qu'un vague salut de la tête, un haussement d'épaules, un regret. Il n'y avait aucun signe d'effraction dans l'appartement ; le lit était fait. Tout cela laissait penser à un départ volontaire. Dans le tiroir du bas de la commode, Sonja découvrit le cardigan bordeaux qu'elle avait offert à sa sœur pour ses dix-huit ans ; Natasha le détestait – on dirait un gilet de babouchka ! – et ne l'avait jamais porté ; pas une seule fois, ni les jours de bise, ni même pour faire plaisir à Sonja. Évidemment, elle l'avait laissé derrière elle. Sonja prit le gilet, passa les manches sur ses épaules, comme si sa sœur l'enlaçait.

L'Hôpital n° 6 l'embaucha sans lui demander son curriculum vitae ni de lettres de recommandation. Quand elle présenta ses références de praticienne à Londres, Deshi roula le document en boule et le jeta sous son bureau, en expliquant que le Dr Poubelle prendrait contact avec tous ses précédents employeurs pour vérifier ses dires. Les anciens professeurs de Sonja avaient tous fui à l'Ouest, ou à la campagne, dans des cabinets privés où ils pouvaient sauver des vies sans mettre en péril la leur. Libérée du joug d'une bureaucratie tatillonne, elle devint chirurgien en chef en deux mois. Les poseurs de mines ne suivaient pas les Accords de Khassaviourt ; en un an, elle acquit plus d'expérience que les professeurs qui l'avaient formée. Elle se donnait corps et âme à ses patients, s'efforçant de soulager leur souffrance. Dans leurs cris, elle entendait son nom, comme si elle-même était une disparue, que leurs invocations rappelaient en ce lieu pour qu'elle ampute des jambes, maîtrise des hémorragies ; ce lieu où son expertise était si précieuse et rare que les blessés voyaient en elle le dernier prophète de la vie, l'archange qu'on suppliait et louait dans ses prières.

Chaque jour était urgence, aucun temps pour la réflexion, sinon pour se souvenir de certains cas cliniques et de lointaines leçons d'anatomie. La nuit, elle rentrait chez elle tel un automate. Quand elle y pensait, elle se brossait les dents avec du bicarbonate de soude et récitait les prières que sa mère lui avait apprises. Sa langue butait contre ces mots anciens et obsolètes, et même s'il n'y avait aucune oreille pour l'entendre elle trouvait un peu de paix dans ces suppliques. Après son signe de croix, elle s'étendait sur le divan et se versait dans la paume une giclée de la lotion qu'elle avait rapportée de Londres. Chaque fois, elle en mettait trop, et ses mains restaient poisseuses et luisantes dans la lueur des chandelles ; elle regrettait tant qu'il n'y ait d'autres mains avec lesquelles partager.

Les semaines devinrent des mois, se succédant comme les pages du calendrier de la Croix-Rouge accroché derrière le bureau de la salle d'attente ; le calendrier datait de 1993, il serait réutilisé jusqu'en 2006 et, durant ces treize années, son anniversaire tomberait toujours un lundi. Elle marquait les jours, mais le temps ne progressait pas ; il ne faisait que tourner en boucle, de jour en nuit, de l'hôpital à l'appartement, de cris en silence, de crise d'angoisse en solitude, encore et encore, comme une pièce tournoyant sur elle-même. Il y avait des moments de bonheur, des miracles imprévisibles. L'aveugle qui joua de l'accordéon pour elle tandis qu'elle plaçait une attelle à la patte cassée de son chien, guide et compagnon. Le garçon qui lui raconta ses rêves quand il réchappa à sa méningite.

Puis, un soir, au moment où elle allait se coucher, on toqua à la porte. Elle repensa au conseil de Laina mais l'ignora. Elle alla tourner la poignée avec sa main poisseuse de crème. Quand elle ouvrit la porte, un cri se bloqua dans sa gorge. Natasha se tenait devant elle, si proche qu'elle pouvait la toucher. Le cri finit par sortir, et elle serra Natasha dans ses bras. Plus tard, sur le divan, Sonja prit les mains de sa sœur, les frotta, les caressa jusqu'à ce que les siennes soient toutes sèches.

3

1994 1995 1996 1997 1998 1999 2000 2001 2002 2003 **2004**

Même si, de l'avis général, sa première journée avait été pitoyable, Akhmed quitta l'Hôpital n° 6 d'un pas léger, les yeux dans les étoiles. D'accord, Sonja était froide et implacable – d'un regard, elle pouvait flétrir les fleurs ou provoquer des fausses couches ! Quant à Deshi, c'était une folle patentée. D'évidence, il n'y avait pas une once de compassion chez ces deux femmes et rien n'était plus terrible que de les avoir comme collègues – même comme gardiennes d'immeuble c'eût été moins pire ! –, mais Akhmed était content de sa journée : Havaa était en sécurité. Son expérience en médecine était utile ; et, pour la première fois depuis des mois, Ula n'était plus sa seule patiente.

Il avait été le premier étudiant d'Eldár à intégrer l'école de médecine, une institution si lointaine et sélective que ce succès avait fait la fierté de tout le village. On avait organisé des fêtes en son honneur, et des collectes pour payer les livres de cours. En 1986, Akhmed était devenu le héros du village, depuis que le barbier avait fait la barbe du grand Imam

Chamil cent quarante et un ans plus tôt. On disait qu'il allait pratiquer à Volchansk, voire à Grozny (à ce moment-là, on baissait le ton, tant la réussite eût été inouïe). Au-delà, cela dépassait l'entendement. Avait-il exaucé tous les espoirs que sa communauté avait mis en lui ? Loin s'en fallait. Il avait dit à Sonja qu'il était sorti dans le top dix de sa promo. C'était vrai, mais il s'agissait du top des dix derniers. Sa place était, très exactement, quatrième des plus mauvais. Et s'il ne trouvait pas de travail, il préférait prétendre que c'était à cause des Soviétiques plutôt qu'avouer qu'il avait raté une année de pathologie pour suivre des cours de dessin. Finalement, le village lui avait offert une maison abandonnée dans les faubourgs, hantée, disait-on, par le fantôme d'un pédophile. Il en avait fait un cabinet médical. Alors les habitants avaient fini par surmonter leur peur du spectre déviant – même si nombre n'y laissaient toujours pas entrer leurs enfants – et la présence de ce cabinet médical avait grandement soulagé leur existence. Pourtant, Akhmed considérait qu'il n'avait pas été à la hauteur de leurs attentes – surtout pas des siennes – en revenant s'installer dans ce village qui avait tant célébré son départ. Après avoir posé sa candidature dans vingt-trois hôpitaux, il n'avait jamais décroché le moindre entretien. Et aujourd'hui, il était enfin devenu médecin à l'Hôpital n° 6. Et pas qu'un simple médecin, il était le numéro Trois dans la hiérarchie ! Jamais il n'aurait imaginé avoir cet honneur. Akhmed marchait sur la route d'Eldár avec plus de confiance que le matin même, il imaginait la tête que feraient ces types arrogants des comités de recrutement en apprenant sa promotion. D'ailleurs ils n'auraient peut-être aucune réaction du tout ; ils étaient sans doute tous morts à l'heure qu'il était. De ce point de vue, la guerre était une grande niveleuse, la première vraie méritocratie tchétchène. Il était un médecin incompétent, mais un homme bien, songeait-il, et il compensait ses lacunes professionnelles par l'empathie, par sa connaissance de la souffrance humaine. En découvrant la carcasse gelée du loup dans le champ étincelant au clair de lune, il avait songé à Marx. C'était peut-être là que l'Histoire avait atteint son ère ultime. Une civilisation sans classe, sans propriété, sans État ni loi. Peut-être était-ce aujourd'hui le point final.

Les cinquante derniers mètres dans le village étaient le tronçon le plus dangereux des onze kilomètres que comptait le trajet. Si on l'entendait, le bruit de ses pas pouvait se révéler aussi fatal qu'une mine. Il ralentit l'allure au moment de passer sous les fenêtres de la seule maison dépourvue de doubles rideaux. Des ampoules alimentées par un groupe électrogène brillaient derrière les vitres. Ramzan, assis dans la cuisine, piquait avec sa fourchette une tranche de viande luisante ; il ne ressemblait ni à un informateur ni à un collabo, juste à un brave gars se préparant une bonne indigestion. Derrière l'autre fenêtre, Khassan, le père de Ramzan, lisait à son bureau. Khassan n'avait plus parlé à Ramzan depuis deux ans – depuis que ce dernier avait commencé à jouer les indic' pour les Russes. Et même si Akhmed ne tenait pas rigueur au père pour les crimes du fils, les ampoules électriques les éclairaient à l'identique.

La lumière de leur maison n'était plus qu'une lointaine lueur dans la nuit quand Akhmed atteignit enfin la sienne. Les huisseries étaient intactes. La porte encore debout. Au moment de l'ouvrir, il se raidit, s'attendant à sentir une main se refermer brutalement sur son épaule, ou à recevoir un coup de crosse sur le front. Mais il n'en fut rien. Il alluma la lampe à pétrole et se dirigea vers la chambre. Ula était étendue dans le lit. Elle roula sur le flanc, entrant ainsi dans le halo de lumière jaune.

— Où étais-tu ?

Prononcés de cette façon atone, ces trois mots sonnaient comme une accusation. Il espérait que garder le silence suffirait comme réponse, comme de coutume.

— Où étais-tu ? répéta-t-elle.

Sa tête creusait à peine l'oreiller.

— Je suis allé voir Dokka. Je l'ai aidé à tondre ses moutons.

Elle sourit. Un grand sourire qui dévoilait la ligne blanche de ses dents. Douze ans plus tôt, ces incisives émerveillaient le dentiste de la ville, un jeune homme pour lequel les bouches des jeunes femmes étaient l'objet de tous ses fantasmes ; mais le dentiste était mort puceau, quand un obus de mortier à la trajectoire hasardeuse avait atterri sur son cabinet, l'emmenant au Paradis dans un panache gris.

— Quel impatient, ce Dokka ! murmura-t-elle. S'il avait attendu un mois de plus, les bêtes auraient été mieux fournies.

— C'est vrai. Dokka a toujours été un impatient.

Il s'assit sur le lit et posa la lampe à côté du bassin et du bol de bouillon – les deux à moitié pleins. Une ellipse d'empreintes humides le suivit jusqu'au lit. Il délaça ses chaussures glacées et maculées de neige, se massa la plante des pieds, et s'étendit à côté d'Ula. Autrefois, elle se poussait pour lui faire de la place, mais aujourd'hui, elle avait réduit de moitié.

— Comment va sa famille ?

— Bien.

Akhmed se tourna et glissa sa main sous la chemise de son épouse pour se réchauffer les doigts sur son ventre.

— Il faudrait qu'on les invite à déjeuner.

— Oui. Ils apporteront du maïs et des concombres, chuchota-t-il, dans le duvet translucide qui ourlait l'oreille d'Ula. On allumera le *mangal*, on grillera des *chashlyk*, et on passera l'après-midi au soleil. L'agneau marine déjà chez Dokka avec les tomates, les oignons, les citrons et l'*ouksous*. On invitera les parents de Dokka. Peut-être qu'ils viendront. Peut-être que Dokka apportera son jeu d'échecs, pas celui avec les jolies pièces de bois, mais celui en plastique que Havaa lui a offert pour son anniversaire – son préféré qu'il disait –, même si aucun joueur de son niveau ne devrait jouer sur un échiquier en plastique. Il jouait tout le temps dessus. Tu te souviens ?

C'est sur ce jeu qu'il a appris à Havaa à jouer et qu'il l'a laissée gagner pour son sixième anniversaire. Oui, on les invitera à manger un de ces jours.

— J'ai faim, dit-elle. Je ne veux pas attendre aussi longtemps.

Il déposa un baiser sur le front de sa femme et y laissa ses lèvres jusqu'à ce que le baiser devienne une conversation peau à peau. Comment la maladie de sa femme pouvait-elle ainsi le répugner et l'attacher à elle tout autant ? L'amour, la pitié et la répulsion, il ressentait tour à tour toutes ces émotions ; et, encore une fois, alors qu'il humectait de sa bouche une portion d'elle guère plus grande qu'un timbre-poste, il se demandait si, lorsqu'il romprait le contact, ce ne serait pas le dégoût qui resterait lisible sur l'empreinte humide.

— J'ai faim, répéta-t-elle.

À contrecœur, il se releva. Il laissa la lanterne à côté du lit et traversa les ténèbres en direction de la cuisine. Après dix ans passés sans électricité, ses pieds connaissaient le chemin. Huit pas pour le salon, un quart de tour, six pas jusqu'au seuil de la cuisine, deux encore jusqu'aux fourneaux. Il mit du bois sur les cendres de la veille, envoya une giclée de pétrole sur les fibres blanches, et gratta une allumette. Il prépara une casserole de riz et une tasse de lait en poudre tandis que les flammes léchaient ses jambes. En attendant que le riz soit cuit, il tira un tabouret et s'assit, penché devant le feu. Il voulait dire quelque chose pour Dokka ; peut-être qu'avec ses mots chuchotés au-dessus des flammes son affection pour lui s'échapperait par la cheminée et serait emportée par le vent ou par des ailes invisibles jusqu'aux oreilles de Dokka ? Même si cela n'avait pas été un espoir chimérique, Akhmed ne savait pas quoi dire qui pût réconforter Dokka. Alors il ne dit rien.

Quand le riz fut prêt, il le versa dans un bol de céramique, posa la cuillère sur le bord, prit la tasse de lait et transporta le tout pour deux pas, six pas, et un quart de tour dans les ténèbres. Était-ce cela que ressentait un bébé au moment de sortir du ventre de sa mère ? Il avait mis au monde des dizaines de nouveau-nés, mais il ne pouvait se représenter les tout premiers instants de leur passage de l'obscurité à la lumière. Une brèche dans le suaire, et soudain un déferlement de couleurs, de formes, de froid – un monde d'hallucinations.

La lanterne projetait un cercle jaune sur le sol. Akhmed y pénétra avec réticence, redoutant de s'approcher à nouveau d'Ula. Il s'assit à côté d'elle et porta une petite cuillerée de riz à sa bouche pâle. Peu importait le savoir de Sonja, ou l'expérience de Deshi ; peu importaient les soins et l'attention qu'il prodiguait à Ula.

— Personne n'a cherché à me voir aujourd'hui ? demanda-t-il. (Ula secoua la tête.) Tu es sûre ? On n'a pas toqué à la porte ? Rien de rien ?

— Je ne crois pas. Je dormais.

— Mais tu t'en souviendrais si Ramzan avait appelé derrière la porte ?

— Oh, oui. Ramzan. Quel gentil garçon ! Il voulait toujours connaître mon opinion, dit-elle. (Elle but une gorgée de lait et fit la moue.) Je crois qu'il a tourné.

Akhmed fit la vaisselle, se déshabilla et se glissa sous les draps. Les doigts d'Ula se faufilèrent sous la couverture à la recherche des siens.

— Ça empire, n'est-ce pas ? souffla-t-elle.

— Non, répondit-il. Rien n'empire.

— Il ne me reste plus beaucoup de temps, hein ?

Ces moments étaient une vraie torture ; quand les méandres de ses questions menaient à la lucidité et qu'il ne pouvait lui dire ce qu'elle avait déjà perdu. Croyait-elle vraiment qu'il avait passé la journée à tondre les moutons – moutons qui avaient été abattus et mangés depuis des lustres ? Avait-elle déjà oublié que Havaa avait dormi auprès d'elle, son petit corps chétif fiché telle une écharde de chaleur dans la pièce obscure ? À moins que la présence de la fillette ne se confondît à la matière de ses rêves, consumée dans la lumière du matin ? Restait une autre possibilité, plus dérangeante : feignait-elle de croire à ces mensonges juste pour l'apaiser ?

— Le temps nous est à tous compté, répliqua-t-il en serrant sa main.

Quand la respiration d'Ula s'alanguit, il retira ses doigts et songea à la journée qui l'attendait le lendemain. Allait-il traiter un autre patient ? Comment cela allait-il se passer ? En serait-il capable ? Voilà six mois qu'il n'avait pas officié, mais il se souvenait des réticences de ses malades à son cabinet quand il les conduisait à la salle d'examen ; car ceux-ci venaient de comprendre que leur corps leur avait vraiment joué un sale tour, non seulement en ne fonctionnant plus, mais en les contraignant à s'en remettre aux mains d'un médecin incompétent. Parfois, Akhmed se demandait si le mépris qu'il avait pour lui-même n'était pas dangereux pour ses patients ; une part sombre de son cœur voulait peut-être les faire souffrir, leur faire payer ses propres échecs ? Et, aujourd'hui, il se retrouvait face à Sonja, une chirurgienne dont la renommée s'était propagée jusqu'à Eldár. Quand elle lui avait demandé comment procéder avec un patient sans réaction, il avait cru, dans l'affolement, qu'elle voulait dire un patient muet ou qui refusait de parler ; il avait alors songé au boulanger aphasique du village, qui ne communiquait que par le biais d'un calepin – ce qui s'était révélé compliqué le dernier hiver quand le pauvre homme, souffrant d'impuissance, avait eu trop honte pour l'écrire, même à l'intention exclusive de son médecin. Akhmed avait résolu le problème – plutôt astucieusement, estimait-il – en donnant au boulanger un questionnaire comprenant une centaine de symptômes possibles. Et l'homme n'en avait coché qu'un seul. Akhmed avait ainsi pu sauver les testicules de l'homme, son mariage et sa fierté. Mais Sonja ignorait tout ça. Il avait été trop intimidé pour s'expliquer. Elle l'avait juste fusillé du regard, sachant qu'un imposteur comme lui ne pouvait se trouver dans le top 10 de sa promo. Elle ne lui avait pas demandé comment il connaissait son nom, ni pourquoi il était venu la trouver, elle. Il n'avait aucune intention de lui cacher la vérité, mais comme elle n'avait pas posé la question, il n'avait pas eu l'occasion de lui parler de la poitrine recousue avec du fil dentaire.

***

Sonja avait installé son lit dans l'ancien bureau du directeur du service gériatrie, un homme qu'elle n'avait jamais vu mais dont les goûts donnaient une image si précise de lui – lunettes d'écaille à la Malcolm X, vestes en tweed, traits délicats, mains fines – qu'elle aurait pu reconnaître son cadavre entre tous. La gériatrie avait été fermée dès la première guerre – à cause des pénuries d'abord, et surtout parce que prolonger la vie des aînés était certes nécessaire, mais en temps de paix seulement. Toutefois, le pacha de la gériatrie, un vieux garçon qui consacrait une grande part de ses émoluments à la décoration de son lieu de travail, avait le bureau le plus douillet de l'hôpital. Sonja ne tarda donc pas à y prendre ses quartiers. Un tapis du Tadjikistan vermillon couvrait le sol. Sur sa table de travail, trônait un vase ancien orné de motifs perses au pied duquel le directeur avait installé le portrait d'une femme au sourire énigmatique posant devant la mer Noire. Pas de date. Pas de nom. Un fantôme de son passé qui lui avait survécu. L'homme avait visiblement passé toute sa vie dans cette pièce, à se languir d'une femme qu'il n'avait plus vue depuis ses vingt et un ans, quand son père avait marié la belle à un Ukrainien par peur du scandale – car la dulcinée était sa demi-sœur, et son amour pour elle le troublait tant qu'il n'avait pu exprimer ce sentiment que par une empathie pour les personnes âgées qui perdaient la tête.

La table était poussée contre le mur. Dessus, des fiches de salaires attendaient encore la signature du maître des lieux. Six matelas, deux rangs de trois, constituaient le lit de Sonja. C'est là qu'elle trouva la fillette, après le départ d'Akhmed, couverte de gants en latex.

— Qu'est-ce que c'est que ça ? s'exclama Sonja.

L'effet était saisissant. La petite avait agrafé les gants sur son sweat-shirt et son pantalon, jusqu'en bas, pour s'en recouvrir entièrement. Il y en avait même un sur sa tête, comme une crête d'Iroquois à cinq doigts.

— Qu'est-ce que c'est que ça ? répéta Sonja.

— Tu ne vois pas ? répondit Havaa en se mettant debout.

Voir quoi ? Voilà pourquoi elle n'aimait pas les enfants ! Cette manie de parler par énigmes !

— Tout ce que je vois, c'est un immense gâchis de fournitures médicales. Et ça, c'est bien la dernière chose que j'aurais voulu voir.

— Alors qu'est-ce que je suis ? insista la fillette.

— Une nuisance ?

— Non, une anémone de mer.

Elle se mit à tourner sur elle-même, comme si elle espérait que les gants allaient se gonfler, mais ces machins refusaient même de s'ouvrir quand Sonja glissait ses doigts dedans ; il soubresautaient simplement, mous et flasques, contre le torse, le dos et les jambes de la fillette. Le spectacle était si pathétique que Sonja sentit son agacement, pourtant justifié, se dissoudre.

— Les anémones de mer ne parlent pas. Maintenant, ça suffit ! Change-toi.

Sonja désigna la valise bleue, posée à côté du matelas, là où elle l'avait laissée six heures plus tôt.

— Peux pas. C'est ma valise d'urgence.

— D'urgence ?

— Au cas où. Pour que j'aie avec moi les choses auxquelles je tiens.

— Mais l'urgence est passée. (Sonja soupira. Cette petite était vraiment bête comme ses pieds.) C'est pour cette raison que tu te trouves ici.

— Il y en aura peut-être une autre.

— Je te propose un marché, annonça Sonja en se frottant les yeux. Si tu enlèves cet accoutrement ridicule, tu ne dormiras pas sur le parking.

La fillette, qui avait assisté à l'arrestation de son père la veille, avait peur de bien des choses, mais pas de cette doctoresse épuisée et revêche. Elle contempla les gants de latex qui pendaient sur elle ; son père aurait aimé son déguisement, il l'aurait soulevée dans ses bras en l'appelant « ma petite anémone de mer ». Son soutien mettait de la magie dans les jours les plus mornes, l'enveloppait de cette confiance et de cette sécurité dont elle avait tant besoin ; sans ce cocon, sans lui, elle se sentait une petite chose fragile, et l'idée de dormir dans un parking lui sembla soudain bien réelle.

— Je vais me changer, répondit-elle, dans un affaissement d'épaules. À condition que tu ne me fasses pas défaire ma valise.

— Il n'en est pas question, rassure-toi, répliqua Sonja en se tournant pendant que la petite se déshabillait. Mon plus grand souhait serait que toi et ta valise vous vous soyez volatilisées au matin. Et d'abord, qu'est-ce qu'il y a de si important là-dedans que tu ne veuilles pas déballer ?

— Mes vêtements et des souvenirs.

— Des souvenirs ? Où es-tu allée ?

— Nulle part. (C'était la première nuit qu'elle passait hors de son village.) Ce sont des souvenirs de gens qui sont passés à la maison.

Quand la fillette eut terminé de se changer, Sonja déclara :

— Tu as une trace de doigts sur la joue. Non, pas cette joue. L'autre. Non, ça, c'est ton front. (Sonja lécha son pouce et frotta l'empreinte noirâtre.) Ton visage est tout crasseux. Dans un hôpital, il est important d'être propre.

— Ce n'est pas propre de cracher sur le visage de quelqu'un, rétorqua Havaa, d'un air de défi.

Sonja esquissa un sourire. Cette petite n'était peut-être pas si idiote.

Elles dînèrent dans les cuisines, au bout de l'aile de traumatologie, où Sonja avait installé avec fierté l'appareil le plus sophistiqué de l'hôpital : une machine à glaçons industrielle qui pompait presque toute l'électricité du groupe électrogène, mais qui fournissait de l'eau potable. La fillette semblait toutefois plus intéressée par son reflet sur le dos de sa cuillère.

— On est en décembre, finit-elle par dire. Le monde entier est une grande machine à glaçons.

— Te voilà soudain bien réaliste…

L'enfant se fit une grimace.

— Est-ce que des doigts ça peut repousser ? demanda-t-elle en posant la cuillère.

— Non. Pourquoi cette question ?

Havaa pensait aux mains mutilées de son père.

— Pour rien.

— Et d'abord, comment sais-tu à quoi ressemble une anémone de mer ? La côte la plus proche est bien loin d'ici.

— C'est mon père qui me l'a dit. C'est un arboriste. Il sait tout des arbres. Moi, je suis encore une minimaliste.

— Une minimaliste ? Tu sais ce que ça veut dire ?

Havaa hocha la tête, s'attendant visiblement à cette question.

— C'est une façon polie de dire que je n'ai rien à moi dans la vie.

— C'est ton père qui t'a appris ça ?

La petite acquiesça encore, baissant les yeux vers la cuillère où se reflétait toujours son visage. Son père en savait autant que le dictionnaire sur son bureau. Tous les mots compliqués qu'elle connaissait venaient de lui. Et les Russes ne pouvaient lui prendre ce que son père lui avait appris ; c'est ce qui rendait soudain ces mots, qu'elle avait mémorisés pour lui faire plaisir, si grands et si importants pour la première fois.

— Il m'a parlé des minimalistes et des spécialistes, des arboristes, des biologistes et des zoologistes, et aussi des économistes et des communistes, des obstructionnistes, des terroristes, des djihadistes. Moi, je lui ai dit que je voulais être anémoniste de mer.

— Je vois que tu connais beaucoup de mots savants.

— C'est important de connaître les mots compliqués, répliqua-t-elle, répétant le mantra de son père. Personne ne peut prendre ce qu'il y a dans ta tête une fois que c'est dedans.

— On croirait entendre une solipsiste.

— Je ne veux pas que tu m'apprennes de nouveaux mots. Pas toi.

Sonja alla faire tremper la vaisselle dans un bac d'eau douteuse. Derrière elle, la petite se taisait.

— Ton père est donc arboriste, dit-elle en frottant les couverts avec une éponge grise.

Ce n'était pas une question, ni une conclusion, mais un pont jeté en travers du silence. Havaa ne répondit pas.

De retour au bureau du directeur de la gériatrie, Sonja donna à la fillette une poupée Barbie exhumée de la caisse des objets trouvés. Elle appartenait à la fille d'un catholique intégriste de Varsovie qui croyait que les fabricants de jouets ourdissaient une conspiration pour faire de sa fille de dix ans une païenne ; il lui avait donc confisqué tous ses jouets à l'exception des figurines de la nativité et, dans un esprit de pure charité chrétienne, avait envoyé le tout dans les pays infidèles où ces babioles impies ne pourraient faire de mal aux âmes des enfants déjà perdus pour Dieu. La poupée, en robe de bal et tiare étincelante, semblait curieusement joyeuse malgré sa taille de guêpe. Havaa l'examina avec soin, se méfiant de cette vision de l'humanité.

— Pourquoi elle sourit ?

— Elle a peut-être trouvé la tiare par terre et prévoit de la vendre pour s'offrir un billet pour Londres.

— Ou alors elle a tué un Russe.

Sonja rit.

— Oui, pourquoi pas. C'est peut-être une *chahidka* !

— Oui, c'est une Veuve noire ! renchérit la fillette, séduite par cette interprétation. Elle est entrée en catimini dans un théâtre de Moscou et a pris tout le monde en otage. C'est pour ça qu'elle porte une robe et des bijoux.

— Mais où sont les otages ? Je n'en vois aucun ? Si elle sourit, c'est qu'elle a pris des otages…

La fillette examina les dents de la poupée à la blancheur beaucoup trop éclatante.

— Ou alors elle avait faim ? Et elle vient de manger un gâteau ?

— Et pourquoi pas un cookie ? demanda Sonja, ayant une idée subite.

— Oui, elle aurait sans doute ce sourire si elle mangeait un cookie.

— Ça te dit ?

La fillette acquiesçait encore quand Sonja sortit une barre chocolatée du tiroir du bureau – un nouvel ajout aux colis de l'aide humanitaire –, conçue pour les coureurs de marathon. La petite mordit dans le parallélépipède caoutchouteux et grimaça.

— Qu'est-ce que c'est ?

— Un cookie au chocolat.

Havaa secoua la tête en ouvrant de grands yeux outrés.

— Non, ce n'est pas un cookie.

— C'est comme un cookie. Ça a le goût d'un cookie aux pépites de chocolat.

— Comment quelque chose pourrait avoir le goût d'un cookie sans être un cookie ?

— Les savants peuvent s'arranger pour qu'une chose ait le goût d'une autre.

— Tu peux faire ça, toi ?

Sonja aurait bien aimé.

— Ma spécialité, c'est juste le corps humain.

La fillette prit une autre bouchée, referma le papier d'aluminium autour du reste de la barre et la glissa sous son oreiller.

— Allons, ce n'est pas si mauvais, lâcha Sonja, agacée par le palais trop délicat de la petite.

— Je l'économise.

— Pourquoi ?

— Au cas où.

La fillette se battit longtemps avec les couvertures, mais s'endormit la première. Sonja ferma les paupières et enfonça sa tête dans l'oreiller, sans pouvoir toutefois atteindre l'oubli. Elle avait tant l'habitude de dormir seule. Depuis qu'elle était rentrée de Londres huit ans plus tôt, elle n'avait jamais passé la nuit avec quelqu'un – aucune rencontre suffisamment sérieuse qui nécessitât qu'elle emporte avec elle sa brosse à dents. Elle lâcha un soupir. Quand Deshi l'avait réveillée ce matin, jamais elle n'aurait imaginé que la journée se terminerait ainsi, et qu'elle se retrouverait à chercher désespérément le sommeil, à côté de ce petit être bizarre. N'empêche, elle était contente de l'aide qu'allait lui apporter Akhmed. Un coup de main était le bienvenu, même si le geste était encore maladroit et hésitant. Mais elle garderait pour elle sa reconnaissance. Il devait s'endurcir, apprendre que sauver une vie et s'occuper d'une personne étaient deux entreprises bien différentes, et que pour réussir la première il fallait se débarrasser du pathos nécessaire à la seconde.

Le drap épousait les formes de la petite. Il y avait ce creux dans le matelas, cette chaleur ténue qui rayonnait de son corps. Sonja ne la voulait pas ici. Elle n'osait imaginer ce dont cette enfant avait été témoin, ou ce qu'elle savait. Il était possible aussi que la petite n'ait rien vu et ignorât totalement pourquoi les Russes l'avaient dans le collimateur. Quelque part, un colonel, lui aussi enfoui sous ses couvertures, voulait retrouver Havaa avec la même ardeur que Sonja souhaitait la voir quitter son hôpital. Elle aurait bien troqué cette Havaa contre Natasha, ou ses parents, ou contre un billet d'avion pour Londres ou ne serait-ce qu'une vraie nuit de repos. La petite avait perdu son père et elle, elle avait perdu sa sœur, et même si une empathie réciproque pouvait émerger de cette infortune commune, Sonja se sentait flouée. Des mouches voletaient au bord de son champ de vision cet après-midi, quand elle avait traversé le hall à la rencontre de cet homme, avec l'impression que ses pieds ne touchaient pas terre parce qu'elle espérait qu'on lui apportait enfin des nouvelles. Sa sœur avait pris la Samsonite quand elle s'était volatilisée en décembre dernier. Aucun mot, aucune explication, nulle part, pas même sous le divan, que Sonja avait sondé avec un balai, dans l'espoir que le vent y ait caché une lettre d'adieu. C'était comme si Natasha avait ouvert la porte des réserves au troisième étage et avait sauté dans le vide. *Pouf!* Plus personne. Mais il n'y avait eu ni arrestation, ni passage à la frontière, ni cadavre; et cette absence de preuve suffisait à lui jouer des tours, à lui faire espérer que le prochain patient qui passerait les portes battantes de l'aile de trauma serait Natasha. Cependant il devait y avoir un quota; une limite au nombre de miracles envisageable dans une vie. Combien de fois un être cher pouvait-il réapparaître dans une existence?

Les veilleuses de nuit enveloppaient la petite d'un film vert. Ses joues lisses, lavées à la salive, ne laissaient rien paraître des rêves qui emplissaient son crâne. Si elle parvenait à l'âge adulte, elle aurait deux cent six os, deux millions et demi de glandes sudoripares, quatre-vingt-seize mille kilomètres de vaisseaux sanguins, quarante-six chromosomes, sept mètres d'intestin grêle, six cent six muscles, cent milliards de neurones, deux reins, un foie, un cœur, cent billions de cellules qui mourraient et seraient remplacées encore et encore. Mais peu importait la façon dont elle démontait et quantifiait ce corps à côté d'elle, elle ne pourrait jamais savoir combien d'années la petite attendrait avant de se marier, si ça devait lui arriver, ni combien d'enfants elle aurait, et si elle devait en avoir. Et entre la création de ce corps et sa fin résidait le mystère que la fillette passerait sa vie à résoudre. Mais, pour l'instant, elle dormait.

4

1994 1995 1996 1997 1998 1999 2000 2001 2002 2003 **2004**

Une silhouette apparut sur l'horizon blanc, emplissant les manches d'un pardessus bleu qu'Akhmed connaissait bien. Deux matins plus tôt, il aurait fait un signe et serait venu saluer son ami. Il aurait marché jusqu'à ce que le visage de Khassan sorte de l'ombre, et plus près encore, et lui aurait lancé quelques paroles, sans peur ni hésitation – si cela avait été deux matins plus tôt. Mais cette fois, il obliqua vers la forêt pour se cacher derrière le premier arbre venu. Il s'accroupit au pied du tronc trop étroit et avala une goulée de l'air froid de l'aube, en espérant que Khassan, tireur d'élite pendant la grande guerre patriotique, ne l'aurait pas vu s'enfuir. Il enfouit sa bouche dans ses paumes jointes pour dissimuler son haleine. Était-ce ainsi qu'il allait devoir vivre dorénavant ? Se sauver dans la forêt au moindre craquement ?

Trois coups résonnèrent sur le tronc gris et blanc du bouleau.

— Toc ! toc ! Il y a quelqu'un ? demanda le vieil homme.

Akhmed se leva et se retourna d'un air contrit. Il regarda ses empreintes dans la neige qui menaient droit à son arbre.

Même en tenant une paire de jumelles à l'envers, Khassan aurait pu suivre sa trace.

— Il fait bien froid pour mettre le nez dehors, déclara Akhmed.

Tandis qu'ils regagnaient ensemble la route forestière, les épaules de Khassan lui bouchaient la vue. Le vieil homme emplissait toujours aussi bien son manteau et il avait dans chaque main des haltères de deux kilogrammes. À l'âge de soixante-quinze ans – soit vingt ans de plus que l'espérance de vie d'un Russe, comme il le faisait souvent remarquer –, Khassan continuait ses exercices comme à ses premiers jours à l'armée, un demi-siècle plus tôt. Cinquante pompes et flexions, plus cinq kilomètres de course à pied qui étaient devenus une simple promenade ces dix dernières années.

— Je me suis gelé les couilles en Pologne, en Allemagne et au Kazakhstan. Sur neuf fuseaux horaires différents. Et aujourd'hui… (Il poussa un soupir et contempla son entre-jambe d'un air dépité.) Aujourd'hui, je suis trop vieux pour qu'elles servent à quelque chose. Alors, elles peuvent geler jusqu'à tomber par terre, j'en ai plus rien à faire.

Depuis toujours, Akhmed avait été fasciné par les histoires qui émaillaient l'odyssée de Khassan – un périple de seize ans. Pour quelqu'un qui n'était jamais allé à Grozny, les voyages de Khassan étaient autant de récits légendaires. En 1941, l'Armée rouge lui avait donné cinq balles et l'ordre de récupérer un fusil sur les cadavres. Avec une arme arrachée des doigts pétrifiés d'un mort à Stalingrad, il avait parcouru son chemin de sang à travers l'Ukraine, la Pologne, et l'Allemagne. Il avait reçu deux balles dans la cuisse gauche, perdu trois compagnons morts de froid, tué vingt-sept nazis par balle, quatre au couteau, trois à mains nues, combattu sous cinq généraux, libéré deux camps de concentration, entendu les innombrables voix des anges dans le tonnerre des mortiers, et chié sur une commode du Reichstag, pour fêter à sa façon la défaite de l'Allemagne nazie. Après ses années de service, il était rentré dans une Tchétchénie sans

Tchétchènes. Pendant qu'il se battait, tuait et chiait pour la gloire de l'URSS, tout son peuple avait été déporté au Kazakhstan et en Sibérie, parce que Staline accusait les Tchétchènes de collaboration avec l'ennemi fasciste. Son propre commandant allait passer les trente-huit prochaines années de son existence comme porteur de valises à la gare de Liski. Et, là-bas, chaque jour, la vue des rails embrochant le soleil à l'horizon rappellerait à cet ex-officier un matin funeste : le jour où il avait trahi Khassan, son meilleur soldat, l'homme qui lui avait sauvé la vie à deux reprises, le jour où il l'avait envoyé au Kazakhstan, jeté dans un train empli de médecins russes, de prisonniers de guerre allemands, de résistants de l'Armia Krajowa polonaise, et de juifs. Les parents de Khassan, déportés de la première vague, n'avaient pas survécu au déplacement, et quand en 1956 – trois ans après la mort de Staline – Khrouchtchev autorisa le retour des Tchétchènes, Khassan avait déterré leurs dépouilles pour les ramener chez eux dans leur propre valise.

— D'après ce que tu m'as dit, répliqua Akhmed, elles n'ont pas toujours été gelées…

Khassan esquissa un sourire.

— Dieu merci, les frontières sont fermées. Va savoir combien de *Fräulein* pourraient me tomber sur le râble !

Des lueurs violettes veinaient les nuages. Akhmed chercha quelque chose à dire, de quoi leur faire oublier la disparition de Dokka, les sortir de ce trou noir qui aspirait toutes leurs pensées.

— Et ton livre ? Ça avance ?

Khassan grimaça.

Raté.

— J'abandonne.

— Il ne va pas s'écrire tout seul.

— L'Histoire s'écrit toute seule. Elle n'a pas besoin de moi.

— Mais c'est l'œuvre de ta vie.

— « L'œuvre d'une vie » peut servir aussi de papier toilette. Ce n'est pas parce que tu y consacres toute ton existence que ça a une quelconque valeur.

Depuis quarante ans, Khassan avait écrit et réécrit son Traité – six volumes, trois mille trois cents pages – de l'Histoire tchétchène. Akhmed était enfant quand il en avait vu des feuillets pour la première fois. Après que le cancer eut emporté sa mère, son père et lui venaient dîner toutes les semaines chez Khassan, une maison de trois pièces construite par le père de ce dernier à une époque où les hommes étaient simplement censés faire pousser leur maïs, élever leurs moutons, et construire leur foyer. Une première mouture inachevée emplissait déjà huit cartons sous le bureau de Khassan, calligraphiée d'une écriture en pleins et déliés, telle une longue lettre de condoléances. Akhmed avait trouvé ce trésor un après-midi alors que son père et Khassan étaient occupés à bavarder comme deux frères sous le soleil de juin. Tous les jours, quand Khassan partait donner ses cours à l'université, Akhmed se faufilait dans le salon et volait une page, une seule. Il la lisait le soir, après avoir fait ses devoirs, et la remettait à sa place le lendemain, contre la page suivante. Khassan faisait débuter son histoire avant l'humanité, quand la flore et la faune de Tchétchénie cohabitaient dans un égalitarisme sans caste. Résumant en vingt feuillets la géologie caucasienne, Khassan démontrait que le sol et les roches suivaient le même matérialisme dialectique prôné par Marx. Une explication de sept pages sur la sélection naturelle comparait les koulaks à une espèce n'ayant pu s'adapter aux changements de leur environnement. Akhmed avait lu au total soixante-treize feuillets – soit jusqu'au néolithique –, quand Khassan s'aperçut que certaines pages manquaient. Akhmed en avait effectivement perdu trois – deux transformées en avions en papier, et une dernière, une description de la forêt d'Eldár avant que l'homme n'invente les tronçonneuses, qui était si belle qu'il n'avait pas eu le cœur de la remettre en place. Croyant que l'auteur du larcin était un informateur de la police secrète, Khassan avait brûlé le manuscrit dans son poêle à bois.

— Mais il faut que tu ailles au bout ! le pressa Akhmed, ne sachant si Khassan était sérieux.

Il avait toujours connu Khassan habité par ce projet de traité d'histoire qui, même s'il était publié, ne serait lu par personne. Khassan, renoncer à ce livre ? C'était comme s'il renonçait à ses jambes. Ridicule !

— Tu as raison, lâcha le vieil homme.

Ses lèvres ouvertes laissaient entrevoir une rangée de dents couleur huile de friture. Leur dentiste était tant ému par la denture de ses jeunes patientes, qu'il ne pouvait supporter de regarder très longtemps dans la bouche d'un vieil homme. Tant de laideur étant quasiment un blasphème à ses yeux, il n'avait jamais parlé à Khassan de l'utilité du fil dentaire.

— Et je suis désolé, Akhmed. Pour Dokka.

— Ils l'ont emmené à la Décharge ?

Les épaules de Khassan s'affaissèrent. Tous les deux connaissaient la réponse, mais avaient du mal à l'admettre.

— Je ne sais pas. Je ne suis au courant de rien.

— Tu pourrais demander à Ramzan…

Lui demander quoi au juste ? Ramzan n'avait aucune réponse. Les ténèbres où il se trouvait étaient encore plus épaisses que les leurs.

— Lui demander de laisser Havaa tranquille ? termina-t-il. Elle n'est plus ici, de toute façon.

— Ramzan n'a pas entendu le son de ma voix depuis un an, onze mois et trois jours, depuis qu'il s'est mis à jouer les indics. J'ai compté chaque jour de silence. C'est idiot, je sais, mais le mutisme est le seul pouvoir qui me reste.

Chacun regardait, mal à l'aise, par-delà l'épaule de l'autre, vers les bois qui s'étendaient de chaque côté de la route.

— Je suis un paria, le père d'un informateur, poursuivit Khassan. Toi et mon fils, vous êtes les seules personnes dans le village à accepter de me parler, et moi, je ne peux pas adresser la parole à mon fils. Depuis un an, onze mois et trois jours, mes seules conversations, je les ai eues avec toi. Parce que, toi, tu me parles encore. Pourquoi donc ?

Akhmed contempla les arbres. Il n'en savait rien. Il ne savait pas non plus que, lorsque Khassan rentrerait chez lui ce matin, il consignerait par écrit leur conversation, du moins ce dont il pourrait se rappeler, d'une écriture en pattes de mouche illisible pour son fils, ni que plus tard Khassan la relirait en silence, uniquement avec les yeux, sans prononcer un mot, et ces quelques lignes sur cette page allégeraient le poids de son silence comme autant de mâts d'une toile de tente. En revanche, Akhmed savait que Khassan était son ami, que c'était un homme bien, ce qui était aussi rare que la neige en mai.

— Tu t'es enfui en me voyant. (Avant qu'Akhmed ait eu le temps de dire quoi que ce soit, il ajouta :) Je comprends. Mon fils est faible et cruel. C'est normal. Tu sais, j'ai repensé dernièrement à la fête du sacrifice. Dans les camps, on la célébrait en secret. On tuait un chien errant en guise de mouton. Je me demande si Ibrahim avait les mains moites quand il a emmené son fils sur la montagne. Que lui a-t-il dit ? Qu'il l'emmenait en promenade ? A-t-il pris de l'eau avec lui ? J'imagine qu'il a dû tant regarder ce couteau que la lame et son reflet ne devaient faire plus qu'un. Je pense au soulagement qui a dû remplacer l'horreur quand il a dégainé le couteau et qu'il a vu son image. Ce qu'il allait faire était d'une telle importance que c'était comme s'il l'avait déjà fait, comme s'il avait déjà offert son fils et lui-même au fil du *kinzhal*.

Khassan se pencha et plaqua ses mains nues sur la neige. Il les plongea jusqu'aux avant-bras et les laissa là, comme pour montrer sa résistance au froid. Mais Akhmed savait qu'il s'agissait d'un rituel de contrition. Son visage exprimait une telle souffrance qu'Akhmed ne pouvait la contempler, et encore moins la comprendre ni la soulager.

— Marchons des deux côtés de la route pour qu'on ne puisse suivre mes empreintes, annonça Akhmed. Je serai absent pour la journée. Assure-toi que personne ne sache où je vais. Fais ça pour moi.

Khassan dodelina de la tête. Il recueillit deux pleines poignées de neige et les pressa sur ses yeux. De l'eau ruisselait sur ses poignets.

— Qu'Ibrahim fût prêt à sacrifier son fils est facile à comprendre. Son fils était un être innocent. C'est beaucoup plus difficile à faire quand on sait ce que le fils va te faire s'il survit. Quand on sait ce qui va se passer si un ange, au dernier moment, retient ton bras et arrache le couteau de ta main.

* * *

Phalange distale, phalange proximale, métatarse, cunéiforme médial, naviculaire, talus, calcanéum. Akhmed se récitait les os du pied, du gros orteil à la cheville, tout en se dirigeant vers l'hôpital. Avant de partir ce matin, il avait arraché une demi-douzaine de planches de son ancien manuel d'anatomie pour les étudier pendant le trajet. Toutefois, il levait les yeux de temps en temps, de crainte de marcher sur une mine. Il devait être prêt à répondre aux nouveaux tests de Sonja. Le soleil était bien levé quand il arriva à l'hôpital. Le garde à l'entrée – un type à qui il manquait un avant-bras – l'arrêta aussitôt.

— Ici aussi ? protesta Akhmed, agacé. Je viens presque de faire un détour par la Turquie pour éviter les contrôles !

Le reste de la manche du vigile était cousu à son épaule. Une étroite barbe en panache tombait de son menton comme si un écureuil hibernait dans sa bouche, ne laissant apparaître que sa queue.

— Vous devez retirer les éclats de verre de vos chaussures, ordonna-t-il.

— Ne vous inquiétez pas, je suis médecin.

— Non. Sonja est médecin, rectifia le manchot. Vous, vous êtes l'idiot avec des bouts de verre dans les semelles.

Maintenant, asseyez-vous sur ce banc, prenez ces pinces et retirez ce verre si vous voulez entrer.

On ne pouvait traverser la ville sans ramasser sous ses semelles une collection d'éclats de verre et le vigile – qui avait pendant dix-huit mois combattu avec les rebelles, et vu et fait toutes sortes d'horreurs – redoutait plus que tout la réaction de Sonja si elle trouvait des morceaux de verre dans son hôpital. Il surveilla Akhmed qui ôta quatorze éclats de ses semelles avant de les déposer avec précaution dans un cendrier.

Déconfit, Akhmed lâcha un soupir. Son premier jour à l'hôpital ne commençait pas sous les meilleurs auspices.

— Dites-moi, demanda-t-il en désignant le bras manquant. On vous paye moitié prix ?

Le vigile, âgé de trente et un ans, n'avait jamais reçu de salaire, et n'aurait su qu'en faire s'il avait eu un chèque entre les mains. Trois ans plus tard, quand l'hôpital paierait à nouveau le personnel, en commençant par un arriéré de neuf ans, le garde encadrerait son chèque et l'accrocherait au mur sans jamais le déposer à la banque. Pour le restant de sa vie, il se méfierait des chiffres que les gens inscrivaient sur des bouts de papier.

— Ils devraient me payer plus que vous, répondit-il dans un sourire. Même moi, je n'aurais pas idée de donner un formulaire à un patient dans les vapes.

Akhmed rougissait encore quand il poussa la porte à double battant. La tête de Havaa, comme un boulet de canon, vint percuter son estomac.

— Tu es revenu ! lança-t-elle hors d'haleine après son sprint.

Il plongea les doigts dans ses cheveux amande, de la même couleur que le dos de sa main.

Il s'était tant absorbé dans l'étude de ses planches anatomiques qu'il avait oublié la fillette, et quand les bras de Havaa se refermèrent autour de sa taille comme un garrot, l'étreinte lui bloqua la respiration. Elle, elle ne l'avait pas oublié. Pas un seul instant.

— Bien sûr que je suis revenu. Où pourrais-je aller ?

— Et papa, est-ce qu'il…, commença-t-elle.

Il serra son épaule avec affection.

— On va rester ici encore un petit moment, d'accord ?

— S'il le faut.

Elle desserra son étreinte et recula. La joie des retrouvailles s'évanouissait déjà. Sa valise bleue était posée à côté de la chaise pliante où elle l'avait attendu.

— Tu comptais aller quelque part ?

— Au cas où on rentrait à la maison, dit-elle.

Encore une fois, Akhmed lui pressa l'épaule. Mais ce geste était futile et vain – comme si l'impuissance de la fillette le gagnait aussi.

— Comment s'est passée la nuit ? s'enquit-il, voulant lui changer les idées. Sonja s'est transformée en chauve-souris après le coucher du soleil ?

Elle secoua la tête.

— C'est bien vrai ?

— Oui, répliqua Havaa, dans un murmure. Elle est juste devenue rasoir. Elle n'arrêtait plus de parler de sa machine à glaçons. Et elle m'a traitée de solipsiste.

Akhmed traversa la salle d'attente avec la petite et s'assit sur l'une des chaises pliantes à la peinture écaillée. Havaa posa sa valise bleue sur ses genoux et referma ses bras tout autour.

— Tu veux que je la rapporte dans ta chambre ?

Elle secoua lentement la tête, redressa sa valise et la serra plus fort encore.

— Tu sais ce que je ferais à ta place ? reprit-il. J'apprendrais au vigile à jongler.

— Il n'a qu'un bras.

— Mais il a très envie d'apprendre. Il sera gêné au début, évidemment. Il commencera par refuser. Mais il acceptera si tu te montres obstinée.

— Je sais l'être.

— Ah oui ?

— Papa disait que l'obstination est une façon sympathique d'être casse-pieds.

— Et tu sais y faire, pas vrai ?

Avec un petit sourire, elle se reconnut cette qualité personnelle. Mais le sourire qu'il avait fait naître s'effaça quand les portes du service de traumatologie s'ouvrirent brusquement sur Sonja. Chacun de ses pas faisait bruisser sa blouse blanche. Des veinules roses ourlaient ses yeux.

— Vous êtes en retard ! lança-t-elle, en se contrefichant de ce qui se jouait là, sur les chaises pliantes de la salle d'attente, entre Akhmed et la fillette.

Celui-ci leva les sourcils, interrogeant Havaa du regard, puis suivit Sonja dans le couloir où flottaient, par nappes, des effluves d'ammoniaque. Elle obliqua vers les cuisines. La fameuse machine à glaçons bourdonnait dans un coin. Il y avait là des serviettes et des draps suspendus à des cordes à linge, des instruments en métal baignant dans des marmites d'eau bouillante. Du ruban adhésif couvrait les fenêtres et les lumières de secours projetaient des reflets bleus sur les murs. Même en temps de guerre, il s'attendait à ce que l'Hôpital n° 6 soit moins sinistre.

— Ça s'est bien passé avec Havaa, cette nuit ?

Sonja ne prit pas la peine de le regarder.

— Disons que c'est une pensionnaire inexpérimentée, dit-elle en tâtant les draps pour s'assurer qu'ils étaient secs.

Elle décrocha une blouse au bout de la rangée de linge. Encore humide.

— Et celle que j'avais hier ? s'enquit-il. Je l'ai laissée dans un placard dans le couloir.

— Non. Elle doit être lavée. Et, plus important encore, il faut qu'elle soit d'un blanc immaculé.

— Pourquoi ?

Elle s'adossa contre le mur et glissa les mains dans les grandes poches arrière de sa tenue de chirurgien. Akhmed observa attentivement son visage, comme s'il s'apprêtait à faire son portrait – les angles, les proportions, les pleins et les déliés de ses traits –, tout ça pour ne pas affronter son regard.

— Notre apparence est aussi importante que nos gestes. Nos patients doivent croire qu'ils seront aussi bien opérés ici que dans un hôpital de Omsk.

Elle chercha ses cigarettes au fond de sa poche.

— Donc, avoir l'image du bon professionnel est plus important qu'en être un réellement, conclut-il.

Ça, ça lui parlait.

Elle redressa le menton et souffla un filet de fumée vers le plafond.

— Nous sommes trois à faire tourner cet hôpital au lieu des cinq cents personnes requises. Nous devons paraître comme des professionnels parce que c'est le seul moyen de convaincre les patients que c'est bien ce que nous sommes.

— Donc, en ce moment précis, parce que vous fumez une cigarette et pas moi, c'est moi le plus professionnel de nous deux.

Le rire de Sonja était plus agréable à entendre quand il n'était pas dirigé contre lui. Il la regarda, avec satisfaction, plonger la braise dans une flaque sous la corde à linge et jeter son mégot dans la poubelle.

— Vous avez le droit d'y croire !

— À ce propos justement, je me disais que pour mon premier jour, ce serait peut-être bien que je ne me retrouve pas seul avec les patients. Du moins pour commencer ?

— C'est sans doute les paroles les plus sensées que vous ayez dites jusqu'à présent, railla-t-elle en lui tendant un pantalon de médecin hospitalier pour parachever sa tenue.

Quand il commença à se déshabiller, elle prit tout son temps pour se retourner.

Les malades arrivaient dans l'aile de trauma : un jeune homme avec une vilaine toux de tuberculeux, une vieille dame dont les cheveux avaient pris feu, deux ados qui s'étaient démoli la face en se disputant une patte de coq censée porter chance. Akhmed – Dieu merci – n'eut pas à s'en occuper. S'il était agréable de porter à nouveau un stéthoscope au cou, il préférait néanmoins rester dans les cuisines, où la seule véritable épreuve était de supporter le fiel de Deshi. Il passa ainsi la matinée à suivre la vieille infirmière, hochant poliment la tête tandis qu'elle énumérait les maux semés sur terre par les Russes et d'autres calamités – les volcans, les hivers, et son arthrose de hanche – qui relevaient davantage de la juridiction divine.

— À vous entendre, la constipation c'est aussi la faute des Russes ! lança-t-il.

— C'est une évidence. À cause d'eux, on ne trouve plus de fibres nulle part !

Elle ramassa un pantalon marron sur une pile de vêtements au sol et en vida les poches sur le comptoir : une collection de bouts de papier, de la petite monnaie, des clés, des cartes en plastique et des bouloches de laine. À l'exception de la carte d'identité et de la monnaie, elle jeta le tout à la poubelle.

— Rien de valeur dans celui-ci ? demanda-t-il.

C'était le quatorzième pantalon que Deshi fouillait, à la recherche d'argent, de cigarettes, ou de quoi que ce soit que le mort n'aurait pas utilisé avant de trépasser.

— Pas de billet d'avion ? ajouta-t-il.

— Un billet d'avion ? (Elle agita la main pour chasser cette question stupide.) Et où il voudrait aller le médecin ?

— Je ne sais pas. À Grozny.

— Grozny ?

Elle le regardait bouche bée. Tous les samedis de 1976 à 1978, Deshi avait retrouvé un prospecteur de pétrole, le septième de ses douze grands amours, dans sa suite de l'Hôtel Intourist de Grozny, jusqu'à ce samedi soir où elle l'avait découvert en compagnie d'une autre infirmière. Elle honnirait à jamais cette ville d'avoir accueilli en son sein un tel mufle.

— Il est sérieux ?

— Je ne suis jamais allé à Grozny.

— Et s'il devait partir quelque part, il choisirait Grozny ?

— Je n'y ai jamais mis les pieds, répondit doucement Akhmed.

Depuis qu'il avait quitté l'école de médecine, quinze ans plus tôt, il avait fini par oublier que le monde pouvait s'étendre bien au-delà de son village. Sa vie était si étriquée et insignifiante comparée à celle des autres. Deshi, qui n'aurait été impressionnée que s'il lui avait parlé de faire le tour du monde à la voile, était consternée par un tel manque d'imagination.

— Mieux vaut entendre ça que d'être sourde, soupira-t-elle en lui tournant le dos.

Elle jeta un coup d'œil à la carte d'identité pour voir si le propriétaire du pantalon était l'une de ses connaissances, puis la lâcha dans une boîte à chaussures qui en contenait des dizaines d'autres. Ce geste, une simple pichenette, accompli sans malveillance ni mépris, mais avec un désintérêt total, fendit le cœur d'Akhmed tel un aileron le fil de l'eau. Devant cette indifférence, il entrevit la vérité d'un monde auquel il ne voulait pas croire, un monde où un humain n'avait pas plus de valeur que des bouloches au fond d'une poche. Mais Deshi ne lui prêtait déjà plus attention.

— Grozny, marmonna-t-elle. Un médecin idiot et tout petit d'esprit. À tous les coups, il va nous prescrire des groseilles pour soigner une pneumonie. Et il va se mettre la tête dans le sol à la première pluie pour se croire au sec !

Elle retourna les jambes du pantalon et les étala sur le comptoir ; une bosse déformait la couture, juste sous le genou, cousue avec du fil noir. Elle passa une lame de rasoir sur les points et retira quelques billets froissés ainsi qu'un morceau de papier plié en quatre. L'estomac d'Akhmed se tordit quand elle s'approcha de la poubelle avec la note à la main.

— Attendez…

Il savait ce qui était écrit sur ce papier. Le temps d'exaucer les dernières volontés du mort était passé, il le savait aussi, mais il posa quand même la question :

— Qu'est-ce que dit le mot ?

Deshi se renfrogna.

— « 90, route du 25 Octobre, Chali. Renvoyez mon corps là-bas pour qu'il soit enterré. » Trop tard, mon gars. Tu aurais dû coudre ça à l'extérieur de ton falzar.

— Où est le corps ?

— Déjà dans les nuages. C'est sacrilège, je sais, mais on brûle tous les corps qui ne sont pas réclamés. Pas moyen d'avoir des sacs mortuaires aujourd'hui. Les Russes les réquisitionnent pour faire des *banias* de fortune quand ils sont en patrouille. Un jour, j'ai vu trois cents soldats, nus comme au premier jour, pelotonnés dans leur sac plastique tout fumant de vapeur pendant qu'ils versaient de l'eau sur des pierres de lave. Il n'y a que les Russes pour prendre du plaisir dans des sacs pour macchabées.

Quand elle replia le mot et le jeta dans la poubelle, il voulut le rattraper, saisir le bout de papier avant qu'il ne tombe dans le réceptacle et ne se perde parmi les dizaines d'autres missives d'hommes et de femmes morts loin de leur village, des personnes jetées dans des fours, inhumées dans les nuages et qui ne reviendraient chez elles qu'avec la prochaine chute de neige. Akhmed avait lui aussi écrit son adresse sur un bout de papier, cousu dans la jambe gauche de son pantalon. À chaque pas, il le sentait frotter contre sa cuisse, et lui aussi espérait qu'une âme charitable ramènerait un jour sa dépouille chez lui, s'il devait mourir loin de son foyer.

— Comment il s'appelait ? demanda-t-il.

Cet homme avait une sœur à Chali qui aurait donné son agence de voyages – aujourd'hui, juste un nom sur une pancarte – ainsi que ses beaux-parents, et neuf dixièmes de son âme immortelle pour avoir cette note entre les mains, ces quelques mots perdus désormais au fond d'une poubelle, et exaucer les dernières volontés d'un frère qu'elle regrettait d'avoir délaissé de son vivant.

Dans la boîte à chaussures, les cartes d'identité s'entassaient sur huit couches. Deshi en sortit une au hasard, puis la reposa dans la boîte.

— Maintenant, il est là, avec les autres ; c'est tout ce qu'il y a à dire.

* * *

Pendant que Sonja officiait au bloc, Akhmed passa l'après-midi aux cuisines, à plier les draps en rectangles qui bientôt s'entasseraient à nouveau dans les paniers de linge sale. Il avait protesté au début, arguant que c'était là le travail des aides-soignantes, jusqu'à ce qu'on lui rappelle que c'était le seul travail pour lequel il était qualifié. Pendant qu'il rangeait les draps, il imaginait son Ula, couchée dans une literie plus grise, la tête calée dans son oreiller favori, celui où la mousse épaisse lui donnait le torticolis les nuits où il le partageait avec elle. Si elle en avait l'énergie, elle prendrait peut-être l'un de ses livres d'art qu'il laissait à côté de la table de nuit. Ces lourds volumes, avec leurs reliures en tissu, renfermaient des photos de statues, des gravures, des nénuphars, des bouquets de fleurs, des généraux morts depuis des lustres, des paysages bucoliques où des aristocrates paradaient avec leurs drôles de chapeaux dans les allées. La nuit, Akhmed lui racontait les scènes comme s'il y était, inventant des biographies pour chaque personnage, des intrigues pour chaque regard capté par l'artiste. Depuis qu'il avait séché sa première année de pathologie pour suivre des cours de dessin, il avait gardé un goût pour les beaux-arts ; et pour un homme n'ayant jamais mis les pieds à Grozny, il possédait une collection honorable d'ouvrages d'art. Tous les matins, il réorganisait la pile pour que le livre au sommet soit toujours différent.

Akhmed acheva de plier encore un drap et le posa à côté des autres. Depuis combien de temps n'avait-il pas changé la literie d'Ula ? Dix jours au moins. Elle quittait rarement son coin de matelas, et quand il la portait sur le canapé du salon et retirait les draps, il trouvait sa frêle empreinte de sueur imprimée sur le tissu. Cette ombre odorante était l'incarnation d'Ula, si particulière et si intime qu'il hésitait à la laver. Mais il finissait par chasser cet accès de sentimentalisme en remplissant un baquet d'eau savonneuse pour y plonger le drap et regarder la trace disparaître. Il la perdait ainsi, un peu plus chaque fois. Parfois, c'était quelques cheveux châtains sur la taie, des rognures d'ongles derrière la tête de lit, ou une tache sombre se dissolvant dans le savon. À l'image d'une toile d'araignée qui n'était, somme toute, que des vides reliés ensemble, Ula et lui étaient tous deux unis par ce qui n'était plus. Les assiettes qui n'étaient plus remplies, ou vidées, les fiches de cuisine oubliées au-dessus du fourneau. Les promenades qu'ils ne faisaient plus, la forêt l'été, les herbes qui s'accrochaient à leurs tibias. Les disputes qu'ils n'avaient plus ; plus d'enjeux, plus rien à gagner ou à perdre. L'amour qu'ils ne faisaient plus, qui n'était ni désiré, ni rêvé, ni même regretté. La maladie avait ramené Ula vers une innocence qu'il ne voulait pas troubler ; et la chaleur de son corps qui enveloppait le sien n'était qu'une écharde du passé, arrachée à leurs souvenirs.

Son mal avait commencé à la fin du printemps 2002, un an après la *zatchistka* qui avait emporté quarante et un habitants du village. Un matin, elle n'avait pas voulu se lever pour le petit déjeuner. « Je ne me sens pas bien », avait-elle marmonné. Et il lui avait apporté son thé sur la table de nuit. S'il avait su qu'il apporterait ainsi des centaines de tasses de thé, il l'aurait fait plus fort. Il avait pris sa température, son pouls, sa tension : tout était normal. Ses yeux étaient clairs, sa peau colorée. Quand il lui demandait de décrire précisément sa douleur, elle lui disait que c'était comme une bille qui rebondissait dans ses entrailles, remontait de ses chevilles à ses genoux, jusqu'au ventre, puis redescendait. Certains jours, toute la douleur était concentrée dans ses orteils. Ou dans ses doigts. Ou ses coudes. Ou ses reins. Finalement, le mal s'était installé quelque part entre la poitrine et l'estomac, et se transportait dans les jambes le lundi. La douleur est souvent plus symptomatique que causale. Il le savait. Une seule conclusion raisonnable s'imposait : la maladie était dans sa tête. Toutefois, même s'il ne la croyait pas physiquement malade, il ne pouvait occulter la réalité de sa souffrance. Un an plus tôt, la *zatchistka* avait éradiqué le tiers de la population du village. Les anges étaient descendus du ciel. Les prophètes avaient parlé. La vérité était une hallucination parmi d'autres.

Les premières semaines, il n'avait pas voulu l'emmener à l'Hôpital n° 6. Il était peut-être sorti dans les dix derniers de sa promotion, il était quand même docteur en médecine, et un médecin respectable, malgré tous ses errements. Que diraient les gens s'ils apprenaient qu'il avait été incapable de soigner sa propre femme ? Déjà que ses patients payaient rarement les honoraires ; si on découvrait son inefficacité, ils allaient, Ula et lui, mourir de faim. Mais un mois passa, sans évolution, ni déclin, ni amorce de rémission. Et cet état stationnaire, cette immobilité de purgatoire achevèrent de le convaincre que la maladie de son épouse dépassait ses compétences. Il se résolut donc à l'emmener à l'hôpital. À trois reprises, ils prirent la route de Volchansk avec le pick-up rouge de Ramzan, mais l'armée bloquait tous les accès à la ville. Durant son sommeil, il échafaudait mille plans, notait dans son calepin imaginaire de nouveaux moyens de l'emmener là-bas : chaise à porteurs, tunnel, cerf-volant géant pour la soulever du lit. Après la quatrième tentative, quand une cartouche abandonnée creva le pneu de Ramzan après seulement dix mètres, Akhmed abandonna. Que diraient les médecins de toute façon ? Ils avaient tant de vrais blessés à soigner ; ils renverraient Ula, et sa maladie fantôme, dans ses pénates. À l'idée de la voir contrainte de prouver la réalité de sa souffrance à des inconnus, ses poings se crispaient de rage.

Pendant huit mois et demi, Akhmed s'était occupé d'Ula avec une dévotion toute paternelle. Mais chaque matin, quand il déposait sa tasse de thé sur la table de nuit, il se demandait si la privation physique ne pourrait pas donner un coup de fouet à son esprit vacillant ; et, un jour – dix jours avant que Dokka ne perde ses doigts –, il avait laissé la tasse de thé sur la table de la cuisine. Toute la journée, elle l'avait appelé, d'un ton à chaque fois plus désespéré, son nom n'étant plus tout à fait le sien, mais l'expression d'une angoisse absolue. Ne pouvant plus supporter d'entendre ses suppliques, Akhmed avait passé les trois nuits suivantes avec la femme de Dokka et sa fille. Le matin du quatrième jour, il était rentré à la maison et avait trouvé son épouse par terre, dans la chambre. Des débuts d'escarres rougissaient ses omoplates. À partir de ce moment, il comprit qu'il passerait le reste de sa vie à se faire pardonner ces trois jours d'absence, et que son existence ne serait pas assez longue pour cette expiation. Il l'avait soulevée de terre et l'avait remise dans son lit. Il lui avait apporté un verre d'eau, et cinq autres encore. « Tu n'auras plus jamais à te lever », avait-il promis. Il avait posé sa joue sur la poitrine d'Ula et senti son cœur battre sous sa tempe. « Akhmed, disait-elle. Akhmed. » Et son nom, cette fois, était une berceuse.

Il ne tenta plus jamais de forcer Ula à recouvrer la santé. Cela aurait une fin. Comme toute chose. Mais quand il vidait le bassin, ou lui lavait les dents malgré ses protestations, les braises du ressentiment couvaient encore. Elle était partie, mais elle était encore là, le fantôme d'une épouse que la guerre lui avait prise. Et parce qu'il ne pouvait la pleurer ou l'aimer comme il se devait, il s'occupait d'elle, et lui en gardait rancœur. La veille, quand il avait proposé de travailler à l'hôpital en attendant de trouver un autre arrangement pour Havaa, ce répit, il le voulait autant pour lui que pour la fillette. Alors, ce matin, quand il avait laissé Ula, avec quatre verres d'eau et un bol de riz sur la table de nuit, et fermé la porte à double tour, il était parti dans le froid, convaincu que le futur de Havaa avait plus de sens que celui d'Ula. Et il avait parcouru les onze kilomètres avec cette hâte qui anime ceux qui ont la charge d'un enfant.

Quand il eut plié le dernier drap, il passa sous la corde à linge et ouvrit le placard. Son pantalon était rangé sur l'étagère du bas. Sous la couture de la jambe gauche, il sentit le renflement familier. S'il devait mourir loin de chez lui, il espérait qu'une âme plus charitable que Deshi tomberait sur sa requête.

***

— Demain, on va à Grozny, annonça Sonja en faisant irruption dans les cuisines.

Elle inspecta aussitôt la collection de scalpels qu'Akhmed avait fait bouillir.

— Deshi vous en a parlé ? demanda-t-il, ne pouvant cacher sa panique. Je plaisantais. Bien sûr, j'utiliserais le billet d'avion pour aller autre part. Tbilissi, par exemple. Ou pourquoi pas Istanbul.

— Vous les avez bien stérilisés pendant dix minutes ?

— Vous me faites marcher, pas vrai ?

Elle agita sous son nez l'un des scalpels, avec un peu trop de nonchalance à son goût.

— Pour les dix minutes dans l'eau bouillante ? Je suis on ne peut plus sérieuse.

— Non. Pour Grozny.

— Vous les avez fait bouillir dix minutes, ou non ?

— Bien sûr que oui – on va réellement à Grozny ?

Elle fronça les sourcils, ce qui semblait signifier, en fin de compte, que c'était lui le plus obnubilé des deux.

— Arrêtez avec vos questions. Le moindre point d'interrogation dans votre bouche est un puits sans fond !

— Mais, on y va ou pas ?

Elle poussa un long soupir.

— Oui, on y va.

— Pour y faire quoi ?

Elle sortit son briquet de sa poche.

— Vous fumez ?

— Je suis un excellent fumeur, à défaut du reste, répondit-il.

Sa dernière cigarette datait de sept semaines, et encore, ce n'était qu'une *papirosa*, bourrée d'un tabac âcre qui lui avait donné la nausée pour la journée.

Peut-être inspirée par le professionnalisme qu'Akhmed avait revendiqué plus tôt, Sonja n'alluma sa cigarette qu'une fois sur le parking. Elle lui tendit le paquet noir. Il connaissait l'alphabet latin, mais ne l'avait pas pratiqué depuis des années.

— Duh…

— Dunhill, souffla-t-elle.

Il tira l'une des deux cigarettes à moitié sorties et se pencha vers le briquet de Sonja. La première bouffée emplit ses poumons sans lui procurer cet effet « papier de verre ». Il contempla la braise régulière à l'extrémité, admirant la finesse du tabac, la qualité de la combustion, tout surpris de ne pas se sentir nauséeux.

— Où les avez-vous eues ?

— À Grozny.

— On y va pour acheter des cigarettes ?

Elle eut un sourire.

— Alors comme ça, vous auriez utilisé ce billet d'avion pour aller là-bas. Je n'en reviens pas.

— Je n'y suis jamais allé.

— Ce n'est pas pour les cigarettes qu'on y va.

— Pour quoi alors ?

Plus bas dans la rue, le flanc d'un immeuble s'était écroulé et avait écrasé tous les véhicules d'un parking. Akhmed avait trente-neuf ans et il avait toujours pensé qu'il aurait une voiture à cet âge.

— J'y vais une fois par mois m'approvisionner, expliqua Sonja. Pas uniquement en cigarettes. Tout ce qu'il y a à l'hôpital, c'est grâce à un homme que je connais à Grozny qui a des contacts avec l'extérieur. J'en profite aussi pour appeler un ami à Londres, qui me donne des nouvelles du monde.

— Et comment il va, le monde ?

Pour lui, le reste de la planète se réduisait à une rumeur, un mirage par-delà les frontières. Trente-deux ans plus tôt, dans l'air vicié de son école primaire, construite entre une usine d'épuration et un bordel pour bûcherons, son institutrice lui avait appris en cours de géographie que le monde avait la forme d'un ballon de football. Il avait été le premier de sa classe à l'accepter, non parce qu'il connaissait quoi que ce fût à la gravité, mais parce que l'atmosphère était plus écœurante que jamais cet après-midi-là et qu'il avait hâte de quitter la classe. Par la suite, cette institutrice se félicitera d'avoir été la première à percevoir les aptitudes d'Akhmed pour les sciences.

— Le mois dernier, il m'a dit que George Bush a été réélu.

— Qui ça ?

— Le président américain, répondit Sonja en regardant ailleurs.

— Je croyais que c'était Ronald McDonald.

— Vous me faites marcher, là ?

Sa condescendance, encore une fois, était si épaisse qu'elle aurait pu l'étaler au couteau. Sa mère était la seule femme qui lui avait parlé ainsi, et seulement quand il était enfant, et seulement quand il ne voulait pas manger ses concombres.

— C'est bien Ronald McDonald qui a demandé à Gorbatchev de faire tomber le mur.

— Vous voulez dire Ronald Reagan?

— Tous les noms anglais se ressemblent.

— Et ça, c'était il y a quinze ans.

— Et alors ? Brejnev est bien resté Secrétaire général pendant dix-huit ans.

— Ça ne fonctionne pas comme ça de l'autre côté. Ils ont des élections tous les quatre ou cinq ans. Si le président ne gagne pas, quelqu'un d'autre le remplace.

— C'est ridicule.

Le vent emporta la cendre de sa cigarette qui se disloqua sur le macadam du parking désert.

— Et ils ne peuvent pas faire plus de deux mandats.

— Et alors ? Ils deviennent Premier ministre un temps puis se font élire à nouveau comme président, non ?

— Je pense qu'après ils en ont assez et se retirent.

— Et vous voulez me faire croire que votre Ronald en a eu assez après dix ans ?

Elle avait visiblement tout à lui apprendre.

— Il s'est retiré et George Bush est devenu président.

— Et George Bush a tué Ronald Reagan pour l'empêcher de revenir au pouvoir ?

— Non. Je crois même qu'ils étaient amis.

— Amis ? À vous entendre, je me demande comment nous avons pu perdre la Guerre froide.

— Un point pour vous.

— Et donc George Bush est président depuis le départ de Reagan ?

— Il y a eu un autre gars entre les deux : Clinton.

— Le philanthrope. Je me souviens de lui, lança Akhmed, avec fierté. Et puis George Bush est redevenu président ?

— Non. Le George Bush qui est président en ce moment, c'est le fils aîné de Bush père.

— C'est pour ça qu'ils n'ont pas tué le président précédent ? Ils sont tous de la même famille. Comme les Romanov.

— On peut dire ça comme ça, répondit-elle, l'esprit ailleurs.

— Alors qui est Ronald McDonald ?

— Vous savez, Akhmed, dit-elle en le regardant pour la première fois depuis le début de leur conversation, je commence à vous trouver sympathique.

— Je ne suis pas un demeuré, si c'est ça que vous pensez.

— Je n'ai jamais dit ça.

Une détonation se fit entendre à l'est, une onde de choc traversa le ciel.

— Une mine, constata-t-elle avec détachement. On ferait mieux de rentrer.

Il jeta sa cigarette sans l'avoir finie – une première en six ans – et se fraya un chemin entre les éclats de verre pour retourner dans le bâtiment.

— Cousez les poches de votre pantalon avant de revenir demain matin, conseilla-t-elle. Nous passerons des dizaines de points de contrôle jusqu'à Grozny et, avec votre barbe, vous ressemblez beaucoup trop à un intégriste. Je n'ai aucune envie que les soldats vous glissent quelque chose dans les poches pour pouvoir vous fusiller tout de suite.

Akhmed contempla les nuages avant de lui emboîter le pas dans le couloir. Peu importait qu'il n'y ait eu aucun billet d'avion. Cela faisait dix ans et demi qu'il n'avait pas vu d'avion commercial voler dans le ciel.

* * *

Le jeune homme qu'on amena dans la salle d'attente n'était pas la première victime de mine qu'Akhmed voyait, ni la première accompagnée par une femme qui s'exprimait de façon incompréhensible, ni même la première encore qu'on tirait dans une bâche qui laissait une traînée écarlate sur le sol. Il n'était pas le premier qu'Akhmed voyait se tordre comme une nouille solitaire dans une casserole d'eau bouillante, ni le premier avec la moitié du tibia qui pendait, retenue seulement par un tendon. Et pourtant, c'était comme une première fois : il ne parvenait plus à penser, ni à réagir. Il était pétrifié, sous le choc, comme si cette jambe soufflée par la bombe aspirait encore tout l'air de la pièce. Dans un charabia de cris et de pleurs, la femme secouait le coin de la bâche et le regardait comme s'il pouvait la comprendre. Que de décibels sortaient de cette frêle poitrine ! On ne pouvait plus dire de quelle couleur était sa robe, tant elle était maculée de sang. Quand enfin il retrouva l'usage de ses pieds, il passa devant la femme et l'homme hurlant, marcha jusqu'à la chaise dans l'angle et jeta une blouse blanche sur la tête de Havaa.

Puis il se retrouva avec le pouls de la victime sous son doigt. Une trépidation. La femme l'assaillait de questions. Sa robe laissait entrevoir le galbe de ses jambes. Et son souffle roulait sur sa joue gauche. Une artère était sectionnée. Le visage du blessé avait une teinte cireuse. Sonja était là. Elle serrait un garrot au-dessus du genou, le juchait déjà sur un chariot, l'emmenait dans le couloir. Le brancard obliqua alors vers le bloc opératoire, pendant que Deshi prenait la pression artérielle.

— Six/quatre ! cria-t-elle.

Le tensiomètre fut sanglé au bras, le manomètre oscillant dans le vide, la blessure noyée de solution saline.

Avec des gestes rapides et précis, Sonja inséra une perfusion de glucose et de dextran dans l'avant-bras. Elle sortit une scie chirurgicale du placard et désinfecta la lame tandis que Deshi continuait à annoncer la tension. À sept/cinq, elle injecta la lidocaïne juste au-dessus du garrot. Deshi devançait les demandes de Sonja, et les clamps qu'Akhmed avait fait bouillir le matin arrivaient dans sa main avant qu'elle ne les réclame. Sonja travaillait sans regarder le visage du blessé, sans entendre ses cris, comme si son patient n'était que cette plaie béante. Le sang giclait sur ses coudes mais sa blouse restait immaculée. L'homme – car il s'agissait d'un homme, ce qui était facile à oublier maintenant que son corps était en charpie – était sorti de l'école d'architecture et cherchait un emploi quand les premières bombes étaient tombées. Lorsque la mine lui avait arraché la jambe, cela faisait neuf ans qu'il courait après sa première commande. Six ans et neuf mois s'écouleraient encore avant qu'on ne lui confie enfin un projet. Il aurait alors trente-huit ans. Et dans une ville détruite à quatre-vingt pour cent, il ne serait plus jamais sans emploi.

— Venez ici ! appela Sonja.

Akhmed regarda derrière lui pour appeler à son tour un quelconque fantôme plus efficient, tapi dans le mur au beige soviétique.

— Akhmed, venez ici ! insista Sonja.

Il s'avança, les orteils contractés dans ses bottes – un pas puis un autre – et remerciait le ciel de lui donner la force de marcher. La peau était remontée sur le genou, le muscle du mollet, sectionné. L'os, à nu, était plus large qu'un barreau de chaise.

Son scalpel à la main, Sonja désigna la jambe.

— Pour une amputation sous le genou, il faut se souvenir qu'un moignon trop près de l'articulation sera difficile à équiper d'une prothèse. Les moignons trop grands sont aussi délicats à équiper et il peut y avoir des problèmes de circulation sanguine. D'abord, il faut faire une incision supérieure en bouche de poisson jusqu'au point d'amputation. Il faut aussi réserver un rabat inférieur suffisamment long pour couvrir la chair du moignon et assurer une fermeture sans contrainte sur le membre après suture.

Elle lui montra comment isoler les compartiments musculaires antérieur, latéral et postérieur, comment ligaturer les veines tibiale, péronière et saphène. Et elle attira son attention sur le fait que la tension remontait toujours dès que l'artère péronière était refermée. Elle sectionna le nerf sural au-dessus de la ligne d'amputation et le laissa se rétracter dans les chairs pour limiter l'effet « membre fantôme ». Avec un scalpel propre, elle incisa le dense périoste. Elle donnait des précisions sur la coupe avec le détachement d'un charpentier enseignant son art à son apprenti ; Akhmed l'écoutait sans vraiment entendre. Tous ces termes scientifiques, tout ce jargon de chirurgien, tandis qu'il la regardait parachever l'œuvre sinistre de la mine, ne parvenaient pas à atténuer son sentiment d'impuissance.

— Les amputations des jambes sont monnaie courante ici, expliqua-t-elle en lui tendant la scie.

Il prit l'outil, attendant qu'elle lui demande de le lui rendre. Mais elle le regarda en hochant la tête. Non, elle n'était pas sérieuse… Impossible. Elle ne comptait tout de même pas lui demander ça ! Elle ne lui faisait déjà pas confiance pour plier les draps.

— Il faut que vous vous habituiez à cette procédure le plus vite possible.

Il regarda tour à tour la lame dentelée et le tibia. L'os était d'un gris rose déconcertant. Il s'attendait à ce qu'il soit blanc. Il avait six ans quand il avait compris que les os de poulet qu'il suçait étaient, en essence, les mêmes que ceux qui lui permettaient de marcher, courir et marquer des buts lors des matches de football qu'ils organisaient après l'école. Après ça, il n'avait plus approché un morceau de viande pendant deux ans, de peur qu'un autre carnivore ronge sa propre jambe en représailles.

— Je ne suis pas qualifié pour ça, déclara-t-il.

— C'est notre marché, répliqua-t-elle calmement.

Elle posa la main sur la sienne. Il y avait plus de compassion dans ce geste qu'il n'en avait reçu durant ces deux derniers jours. Mais ce fut de courte durée. Déjà, le pragmatisme reprenait ses droits. Les doigts de Sonja se refermèrent pour plaquer ceux d'Akhmed sur la poignée en plastique.

— C'est notre travail. C'est pour ça que vous êtes ici.

La main de Sonja empêchait ses doigts de trembler. Le dernier acte de chirurgie qu'il avait pratiqué sur une jambe, c'était après la *zatchistka*, sur un gamin nommé Akim. Il avait fait de son mieux, vraiment tout son possible, mais il n'y était pour rien si le matériel et l'expérience lui faisaient défaut, pour rien s'il y avait si peu de sang dans le corps de l'enfant, et tant répandu au sol ; il n'avait pas tiré cette balle, il n'avait pas déclenché cette guerre. Si on lui avait demandé son avis, il aurait déclaré sans hésitation que la guerre, d'une façon générale, était une mauvaise chose, qu'il fallait l'éviter. Et il aurait tenté de dissuader tout le monde de prendre les armes, parce que s'il avait su que deux conflits – deux ! – allaient se succéder, il aurait abandonné ses études de médecine dès la première année. Et tant pis pour sa réputation ! Et aurait fait les Beaux-Arts à la place. S'il avait su qu'une chirurgienne russe, despotique et au cœur de glace, lui aurait demandé un jour de couper la jambe de ce pauvre gars, il aurait passé sa vie à étudier le portrait, les paysages, la peinture à l'huile, la sculpture et la céramique, il aurait sacrifié sa brève notoriété au village, s'il avait pu éviter de se retrouver devant la jambe mutilée de ce malheureux.

— Nous n'avons qu'une seule amputation aujourd'hui, mais demain, prévint Sonja, il y en aura peut-être cinq ou dix d'un coup.

Un long soupir le secoua. La sueur dégoulinait sous son masque chirurgical. Sonja lui fit avancer la main. La lame attaqua l'os. À chaque va-et-vient, les vibrations lui parvenaient à travers la poignée, remontaient dans sa main, jusque dans ses propres os. Celui qu'il coupait s'appelait le *tibia* et il était relié à la *fibula* et à la *patella.* Il avait étudié ces dénominations anatomiques ce matin, mais il ignorait qu'il aurait à manier la scie.

— Appuyez plus fort, ordonna-t-elle en tenant l'os pour lui faciliter la tâche. Allez-y franchement.

À la moitié du sectionnement, la lame se couvrit soudain de rouge. Il se figea.

— Qu'y a-t-il ? s'impatienta Sonja.

Akhmed avait toutes sortes de réponses à cette question, mais il secoua la tête et se remit à l'ouvrage.

— J'ignorais que la moelle humaine était rouge. Je pensais qu'elle serait dorée, comme celle des vaches.

— La moelle d'un os vivant est vascularisée. Si on mettait du sel et du poivre sur celle-ci et qu'on la passait au four, elle prendrait une jolie teinte dorée en quinze minutes.

Surtout ne pas vomir.

— Beau travail, déclara-t-elle quand il eut achevé de couper le tibia. Plus qu'un.

Akhmed posa la scie sur le péroné et ses coups de lame firent voler dans l'air une poussière blanche qui dérivait vers lui, aspirée par ses inspirations, avant de se perdre dans le filtre de son masque humide. Les yeux sombres de Sonja flottaient à la périphérie de son champ de vision ; il poussa plus fort sur l'outil, plus vite, pour que Sonja ne voie pas encore et toujours son incompétence – en finir, vite, avant de défaillir. Une dizaine de va-et-vient plus tard, le pied tomba. Il le retint par la cheville et, sans pause ou autre considération, le retourna ; tandis que moelle et sang coulaient sur ses doigts, il dénombra six éclats de verre dans la plante de l'ancien pied du jeune homme.

— Gardez-le au frais, ordonna Sonja. On l'emballera dans du plastique pour le rendre à la famille pour qu'elle puisse l'enterrer.

Elle lui montra la façon de panser l'os coupé et de l'envelopper avec les muscles. Elle fit passer le rabat postérieur sur le moignon, coupa l'excès de peau, et le sutura avec du fil chirurgical noir.

Quand ils eurent fini, Akhmed retira ses gants en latex et se massa la paume ; la portion entre le pouce et l'index avait rougi sous la pression de la poignée de la scie. Sonja remarqua son geste et sourit. Quand elle leva son bras pour lui montrer sa main droite, il ne voulait plus qu'une chose : retourner dans son lit, auprès d'Ula, tirer les draps au-dessus de leurs têtes et, dans la moiteur de leur souffle, tenir dans ses bras la seule personne qui le croyait fort, solide et omniscient.

La paume de Sonja était constellée de cals.

5

1994 1995 1996 1997 1998 1999 2000 2001 2002 2003 **2004**

Khassan Geshilov acheva le premier jet de son Histoire tchétchène en janvier 1963, le seul jour du mois où la neige cessa de tomber. Le manuscrit comptait trois mille trois cent deux pages. Quand il le présenta à l'éditeur de la ville à Volchansk, on lui répondit qu'il lui fallait l'envoyer à l'éditeur d'État à Grozny. Et quand ce fut fait, on lui suggéra de le soumettre à l'éditeur national à Moscou. Et quand il le présenta là-bas, on lui annonça qu'il devait leur envoyer le texte en trois exemplaires. Trois ! En contemplant ses pauvres doigts meurtris, Khassan eut les larmes aux yeux. Mais il acheta les timbres, le papier, les rubans pour la machine à écrire, et les cigarettes – carburant indispensable pour mener à bien une activité aussi monotone. Et, dix-huit mois plus tard, il reçut un coup de fil du responsable du département histoire, Kirill Ivanovich Kaputzh.

— Nous lançons une nouvelle collection, intitulée « Les préhistoires des Républiques autonomes soviétiques », et nous aimerions que votre ouvrage en soit le premier opus, annonça Kirill Ivanovich.

Malgré sa surprise et sa joie de l'instant, Khassan demanda ce que l'éditeur entendait par « préhistoire ». Son livre se terminait en 1962.

— La préhistoire, expliqua l'éditeur, c'est l'époque avant la présence culturelle et politique de la Russie.

— Mais pour la Tchétchénie, c'est en 1547.

— Absolument.

— Mais ce n'est que le premier chapitre de mon livre.

— L'excitation doit troubler votre discernement, camarade Geshilov. C'est votre livre entier.

— Non. Ce ne sont que les deux cents premières pages. Deux cent vingt-huit, exactement. Il y en a près de trois mille derrière.

Jamais, il n'aurait imaginé que la joie d'être publié et le désespoir d'être censuré pouvaient être aussi intimement liés, comme les deux extrémités d'un même lacet de chaussure.

— Oui, la joie et l'excitation vous font perdre le sens des réalités. Allez célébrer votre réussite, camarade Geshilov. Je vous présente mes félicitations et tous mes vœux de succès. Tout le monde n'a pas la chance de publier un livre de deux cent vingt-huit pages.

Ainsi les *Origines de la civilisation tchétchène : de la préhistoire à la chute de L'Empire mongol* parut discrètement l'année suivante. Le seul article, rédigé par l'un de ses étudiants, pour le journal de l'université, disait que le livre était « plus intéressant que les autres ouvrages dans ce domaine ». Personne ne voulait lire des livres d'histoire sur la période pré-russe ; et c'était précisément la raison pour laquelle Moscou s'empressait d'en publier. Lorsque Khassan eut fini de remanier les trois mille pages restantes pour en faire un deuxième tome disproportionné et mal ficelé, Khrouchtchev avait été renversé. Et pour s'adapter au marasme politique du moment, Kirill Ivanovich Kaputzh préféra augmenter sa marge de sécurité en ne publiant que des traités datant d'avant l'ère humaine. Ce fut l'âge d'or pour les collègues géologues de Khassan.

Puis Brejnev prit les rênes du pouvoir, conduisant le pays avec autant de curiosité et d'esprit d'initiative qu'un chauffeur de bus municipal. Année après année, l'éditeur s'attardait dans la soupe primitive de l'histoire humaine ; il autorisa d'abord des ouvrages sur les Sumériens, puis sur l'Égypte ancienne, et en 1972, l'année de naissance de Ramzan, il publia un livre sur l'époque hellénique. Sachant que la frontière de 1547 ne serait pas franchie avant une décennie, Khassan remania son tome sous le titre : *Civilisation et culture tchétchènes sous la protection russe.* Il l'écrivit d'une plume apaisée, justifiant les faits historiques, les embellissant au besoin, sans toutefois pardonner les quatre siècles d'oppression. Car il espérait ainsi pouvoir faire passer un message à travers ces trois mille pages, un message subliminal qui échapperait aux censeurs moscovites pourtant si sourcilleux de l'image du Parti – ils étaient en effet capables de faire disparaître la pluie d'un bulletin météo un jour de la Fête du Travail. Ramzan, tout emmailloté dans ses langes, dormait dans son berceau tandis que Khassan écrivait. Jamais, il ne se sentira plus proche de son fils qu'alors, lorsque les petits bruits du bébé endormi accompagnaient le crissement de son crayon, et que, avec une main sur une page, l'autre posée sur le lit d'enfant, il était le chaînon reliant ces deux legs. Beaucoup plus tard, Khassan se souviendrait de ces mois quand lui et le garçon pouvaient passer ainsi des jours entiers dans la même pièce dans un silence plein et parfait.

En 1974, Kirill Ivanovich accepta de publier le livre – sous réserve que deux mille pages soient retirées –, avant d'être limogé et emprisonné pour avoir été trop timide dans ses coupes et trop explicite quant à ses inclinations sexuelles – et trop polonais, aussi. Huit mois plus tard, interné dans un camp de travail à huit mille kilomètres à l'est de la Pologne, Kirill Ivanovich allait tomber sur des restes archéologiques d'un ancien village mongol en creusant les fondations d'une latrine de prison. Il se souviendrait alors de son assistant pour lequel son cœur, malgré le joug de l'époque et de la captivité, battait encore, de ce jeune homme qui lui lisait à haute voix des passages entiers de l'Histoire des anciennes civilisations de Khassan Geshilov, et constaterait que des phrases étaient restées gravées *in extenso* dans sa mémoire, conservant intacte la voix chérie de son assistant. Le successeur de Kirill Ivanovich, un éditeur dont le nez aquilin pointait toujours dans le sens du vent, jugea que le livre avait besoin d'une révision radicale pour se mouler dans la monotonie de l'époque. Ainsi, commencèrent pour Khassan dix nouvelles années de réécriture qui furent à l'image de la déliquescence du règne de Brejnev. Le nouvel éditeur soutenait que le livre n'avait pas besoin d'être plus concis – il vaudrait même mieux qu'il fût plus long, disait-il, pour que les critiques passent outre ses défauts et les jugent comme simples égarements dans un projet ambitieux –, alors Khassan réinséra les paragraphes que Kirill Ivanovich lui avait fait enlever. Il disserta sur les techniques de battage du blé au XIXe siècle, sur l'évolution du climat tchétchène. Les demandes du nouvel éditeur étaient si floues et incohérentes qu'il fallut des semaines à Khassan pour en déduire une interprétation politiquement acceptable. *Réécrivez le chapitre 12 comme si vous n'étiez pas un individu, mais un peuple*, disait-il dans une lettre. Et dans une autre : *Si vous parlez de la mère patrie, vos mots toucheront les cieux.*

Khassan n'écrivait plus en compagnie de son fils. À son grand regret, Ramzan avait appris à parler. Le petit utilisait sa voix comme un maillet : *je veux ceci, je veux cela.* C'étaient ses seules demandes. Jamais *comment* ni *pourquoi*. Ramzan n'était ni intelligent, ni gentil, ni imaginatif, pas même trop obéissant, trop cruel ou trop ennuyeux, et l'aversion de Khassan naquit de cette caverne vide qu'était son rejeton, ou plutôt de tout ce qu'il n'était pas. Au cours de l'histoire, il y avait eu bon nombre de rois et de princes dont le rejet pour leur descendance avait pris une forme plus sadique que l'indifférence de Khassan – comparé à Ivan le Terrible, il était le paradigme d'un bon père. On ne choisit pas plus son fils qu'on ne choisit son père, mais on peut choisir comment l'aimer et le choix de Khassan fut de traiter le sien comme s'il n'était pas là. Il décida d'écrire quand il aurait fallu lui parler, de lui parler quand il aurait fallu l'écouter, de lire ses livres au lieu de lever les yeux vers lui, de le regarder au lieu de l'embrasser. Un jour, quand Ramzan avait huit ans, le garçon était entré dans le bureau de son père et lui avait demandé de lui apprendre à faire de la bicyclette. « Tu vas tomber », avait répondu Khassan, sans quitter sa lecture. Ce moment le hantera plus tard. Et s'il avait fermé son livre ?

Brejnev sembla agoniser pendant dix ans avant de mourir, mais le 10 novembre 1982, le grand-père chéri du pays fuma sa dernière Novost. Brejnev fut enterré dans son uniforme de maréchal avec toute sa collection de médailles – toute la collection, depuis celle du Héros de l'Union soviétique au prix Lénine de littérature –, les deux cents qu'il avait récoltées pendant ses dix-huit ans à la tête du parti. Quand Khassan regarda, en famille, la cérémonie à la télévision – tout le monde cherchait dans l'assemblée Galina Brejnev pour voir quel scandale elle allait pouvoir causer même aux funérailles de son père –, il finit par mesurer la futilité de son entreprise. Khassan avait plus voyagé que Hérodote certes, mais n'avait rien écrit, il avait connu plus de combats que Thucydide mais n'avait pas conçu l'*Histoire de la guerre du Péloponnèse*. Son fils était assis à sa gauche, sa femme à sa droite, et ils regardaient ensemble les invités rendre hommage à l'homme dont la médiocrité avait étouffé tout le pays. Pendant des années, Khassan avait relégué l'histoire au passé, là où les voiles du temps l'avaient enveloppée, rendue inoffensive, toujours plus lointaine, mais l'histoire, la vraie, se trouvait devant lui, en cet instant, sur l'écran de la télévision, où des apparatchiks chauves et bedonnants présentaient leurs respects au mort avant de décider qui sera la nouvelle incarnation de l'empire, où le visage lisse et embaumé du papy de l'URSS semblait si translucide, sans plus de consistance sous les projecteurs, et où – enfin ! – on entraperçut la fille Brejnev sur le départ, vêtue d'une robe rose – sacrilège !

Iouri Andropov remplaça Brejnev, pour mourir quinze mois plus tard ; Constantin Tchernenko remplaça Andropov, et mourut à son tour treize mois plus tard. À nouveau, Khassan regarda les funérailles en famille ; seuls les jours de deuil national pouvaient les réunir ainsi. Il ne pouvait savoir que ce serait là les dernières funérailles télévisées d'un Secrétaire général. Plus tard néanmoins, il se souviendrait de la sinistre procession et il se dirait que tout l'État soviétique avait été enterré ce jour-là, dans le cercueil de Tchernenko. Gorbatchev, au moins, semblait capable d'occuper le fauteuil plus d'un an, et peu après son accession au poste de Secrétaire général, Khassan reçut un appel d'un nouvel éditeur, à l'esprit réformateur, remplaçant du précédent. Le nouvel éditeur à l'esprit ouvert avait trouvé le manuscrit original de Khassan – celui de 1963 – et considérait que cette version était plus intéressante et précise que tous les remaniements ultérieurs. « Il suffit de mettre à jour les chiffres et le contexte, annonça l'éditeur. Le moment est idéal. Il y a quelques années, vous étiez bon pour la Sibérie, aujourd'hui vous allez être porté aux nues. »

Malgré l'ardeur de Khassan, les révisions ne pouvaient suivre le rythme de parution effréné de documents confidentiels que lâchaient les organismes d'État. Pendant vingt-cinq ans, son livre avait attendu d'être publié parce qu'il était trop précis. Aujourd'hui, il ne pouvait être publié parce qu'il ne l'était pas, ou pas assez – mais comment aurait-il pu en être autrement ? Réviser trois mille pages était un travail de longue haleine. Il ne pouvait analyser et incorporer les chiffres et révélations qui sortaient tous les jours et qui bouleversaient la marge de liberté et d'interprétation d'un historien soviétique. Malgré tout, à la fin de l'année 1989, Khassan termina une nouvelle version dont il était raisonnablement satisfait. Quelques mois plus tard, quand le mur de Berlin tomba, même un organe de presse aussi incompétent que la *Pravda* ne manqua d'en entrevoir les conséquences. L'éditeur-réformateur adorait la nouvelle mouture et avait prévu de la faire paraître à la rentrée suivante, mais Khassan hésitait. Chaque gros titre du matin rendait son travail de la veille obsolète ; sortir ce livre maintenant, c'était comme construire les neuf dixièmes d'un toit. Le tronc se desquamait, perdait de son écorce : les États tampons. Toute l'Europe centrale avait tourné le dos à la tutelle communiste et aujourd'hui les États de la Baltique, de la mer Noire, et même la Moldavie parlaient sécession. Pour la première fois en deux millénaires, la Tchétchénie avait une chance de retrouver sa souveraineté. Tout changeait. Il fallait que cela soit dans le livre.

Tout changea, en effet, plus vite que ses doigts ne pouvaient courir sur les touches. Ce qu'il n'avait osé espérer – un rêve impossible –, il le voyait à la télévision. À cet instant capital du 26 décembre 1991, quand il vit tomber le drapeau rouge de l'Union soviétique – la fin d'un empire qui couvrait onze fuseaux horaires, de la mer du Japon aux côtes de la Baltique, regroupant plus de cent ethnies et deux cents langues ; la fin de cette entité collective dont la sécurité avait réclamé le sacrifice de millions d'individus, avec cette stupidité slave qui exigeait la déportation de tout le peuple de Khassan, la fin de ce mirage utopique concocté par des hommes cruels qui se souciaient davantage de leur moustache que de leur intégrité, la fin de ce système cauchemardesque qui lui disait ce qu'il devait penser, dire ou être, qui croire, qui aimer, qui désirer et haïr. Voilà que s'arrêtait cette machine d'airain tour à tour aux commandes de Lénine, Zinoviev, Staline, Malenkov, Beria, Molotov, Khrouchtchev, Kossyguine, Mikoyan, Podgorny, Brejnev, Andropov, Tchernenko et Gorbatchev. Khassan les avait tous détestés ; tous, sauf Gorbatchev, avec une ardeur qu'aucun auteur ne saurait avoir pour son sujet, un mépris encodé dans ses gènes, dans son sang, hérité de ses ancêtres à la peau bistre et aux cheveux sombres. Oui, c'était fini. Alors, quand il vit ce drapeau rouge qu'on descendait du mât du

Kremlin pour la première et ultime fois, fripure informe sous ce ciel sans vent, comme si les cieux mêmes participaient à cette disgrâce finale du communisme, Khassan passa les bras autour de sa femme et de son fils, et les serra contre lui, pour regarder cette nation qui lui avait volé sa vie, mourir sous ses yeux.

* * *

Dans les années qui suivirent, Khassan perdit son éditeur, puis son travail à l'université, puis sa femme qui s'éteignit un mardi matin, aussi discrètement qu'elle avait vécu ; il ne remarqua sa mort que onze heures après qu'elle eut expiré son dernier souffle. Les tronçonneuses se turent, la forêt repoussa, une guerre vint, puis une autre. Il lui restait son fils et son livre, et la perspective de trouver l'épanouissement avec l'un ou l'autre lui paraissait aussi improbable que de survivre à la prochaine décennie. Mais le fils et le livre étaient là ; et à une époque où tous les espoirs s'étiolaient, le concept de possession consolait davantage que ce que l'on possédait réellement. Ce qui lui causait le plus de déception était aussi ce qui lui restait de plus ancien, et maintenant que tout s'était écroulé, ces choses-là étaient devenues les piliers de son existence ; il aurait chéri avec autant d'ardeur un mal de dent tenace de trente-deux ans que son fils du même âge. Mais cela aussi avait fait son temps, un après-midi ensoleillé, bien trop chaud pour la saison, un an, onze mois et trois jours plus tôt, quand Dokka et Ramzan étaient revenus de la Décharge – Dokka privé de ses dix doigts, Ramzan juste de son *pes*. À partir de ce jour-là, Khassan n'avait plus adressé la parole à son fils.

Au début, Ramzan feignit l'indifférence, puis il y eut la colère, puis les supplications. Jamais Ramzan n'aurait imaginé que les remontrances monosyllabiques de son père lui manqueraient à ce point. Comment aurait-il pu savoir que sa vie n'avait de sens qu'en réaction aux attentes de son père, qu'il avait besoin de son opposition pour entrevoir la personne qu'il n'avait pu devenir ?

— Je fais ça autant pour toi que pour moi, lui avait dit Ramzan avec la logique désespérée de celui qui doute. On a un groupe électrogène, des ampoules électriques, de la nourriture dans nos assiettes. C'est un crime de te trouver de l'insuline ? D'avoir de l'eau potable ?

Mais Khassan, en grand apologiste, connaissait bien la rhétorique de la justification et ignorait son fils avec superbe. Au bout du cinquième mois, le courroux du fils s'éteignit et la dépression s'installa. Les pas de Ramzan emplissaient la nuit. Bientôt les antidouleurs et les somnifères rejoignirent les seringues hypodermiques, les cotons, l'alcool à quatre-vingt-dix degrés et l'insuline dans les paquets que lui donnait l'armée. Les pilules vertes plongeaient Ramzan dans un état comateux pour seize heures et, pendant qu'elles faisaient effet, quand la maison soupirait et que le plancher cessait enfin de grincer, Khassan entrait dans la chambre de son fils.

Les premiers temps, il avait exploré les tiroirs, l'armoire, les étagères. Dans le tiroir de la commode, celui du haut, il avait trouvé le *kinzhal*, ce couteau avec sa lame de trente centimètres, qu'il avait offert à son fils pour ses seize ans, un cadeau qu'il tenait lui-même de son père, et avant lui de son grand-père. Dans les pages d'un manuel d'algèbre, il découvrit une liste de noms – ceux que Ramzan avait dénoncés. Quand il l'avait découverte la première fois, glissée entre les pages 146 et 147, il y avait trois noms sur la liste. À l'école, Ramzan n'avait jamais ouvert ce livre de mathématiques aussi loin. La dernière fois que Khassan l'avait consultée, quelques semaines avant que celui de Dokka ne soit ajouté, il y avait douze noms. Mais le plus souvent, comme aujourd'hui – le surlendemain de la disparition de Dokka –, Khassan n'avait aucune envie de voir les nouveaux ajouts. Il préféra s'asseoir sur le lit, tenir la main de son fils et lui parler :

— J'ai vu Akhmed ce matin, et il m'a fui. Il est parti en courant dans la forêt et s'est caché derrrière un arbre parce que je suis ton père.

Dans ces moments, quand Ramzan restait sous la surface d'un sommeil artificiel, quand ses mots mouraient comme des étincelles dans l'air vide, Khassan parlait librement. Il racontait des histoires de sa jeunesse, implorait la clémence pour certains du village ; une fois, il lui suggéra même de boire du thé à la menthe poivrée pour soigner sa toux. Que pouvait-il faire d'autre puisque son devoir était d'éviter son fils, puisque le désaveu était l'unique vestige de son autorité de père ? Ces conversations à sens unique étaient comme un long chemin sur des ponts qui ne menaient nulle part, mais Khassan ne connaissait pas d'autre moyen pour passer le fossé. Il profitait des compensations agréables de cette collaboration honnie, tout en reniant son fils pour son absence totale de compassion – compassion que par ailleurs il ne lui avait jamais enseignée. « Laisse Akhmed tranquille, lui murmura-t-il. Laisse la gamine aussi. Oublie leurs noms. Ils sont partis. »

Dans la commode, le *kinzhal* était toujours à sa place, enveloppé sans cérémonie ni respect dans un maillot de corps. À trois pas de là, la pomme d'Adam de Ramzan oscillait comme un bouchon sur l'eau. Un coup, un seul, suffirait et ce serait fini. C'était ce qu'il avait laissé entendre à Akhmed quelques heures plus tôt. Oui, il aurait pu faire ce premier pas, puis l'autre, et enfin le dernier. Il aurait pu coincer le pommeau de la poignée contre sa poitrine et se laisser tomber en avant, laisser la gravité être sa complice. Il y aurait eu du sang, mais il aurait tenu le coup – un Tchétchène avait plus de sang en lui qu'un Russe, mais beaucoup moins qu'un Allemand. Il aurait pu le faire aujourd'hui, comme d'autres fois auparavant. Mais il sortit une pomme verte de sa poche et c'est elle qu'il trancha. Le cœur s'offrait dans son écrin de chair pâle ; avec le maillot de corps, il essuya la lame souillée de jus, regrettant son manque de courage, car ce jus aurait dû être du sang. Quel père rêvait donc de tuer son fils ? Même les meurtriers, les violeurs, les politiciens méritaient d'avoir un père qui sache faire la distinction entre l'amour et la condamnation, cependant Khassan n'y parvenait pas. À la manière de la teinture versée dans l'eau, ce qu'il éprouvait pour Ramzan était d'une opacité singulière. Trois pas entre le *kinzhal* et le cou de son fils, trois seulement. Pris de vertige, Khassan emporta la pomme au-dehors. Il s'installa derrière la maison, sur les marches creusées à la pelle, et siffla trois fois.

Il surveilla le jardin, attendant que les chiens sortent des bois. Les dalles marquant les tombes et la bordure de pierre du terrain n'étaient plus que de molles élévations dans la neige. Ce jardin était une idée de son épouse, l'une des rares qu'il eût exaucées durant leurs vingt-trois années de mariage. Sharik, un chiot alors, avait exploré chaque motte, nez au sol, comme s'il poussait une balle invisible, tandis que Khassan plantait des légumes dans les sillons protégés par des cintres pliés. Les plats que son épouse cuisinait depuis des années se mirent à avoir un goût différent, comme si une autre femme officiait aux fourneaux. Et, ce printemps-là, Khassan avait pensé à cette autre femme les cinq fois qu'il avait fait l'amour avec son épouse. Aujourd'hui, elle reposait enterrée au bout de son jardin, à côté de la valise marron contenant les os de ses parents, qu'une légère cuvette dans le manteau neigeux et une merde de chien congelée commémoraient.

Farouches et hirsutes, efflanqués par le manque de nourriture, les chiens accoururent vers la maison. Ils appartenaient autrefois aux voisins que son fils avait fait disparaître ; méconnaissables aujourd'hui, Khassan se souvenait pourtant de leurs noms. Ils passèrent par le trou qu'il avait ménagé dans la clôture et se rassemblèrent devant lui en demi-cercle, se bousculant pour happer les petits morceaux de pommes qui tombaient de la lame du *kinzhal*. Il ouvrit les mains et les chiens léchèrent le jus sur ses doigts. Comme eux, il n'était pas le bienvenu dans les maisons des voisins et on l'évitait dans la rue. Comme eux, Khassan était un paria. Il caressa la truffe d'un corniaud brun et, sans même l'avoir décidé, serra l'animal dans ses bras comme on étreint un humain, un geste qu'il n'avait plus eu avec ses congénères depuis des années. Le chien, cadeau d'un mari à son épouse pour leurs dix ans de mariage – une épouse qui aurait préféré quelque chose de plus petit dans un écrin –, lécha le gras dans ses cheveux.

— Tu me trouves merveilleux, pas vrai ? Tu penses que je suis le plus gentil, le plus généreux des hommes qui ait foulé cette terre.

Le chien lapa ses cheveux de plus belle.

— C'est parce que tu es un chien stupide.

Khassan alla dans la cuisine, et, le cheveu poisseux de salive, lui le roi et bienfaiteur de leurs gueules affamées, revint avec la viande de deux poulets et un jarret de mouton qu'il déposa dans la neige. Khassan n'oublierait jamais la tête de son fils le lendemain de son cinquième voyage aux réserves de l'armée, quand il ouvrit le réfrigérateur et ne trouva rien d'autre qu'un pot de cornichons baignant dans la lueur pâle d'une ampoule de trente watts. Ramzan était sorti en rage dans le jardin où les chiens paressaient, le ventre distendu, pattes en l'air, incapables de rouler sur le flanc ou de se lever, et encore moins de détaler, et Khassan était couché avec eux, son propre nombril vers les nuages, faisant de l'herbe morte des confetti, avec un détachement et une insouciance hors du commun, une plénitude sans doute que seul un vieillard dormant avec des chiens errants pouvait connaître. Ramzan lui avait crié dessus. Il avait brandi un fémur rongé jusqu'à la moelle, arraché un nerf de la gueule amollie d'un lévrier irlandais aveugle, et un bonheur ancien, enfoui profond dans sa mémoire, avait gagné Khassan, un mot perdu, qu'il ne pouvait plus nommer. À partir de ce jour – qui datait d'un an et demi –, le père n'avait plus montré sa désapprobation par le silence mais par le sabotage. Puisque Ramzan prétendait que c'était pour la nourriture qu'il dénonçait ses voisins, Khassan veillerait à ce que les victuailles aillent aux chiens. L'affection canine et l'exaspération du fils étaient devenues ses seules sources de plaisir. En réaction, Ramzan avait commencé à cacher les vivres, mais comprit bientôt que, même sous vide, la viande finissait par se gâter. Alors il avait acheté un réfrigérateur dernier cri pourvu d'une serrure, conçu pour les Occidentaux obèses incapables de refréner leurs pulsions. Tous les matins, Ramzan sortait de quoi nourrir son père pour la journée et refermait la porte à clé. Mais Khassan donnait ses trois repas aux chiens et s'affamait. Voyant son père dépérir, Ramzan avait abandonné cette tactique pour adopter une nouvelle stratégie : rapporter des aliments dangereux pour les chiens : chocolat, raisins, cacahuètes. Mais les dents de Ramzan se firent douloureuses, ses selles se mirent à ressembler à des barres chocolatées suisses, et Khassan, par un regard appuyé vers le flacon d'insuline, lui rappela qu'un diabétique ne pouvait se nourrir uniquement de sucreries. Des jours bénis. Il aimait tellement tourmenter son fils ! Finalement, le garçon s'avoua vaincu. Il ne pouvait rien contre la ruse de son père. Durant un an, ils communiquèrent donc par regards – un *statu quo* plein de rancœur. Khassan nourrissait les chiens comme s'ils étaient sa seule famille, et laissait toujours une part pour Ramzan – pas plus que ce que pouvait espérer un villageois moyen pour survivre en ces temps difficiles.

Khassan se releva, tout sourires, et regarda les six chiens, museau au sol, la queue alanguie, battant l'air. L'un était sans poils, l'autre aveugle. De temps en temps, une bête courait vers la clôture, pourchassant un rongeur invisible. Avec cette folie trouble qui nimbait tout le pays, même les chiens finissaient par avoir des hallucinations. Un berger blanc se tenait en retrait. Il lui lança le meilleur morceau.

— Sharik ! appela-t-il, sans que l'animal réagisse à son nom.

Trois ans plus tôt, avant que les traîtrises de son fils ne leur rapportent de la nourriture à partager, Khassan avait chassé

Sharik. Ses griffes raclaient le plancher dans ses ruades frénétiques pour ne pas sortir et Khassan avait dû lui donner deux coups de pied avant qu'il ne détale par la porte ouverte. Pendant trois jours, le chien avait traîné derrière la clôture, la tête basse, espérant que Khassan le rappellerait. Khassan avait attendu que Sharik disparaisse dans la forêt pour s'absenter de la maison. Quand Ramzan était revenu avec son premier carton de nourriture, Khassan avait tenté de faire revenir l'animal, mais entre eux la confiance n'était plus. Ce n'est qu'en nourrissant la meute qu'il avait réussi à nourrir son chien. C'était le cadeau de Sharik et Khassan le récompensait en lui réservant les meilleurs morceaux.

Les chiens le suivirent autour de la maison, se faufilant entre les herbes que l'hiver n'avait pas tuées, le long des ornières qui striaient la rue. Ils gambadaient derrière lui, lui faisant confiance, à l'inverse des hommes, et quand il desserra les poings et agita les doigts, il sentit les truffes humides dans ses paumes, leurs coups de langue doux et chauds.

— Je t'ai raconté l'histoire du cordonnier et de son fils ? demanda-t-il au corniaud marron. Oui, je sais, Sharik la raconte mieux que moi.

Il marcha jusqu'au trou, dans l'alignement des maisons, là où se dressait deux jours plus tôt celle de Dokka. Les chiens ne le suivraient pas sur la couche de bois calciné. Il repéra le coin où se trouvait auparavant la bibliothèque de Dokka. Arrivé à l'endroit, il se baissa, ramassa une poignée de cendres qu'il glissa dans la poche de son manteau. La poussière noire macula sa paume. « Vous vous prenez pour une meute sauvage ! lança-t-il aux chiens qui l'attendaient à la lisière des décombres. Mais vous êtes trop timides pour me suivre… » Le suivre où d'ailleurs ? Là, sur cette tombe noire ?

De l'autre côté de la rue, avec leurs rideaux tirés, les fenêtres dessinaient deux yeux sombres sur la façade de la maison d'Akhmed. Puisque Akhmed était parti à l'aube, qui veillait sur Ula ? Les révélations les plus douloureuses étaient toujours les plus silencieuses, quand la carte s'ouvrait, montrant à l'égaré le chemin méandreux qui avait mené ses pas jusqu'à destination. Une femme malade restant la journée toute seule. Il n'avait pas songé à ça.

— Je pourrais passer la voir, m'assurer qu'elle va bien, qu'elle n'a besoin de rien, déclara-t-il en cherchant du regard l'approbation des bêtes.

Car ensemble, ils ne faisaient qu'un, telles les ondulations à la surface de la même mare.

— Puisque je veille sur une bande de chiens, je peux aussi veiller sur elle. Ne faites pas cette tête-là. Je ne vais pas entrer par effraction. J'ai une clé!

Il montra le double qu'Akhmed lui avait donné avec un grand sourire, neuf ans plus tôt, le jour où la banque qui possédait les quatre cinquièmes de sa maison avait été soufflée par une bombe. Les chiens inclinèrent la tête, guère convaincus.

— Non, on ne m'a rien demandé. Mais ce n'est pas une raison. L'heure n'est plus aux convenances, je vous rappelle. Et vous êtes mal placés pour me parler des « bonnes manières », vous qui vous reniflez le cul pour vous dire bonjour.

Après avoir fait deux pas vers la maison, une inquiétude le saisit. Peut-être les chiens allaient-ils croire qu'il les abandonnait pour une présence humaine ?

Bon, c'était la vérité, mais il devait procéder avec tact. C'étaient des âmes sensibles, même si de temps en temps ils creusaient la terre pour manger des cadavres. Khassan se retourna, posa un genou à terre et ouvrit grand les bras. Tous les chiens, à l'exception de Sharik, léchèrent l'arrière-goût d'avoine flottant sur son haleine ; il leur répéta qu'il les aimait, qu'il avait besoin d'eux, qu'il ne les quitterait jamais. Puis le chien chauve lui renifla les fesses.

Sous l'œil plus que critique de son public canin, il toqua à la porte.

— Vous voyez ! lança-t-il. Pas de réponse. Je n'ai pas d'autre choix que d'utiliser ma clé.

Il poussa le battant, pénétra dans l'antre sombre, à l'odeur de renfermé, et se dirigea vers la chambre à coucher. Une paire de jambes maigres, juste deux plis dans les draps, remua sous les couvertures. Pendant trois minutes entières, il l'observa depuis le seuil – c'était la deuxième fois de la journée qu'il contemplait un esprit confus, au repos dans le lit du sommeil ; puis Ula roula sur le côté. Il la regarda dans les yeux ; ils prirent le temps de se dévisager l'un l'autre.

— Tu as vieilli, Akhmed, déclara-t-elle.

Il ne put s'empêcher de sourire. Un sourire d'enfant, cette fois.

— Je ne suis pas Akhmed.

Akhmed n'avait que huit jours quand il l'avait vu la première fois dans le salon de ses parents, en 1965. Il avait tenu le bébé dans ses bras et un soulagement profond, unique et nouveau, l'avait envahi. Les yeux de ce nourrisson concentraient les reflets de dix mille vies possibles. Khassan n'était ni un émotif, ni un superstitieux, et jamais ce mirage ne s'était reproduit. Pourtant, ce jour-là, il avait discerné, enchâssés dans les yeux mi-clos de cet enfant, des visages innombrables, pleins d'espoir.

— Excuse-moi, murmura Ula. Mais ma tête me joue des tours.

Khassan s'assit sur le lit à côté de l'os saillant de sa hanche.

— Inutile de t'excuser. Moi, j'ai passé la matinée à parler aux chiens.

— Si tu n'es pas Akhmed, que fais-tu là ?

— Je voulais m'assurer que tu n'avais besoin de rien. Peut-être voulais-tu parler à quelqu'un. Akhmed ne va pas revenir avant un moment.

« Il ne reviendra pas ? » parut-elle demander, sans qu'il en fût certain. Elle n'avait que deux notes dans sa voix et, sur le fil tendu entre ces deux points, questions et réponses sonnaient de la même manière.

— Pas avant un moment, répondit-il.

Quatre verres d'eau, dont un vide, ainsi qu'un bol de riz desséché trônaient sur la table de nuit.

Percevant son hésitation, elle s'enquit à nouveau :

— Que fais-tu ici ?

— Parler à des gens me manque.

À s'entendre le dire à haute voix, Khassan eut envie de rire. C'était si simple. Il était si seul. Il était venu voir une femme invalide pour lui offrir le réconfort dont lui-même se languissait.

— Plus personne ne me parle. Depuis presque deux ans, Akhmed est la seule personne qui m'adresse encore la parole.

— Tu dis que tu as passé la matinée à parler à des chiens.

Il sourit et hocha la tête.

— Je ne pensais pas que tu t'en souviendrais. Il doit être lui aussi la seule personne à qui tu as parlé depuis bien longtemps.

— Qui ça ?

— Tu sais qui je suis ?

Elle fronça les sourcils mais rien ne lui vint.

— Ce n'est pas grave. C'est très bien comme ça.

— Raconte-moi une histoire, proposa-t-elle.

— Une histoire ?

— Il existe des tas d'histoires sur des tableaux de peinture. Toutes vraies.

Il plissa le front. Aucune anecdote sur des tableaux ne lui venait.

— Je ne connais qu'une seule histoire. Je peux assurer qu'elle est réelle, mais pas qu'elle est vraie. Tu as connu la mère d'Akhmed ? (Il interpréta son regard vide comme un « non ».) C'est bien que tu me le confirmes car, effectivement, tu n'as pas pu la rencontrer. Elle est morte du cancer quand Akhmed avait sept ans. Elle s'appelait Mirza.

Elle hocha la tête, imaginant que c'était ce qu'on attendait d'elle.

— Si je te raconte cette histoire, tu me promets de l'oublier après ?

— Je ne peux rien promettre, répondit-elle d'une voix lointaine.

Il lui prit le poignet, sentit son pouls bien régulier. *On peut avoir un esprit trop faible pour dire si on est le matin ou le soir, et néanmoins avoir le sang en quantité là où il faut,* songea-t-il. Il n'avait raconté cette histoire à personne.

— Je vais te parler de Mirza.

Il avait appris la déportation de son peuple près de deux ans après qu'elle avait eu lieu, expliqua-t-il à Ula, quand lui-même avait été à son tour déporté au Kazakhstan. Le 23 février 1944, jour de la fête de l'Armée rouge, au moment où Khassan recevait une balle des nazis en Pologne, le NKVD avait rassemblé les Tchétchènes sur toutes les places publiques et les avait fait monter de force dans des camions Studebaker fournis par les Américains. Ceux qui résistèrent ou furent jugés intransportables par le NKVD furent abattus. Entassés dans un wagon de marchandises, la petite sœur et les parents de Khassan avaient dormi sur des sacs de maïs et s'étaient nourris de grains secs tandis que les trains, lentement, s'enfonçaient plus loin à l'est. Des recrues locales les rasèrent et les aspergèrent de poudre antipoux à leur arrivée dans la steppe kazakhe. Khassan ne sut jamais ce qui était arrivé à sa sœur, hormis qu'elle était montée dans le wagon à Grozny et que personne ne l'avait vue en sortir. Ses parents furent installés dans le cellier d'un kolkhoze, sur une paillasse, et quand la faim tenaillait trop, ils fabriquaient de la farine avec la paille du matelas et cuisaient de petits pains qui les rendaient malades tout en leur remplissant l'estomac. Quand ils furent à court de paille, ils dormirent sur les dalles du sol et confectionnaient du gruau avec des graines de céréales récupérées dans le crottin de cheval. Quand Khassan arriva au Kazakhstan à l'automne 1945, les conditions de vie s'étaient améliorées, mais ses parents étaient déjà morts. Il parvint à reconstituer leur dernière année d'existence grâce aux souvenirs glanés auprès de voisins et d'amis, et de Mirza.

Mirza était une enfant quand Khassan était parti pour la guerre ; et, en 1947, lorsqu'il la trouva en train de filtrer de l'eau avec une mousseline à fromage, il ne reconnut pas la fillette qui avait été arrêtée à huit ans parce qu'elle avait dessiné, avec un bout de charbon de bois, une moustache sur son visage et avait marché au pas de l'oie dans la basse-cour de la ferme, exhortant les poules à devenir des bâtisseuses zélées du communisme.

— Laisse-moi boire un peu, lui avait-il demandé, assoiffé par son long voyage.

— Va te faire foutre, avait-elle simplement répondu.

Ç'avait été leur première conversation. Elle allait devenir l'amour de sa vie, mais il ne le savait pas encore. Il avait arraché le seau des mains de la jeune femme parce qu'il venait de marcher dans une bouse si grosse qu'il s'était enfoncé jusqu'au lacet. Non, il ne le savait pas quand il avait lavé sa chaussure souillée dans son eau claire.

Une année plus tard, l'instituteur était mort et Khassan l'avait remplacé. Il était sans qualification ni expérience, mais au sortir de la guerre, les chamailleries des enfants étaient une forme de paix, et cela le rendait heureux. Parmi ses élèves, il y avait la sœur cadette de Mirza, une enfant vive d'esprit, qui se rongeait les ongles si court qu'elle ne pouvait plus ramasser un kopeck sur un comptoir. Un jour, elle avait placé une punaise sur la chaise du fils du commissaire politique ; le garçon était si obèse qu'elle se demandait s'il n'allait pas exploser. Même si Khassan avait évité au fessier du rejeton du commissaire cette rencontre douloureuse – et par la même occasion sauvé la sœur du peloton d'exécution –, il estimait que l'effronterie atavique de cette famille avait grand besoin d'être refrénée.

Pour le 1er mai 1950, Khassan avait organisé un défilé des enfants. Les adultes se tenaient de part et d'autre de la rue comme autant de bornes pour applaudir leur progéniture et éviter d'être condamnés à dix ans de travaux forcés pour manque de ferveur patriotique. Sur les quatre-vingt-six enfants qui paradèrent ce jour-là, vingt-trois ne vivraient pas suffisamment longtemps pour revoir leur Tchétchénie natale. Le fils du commissaire politique serait de ces infortunés car le choléra, sans le moindre respect des classes, était un autre grand niveleur social – sans doute le plus égalitaire que les exilés connaîtraient. La petite sœur de Mirza était l'une des quatre écolières qui se tenaient sur le char, cramponnées au buste de plâtre de Staline. De l'autre côté de la rue, Mirza regardait le défilé, les mains plantées sur les hanches, seule personne de l'assistance à ne pas applaudir. Son mépris traversa Khassan de part en part, tel un rayon lumineux à travers de la vapeur. L'après-midi suivant, elle lui fit face à l'école avec un regard mauvais qui aurait tranché des cous plus graciles que le sien.

— Tu es un lâche, avait-elle dit. Et ce seul mot était à la fois une dénonciation, une biographie et une prophétie.

Ç'avait été leur seconde conversation.

En 1956, trois ans après la mort de Staline, l'ethnie tchétchène fut réhabilitée d'un coup de plume d'un lointain bureaucrate. Le jour où les premiers trains étaient arrivés pour les ramener chez eux, Khassan avait suivi l'allée de pierre blanche du cimetière, avec à la main une pelle et la valise marron que ses parents avaient emportée avec eux douze ans plus tôt. La terre était dure et sèche ; il lui avait fallu plusieurs heures pour les exhumer. L'index de sa mère pointait vers lui à travers les gravats. Les suaires avaient remplacé la peau. Ils étaient plus légers qu'il ne s'y attendait, leurs muscles raidis par la dessiccation. Il avait replié leurs bras, poussé sur les jambes jusqu'à ce que les tendons cèdent ; tout cela manquait cruellement de respect. Il les avait rangés avec tendresse dans la valise à la doublure décolorée, refermé le couvercle sur leurs squelettes repliés, comme prostrés. Il ne s'était pas lavé, la terre et les chairs décomposées lui maculaient les mains, mais Dieu lui pardonnerait ces petits blasphèmes. Son père et sa mère lui avaient donné la meilleure vie dont ils étaient capables.

Il aurait aimé pouvoir leur offrir un plus doux trépas. C'est alors qu'il avait décidé d'écrire l'histoire de ses parents, de son peuple, de ce fragment d'humanité que le monde semblait déterminé à oublier. Plantée dans le monticule, la pelle faisait une pierre tombale élégante. Il n'était pas seul. Des centaines d'autres étaient venus récupérer leurs morts, et la poussière en suspension rougissait la nuit.

Quand il avait rejoint sa cabane, ceinte d'un cordon de pierres pâles, il avait songé à se nettoyer. Ce qu'il ne fit pas. Au lieu de ça, avec ses mains sales, il avait replié les chemises, gagnées aux cartes contre des gardes de l'Armée rouge, le maillot à manches longues récupéré sur un cadavre, le manteau en poils de marmotte qu'une veuve kazakhe avait échangé contre la promesse que le nom de son mari défunt resterait dans ses prières pendant neuf ans. Il avait laissé la valise marron sur le seuil. Son seul héritage. Il n'avait rien pour ranger ses vêtements qu'il avait soigneusement pliés et qui reposaient en pile à même le sol. Pendant onze ans, il avait rêvé du jour où il laisserait ses habits derrière lui, pour la prochaine ethnie qui n'aurait plus les faveurs des Soviétiques, n'emportant rien d'autre avec lui que ses parents. Et le lendemain matin, quand le sifflement d'une locomotive l'avait réveillé, c'était ce rêve qu'il faisait encore.

Les bétaillères étaient déjà pleines lorsqu'il avait atteint les voies. Les réfugiés contemplaient, hésitants, les trains qui fendaient l'herbe des steppes, les trains comme seule mesure de l'immensité autour. Il avait trouvé Mirza debout sur une traverse, sous un nuage de fumée noire qui s'élevait dans le ciel comme un essaim de criquets retournant dans la bouche de Dieu.

— Tu es encore là, avait-elle dit.

— Oui.

Elle avait soulevé sa valise marron.

— Elle ne pèse rien.

— Ce sont mes parents.

Ç'avait été leur troisième conversation.

Les réfugiés s'étaient installés le long des rails, craignant de rater le prochain transport. Mais Khassan, qui savait que le ciel lui apporterait les échos des essieux, était rentré dans le village désert en compagnie de Mirza. Des sentes de vêtements, de meubles, de vaisselles s'échappaient des seuils des cabanes et des huttes. Le commissaire du peuple et sa suite avaient été les premiers à fuir, laissant le QG du parti, la seule véritable construction à des kilomètres à la ronde, totalement à l'abandon. Khassan et Mirza avaient traversé les salles de réunion jonchées de bulletins annonçant le rapatriement, et poursuivi leur chemin jusqu'au bureau du commissaire. Trois fauteuils encerclaient une table basse où un stylo-plume en or trônait au garde-à-vous dans son réservoir. Derrière eux, accroché au-dessus de la porte, le buste de Staline les observait de ses yeux de plâtre. Khassan l'avait décroché de son support – deux vis dans son crâne creux – et enveloppé dans un rideau bordeaux. Le visage de Mirza s'était illuminé, méconnaissable.

Khassan avait emporté le buste dans la steppe et quand il l'avait posé au sol, les herbes hautes s'étaient écartées en corolle autour de la tête du dictateur. Mirza avait enfoncé son talon dans la tempe de Staline – que pouvait-il faire, quand elle le regardait avec ces yeux-là, sinon devenir son complice ? Il avait pulvérisé l'épaisse moustache, et elle s'était jointe à la curée, lui perçant l'œil gauche ; leurs pieds avaient mené pour eux cette quatrième conversation jusqu'à ce que leurs chaussures soient blanches de plâtre. Ils avaient fini par la commettre, cette haute trahison pour laquelle ils avaient été condamnés douze ans plus tôt. Ils avaient hurlé jusqu'à ne plus avoir de voix, les poumons en feu, tandis que le vent emportait Staline dans un panache de poussière. Ils fêtèrent ainsi l'événement. Quand ce fut fini, Khassan avait étalé le rideau sur l'herbe. Elle lui avait caressé la joue et lui son épaule. Sur son ventre, juste à gauche du nombril, une marque de naissance ovale, semblable à l'encre renversée d'un encrier. Il avait posé ses lèvres dessus.

* * *

Ula avait fermé les yeux. Dans le silence, Khassan sentit l'apaisement de la confession le gagner. Il avait cessé de lutter. C'était si bon, si miraculeux, d'être écouté, puis oublié. Mais cela ne suffisait pas. Il lui fallait aussi effacer ce passé qu'il avait consigné toute sa vie. Plus tard, le même jour, dans son bureau, il rassembla ses notes, ses brouillons, ses multiples versions, tout jusqu'à la moindre page, et les plaça dans un drap, qu'il emporta dans la forêt. Il dut effectuer plusieurs voyages, et nouer d'autres draps ; il désirait faire disparaître tous les mots qu'il avait écrits, jusqu'au dernier. Les chiens l'accompagnaient et, avec cette escorte, résonnait le mot accusateur de Mirza, plus mordant que jamais, parce qu'il avait dans les mains ce témoignage de quarante années de servitude au soviétisme. Quand le feu eut dévoré toutes ces pages, et tandis que les chiens se prélassaient à la tiédeur des braises, il s'interrogea : Et maintenant ? Qu'allait-il écrire ? Sûrement pas l'Histoire d'une nation qui avait détruit l'identité des hommes et des peuples. Non, il préférait quelque chose de plus humble. Une lettre à Havaa. Avec les souvenirs qu'il avait de Dokka. Il commencerait par son anecdote favorite, puis reviendrait à leur rencontre et terminerait son récit avec la naissance de Havaa. Ce serait la seule et première histoire vraie, irréfutable, qu'il aura jamais écrite.

6

1994 1995 1996 1997 1998 1999 2000 2001 2002 2003 **2004**

À cet instant, Havaa détestait l'hôpital. Elle détestait les produits chimiques qui flottaient dans l'air, qui brûlaient la gorge comme l'eau de Javel qu'utilisait sa mère pour laver les draps, du temps où il y avait de la Javel, des draps, et sa mère. Elle détestait ces patients, meurtris et cassés, qui prenaient trop de temps, bien trop, à mourir. Elle détestait Deshi. L'infirmière était vieille, ennuyeuse, et si c'était elle le visage de la vie, cela ne l'étonnait pas que tant de patients choisissent la mort. Elle lança un regard maussade à ce stupide linoléum jaune à ses pieds. Que faisait Akhmed ? Elle le détestait, lui aussi. Il lui avait jeté sur la tête une blouse de labo et l'avait totalement oubliée dans la salle d'attente quand était arrivé ce type, qu'on traînait sur une bâche, et qui criblait l'air de ses hurlements et le sol de sang. À travers la fine trame de la blouse, elle avait regardé les silhouettes qui papillonnaient par terre, tentant d'arrêter tout ce qui coulait du malheureux. Et quand tout fut fini, ils l'avaient emporté dans le couloir, la laissant plantée là comme une cruche.

Et puis Akhmed était reparti chez lui et l'avait laissée ici à nouveau. Reviendrait-il demain ? Oui, bien sûr. Il était obligé. Elle ne voyait pas d'autres possibilités. Oui, Akhmed reviendrait demain ; il reviendrait et il irait à Grozny, un endroit où ils devaient aller ensemble, ils en parlaient tout le temps – mais il y irait avec Sonja, parce qu'à l'évidence il la préférait à elle, parce qu'elle était plus vieille et qu'elle avait des seins, et ils allaient probablement faire quelque chose qu'eux seuls trouveraient amusant, comme inventer un moyen de se gratter un membre fantôme – oui demain, quand Akhmed reviendrait, elle le détesterait, mais en attendant, il lui manquait.

Un membre fantôme. Elle n'avait toujours pas appris au manchot en uniforme à jongler, comme elle l'avait promis à Akhmed. Même quand il n'était pas là, elle voulait lui faire plaisir. C'était stupide ! Elle trouva le garde à l'entrée de l'hôpital, assoupi sur un banc. Il portait l'uniforme vert olive des rebelles. Elle enfonça son doigt dans l'estomac de l'homme le plus loin possible, en fait pas loin du tout parce qu'il avait plutôt le ventre creux. Il se réveilla dans un grognement.

— Qu'est-ce que tu veux ?

— Jongler.

Il referma les yeux.

— Tu n'as pas besoin de ma permission. Vas-y. Jongle.

— Non, je veux t'apprendre à jongler.

— Très drôle, répondit-il sans rouvrir les yeux.

— Tu ne veux pas être un infirme dont tout le monde a pitié, dit-elle d'un ton qui se voulait réconfortant.

Quand Akhmed lui avait appris à jongler, six mois plus tôt, il avait utilisé des petits bouts de gaze qui voletaient dans la brise comme un banc de poissons blancs affamés. Ils se tenaient au milieu de la rue, où ne passait plus que le vent, qui emportait les morceaux de gaze, tandis qu'Akhmed leur courait après en poussant des cris de singe. Il avait fallu un après-midi entier à Havaa pour apprendre à jongler avec un seul bout. Le lendemain, ils étaient passés aux exercices à l'intérieur. Jongler, c'est dans la tête, pas dans les mains, lui avait expliqué Akhmed ; dans l'air immobile, elle avait appris en quelques minutes.

— Jongler, c'est dans la tête, pas dans les mains, répéta-t-elle au manchot.

— Je suis mort dans mon sommeil, c'est ça ? Je suis en enfer ?

— Il faut commencer avec un mouchoir, continua-t-elle en joignant le geste à la parole, avec une exagération toute théâtrale.

Le vigile se mit à prier.

— Allah, aie pitié de moi ! Délivre-moi de ce cauchemar.

— Il faut attraper le mouchoir bien en biais comme si tu voulais le plaquer sur l'épaule d'un partenaire invisible. Un partenaire fantôme, si tu préfères. Ça, ça devrait t'être familier !

— Jésus-Christ, exauce mes prières ! psalmodia le garde, dans le cas où le dieu des infidèles se révélerait plus réceptif.

— Puis tu répètes le même mouvement avec l'autre main.

— Tu l'as vue où mon autre main ?

— Regarde comme j'y arrive bien, lança-t-elle en faisant voler trois mouchoirs à la fois.

— C'est ma main fantôme que tu vas recevoir sur la figure !

— Vas-y. Je ne sentirai rien !

— Moi, non plus. Je n'aurai même pas ce plaisir.

— Tu sembles bien mal luné. Tu ferais peut-être mieux de piquer un autre roupillon.

Quand elle quitta le garde manchot, elle détestait encore plus Akhmed ; s'il n'était pas là pour qu'elle puisse lui raconter, à quoi ça servait qu'elle aille apprendre au garde à jongler ? Il l'avait abandonnée, comme son père, comme sa mère, et elle pansa cette blessure de sa plus féroce maussaderie, pour qu'elle soit bien cachée, bien scellée, et que personne ne puisse savoir qu'en seulement trois heures Akhmed lui manquait aussi fort que ses parents. Elle aurait dû se douter pourtant qu'il l'oublierait aussi rapidement qu'il avait oublié sa mère.

Elle ne détestait pas Sonja, pas autant du moins qu'Akhmed. Bien sûr, Sonja était brusque et irascible, sans le moindre humour, incapable de trouver une chose drôle à dire alors qu'en une minute Akhmed la faisait rire. Mais ce n'était pas grave, parce que Sonja était différente. Elle était la patronne ici, elle commandait tout le monde, et même Akhmed devenait tout blanc devant elle. Non seulement elle était médecin, mais elle était à la tête de tout l'hôpital. Les femmes n'étaient pas censées être docteur ; elles n'étaient pas capables de travailler – l'école, le temps, l'engagement personnel, impossible quand on avait une maison à tenir, des enfants à élever, des dîners à préparer, des maris à contenter. Mais Sonja était un cas unique, une sorte de monstre, plus déroutant encore que le vigile manchot. Ce n'étaient pas ses membres qu'elle avait amputés, mais sa condition de femme. Elle n'avait pas de mari, ni d'enfants, ni de maison à entretenir. Elle était capable de « travailler » – l'école, le temps, l'engagement, et tout ce qu'il fallait encore pour diriger un hôpital. Alors, même si Sonja n'était pas à prendre avec des pincettes, Havaa pouvait lui pardonner ces défauts – qui étaient des défauts uniquement parce que c'était à l'opposé de ce qu'on attendait d'une femme. La coquille épaisse et austère cachait le défi permanent que Sonja devait relever tous les jours. Et Havaa aimait ça.

La fillette errait donc dans le couloir, en se demandant ce que pourrait être son existence si elle vivait comme Sonja. Peut-être qu'elle pourrait être arboriste, comme son père. Elle n'imaginait pas que les femmes puissent être des spécialistes, mais si Sonja était devenue chirurgienne et directrice d'hôpital, pourquoi ne pourrait-elle pas être arboriste ? Ou anémoniste de mer ? Havaa ralentit l'allure pour jeter un coup d'œil dans la chambre où dormait l'homme à la jambe coupée. Du sang séché et noir maculait le pansement. Son moignon saillait des draps blancs comme un rondin de bois pourri dans la neige. Il dormait. Quelque part dans ce sommeil rendu brumeux par l'héroïne, il concevait déjà dans ses rêves les premières esquisses du monument aux morts que dans vingt-trois ans il construirait avec du béton et de l'acier. À cet instant, il était la seule personne dans cet hôpital qu'elle ne détestait pas.

— Je pensais t'avoir dit de te trouver quelque chose à faire ! lança Deshi, en entrant dans la chambre avec sa mine éternellement renfrognée.

— C'est ce que j'ai fait.

— Ah oui ? Et tu fais quoi ?

— Je réfléchis, rétorqua Havaa, comme si elle jetait une pierre à la face obtuse de l'infirmière.

— Trouve quelque chose de plus utile !

Deshi se mit à tricoter, adossée au mur. La pelote de laine, lentement, se dévidait dans sa poche.

— Est-ce que Sonja te houspille comme ça ?

— Pourquoi ferait-elle une chose pareille ?

— Parce que c'est elle qui dirige cet hôpital.

— Voilà autre chose ! lâcha Deshi avec un soupir. Je travaillais ici quand Sonja n'était encore que tressaillement dans le ventre de sa mère et j'étais déjà censée avoir pris ma retraite depuis un bout de temps quand je l'ai embauchée, mais c'est à elle que vont tous les honneurs ! On vous prend toujours tout, voilà la vie ! Plus personne ne vous respecte, pas même une orpheline à la langue bien trop pendue !

— Pourquoi l'hôpital est-il dirigé par des femmes ? Qu'est-ce qui est arrivé aux hommes ?

— Ils se sont enfuis.

— Mais ce sont eux, les héros…

— Non, ce sont eux qui te brisent le cœur et t'abandonnent pour une femme plus jeune.

— Tu veux dire que parfois les femmes sont plus courageuses que les hommes ? Et de meilleurs docteurs ?

— Je dis que si tu veux garder un homme, tu as intérêt à lui cacher ses chaussures chaque soir pour qu'il ne puisse pas aller voir ailleurs.

— Je ne comprends pas.

Deshi secoua la tête de dépit. Ses conseils en amour valaient une petite fortune – carrément la rançon d'un Occidental ! – et elle les donnait gratis à une gamine qui ne pouvait en apprécier la sagesse et encore moins le prix que ça lui en avait coûté.

— Contente-toi de ne pas t'approcher des oncologues, d'accord ? lança-t-elle en ramenant la fillette en salle d'attente. Si tu te souviens de ça, tu t'éviteras bien des déboires. Maintenant, tu pourrais sortir ton carnet et dessiner.

— Dessiner quoi ?

— Je ne sais pas. Où aimerais-tu être en ce moment ?

— Dans ma maison.

Havaa pensait que ce mot signifiait simplement quatre murs et un toit, mais il englobait à présent Akhmed, le village, ses parents, la forêt, et tout ce qui n'était plus là.

— Ma maison d'il y a une semaine, précisa-t-elle.

— Et moi je préférerais être ici même, mais il y a quarante ans, quand ils m'ont proposé pour la première fois ce travail. J'aurais dû agiter mon doigt sous le nez de l'infirmière en chef et lui répondre : non, vous ne m'aurez pas ! Voilà ce que j'aurais dû faire. Tourner les talons et partir sans me retourner.

— C'est idiot comme souhait. Il y a des cartes qui montrent comment aller à un certain endroit, mais aucune comment aller à une certaine époque.

— Et si tu la dessinais cette carte ?

— À condition que tu me laisses jouer au troisième étage.

— Fillette, s'il existait une telle carte, il y aurait encore un troisième étage. Alors commence à dessiner.

Le couloir, avec ses nappes astringentes, avala les pas de Deshi, et Havaa se retrouva seule une fois encore. Le carnet posé sur ses genoux, elle songea à son père. Elle ne le détestait pas. Ça, non. Sitôt cette pensée formée, elle sentit quelque chose se répandre en elle, jusqu'aux os de ses bras, jusqu'à ses phalanges, une trépidation traversant ses bras refermés autour de sa poitrine, ses doigts accrochés à ses épaules, et qui n'était rien d'autre que les battements de son cœur. Chaque soir, son père lui racontait l'histoire sur ces extraterrestres au corps tout vert, dont le visage n'était composé que d'un orifice par lequel ils voyaient, mangeaient, sentaient, entendaient, pensaient et parlaient. Chaque soir, il lui dévoilait un nouveau chapitre, et il y avait eu tant de nuits, tant de chapitres, que ni l'un ni l'autre n'appelaient plus ça une histoire, juste des chapitres, parce que les histoires ont une fin et que la leur n'en avait pas. Selon lui, les extraterrestres verts avaient détruit leur planète à la suite d'une guerre civile interstellaire et avaient émigré sur la lune pour tout recommencer. Chaque soir, alors que la civilisation s'effondrait autour d'eux, son père lui parlait d'une nouvelle société en devenir à la surface lunaire. Havaa espérait que son père se trouvait là-bas, avec ces petits êtres verts, tout là-haut sur la lune.

Sonja passa la porte, empestant la cigarette, les yeux bouffis, les doigts fébriles.

— Tu es là ? lança-t-elle, surprise.

— Oui. Je suis ici. C'est une salle d'attente, non ?

Sonja baissa les yeux, contemplant l'alignement de chaises, puis hocha la tête.

— Tu as raison, petite. C'est une salle d'attente.

Et elle s'assit sur la chaise pliante à côté de Havaa.

— Comment s'est passée ta journée ? demanda l'enfant.

Sonja haussa les épaules, alluma son briquet et regarda le mur d'un air vide.

— Ça a été. Et toi ?

— Ça a été aussi.

Sonja soupira, ferma les yeux, et actionna à nouveau son briquet, à plusieurs reprises, lentement, par saccades.

— Les soldats vont m'emmener aussi ?

Poser cette question, c'était reconnaître cette possibilité, et Havaa savait, par expérience, que toutes les horreurs possibles finissaient par se produire. Mieux valait se protéger avec une cuirasse d'irréalité. Mieux valait se replier en soi-même, se cacher dans les eaux noires parmi les anémones de mer, au plus profond, là où les requins ne pouvaient vous voir.

La main de Sonja trouva la sienne entre les chaises.

— Est-ce que les Russes vont m'emmener là où est mon père ? insista-t-elle, tout en sachant qu'aucune réponse à cette question ne lui conviendrait.

Son père était sa porte sur le monde ; il était l'ouverture unique par laquelle elle voyait, entendait et ressentait. Sans lui, elle ne savait plus quoi regarder, quoi écouter, quoi penser ; sa seule évidence, c'était qu'il n'était plus là.

— Allons au lit, suggéra Sonja en se levant, la main de Havaa toujours dans la sienne. On ferme les yeux et ils sont là, ceux qu'on aime, juste là où on les a laissés, dans leur propre salle d'attente, à nous espérer aussi.

7

1994 1995 **1996** 1997 1998 1999 2000 2001 2002 2003 2004

Depuis dix-huit jours, Natasha dormait comme si ses rêves étaient son véritable foyer, un havre où elle se réfugiait quinze heures par jour. Sonja ne voyait pas ce qu'elle aurait pu faire de plus. Sa sœur était ici, en sécurité, vivante, et reprenait suffisamment pied avec la réalité pour commencer à lui en vouloir. Dans la lumière froide du matin, elle entra dans la chambre, une tasse de thé à la main, et observa le corps de Natasha comme on détaille un cadavre, ou un patient dans le coma, ou comme quelqu'un qu'elle avait, autrefois, il y a longtemps, jalousé. Son regard parcourut le creux des hanches, les angles incongrus des coudes que Natasha pouvait déboîter à volonté, ses ongles rongés, ses jambes, toujours longues, toujours fines, et le duvet brun sur ses avant-bras, ces petits poils qu'à la puberté Sonja avait déclaré être la preuve patente que sa sœur deviendrait un garçon. Son corps racontait ce que Natasha taisait. Les marques typiques des consommateurs d'héroïne couvrant ses orteils. La collection de brûlures de cigarette parsemant son épaule gauche. Si Sonja avait découvert ces cicatrices sur une patiente à l'hôpital, elle ne s'en serait pas émue outre mesure, mais dans cette chambre, celle de Natasha, la pitié la submergeait. Depuis dix-huit jours, Sonja venait réveiller sa sœur et tournait aussitôt les talons, par précaution, ne sachant de quel rêve elle émergerait, préférant laisser pour seule trace de son passage une tasse de thé sur la table de nuit.

Mais Natasha n'allait pas bien. Au soir du dix-huitième jour, debout devant la planche à découper, alors qu'elle pelait deux oignons et une pomme de terre, Sonja aborda le sujet :

— Je pense que tu devrais consulter un psychiatre, ou quelqu'un de ce genre.

Natasha la regarda, interloquée, comme si Sonja venait de lui annoncer qu'elles allaient manger la planche à découper au dîner.

— Je pense que ce serait bien pour toi de pouvoir parler. De ce qui s'est passé en Italie. De ce que ça te fait d'être de retour à la maison.

— Parler ne sert à rien.

— Ça peut faire un ou deux trucs quand même, répondit Sonja en coupant un oignon en deux pour accentuer ses propos.

— Tous les mots de la terre ne recolleront jamais ensemble ces deux moitiés d'oignon.

— L'esprit humain est un peu plus complexe que cet oignon.

Natasha retint ses cheveux sur sa tempe pour allumer une cigarette sur la plaque chauffante que leur père, douze ans plus tôt, avait achetée à une femme qui regretterait toujours son appareil qui cuisait les œufs à la perfection.

— Certains seraient bien heureux d'avoir un truc aussi gros qu'un oignon entre les deux oreilles, railla-t-elle.

Sa sœur prenait de nouveau la tangente, fuyant le sujet. Surtout ne pas aborder ce qui était arrivé en Italie.

— Il faut voir le cerveau comme un muscle ou un os, plutôt, reprit Sonja en baissant les yeux pour s'adresser à ses cubes de pommes de terre. Les traumas émotionnels et mentaux ne se soignent pas tout seuls, pas plus qu'un fémur cassé si on ne réduit pas la fracture.

Natasha hocha la tête à l'attention de la planche à découper.

— Si, par la parole, tu parviens à faire sauter ces oignons et ces patates dans la poêle, j'irai voir un psy.

Malgré l'aggravation de son état, la résistance de Natasha semblait de bon augure, non ? L'entêtement était une seconde colonne vertébrale quand la première donnait des signes de fatigue. Et même si Sonja aurait préféré plus de douceur dans leurs échanges, elle était heureuse de subir ces roulements d'yeux agacés et ces faux-fuyants. C'était la preuve que Natasha était toujours capable de la mettre en rogne. Sa sœur était un bernard-l'ermite, addict à la nicotine, qui ne sortait de sa coquille qu'en la présence rassurante de Sonja. Quand Natasha se croyait seule – autrement dit quand Sonja faisait mine de partir en claquant la porte mais restait dans l'appartement pour l'espionner –, elle se cherchait des coquilles plus imposantes encore. C'était terrible d'épier Natasha par le trou de la serrure et de la voir cloisonner sa chambre en abris de plus en plus petits. Elle déplaçait le bureau, le lit, comme un enfant bougeant les meubles pour se fabriquer un château fort, et encerclait la structure avec des douves de verres d'eau. Témoin de ce spectacle, Sonja, de l'autre côté du trou de la serrure, espérait que cela suffirait à tenir éloignés les dragons de Natasha, et son cœur, chaque fois, se ratatinait tel un bout de papier froissé. Quand elle rentrait le soir, la forteresse avait été démontée et les meubles avaient retrouvé leur place le long des murs. Sonja ne lui avoua jamais qu'elle avait vu son manège ; cela lui servait simplement à se rappeler qu'il lui fallait être douce et patiente quand elle préparait le dîner. Elle demanda donc gentiment un effort aux oignons et aux pommes de terre, mais ces petits cons se montrèrent aussi rétifs que sa sœur, l'emmerdeuse en chef.

Natasha se laissa convaincre quand Sonja lui dit que, comparé à la pression qu'elle lui mettait, un entretien avec un psy serait plaisant comme un pique-nique en été. Oui, elle avait vu une psychiatre durant son séjour au foyer pour femmes à Rome – c'était elle qui lui avait prescrit les six mois de Ribavirine que Sonja avait trouvé dans la salle de bains, un médicament qu'on utilisait pour traiter l'hépatite. Bien sûr, Natasha niait en avoir une – et bien sûr, Sonja n'était pas dupe.

— Elle parlait russe avec un accent italien à couper au couteau, expliqua Natasha. J'avais toujours l'impression qu'elle allait se mettre à me chanter un air d'opéra.

— Je n'ai jamais fait de promesses à mes patients, mais je peux te promettre que le psy que je te trouverai ne parlera pas un mot d'italien.

Et elle en chercha un. Elle fouilla ses contacts mais découvrit que tous les psychiatres de la ville étaient soit morts, soit partis, soit portés disparus. À l'hôpital, il n'y avait pas de spécialiste des pathologies mentales. Pas un seul. Elle sortit furieuse sur le parking, cherchant à boxer les nuages, et finit par jeter son dévolu sur le capot d'une Volga de 83 tellement décrépite qu'elle eut la désagréable impression de frapper une bête blessée. Comment en était-elle arrivée là ? Elle parlait quatre langues et pourtant elle martelait de coups de poing un capot rouillé, le seul exutoire à son impuissance. Durant les mois qui avaient précédé son retour au pays, elle s'était faite à l'absence de sa sœur, se contentant de chérir son souvenir bien plus qu'elle n'avait pu l'aimer dans la vraie vie. En vérité, c'était l'exil de Sonja qui avait précipité celui de Natasha. Elle avait été la première à quitter la Tchétchénie. Elle avait échappé à la guerre, alors que Natasha l'avait subie seule, dans toute sa violence. Il était normal que la cadette ait tenté la même échappatoire que son aînée, avec la seule ressource en sa possession : son corps. Mais aujourd'hui, Natasha était rentrée à la maison et avait besoin de soins que Sonja ne parvenait pas à lui procurer. Être une mauvaise sœur, c'était une chose ; mais être un mauvais médecin, c'était impardonnable. Deshi la trouva sur le parking, alors qu'elle achevait de passer sa frustration sur la

Volga. Ses larmes devinrent brunes quand elle les essuya de ses poings maculés de rouille.

— Tu veux en parler ? proposa Deshi.

— Fous-moi la paix.

Au dîner, Natasha prit la nouvelle avec sa morgue habituelle :

— C'est aussi bien. Les médecins pour la tête sont une honte pour un pays comme le nôtre. Ce sont les raclures de bidets du corps médical.

— Tu pourrais me parler à moi, suggéra Sonja, avec juste ce qu'il fallait d'agacement dans la voix pour que sa sœur refuse son offre.

Ce qu'elle fit. Sept ans et trois semaines plus tard, quand Natasha disparaîtrait pour la seconde fois, Sonja songerait à cet instant. Elle le ferait tourner en boucle dans sa tête, explorant chaque angle, sans oser vraiment s'y arrêter. Et si elle avait insisté davantage, s'était montrée plus gentille, plus compréhensive ?

Sonja laissa peu à peu le brouhaha de la rue combler le silence entre elles deux et finit par baisser les bras. Puisque le monde tenait à ce point à gagner, elle jetait l'éponge. Elle travailla plus longtemps à l'hôpital, rentra de plus en plus tard, traînant en chemin, à l'aller comme au retour. Au bazar, on vendait tout ce qui pouvait être soulevé et emporté. Rations d'urgence, sacs de blé, rouleaux de tissus, laine vierge, planches, matériel de cuisine industrielle, munitions de l'Armée rouge, feux tricolores, machines à raffiner l'huile. Elle longeait les étals de chaussures d'occasion qui totalisaient plus de kilomètres qu'un MiG de la Fédération, passait devant des façades qui comptaient plus de cratères que l'épaule gauche de sa sœur, contemplait les échafaudages et autres exosquelettes étayant des immeubles branlants, et leur colonne d'ouvriers poussant leur brouette de gravats, en une longue litanie entre son appartement et l'Hôpital n° 6.

Les dix-huit jours se firent vingt, quarante, soixante, l'aile de traumatologie devint la capitale de la république en reconstruction. Tous les jours des patients arrivaient pour des crises cardiaques ou des calculs rénaux – des traumas moins sanglants, premiers signes du retour à la paix. Quand un homme se présenta en boitant, après avoir reçu un tacle trop brutal lors d'un match de football, Sonja l'embrassa sur les deux joues ; cet homme et sa femme allaient réaliser la plaque commémorative en l'honneur du travail accompli par le personnel de l'hôpital pendant les années de guerre, plaque qui serait scellée sur le trottoir onze ans plus tard, sans tambour ni trompette.

La guerre était finie ; et personne ne se doutait qu'il y en aurait une deuxième. Toutefois, la pénurie de matériel médical restait un problème quotidien. Sonja contacta le frère d'un jeune homme – un garçon affublé d'un duvet noir au-dessus de la bouche comme une myriade de pattes d'araignées mortes – dont elle avait sauvé la vie après qu'une mine eut logé dans sa jambe gauche huit billes d'acier, quatre vis, et trois pièces de dix kopecks. Le grand frère lui avait donné rendez-vous à l'arrière d'une Mercedes qui tournait en rond sur un court de tennis, une dalle d'asphalte située juste devant son garage à Volchansk, seule portion de voie carrossable digne de cette belle allemande. Il pinça une Marlboro entre ses ongles manucurés. La vue de ces phalanges soignées suffit à convaincre Sonja que l'homme avait accès à toutes les voies de contrebande qui sillonnaient les montagnes du sud.

— Vous avez sauvé la vie d'Alu, annonça le frère, en coinçant la cigarette entre ses lèvres délicates, enduites chaque soir avec du baume à l'aloès. Je vous dois donc une faveur. Une petite, parce que de mes six frères c'est Alu que j'aime le moins.

Elle lui tendit une petite liste de fournitures médicales faciles à se procurer pour lui : du sparadrap, des compresses, des crèmes antiseptiques, des masques respiratoires, des gants en latex, des rouleaux de gaze, des thermomètres, des ciseaux, des scalpels, de l'aspirine, des antibiotiques, des lames de scies chirurgicales, des antidouleurs.

— Ce sont des trucs de base. N'importe quel fournisseur de matériel médical aura ça. On trouve quasiment tout ce qu'il y a sur cette liste dans les trousses de premiers soins. Simplement, il m'en faut beaucoup.

— Mon crétin de frère m'a dit beaucoup de bien de vous, se lamenta le frère. J'aurais dû me douter que vous seriez une emmerdeuse. Autre chose ?

— Je pensais que je n'avais droit qu'à une seule faveur ?

— Je vais vous raconter une petite histoire, répondit l'homme en tenant sa cigarette comme une baguette de chef d'orchestre. Quand j'étais gosse, j'avais une tortue. Je l'avais appelée Alu parce qu'elle avait en commun avec mon frère… comment dire… une sorte de stupidité animale. Un jour, j'ai dû aller à Grozny avec mon père et cinq de mes frères pour les funérailles de mon grand-oncle, et nous sommes partis si vite que je n'ai pas eu le temps de laisser de la nourriture pour Alu ma tortue. Mon frère, Alu l'Idiot, avait la fièvre. Alors il est resté à la maison avec ma mère. Dans un accès de lucidité qui a dû faire tellement chauffer son petit cerveau que de la fumée lui est sûrement sortie par les deux oreilles, Alu l'Idiot s'est souvenu qu'il fallait nourrir ma tortue. Il a attrapé des vers et des criquets, sans doute en les goûtant avant de les donner à mon crustacé préféré. Depuis, Alu l'Idiot a toujours été aussi inutile qu'une grosse hémorroïde. Mais, quand il était petit, il a eu un éclair de génie, le seul de sa vie : celui de nourrir ma tortue. C'est pour cela que je vous accorde une deuxième faveur.

— Les tortues ne sont pas des crustacés.

— Oui, pardon. Des semi-crustacés.

— Pas du tout. Ce sont de purs reptiles.

L'homme la regarda bouche bée.

— Vous devriez réfléchir avant de parler. Vous dites des stupidités.

— Une tortue est un reptile, à cent pour cent. Même Alu doit savoir ça.

— Mesurez vos paroles, femme. Tout le monde sait qu'une tortue est un crustacé du côté maternel.

— Ah oui ? Et on peut savoir comment ? répliqua-t-elle en se recalant sur son siège tandis que la voiture continuait de faire le tour du court de tennis.

— Un lézard a forniqué avec un crabe et, neuf mois plus tard, une tortue en est sortie. Ça s'appelle l'évolution.

— J'espère que votre prof de sciences naturelles a été envoyé au goulag.

Elle croisa le regard du chauffeur dans le rétroviseur. Il avait grandi dans un hameau en montagne où les gens croyaient plus à l'existence des trolls qu'à celle des voitures. La première guerre l'avait catapulté de l'échine d'une mule à l'intérieur cossu d'une Mercedes. Et, avec le recul, il se dirait certainement que cette guerre aurait été la grande chance de sa vie qui, à défaut, n'aurait été qu'ennui et désillusion.

— Je n'en reviens pas qu'on laisse encore opérer une personne aussi ignorante des choses de la nature, lança le frère.

— Il y a d'autres animaux qui naissent comme ça ?

L'homme pinça les lèvres.

— Les baleines.

— Attendez que je devine… Quand un poisson s'envoie en l'air avec un hippo ?

— Presque. Avec un éléphant ! répondit le frère en riant.

— Bien sûr. C'est vrai qu'il y a des troupeaux d'éléphants partout en pleine mer, suis-je sotte !

— Je ne veux pas porter atteinte à l'honneur de ma mère, mais quelqu'un de moins respectueux que moi dirait qu'Alu est à moitié singe. Alors vous voulez quoi pour votre seconde faveur ? Les œuvres complètes de Darwin ?

Elle ajouta quelques titres de livres sur sa liste et lui rendit le papier.

— Seigneur ! Vous êtes encore plus toquée que je ne l'aurais imaginé. Pas étonnant qu'Alu et vous, vous vous entendiez comme cul et chemise. *Modèles de diagnostic en psychiatrie moderne. Syndrome de stress post-traumatique : causes, symptômes, traitement. De victime à survivante : comment surmonter le viol.* C'est vraiment ça que vous voulez ? Je pensais plutôt à de la cocaïne et à un bel étalon pour s'envoyer en l'air, ce genre de chose.

— Est-ce que j'ai l'air d'avoir besoin de ça ?

L'homme lui adressa un large sourire.

— Personne n'en a plus besoin que vous !

— Je pourrais avoir ce que je demande, oui ou non ?

— Je vais faire mon possible. Des armes, de la drogue, de l'uranium, des putes, des otages, pas de problème. Mais on ne m'a jamais demandé des bouquins ou du matériel médical. Cela risque d'être compliqué.

La Mercedes continuait de tourner. Elle voulait descendre de ce manège qui lui donnait envie de vomir. Qu'est-ce qu'il reprochait à Alu, d'abord ? Comparé à ce type grotesque qui se prenait pour le génie de la lampe d'Aladin, Alu était un citoyen modèle. Que pouvait-elle y faire ? Ceux qui avaient les armes avaient aussi les pansements.

— Est-ce que vous y parviendrez ?

— Ne soyez pas insultante. Je pourrais voler les taches de pelage d'un léopard des neiges.

— Alors, je vous remercie.

— C'est tout. Vous ne voulez rien d'autre ? Une fois que vous serez sortie de cette voiture, vous ne me reverrez jamais plus.

Que pouvait-elle demander de plus ? Un transport pour la Géorgie ? Un billet d'avion de Tbilissi à Londres ? Un visa dans le passeport qu'elle emportait toujours avec elle, dans sa ceinture à poche, chaque fois qu'elle quittait la maison ?

— Oui, répondit-elle, il y a une chose. (L'air bourdonnait. Les nuages la regardaient avec indifférence.) Je veux bien une cigarette.

Elle prit la Marlboro et la fuma sur le chemin du retour, en marchant vers le bazar où, quelques jours plus tard, lors d'une excursion à la recherche de tissus, elle tomberait sur la machine à glace industrielle sur le stand d'un revendeur d'armes wahhabite. Il s'agissait d'un grand machin tout gris avec une cuve de plastique couleur pomme de terre et un trou de ventilation à l'arrière. Elle voyait son reflet flou dans le couvercle en métal estampillé du logo de l'Hôtel Intourist. Trois demi-frères, aujourd'hui âgés de seize, onze et huit ans, avaient été conçus sur ce couvercle en métal, sans qu'aucun n'ait connaissance de l'existence de l'autre. Avec ses doigts jaunes de nicotine, ses lunettes d'acier, et sa longue barbe d'intégriste, le marchand décrivait sa merveille :

— Gorbatchev, Brejnev et les Bee Gees ont tous eu leur verres rafraîchis grâce à ce magnifique appareil ! C'est la star des machines à glaçons, tout le monde l'envie et l'admire. Dans toute la Tchétchénie, on trouve des photos de cette machine de l'Hôtel Intourist scotchées sur les congélateurs, parce qu'on leur a dit que, s'ils travaillent bien, s'ils croient de tout leur cœur au Dieu de la glace, ils pourront un jour atteindre ce degré de perfection. Et je t'entends déjà dire, femme : « Mais Mollah Abdul, je n'ai pas besoin d'une machine industrielle capable de sortir vingt mètres cubes de glaçons à l'heure. » À ça, je répondrais : et l'eau potable, ça t'intéresse ? Il faut savoir que l'eau pure gèle à zéro degré Celsius très précisément – la température à laquelle le thermomètre de ce colosse est réglé. L'eau contenant des résidus minéraux, des sédiments, des bactéries et des parasites, gèle à une température légèrement plus basse, et reste ainsi liquide et s'échappe par les tuyaux d'évacuation. L'eau gelée qui demeure dans le bac est aussi pure que la première eau du Paradis, que j'espère retrouver sous peu, si Dieu le veut.

Sonja hocha la tête, impressionnée. Sur l'étal, à côté de la machine, il y avait des armes de toutes tailles et de tous calibres, des cartouchières pleines, des buses de drainage transformées en tubes lance-roquettes, des mines et des cassettes VHS d'*Alerte à Malibu*.

— Qu'est-ce que tu cherches ? reprit le marchand. Des grenades à fragmentation ? Des balles à pointes creuses ? Si tu me donnes quelques jours, je peux te trouver un gilet plein de C4 qui t'ira à ravir.

Ce type avait été son ancien professeur de chimie, lorsqu'elle était en première année à l'université. Un pervers qui lui avait donné, par trois fois en un trimestre, une tape sur les fesses parce qu'une abeille avait prétendument élu domicile dans son bureau et avait voulu la piquer – abeille qui était restée invisible. Et il s'attendait à quoi ? Qu'elle le remercie ? Il était un homme bien différent alors ; il arrivait en classe tous les matins rasé de près avec sa veste de velours côtelé qui sentait le renfermé, mais elle aurait reconnu entre toutes ses mains délicates chasseuses d'abeilles aujourd'hui refermées sur la crosse d'un fusil.

— Mais peut-être vaut-il mieux que je m'adresse à ton mari, déclara-t-il. Faudra aussi que je lui parle de la façon dont il te laisse t'habiller.

— *Fuck off, you disgusting little man*, répliqua-t-elle.

— Parce qu'elle parle aussi anglais ! marmonna le vendeur. Où va le monde, seigneur ? Écoute-moi bien, femme. C'est très sérieux. Si tu te promènes comme ça, avec tes cheveux et ton visage aux quatre vents, les Russes vont revenir, tu peux en être certaine, et ce sera vous, les femmes, les responsables !

S'il n'y avait eu cet arsenal si proche, elle aurait volontiers expédié un coup de pied dans ses couilles aujourd'hui si vertueuses. Elle se contenta de secouer la tête et d'obliquer vers la boutique de tissus.

Sonja rentra chez elle avec des coupons verts et pourpres qu'elle étala sur le sol de sa chambre. Adolescente, elle avait refusé que sa mère lui apprenne à confectionner ses propres vêtements. Déjà à cet âge, avoir de telles qualités de femme au foyer lui semblait être un affront à ses ambitions. Maintenant que, les yeux baissés, elle regardait le tissu comme si un pantalon pouvait se matérialiser par la seule force de sa pensée, c'était elle Sonja l'Idiote. Finalement, elle parvint à tracer un patron. Sommaire. Un seul. Elle prit les mesures avec une règle, qu'elle reporta sur le tissu, et coupa le contour des jambes avec des ciseaux à ongles. Durant toute la demi-heure suivante, elle cousit les deux parties avec le même fil dont elle se servait pour les sutures. Quand elle eut terminé, elle examina son œuvre. Elle tira sur les coutures, les points tenaient bien, et son petit doigt passait tout juste dans les trous de la braguette. Elle envisagea d'y mettre des poches, et pourquoi pas des passants de ceinture. Si elle s'en sortait, elle pourrait se faire aussi une veste et un chemisier. Et pourquoi pas commencer une ligne de vêtements ? – avec un nom français pour faire chic : *Haute couture en zone de guerre*. Le tout au profit de l'hôpital. Et exporter ses habits faits main dans les belles avenues de Londres, là où, pour apaiser les tiraillements de l'âme et de la chair, les Occidentaux achetaient aussi bien de l'art du tiers-monde que des cheeseburgers.

Mais lorsqu'elle essaya son pantalon, elle comprit son erreur. Elle avait tracé les mesures exactes de ses cuisses sans prévoir assez de largeur, si bien qu'elle se retrouva allongée sur le lit, jambes en l'air, en espérant que la gravité l'aiderait dans son entreprise. Un combat épuisant. Cela faisait des années qu'elle ne s'était pas agitée ainsi sur son lit sans l'espoir au moins d'avoir un orgasme. Lorsqu'elle parvint enfin à passer l'obstacle des hanches, elle aperçut Natasha sur le seuil, un sourire narquois aux lèvres.

— Ça fait longtemps que tu me regardes ?

— Pas assez.

— Tu es toujours en train de dormir, d'habitude ! Tu dors quand je fais à manger, tu dors quand je fais le ménage, tu dors quand je pars chercher des batteries de voiture ou que je pleure, bref tout ce qu'une personne adulte fait d'utile ! Et voilà que tu es réveillée pour me voir me ridiculiser. Tu es devin ou quoi ? Si c'est le cas, tu sais ce que j'ai envie de te faire. Un geste bien grossier, si tu vois ce que je veux dire !

— Essaie de te lever, suggéra Natasha, d'un ton trop guilleret.

Sonja aurait préféré s'amputer des deux jambes avec les ciseaux à ongles plutôt que de s'humilier davantage, mais avait-elle le choix ? Refuser ? Reconnaître son échec ? Pas question ! Elle cala ses paumes sur le bord du matelas et donna un grand coup vers le haut pour se mettre debout. Elle se retrouva en train de battre des bras en l'air, les jambes raides comme du bois. Elle aurait été prête à laisser son chimiste pervers chasser des abeilles de ses fesses tout l'après-midi pour avoir un pantalon à sa taille ! Soudain, elle perçut l'amusement de Natasha, et la moutarde lui monta au nez. C'était donc trop demander ? Un peu de reconnaissance, un peu de considération. Voilà comment on la remerciait d'avoir abandonné tous les scones d'Angleterre pour se nourrir de pommes de terre et d'oignons avec sa sœur ! Il faut croire que, oui, c'est trop demander, songea Sonja. Ou du moins trop pour toi, ma chère mangeuse de patates, toi qui crois être la seule à avoir souffert, toi qui ne veux même pas partager ça avec moi !

Mais la fureur céda à la terreur quand elle se vit basculer en avant, plantée sur ces poteaux qui lui servaient de jambes. Dans la panique, Sonja battit à nouveau des bras et tendit les mains vers Natasha. Parce qu'il n'y avait personne d'autre pour la rattraper.

Et Natasha la retint. Le choc de l'étreinte se répercuta dans toute sa colonne vertébrale, dénouant les tensions entre chaque vertèbre. Comment en étaient-elles arrivées là ? À tant s'agacer mutuellement ? Au point que lorsque l'une empêchait l'autre de s'étaler par terre cela devenait un acte d'amour sans précédent ? Les larmes affluèrent derrière ses paupières closes. Quelque part dans la pièce, un bouchon avait sauté, permettant à toute leur animosité de s'évacuer.

— C'est le pantalon le plus moche que j'aie jamais vu ! déclara Natasha, en la soutenant de ses bras.

C'était la première fois depuis son retour qu'elles se trouvaient ainsi enlacées. Deux années et trois mois s'écouleraient encore avant que cela ne se reproduise.

— On dirait que tu t'es peint les jambes.

— Je ne sens plus mes orteils, se lamenta Sonja. Ça m'a coupé la circulation aux genoux.

— Tu pourrais t'en servir comme garrot à l'hôpital.

— Je n'en peux plus d'être ici, Natasha. Je suis si malheureuse. Je veux rentrer à Londres.

— Ça va. Ce n'est qu'un pantalon. Voilà ce qu'on va faire…

Elle attrapa la taille du pantalon et tira sur les deux pans, les écartant comme on ouvre une banane. Sonja retourna les bouts sur ses chevilles et massa ses cuisses endolories. Elle ramassa le tissu qui gardait l'empreinte de ses jambes et inclina la tête pour voir Natasha par l'entaille.

— Je crois que c'est à cause de mes gros genoux.

— Ils sont jolis tes genoux.

— Qu'est-ce que je vais en faire ?

— C'est bien la première fois que tu me demandes mon avis.

— Sois sans crainte, ça ne va pas devenir une habitude.

— Vas-y, ça ne me gêne pas.

— Alors, dis-moi.

Natasha contempla le tissu déchiré.

— Moi, j'aurais bien besoin d'un nouveau pantalon.

Sonja sourit et lui tendit les ciseaux à ongles.

* * *

Malgré ce moment de réconciliation, les deux sœurs revinrent à leurs manières habituelles : une ignorance polie. Quand, après le travail, Sonja aspirait à une compagnie plus légère, elle rendait visite à Laina, sa voisine. Laina ne paraissait pas particulièrement contente de voir Sonja – rien ne semblait lui faire plaisir ces temps-ci –, mais Sonja ne prenait jamais cette maussaderie contre elle. La vieille femme recevait tous les jours la visite de fantômes, d'anges, de prophètes et de monstres, et certains soirs Sonja se demandait si la pauvre femme ne la prenait pas pour une autre de ses apparitions.

— J'ai vu une machine à glace au bazar l'autre jour, annonça-t-elle.

Laina ne leva pas les yeux de l'écharpe qu'elle tricotait, redoutant d'apercevoir toutes les créatures qui hantaient sa pièce.

— Elle a servi aux Bee Gees, du moins c'est ce que prétend le marchand. Ne lui tourne jamais le dos, à celui-là ! Il n'y a jamais d'abeilles !

— *You can tell by the way I use my walk, I'm a woman's man*, lança Laina, sans quitter ses aiguilles du regard.

— Tu connais cette chanson ?

— Bien sûr. Tout le monde psalmodiait ça pendant la guerre. Mais je ne savais pas alors que c'était des Bee Gees. Je croyais que c'était tiré du Coran.

Sonja esquissa un sourire, heureuse de voir qu'elle pouvait être encore surprise.

— Je n'imaginais pas les Bee Gees si profonds.

— J'ai vu six chars célestes aujourd'hui. J'aurais dû voir une machine à glaçons.

Durant l'heure suivante, Laina fit le compte de tous les phénomènes surnaturels dont certains avaient été témoins. L'ange Gabriel qui était entré en voletant dans un poulailler sans coq de Zebir-Yurt, et le lendemain le fermier avait trouvé huit œufs fécondés telle l'Immaculée Conception. Un garçon à Grozny qui avait battu son grand-père aux échecs, un maître classé mille six cent quatre-vingt-quatrième au rang mondial, après une partie marathon de trente-neuf jours et nuits d'affilée, qui avait laissé son grand-père si ébaubi, fier et épuisé, qu'il en était mort sur-le-champ. Une bande de morts-vivants qui était sortie de terre à la frontière du Daguestan pour détourner trois camions de la Croix-Rouge. On avait retrouvé les chauffeurs avec un bandeau sur les yeux, ficelés comme des cochons, et en suspension dans l'air, à trois mètres du sol.

— Et Staline qui a été ressuscité, termina Laina.

— Je sais, répondit Sonja. C'est aujourd'hui le Premier ministre de Russie.

Une semaine plus tard, quand la Mercedes noire vint à la rencontre de Sonja alors qu'elle rentrait du travail, elle crut avoir des hallucinations comme Laina. L'auto pila à sa hauteur, soulevant un rideau de poussière qui s'étira dans la rue. Les pneus d'origine – si délicats qu'ils ne pouvaient rouler que sur un court de tennis – avaient été remplacés par ceux d'un 4 × 4, surélevant le véhicule de cinquante centimètres. Sonja remarqua que les plaques suédoises étaient toujours là. La fenêtre s'escamota et la main aux ongles miraculeux lui fit signe de monter à bord.

— Je pensais qu'on devait ne jamais se revoir ? lança-t-elle en refermant la portière.

— Je dis aussi que je ne veux plus voir Alu, mais il reste mon frère. Vous m'intriguez. Vous avez vécu à Londres pendant plusieurs années, si mes informations sont correctes – ce qu'elles sont toujours. Si vous étiez restée là-bas, à l'heure qu'il est, vous seriez une citoyenne britannique. Même moi, je ne peux pas mettre mon nom sur ces jolis passeports marron. Et pourtant, vous, vous êtes revenue.

— J'ai de la famille ici.

— Je cache mon papier toilette quand ma famille me rend visite, pour pas qu'ils s'éternisent.

— Vous pourriez me ramener à Londres ?

— Ce serait une demande légitime. Mais une question s'imposerait alors : qui êtes-vous au juste ? Je ne connais personne de votre intelligence qui aurait quitté Londres. Il n'y a donc que deux explications possibles : soit vous êtes une savante idiote – plus idiote que savante –, soit vous n'êtes pas du tout ce que vous semblez être. Les seules personnes qui rentrent au pays sont des gens comme moi, des gens qui savent comment gagner de l'argent.

Par la fenêtre, les limites de la ville cédèrent la place aux champs bruns, labourés par les chenilles des chars. Ils étaient sur la route de Grozny.

— Ce n'est pas pour l'argent que je suis ici.

— C'est justement pour ça que vous restez une énigme pour moi.

Ils atteignirent l'entrepôt de Grozny deux heures plus tard. Deux hommes, armés de kalachnikov, les accueillirent à la porte. Dans trois semaines, l'un tuerait l'autre au cours d'une dispute à propos d'un itinéraire. Sonja espérait que l'amour du bandit pour Alu la Tortue l'emportait encore sur son mépris pour Alu l'Idiot, le petit frère le plus malchanceux de la terre. Trois camions se trouvaient au fond du hangar. Le trafiquant la conduisit au premier camion dont la serrure pendait au bout d'un reste de poignée, déchiquetée par une balle. Il remonta le hayon et éclaira l'intérieur de la remorque avec une lampe électrique. Une trousse de secours de la Croix-Rouge trônait au milieu du faisceau blafard. Puis le cercle lumineux se déplaça, révélant des cartons éventrés et des centaines, non, des milliers de trousses de premiers soins.

— Ça a été volé, déclara-t-elle.

— Évidemment. Et je peux vous dire que ça a été un vrai casse-tête. Mais vous aviez raison, presque tout ce que vous aviez demandé se trouve dans ces trousses.

— Qu'est-il arrivé aux chauffeurs ?

— Qu'est-ce que ça peut vous faire ?

Il la mettait à l'épreuve, prêt à justifier tous les outrages par un laïus sur le relativisme historique en temps de guerre, ou peut-être en lui donnant un autre exemple de son mépris pour son petit frère Alu. Sonja ramassa la première trousse et en examina le contenu. Quatre compresses, huit pansements adhésifs, un tube de crème antiseptique, un masque respiratoire, une paire de gants en latex, un rouleau de gaze, un thermomètre, une boîte d'aspirine et une paire de ciseaux. Elle rabattit le couvercle, referma les clips, n'ayant que sa gratitude à offrir à cet homme. En ce qui la concernait, les chauffeurs pouvaient être ficelés comme des cochons et bastonnés, elle avait désormais de la pommade pour désinfecter leurs plaies, de la gaze pour les panser et même des ciseaux pour couper le fil magique et invisible qui les maintenait en lévitation à trois mètres au-dessus du sol.

— Et pour la morphine ?

— Ah oui, j'ai failli oublier...

Il sortit un sac noir qui était glissé sous le siège avant, le posa sur le pare-chocs et ouvrit la glissière. Au fond, une brique de poudre blanche, emmaillotée dans de la cellophane.

— La morphine est trop chère, annonça-t-il en lui mettant la brique dans les mains.

— Qu'est-ce que c'est ?

— De l'héroïne.

À lui seul, le mot pesait dix kilos. Cette poudre avait été bouillie et injectée entre les orteils de Natasha deux fois par jour pendant huit mois. Seigneur ! Et pour la première fois depuis bien longtemps, elle était heureuse de savoir sa sœur enfermée à la maison, barricadée derrière ses douves de verres d'eau, à l'abri des crocs des dragons.

— Elle est pure ? Pas trop de sucre ?

— Il n'y en aurait pas assez pour sucrer une tasse de thé.

— J'avais demandé de la morphine.

— Même si vous m'aviez rendu le service de lobotomiser Alu, je n'aurais pu vous obtenir de la morphine. L'héro est beaucoup moins chère.

— Dans ce cas, je veux autre chose.

— Moi aussi. Il n'y a que certains services ouverts dans votre hôpital, n'est-ce pas ? Si vous me louiez quelques espaces inoccupés, nous pourrions continuer notre négoce.

— Pour faire quoi ?

— Entreposer mon matériel.

— Pas d'armes, pas de drogues, pas d'otages.

— Cela va de soi. Tout ça, je le garde chez moi. Il ne s'agirait que de trésors plus ou moins nationaux, venant de musées, qui peuvent être vendus à l'étranger.

— Parfait. J'ai besoin d'une machine à glace. Cela fait plusieurs mois que l'hôpital n'en a plus. Il y a un barbu au bazar qui en vend une, une belle, qui vient de l'Hôtel Intourist. Vous pouvez user de la manière forte pour l'avoir, ne vous gênez pas. Et où sont les livres que j'ai demandés ?

— Vous vous êtes trompée de métier, répliqua-t-il en appréciant l'opiniâtreté de la jeune femme. Vous êtes trop dure en affaires. Avec vous, je n'aurais plus qu'à mettre la clé sous la porte ! Ça n'a pas été facile de les trouver, mais ils vont arriver sous peu. Un jeune cousin à l'Ouest les a demandés à Amazon.

— Amazon ? C'est quoi ça ?

— Aucune idée. Apparemment, ce gamin a le moyen de faire apparaître des livres de nulle part. Lui aussi va me pourrir le boulot. (Il secoua la tête.) Le monde entier conspire pour me mettre sur la paille.

— Une chose encore.

— Là, vous devenez carrément agaçante. Si vous ne révisez pas à la baisse vos exigences, la prochaine fois je viens avec mon petit frère !

— Je veux de nouveaux vêtements.

Et il se mit à rire, à rire encore et encore.

* * *

Deux semaines plus tard, Sonja rentra de l'hôpital avec un pull en cachemire marron, des bottes de cuir, et un jean un peu trop petit qui mettait en valeur des formes où son ancien professeur aurait trouvé toute une colonie d'apidés, s'il avait eu encore des yeux pour voir. Le poids des manuels de psychologie *made in Amazon* tirait sur les sangles de son sac à dos. Dans sa main gauche, un verre de glaçons lui engourdissait les doigts.

Dans le couloir, elle s'arrêta devant la porte de Laina, pour lui donner les précieux cubes de glace. Un murmure de voix à l'intérieur la stoppa net. Elle se baissa vers le trou de la serrure. Laina avait-elle des hallucinations ? Se parlait-elle toute seule ?

— Douze chars célestes aujourd'hui ? Douze ? Cela fait deux de plus qu'hier.

La voix de Natasha était radieuse, débordant d'un soleil qui ne brillait jamais quand elle s'adressait à Sonja. C'était bon d'entendre Natasha se soucier de quelqu'un, même s'il ne s'agissait pas d'elle.

— Oui, douze, répondit Laina. Je pense qu'ils préparent quelque chose.

— Quel genre de chose ?

— Va savoir ? Voler la lune pour la vendre au bazar. Protéger le ciel des avions russes. Ou alors ils cherchent le moyen de faire descendre leurs chevaux des nuages.

Natasha baissa la voix :

— Pendant la guerre, en hiver, avant que je ne parte en Italie, quand les bombes se sont mises à pleuvoir de partout, j'étais terrifiée à l'idée que l'immeuble soit touché et s'écroule. Alors je suis partie camper dans le jardin public. Je me souviens que le Prophète du Parc m'a dit que tout ce qui n'est pas ténèbres ou mort n'existait pas. Il disait que nous étions tous des hallucinations de Dieu.

— Moi, je me souviens qu'un jour, à mon anniversaire, quand j'étais petite, je suis entrée dans la cuisine et j'ai vu une énorme caisse sur la table. J'étais tellement heureuse. Je n'arrivait pas à imaginer quel cadeau merveilleux pouvait se trouver dans cette chose énorme.

— Et c'était quoi ?

— Un cercueil. Ma tante était dedans.

Sonja se mordit un doigt. Lorsqu'elles étaient enfants, Natasha et elles s'étaient inventé une troisième sœur, une fille aux cheveux bruns prénommée Lidiya. Comme Alu, la sœur fantôme n'était jamais là ; et, dans son dos, elles se moquaient d'elle, la dotaient de tous les défauts, de toutes les tares, déversaient sur elle toute leur haine afin que toutes les deux puissent s'aimer, plus tranquillement.

— J'ai peur de quitter l'appartement, disait Natasha. J'ai peur de la ville. C'est tellement grand dehors. J'ai peur de quasiment tout le monde. Je ne sais pas pourquoi. Tout le monde me fait peur. Sauf toi. Même Sonja peut être terrifiante. Parfois, si je me laisse aller à penser à l'Italie, mon corps se bloque. C'est comme s'il n'était plus alimenté, comme si mon cerveau se coupait. Alors je dois m'enfermer dans ma chambre et me barricader avec les meubles. Je me sens tellement stupide. Une vraie idiote.

— Tu vois les chars célestes ?

— Non, pas encore. Mais je vois un portefeuille.

— Un portefeuille ?

— Oui, là, avec cet homme. Et quand il s'est rhabillé, son portefeuille est tombé de sa poche et il y avait la photo de ses gosses dans un des emplacements pour les cartes de crédit. C'était le jour où j'ai cessé de lutter.

— Il faut parler de ces choses. Ça force les chariots et les portefeuilles à bien se tenir. Ils savent que nous, on peut les voir et qu'on n'a pas peur de passer pour des folles.

— C'est pour ça que j'aime bien parler avec toi.

— *Stayin' alive*, Natasha.

Sonja se releva et retourna vers son appartement, elle ne voulait pas en entendre davantage. À la table de la cuisine, elle examina le verre de glaçons. Chaque cube s'était arrondi avec la température de la pièce et achevait de se dissoudre dans ses propres restes. Et, enfin, elle comprit… c'était ainsi que disparaissait un être cher. Malgré le choc de rentrer dans un appartement vide, l'absence n'était pas immédiate, c'était plus un estompage du présent qui s'opérait, une fonte dans le passé ; pas un effacement, mais un changement d'état, de la présence au souvenir, du solide au liquide ; et la personne que l'on touchait autrefois ruisselait aujourd'hui sur votre peau, s'étalait en flaque dans le dos ; et on avait beau plonger, nager, se noyer dans les souvenirs, les doigts ne retenaient plus rien. Elle porta le verre à ses lèvres. Son ancien professeur disait vrai : l'eau était claire.

8

1994 1995 1996 1997 1998 1999 2000 2001 2002 2003 **2004**

Cinq heures après sa première amputation réussie, les mains d'Akhmed cessèrent enfin de trembler. La route couverte de givre luisait devant lui, plus menaçante que jamais depuis qu'il avait vu, aux premières loges, les dégâts qu'elle pouvait faire. Il avait dû scier de part en part la jambe de ce pauvre garçon. Pour ce faire, il avait fallu que les doigts de Sonja se referment sur les siens, que sa main entraîne la sienne. Le médecin qu'il pensait être était mort à l'instant où Sonja avait posé la scie sur l'os et poussé sa main. Il était un instrument de plus pour elle. Le visage de Sonja était resté de marbre, insensible à leur souffrance, à la sienne comme à celle du patient. Comme si elle ne savait pas que cette jambe appartenait à quelqu'un. Comme si elle ne savait pas que cette main qu'elle enserrait était la sienne à lui. Tandis qu'elle le forçait à exercer une pression sur la lame, elle l'avait observé. C'était lui le patient. Tandis que les dents de la scie entaillaient l'os, elle avait accompli une autre intervention chirurgicale, moins sanglante mais pas moins brutale ; elle avait excisé de son cœur l'envie de fuir, de se recroqueviller, de laisser ce malheureux se vider de son sang plutôt que de surmonter l'horreur du moment et le sauver. Cette amputation l'avait – lui, comme le blessé – rendu plus léger.

Et à présent qu'il surveillait avec inquiétude la moindre élévation blanche sur la route, il se sentait plus proche de ce jeune homme que de cette chirurgienne. Il n'avait rien en commun avec Sonja. Jamais, il n'avait rencontré une Russe aussi étrange, une énigme cachée dans un mystère, le tout enveloppé dans une blouse, disgracieuse au possible, mais d'un blanc irréprochable. Quelle partie d'elle-même avait-elle rejetée pour garder son esprit sain ? Quelle partie d'elle-même avait-elle coupée ? S'il avait plongé le regard dans ses yeux, il en serait ressorti choqué et stupéfié, de l'autre côté de la terre. L'impressionnait-elle ? Absolument. La respectait-il ? Sans l'ombre d'un doute. Voulait-il lui ressembler ? Non. Jamais. En aucun cas. S'il ne devait plus jamais revoir les couloirs beiges de l'Hôpital n° 6, ce serait tant mieux. Mais il lui fallait revenir demain matin. Il avait passé un marché. Une femme qui pouvait couper une jambe avec un tel détachement n'aurait aucun mal à jeter à la rue une orpheline.

Deux cents mètres plus loin, à un coude de la route, il distingua la lumière diffuse de phares au loin. Il se mit à courir. Les troncs des bouleaux découpaient le faisceau en lames jaunes au moment où il y trouva refuge derrière une souche. Il suça aussitôt une poignée de neige pour éliminer la vapeur de son haleine. Lorsque les phares passèrent devant lui, il reconnut le pick-up rouge de Ramzan qui se dirigeait vers la ville. Il se mordit la jointure d'un doigt, incapable sur le coup de se souvenir de son appellation dans la nomenclature médicale. Ramzan ne pouvait savoir. Non, impossible. Quand les feux arrière s'évanouirent au loin dans un halo rouge, Akhmed revint sur la route, en massant l'espace endolori par la scie entre son pouce et son index. Pendant l'après-midi, il avait eu deux autres fois l'occasion de se faire un cal.

Parvenu à cinq cents mètres du village, les lueurs d'un feu éclairaient le sous-bois. Maintenant que le pick-up avait quasiment disparu à l'horizon, c'est la curiosité, et non la peur, qui fit entrer Akhmed dans la forêt. Il s'approcha discrètement, convaincu que les flammes étaient plus bruyantes que les craquements du givre sous ses pieds. Là, dans la clairière, un homme – juste une silhouette – donnait de la lecture à cette lumière clignotante. Les chiens, qui paressaient autour du feu, furent les premiers à l'entendre arriver.

— C'est moi ! Akhmed, lança-t-il par-dessus le grondement des bêtes.

Il n'avait jamais compris pourquoi Khassan se sentait obligé de s'occuper de ces chiens malades et crasseux. Son fils avait fait de lui un paria, mais cette prédilection pour les chiens n'arrangeait rien. Une nouvelle poignée de feuilles voletèrent dans les flammes.

— Qu'est-ce que tu fabriques ? demanda Akhmed.

Khassan regardait la page dans sa main ; là, à la cinquième phrase du second paragraphe, dans le trou d'une virgule manquante, il contemplait le regret de toute une vie. La phrase décrivait l'éducation maternelle d'un futur chef de tribu au XVIIIe siècle, et c'était la dernière fois qu'un humain lirait le nom de cette mère de famille.

— Une faute de ponctuation, expliqua-t-il d'une voix tremblante, comme si la découverte de cette erreur en présageait de plus grandes encore. J'ai lu ce passage des centaines de fois et je ne l'ai jamais vue.

— Ne fais pas ça ! s'écria Akhmed.

Il aurait pu s'élancer, lui arracher le document des mains, jeter de la neige sur le feu, mais la page avec la virgule manquante fumait déjà, et le patronyme d'une mère morte deux cent vingt-trois ans plus tôt était déjà perdu à jamais. Il poussa un long soupir qui ne vida pas seulement ses poumons, mais aussi tout son être. Un jour de printemps, alors qu'Akhmed était enfant, Khassan l'avait conduit dans une zone d'abattage à trois heures de marche du village. Des hommes, armés de scies orange hurlantes, s'étaient enfoncés dans une hêtraie dont les troncs vomissaient des nuages de sciure et gémissaient tandis qu'on coupait leur tête verte. Akhmed n'avait alors que huit ans et les souches laissées sur place étaient encore plus petites que lui. « Il a fallu cent ans pour les faire monter aussi haut », avait dit Khassan, avant de tourner les talons pour rentrer chez lui.

— Je pensais à quelqu'un, quelqu'un que j'ai perdu il y a bien longtemps, reprit Khassan. Un jour, elle m'a traité de lâche. Le plus douloureux, ce n'était pas les mots, mais la façon dont elle les a dits. Comme si son verdict m'avait transpercé de part en part. Comme si j'étais un nuage.

Le feu mordait les branches basses au-dessus du foyer. Des gouttes perlaient de leurs doigts graciles et noirs, transformées en vapeur avant de toucher le sol. Quoi qu'aurait pu dire Akhmed, il n'aurait pu ramener le vieil homme à la raison.

— Tu as été un bon mari, murmura-t-il toutefois. Ta femme t'aimait.

Khassan ouvrit de grands yeux étonnés, comme si ce n'était pas de son épouse qu'il parlait, et se baissa pour ramasser une autre liasse de feuilles.

— Ma femme ne m'aimait pas, mais merci quand même, répondit-il en hochant la tête devant le feu. Quarante-quatre mille trois cent trente-huit pages. Il faut cinq heures pour les compter. Et plus de vingt voyages pour les transporter jusqu'ici. Pas étonnant que mes petits gars soient fatigués. (Il s'agenouilla pour tapoter le ventre du chien pelé avec affection.) Chaque page a en moyenne trois cent cinquante mots. J'ai écrit environ quinze millions de mots.

— Il y a d'autres mots encore.

La lumière du feu dansait sur leurs visages. C'était tout ce qu'Akhmed avait trouvé à dire.

— Et d'autres écrivains.

— Tu ne peux pas faire ça, Khassan.

C'était la peur qui le faisait parler, la peur qui lui nouait l'estomac, parce qu'il était aussi impuissant qu'un enfant, ses émotions une extension de celles qu'il percevait chez le vieillard. Si Khassan perdait espoir, où pourrait-il le trouver, lui ?

— Aujourd'hui, tu ne peux pas comprendre, Akhmed. Mais plus tard peut-être. Si tu atteins mon âge. Je pensais aux histoires que me racontait ma mère, sur les princes et les guerriers qui accomplissaient des hauts faits pour laisser leur nom à la postérité, des orgueilleux qu'Allah a punis. Moi, je veux être oublié. L'œuvre du temps est miraculeuse, le passage des années efface toute trace, d'abord toi, puis tes amis, ta famille, puis tes descendants qui se rappellent encore ton visage, jusqu'à ce que tu ne sois même plus un souvenir, juste du carbone, rien de plus qu'un amas d'atomes en terre, que le temps, là aussi, finira par casser.

— Qu'est-ce que tu racontes ? répliqua Akhmed, bien qu'il ne souhaitât pas en entendre davantage.

— Je dis que je veux disparaître.

Un jour, alors qu'il chassait dans ces mêmes bois, Akhmed avait trouvé une biche, gisant sur le flanc ; elle avait du mal à respirer. Une blessure, comme une boursouflure rose, saillait entre ses pattes arrière ; la bête poussait des plaintes angoissées. Pour abréger ses souffrances, il avait pointé son fusil sur la tête de l'animal. Mais, alors qu'il allait presser sur la détente, un faon, dans sa poche, était apparu dans la blessure. Il en était resté bouche bée. Il avait lâché l'arme, et caché son index derrière lui, honteux de ce qu'il s'apprêtait à faire. Puis il avait regardé une vie naître, là où une autre avait failli se terminer. Et aujourd'hui, tandis que les derniers feuillets se recroquevillaient sur les braises, sa peur se muait en émerveillement, car il était témoin du même miracle. Jamais de sa vie, autant qu'il s'en souvienne, Khassan n'avait admis se tromper, jamais il n'avait avoué une erreur, pas même une virgule manquante. Et ce soir, il déclarait son échec total.

Des phares sur la route étirèrent leurs ombres. Ramzan était revenu bien trop vite pour être allé jusqu'à l'hôpital. Quand le faisceau dépassa la clairière, des empreintes de pattes scintillèrent dans les cendres de quinze millions de mots.

* * *

Tendu par les myriades d'étoiles, le rideau noir de la nuit dissimula le pick-up garé devant chez lui, tous feux éteints. Quand Akhmed reconnut le véhicule, il était trop tard pour faire demi-tour. Ramzan descendit de la cabine, alluma une cigarette et contempla les restes de la maison de Dokka.

— Tu as vu mon père ?

À chaque inhalation, le visage de Ramzan apparaissait dans une sphère orange. S'il avait eu la face plate d'un ogre, ou les multiples têtes d'une hydre, Akhmed aurait compris. S'il avait eu la langue fourchue d'un démon, ou la chevelure de serpents de Méduse, ou le poil hirsute d'un loup-garou, Akhmed aurait compris. Mais Ramzan avait deux yeux, un nez, une bouche, une paire de bras, de jambes, d'oreilles, des cheveux gras et luisants, sans rien de reptilien, alors Akhmed ne comprenait pas. Ils habitaient tous deux le même village, avaient fréquenté la même école, avaient eu leurs phalanges rougies par les mêmes coups de règle de l'instituteur, avaient tapé dans le même ballon de football sur la parcelle de terre où l'herbe était si drue en été qu'on pouvait arrêter un penalty.

— Qu'est-ce que tu veux ? demanda Akhmed, trop fatigué pour être intimidé.

Ramzan se renfrogna, ses joues prirent une teinte métallique.

— Juste parler. Ça fait longtemps que je n'ai pas parlé à quelqu'un. Deux semaines. J'ai un carnet et, parfois, je note des trucs dedans, et ça peut remplacer une conversation, un moment, mais…

— Je n'ai pas envie de te parler.

— La dernière personne à qui j'ai parlé, c'est Dokka. Il y a deux semaines. J'étais passé lui apporter du bois de chauffage. Et maintenant, regarde ce qui est arrivé à notre ami. Le malheureux, qu'a-t-il fait ?

— Il n'a rien fait du tout. Il ne peut même pas tenir un couteau à beurre !

— Et on m'a dit que la gamine, Havaa, elle aussi a disparu. Elle n'a pas été arrêtée, qu'Allah soit loué. Non, c'est quelqu'un d'autre qui l'a emmenée, mais je ne sais pas qui. Je pense, toutefois, qu'il ou elle n'est pas loin. Car c'est peut-être une femme. Mais mon petit doigt me dit que c'est un homme…

— Où était la petite quand c'est arrivé ? s'enquit Akhmed, le plus calmement possible.

— Aucune idée. Les soldats ne l'ont pas trouvée. Elle n'était pas dans la maison. (Ramzan marqua une courte pause pour mieux enchaîner :) Ni dans le salon, ni dans les chambres, ni sous le plancher, ni dans les placards. Nulle part, absolument nulle part.

— Ce n'est qu'une enfant. Qu'est-ce qu'ils peuvent bien lui vouloir ? demanda-t-il, espérant que Ramzan, qui faisait de l'information son fonds de commerce, en lâcherait une gratis.

— Même les enfants ne sont pas à l'abri, parce que la menace est partout. Nous ne pouvons juger du *quoi* et du *pourquoi.* Ce sont des questions pour les philosophes et les imams, certainement pas pour de petites gens comme nous. (Ses lèvres brillèrent dans la lumière ambrée.) En revanche, le *qui* et le *où,* c'est ça ce que nous devons savoir. Voilà des questions pour nous.

— Je ne vois pas le *pourquoi* en ce qui concerne une fillette.

— C'est bien ce que je dis, Akhmed. Tu poses les mauvaises questions. On la recherche. C'est comme ça. Peu importe pourquoi. Ce qui compte, c'est où elle est, et avec qui.

— Si je la vois, je lui dirai que tu veux lui parler.

— Akhmed, mon ami, ne sois pas si hautain, répliqua Ramzan en passant son bras autour des épaules d'Akhmed qui respira l'odeur puissante et sucrée de son déodorant.

La première fois qu'Akhmed avait pris conscience de sa propre odeur, c'était lors de sa nuit de noces, quand, en se pressant contre Ula dans le lit, maladroit et pataud, il l'avait vue froncer le nez et détourner la tête vers la fenêtre ouverte.

— Dokka est parti, insista Ramzan, la bouche si près que son haleine lui chauffait le cou. Il n'est plus là. Et c'est bien triste. S'il était là, je pourrais lui demander quoi faire. Je passerais lui dire bonjour. Je pourrais parler avec lui. Il m'écoutait toujours, Dokka. Il me parlait encore, lui. Et il me répondait quand je lui posais une question.

Trop conscient des enjeux, Akhmed ne rétorqua rien. Cela n'avait pas toujours été ainsi. Pendant des années, Dokka et lui avaient été amis. Un dimanche sur deux, ils se retrouvaient chez Dokka pour jouer aux échecs, manger ou boire, et pendant quelques heures oublier la peur et les privations qui avaient remplacé leur ancien monde. Dans une autre vie, la faiblesse de Ramzan n'aurait pas eu de conséquences plus graves qu'une tricherie pour gagner une partie d'échecs. Ramzan était le plus jeune des trois, et un si piètre joueur que Dokka lui avait donné des leçons. Il avait bien appris. Le village était devenu son échiquier et un pion tenait tout le jeu.

— Alors, dis-moi, où étais-tu toute cette journée ? insista Ramzan, de sa voix plate et inflexible, la voix d'une enclume plutôt que celle du métal qu'on y martèle. Dis-moi où tu es allé, qui tu as vu.

— Nulle part. Personne.

— Allez, Akhmed. Nous savons tous les deux que tu vas me le dire. Tu es intelligent, tu as une femme malade à charge, et tu sais ce qui arrivera si tu ne me réponds pas. Recommençons : Akhmed, mon ami, où étais-tu aujourd'hui ?

Akhmed resta silencieux.

— Tu es bien timide. Commençons par un petit morceau. Dis-moi quelque chose que tu as fait aujourd'hui. Ce que tu veux.

— J'ai prié.

— C'est bien. C'est bien de prier. Moi je prie dix fois par jour. Cinq fois pour moi, et cinq fois pour mon père. Je m'occupe de lui, ne t'inquiète pas pour ça. (Les lèvres de Ramzan ressemblaient à des digues brisées, incapables de contenir le flot qui s'échappait de sa bouche maintenant.) Prier est important. Très important. En particulier aujourd'hui que nous vivons la fin des temps. Tu le sais, n'est-ce pas ? Le dernier calife va apparaître et le prophète Jésus va descendre du ciel et massacrer les porcs et casser les croix. Nos heures sont comptées. C'est pourquoi je prie dix fois par jour. Je devrais sans doute le faire quinze ou vingt fois. Mon père en a grand besoin. Tu crois à la fin du monde, n'est-ce pas ?

— Je crois au jugement dernier, déclara Akhmed. Je crois que chacun d'entre nous devra rendre compte de ses actes.

— Quand j'étais gosse, mon père m'a acheté un magnétophone à cartouche. La plupart des enregistrements qu'il me rapportait de l'université étaient des concertos de violons, des opéras et des symphonies. Rien de plus ennuyeux pour un gamin de dix ans. Mais c'était un magnifique cadeau. J'adorais ce magnétophone. J'adorais tripoter les boutons, jouer avec le défilement, plus encore que de passer les bandes. Si je réduisais la vitesse, les gémissements des violons devenaient de plus en plus graves, plus inquiétants. Cela me fait penser à Al-Hâqqa. Tu te souviens du verset treize ? « Au premier son de la trompette, la terre et les montagnes emportées dans les airs seront d'un seul coup réduites en poussière. Alors l'événement inévitable paraîtra tout à coup. Les cieux se fondront et tomberont en pièces. Les anges se placeront de chaque côté, et huit d'entre eux porteront dans ce jour le trône de ton Seigneur. » Et je pensais que la trompette allait sonner et tout détruire. Une vraie explosion. Une bombe atomique. Une épingle dans le ballon de baudruche qu'est le monde. Mais peut-être pas.

Non, peut-être pas. Peut-être que le coup de trompette a été ralenti, comme le magnétophone, donnant un son dans des fréquences de plus en plus basses, et peut-être que le son de la trompette dure depuis des années, et nous appelle non pas tous à l'unisson, mais un à la fois.

— Tu oublies la ligne suivante de Al-Hâqqa, répondit Akhmed.

De grosses gouttes de sueur perlaient sur le front de Ramzan, suivant la ligne de sa cicatrice. Quand Akhmed était en première année de médecine, il était rentré au village le 1er novembre pour la Fête du sacrifice. Ramzan, encore adolescent à l'époque, tenta à minuit de libérer le bouc qui devait être égorgé, en partie parce qu'il considérait ce rite barbare contraire à la rationalité soviétique, mais surtout parce qu'il voulait voir son père en pyjama lui courir après en pleine nuit. Khassan, pas fou, n'était pas intervenu. Mais dans la mêlée qui s'était ensuivie, le bouc, incapable de distinguer son libérateur de ses bourreaux, avait donné un coup de sabot à Ramzan. Et le garçon avait été le premier patient d'Akhmed. Alors que ce dernier recousait l'entaille, le jeune homme, d'ordinaire renfermé, ne cessait de poser des questions sur les noms savants en alphabet latin. Ramzan répétait les mots comme pour les goûter, faisant rouler les voyelles tels des grains de raisin dans sa bouche. Akhmed ne pouvait imaginer à ce moment-là que Ramzan, qui psalmodiait alors avec ferveur *cunnilingus* pensant qu'il s'agissait du nom d'un dieu romain, considérerait plus tard le tchétchène comme une langue morte, bradant son vocabulaire comme il avait vendu des armes à feu et des explosifs, sans savoir leur véritable valeur, sans une pensée pour ceux qui allaient mourir.

— Et c'est quoi, le verset suivant ? demanda Ramzan, précautionneux.

— « Dans ce jour, vous serez amenés et rien ne sera caché. »

* * *

Ula sourit, tout ensommeillée, et roula sur le côté quand Akhmed entra dans la chambre. Il dessina des petits « huit » sur son avant-bras avec son pouce, tandis que la voix de Ramzan, qui parlait tout seul, s'évanouissait dans le crissement des graviers. Dans la cuisine, il approcha un tabouret des fourneaux. Il voulait se pencher au-dessus du poêle ouvert et se laisser bercer par la lumière clignotante jusqu'à ce que les fantômes de cette journée éprouvante disparaissent dans le conduit de la cheminée. Havaa était à l'abri. Elle était sauve et il se serait lui-même amputé la jambe pour que Dokka le sache. En songeant à ces deux-là, les larmes vinrent. Il y avait si longtemps qu'il n'avait pas ressenti ça, cette bouffée de fierté, cette onde qui vous emportait au moment où on s'y attendait le moins, cette pépite qui pouvait toujours briller à nouveau… C'était si bon de voir qu'il y avait des parties de lui qu'une scie chirurgicale ne pouvait ôter. Les flammes se dissolvaient dans ses pleurs et, dans cette dilution, sa souffrance s'échappait, éclatant à la surface comme une bulle ; il se mit à rire, malgré lui, sans pouvoir l'expliquer. Son visage ne parvenait pas à exprimer ce qu'il y avait dans sa poitrine. Il était le médecin le plus incompétent de Tchétchénie, le plus médiocre praticien sorti de l'école de médecine de Volchansk, et il avait sauvé la vie de Havaa ! Akhmed s'essuya les yeux sur ses manches. Il aurait bien voulu rester là, sur son tabouret devant le feu, mais il devait nourrir sa femme.

— Comment s'est passée ta journée ? demanda-t-il après qu'Ula eut avalé sa première bouchée.

— Je n'ai pas arrêté, chuchota-t-elle.

— Toi aussi ?

— J'ai parlé à ton père.

Son père, un botaniste, collectionneur de fleurs séchées, était mort dix ans plus tôt. Ula ne l'avait jamais connu.

— Il a dû faire un long chemin pour venir te voir.

— C'est vrai. Il avait l'air fatigué.

— De quoi avez-vous parlé ?

— De ta mère, répondit-elle avec nonchalance.

Il posa le bol au sol et s'allongea sur le flanc à côté d'elle, les bras pliés, pour que leur nez et leurs genoux se touchent presque. Son front était chaud, comme si elle avait passé la journée au soleil. Peut-être était-ce l'été, là où son père était parti ? Peut-être en avait-il rapporté un peu pour Ula ? Elle ne détourna pas la tête vers la fenêtre quand elle prit une inspiration. Pour cette attention, il déposa un baiser sur la pointe du nez.

— Qu'avait-il à dire sur ma mère ?

Ula ferma les yeux pendant un moment si long qu'il crut qu'elle s'était endormie.

— J'ai vu sa marque de naissance, murmura-t-elle finalement. Un ovale sur son estomac.

Puis elle s'endormit. Il termina le bol de riz, déçu de voir qu'elle avait mangé si peu, et alla le rincer dans le baquet qui était devenu l'évier de la cuisine. Après il cousit ses poches – pour éviter que les soldats au poste de contrôle n'y glissent des objets de contrebande –, se brossa les dents avec du bicarbonate de soude et grimpa dans le lit. Il remua ses orteils. C'était si bon de les sentir bel et bien là, au bout de ses jambes. Alors qu'il s'enfonçait dans le sommeil, là où s'était déjà réfugiée Ula, une question émergea du tréfonds de son esprit. Au matin, il l'aurait oubliée ; elle s'en retournerait avec les chimères de la nuit. Mais, pendant un instant, elle resta là, apportée par le ressac des rêves. La marque de naissance ovale de sa mère… Il n'en avait jamais parlé à Ula. Comment pouvait-elle le savoir ?

9

1994 1995 1996 1997 1998 1999 2000 2001 2002 2003 **2004**

C'est à propos de ton père. Je me souviens qu'il aimait tout classer – les idées par des « ismes », les personnes par des « istes » –, et quand j'ai un jour critiqué cette habitude réductrice, il m'a répondu : « Nous ne savons rien des choses sinon les mots pour les décrire. » Je me souviens qu'il voulait t'apprendre à lire et à écrire, mais hésitait entre l'alphabet cyrillique (ce qui te serait utile si les Russes gagnaient) ou l'alphabet latin (ce qui te serait utile si les rebelles gagnaient), alors il opta pour l'alphabet arabe, et disait qu'il t'aurait bien appris aussi le japonais s'il l'avait parlé. Je ne sais pas écrire en arabe. J'espère que tu pourras lire quand même cette lettre. J'espère qu'il y aura encore des gens qui parlent tchétchène quand tu liras ces mots. Ce sont des souvenirs épars, glanés çà et là dans les airs. Mais si je ferme les yeux et que je me concentre sur ton père, sur ce qui le décrit le mieux, je le vois assis derrière son échiquier. En quarante ans, il n'a perdu que trois matches. Dont un, contre toi, pour ton anniversaire.

Je le vois peler une prune. Tu n'as pas oublié comme il retirait la peau avec un économe ? Une dizaine de tours, et la peau tombait en une fine hélice, un serpentin long d'un mètre. Il transformait la peau de ce petit fruit, plus menu encore que ton poing, en une unité de longueur. Puis il posait la lame sur la chair nue et y faisait tourner la prune verticalement. La prune se séparait en deux moitiés parfaites, sans qu'un seul filament reste accroché au noyau. Des gouttes rosées dégouttaient dans l'assiette. Si Sharik était avec moi, il observait ses mains avec avidité. Mais quand ton père les laissait pendre à portée de sa langue, Sharik découvrait avec déception une paume sèche. Ton père manquait de grâce, mais il épluchait une prune comme un joaillier.

Il disait préférer la peau, et il te donnait toujours la chair. Tu dévorais vite les tranches parce que tu devais aller te laver les mains avant de toucher aux pièces de l'échiquier. C'était un beau jeu, sculpté à la main, acheté par ton arrière-grand-père, avant la Révolution, à une époque où un employé des postes pouvait s'offrir un petit chef-d'œuvre d'artisan. Il t'a appris à jouer et, pour ton sixième anniversaire, il t'a laissée gagner. Ton père a fait beaucoup de belles choses en quarante ans. Mais si on me demandait de raconter le plus beau moment, mon plus beau souvenir de lui, je choisirais ce jour-là, quand il était assis dans le salon, avec toi, devant l'échiquier, à te peler une prune.

LE TROISIÈME JOUR

10

1994 1995 1996 1997 1998 1999 2000 **2001** **2002** **2003** 2004

Ils apparurent quatre ans avant que le père de Havaa ne fût arrêté. Au début, ils n'étaient qu'un ou deux, les yeux vitreux, comme s'ils n'avaient jamais vu une maison auparavant. Puis davantage. Ils se présentaient voûtés, le teint cireux, abattus et craintifs, en provenance de Grozny, Chali, Ourous-Martan, telle une longue expiration des villes vers les montagnes. Certains transportaient des provisions de première nécessité : bottes, chaussettes de laine – beaucoup de chaussettes – et de l'argent pour soudoyer. D'autres, qui avaient tout perdu, même leur raison, avaient sauvegardé des objets les plus incongrus qui soient : un homme, qui avait perdu ses parents et ses enfants dans la même explosion d'une roquette russe, conservait précieusement la clé de l'appartement où ils avaient péri ; une femme, deux fois veuve, avait dans les bras le portrait d'un homme mort depuis plus de cent ans, mais aucune photo de ses maris ; un bureaucrate à la retraite trimballait un règlement de mille deux cents pages, persuadé que ces édits demeureraient à jamais inviolables. Certains n'avaient rien pris. Ils ne cessaient d'arriver, avec des habits toujours trop grands. Havaa, qui venait d'apprendre l'alphabet arabe, associait une lettre à chacune de leurs silhouettes. Un œil levé vers les montagnes était un ك, les gouttes de sueur sur un front formaient un staccato de ه, chaque ligne de mâchoire était aussi anguleuse que des د, la fumée s'échappant de la pipe d'un vieil homme, bourrée seulement d'écorce, était le point au-dessus de ف, et reliés ensemble, ils formaient une longue phrase sans ponctuation que la route écrivait.

Son père installa les premiers à la table de la cuisine et leur donna tant de nourriture qu'ils ne voulurent plus repartir. La nouvelle se propagea dans la colonne, et bientôt leur nombre excéda les maigres ressources de sa famille. Un jour, alors qu'elle revenait de la forêt, Havaa trouva le mobilier de sa chambre dans le jardin. Son père et Akhmed s'affairaient à confectionner de nouveaux lits, l'air n'était plus qu'un nuage de sciure, et le soleil se mirait sur leurs dos nus. Deux jours plus tard, sa chambre était devenue un dortoir à trois couchettes. Les réfugiés – car c'est ce qu'ils étaient; elle pouvait à la fois dire le nom en tchétchène et l'écrire en arabe – donnaient ce qu'ils pouvaient, pour la nuit, deux repas, et de quoi laver leur linge. La honte qui serrait le cœur de Dokka chaque fois qu'il demandait à être payé finit par se muer en une gêne tout à fait supportable. Car ceux qui arrivaient désormais étaient bien différents de leurs prédécesseurs : les tout premiers méritaient la compassion et l'hospitalité, les derniers ne méritaient rien. Ils pouvaient dormir dehors tant que les bijoux de la grand-mère leur tenaient chaud. Qu'ils mangent leurs roubles! Mais puisque si peu avaient de l'or ou de l'argent, et puisque Dokka était incapable d'ignorer ceux qui étaient vraiment dans le besoin, ses conditions de paiement étaient modulables quasiment à l'infini. Babioles et breloques allaient à Havaa, qui les gardait en souvenir. Et plutôt que d'apprendre avec ses jouets et ses devoirs d'école, la fillette ne s'instruisait plus qu'avec une ballerine en plastique faisant une pirouette, avec un manuel des fleurs du Caucase, et avec tout ce que son père et ses invités jugeaient suffisant en échange d'un abri par une nuit d'hiver. La fillette dormait à présent sur un matelas par terre dans la chambre de ses parents. Souvent, la nuit, elle allait se lover dans leur lit, son corps tenu au chaud entre les leurs, les reconnaissant dans l'obscurité à la taille de leurs doigts.

D'autres venaient les week-ends pour voir Akhmed, des étrangers mieux habillés, et moins épuisés. S'ils connaissaient l'existence du fantôme du pédophile, ils laissaient leurs enfants dehors avant d'entrer dans la maison abandonnée, les bras chargés de cadeaux – bandes et morceaux de lin pour les pansements, fils de pêche pour les sutures, sacs de plâtre, vieux magazines, écharpes en tout genre. Ils patientaient dans la salle d'attente, assis bien droit, immobiles, redoutant de respirer trop fort, ou de faire couiner les fragiles chaises pliantes et de rompre la solennité qu'exigeait l'exercice à venir. Akhmed les appelait, famille par famille, comme s'il s'agissait de ses patients habituels. Il regrettait d'ailleurs que ce ne soit pas le cas, parce que ceux-là le traitaient avec plus de respect, parce que, il devait bien le reconnaître, il leur apportait plus de réconfort. Les familles qui franchissaient le seuil de son cabinet avaient sans nul doute conscience qu'Akhmed était le pire médecin de Tchétchénie. Quand les gens s'asseyaient devant son bureau, ils devaient déjà savoir qu'il s'était trompé de métier. Cependant ils étaient sûrs d'une chose : le plus mauvais médecin du pays était aussi son plus talentueux portraitiste.

Lorsque le père toussait pour rompre le silence, il priait pour qu'Akhmed n'eût pas idée de lui ausculter la poitrine, et se mettait aussitôt à lui décrire la forme du nez de son fils. Plat et large, disait-il, comme si on l'avait frappé petit avec une poêle à frire. Non, non, non, rectifiait la mère, avant que le crayon d'Akhmed ne touche le papier. Il a un nez normal, un joli nez, bien formé, et jamais on ne l'a frappé avec une poêle, ou une soupière, pas même avec une théière ! Avec une louche, oui, bien sûr, c'est normal parce que la cuisine d'une mère est son sanctuaire et qu'elle doit y maintenir l'ordre. Alors intervenaient une cousine, une sœur, ou une fille qui ne se rappelait que trop bien le coup de l'ustensile sur sa main s'approchant d'un plat. Quand la conversation s'égarait, Akhmed était alors obligé de lever le doigt pour les rappeler à l'ordre. Il était habitué à ces débats, savait combien le chagrin déformait le tissu des souvenirs, au point qu'une mère pouvait refuser de reconnaître son fils quand le père en faisait la description, au point que le père, d'ordinaire docile devant les doléances de sa femme, pouvait croire dur comme fer que le nez de son fils était si écrasé qu'il ne pouvait plus respirer que par la bouche. Akhmed leur demandait à tous de fermer les yeux, en espérant que leurs bouches feraient de même. Et de se concentrer.

Assis à son bureau aux pieds d'acier, une tasse de thé tiède à portée de main, Akhmed pensait alors invariablement aux croquis de squelettes de serpents, de tendons de genoux, de veines, qu'il faisait enfant, à ces dessins dans lesquels son père, à tort, croyait déceler l'intérêt de son fils pour la science. Il songeait à l'école de médecine, lorsqu'il avait manqué une année de pathologie pour suivre des cours de dessin. À ce stade, un changement de carrière était hors de question. Il était une bouteille jetée à la mer, à l'intérieur de laquelle les villageois avaient glissé leurs vœux, et même s'il avait déjà baissé les bras pour lui-même, il ne pouvait abandonner ceux qui espéraient voir leurs souhaits portés jusqu'au rivage. Mais Akhmed dessinait des natures mortes quand il aurait dû dessiner des diagrammes, il étudiait des modèles quand il aurait dû disséquer des cadavres. Quand il obtint son diplôme de l'école de médecine – dans les dix derniers –, il ne savait pas que son imposture, aussi lourde à porter que cent roubles en pièces de cinq kopecks, serait un jour convertie en monnaie d'échange plus utile, quand des familles, comme celle-ci, viendraient le trouver, sachant qu'il était un médecin trop incompétent pour sauver la vie de leur fils, mais un artiste fiable et si doué qu'il pouvait leur permettre de le retrouver.

Toutes les trente secondes, il leur présentait la feuille pour s'assurer qu'il était sur le bon chemin. Oui, ce sont bien ses oreilles, elles sont exactement comme ça. Non, ma femme a raison, son nez n'est pas aussi large, et elle ne l'a jamais frappé avec une poêle à frire. Les erreurs s'effaçaient sous les coins de sa gomme rose. Oui, c'est lui, disaient-ils. C'est notre fils.

Certains portraits allaient se retrouver dans des kiosques d'où ils regarderaient passer les colonnes de réfugiés, cherchant leur modèle dans la cohorte. D'autres seraient installés dans des endroits plus intimes : dans un cadre, au-dessus d'un lit vide, ou plié dans un portefeuille tout aussi vide, ou enfermés dans le tiroir d'un bureau avec le certificat de naissance, donnant l'heure exacte, la date, et le lieu où cette vie était entrée dans le monde. Les disparus demeuraient disparus et les portraits ne pouvaient rien y changer. Mais quand Akhmed glissait vers eux le dessin terminé et que la famille découvrait la forme de ce nez chéri, l'air s'échappait de la pièce, remplacé par le miracle des retrouvailles. Parce que par ce nez, mère, père, sœur, frère, tante et cousin reconnaissaient le fils, le frère, le neveu et le cousin qu'il avait été, qu'il aurait pu être, et tous se précipitaient vers cette probabilité, comme ces personnages de dessins animés courant au-delà de la falaise, maintenus en suspension dans le vide par la certitude d'avoir une route sous leurs pieds jusqu'à ce qu'ils regardent en bas, et que ce soit la chute… *La chute*, ce serait le mot qui viendrait à l'esprit du cadet qui, à seize ans, en avait assez d'être le plus jeune et espérait que son frère aîné reviendrait pour de multiples raisons, pour entre autres le voir se marier et avoir un enfant, pour ne plus être, enfin, le plus jeune – « le petit dernier », celui qui n'a rien à dire sur le nez parce que, oui, il se souvient du nez de son frère, mais il n'a pas besoin de ce nez pour dire ce que ses parents ne peuvent dire qu'à travers lui. Parce que ce petit frère, six mois plus tard, disparaîtrait à son tour, emmené à l'arrière d'un camion, comme son grand frère ; et il reconnaîtrait la Décharge malgré son bandeau et son bâillon, rien qu'à l'odeur de l'argile, comme son frère l'aura reconnue avant lui. Ce même petit frère, dont les doigts seraient lacérés par les mêmes fils électriques qui auront brûlé les chairs de son aîné jusqu'aux os, se tiendrait au-dessus de la fosse commune que son aîné aura creusée de ses mains ; et il tomberait dedans, comme lui – quoiqu'il lui faudrait six minutes et quatre balles de plus pour mourir –, et serait enseveli à une portée de bras au-dessus de son cadavre. Ce petit frère dont les os, avec le temps, trouveraient ceux de son aîné, et qui, à un instant encore indéterminé du futur, exaucerait le vœu chéri de sa mère : que ses garçons se retrouvent, où qu'ils aillent, où qu'ils soient. Ce petit frère aurait un sourire aux lèvres et la plus idiote des pensées avant que ne claque la première balle, quand il se remémorerait ce jour, six mois plus tôt, quand ils étaient tous venus chez ce médecin pour avoir le portrait de son grand frère, il aurait dû alors demander à ce qu'on fasse le sien ! Parce que maintenant ses parents allaient devoir à nouveau faire le voyage, et il espérait bien qu'ils le feraient, qu'ils le feraient encore une fois pour lui, malgré son mutisme revêche ce jour-là. Parce que même s'il connaissait parfaitement la forme du nez de son aîné, il n'était pas préparé à s'en souvenir, à le voir, là, sur cette feuille, à voir l'absence dans ces traits de fusain, à supporter cette douleur indicible de l'amour sans pouvoir le serrer dans ses bras, le serrer si fort à le soulever de terre, comme son aîné l'avait fait avec lui, ce jour d'été au lac, quand il l'avait fait tomber à l'eau. Car il n'y avait rien que de l'air et le vide ici, et que le cadet avait cru, pendant cette autre chute, que jamais ils ne seraient plus proches l'un de l'autre. Au premier coup de feu, le petit frère tomberait dans les bras de son aîné, au cinquième, le bandeau noir sur ses yeux se dissiperait et la lumière brillerait à nouveau, à jamais. Et, sur le mur de la cuisine dans la maison de ses parents, son portrait trônerait à une portée de bras de celui du grand frère, et sa mère passerait ses après-midi à les contempler, à prier pour que ses deux garçons se retrouvent, où qu'ils aillent, où qu'ils soient.

* * *

Un dimanche sur deux, Akhmed et Ramzan venaient jouer aux échecs avec Dokka. Ramzan arrivait le premier, toquait à la porte avec son front, car il avait toujours dans les bras une énorme marmite ; parfois il apportait des cadeaux prélevés, en guise de commission, sur les marchandises qu'il faisait passer par les montagnes – truites marinées, confiture de prune, mouton fumé, noisettes confites. Akhmed arrivait ensuite, sans frapper, et juchait aussitôt Havaa sur ses épaules en menaçant de la marier à un crapaud. Lorsqu'ils étaient installés dans le salon, la fillette leur servait le thé ; loin d'être une corvée, c'était pour elle sa modeste contribution aux plaisirs de l'après-midi. À ses yeux, les trois hommes formaient une famille dont elle était la petite sœur. Khassan les rejoignait de temps en temps, cinq ou six fois l'an, mais alors ce n'était plus pareil, comme si la structure invisible qui maintenait le trio ne pouvait supporter le poids d'une autre personne. En sa présence, le rire de Ramzan se mettait en sourdine, et la rancœur affleurait sous son visage silencieux. Akhmed et Khassan se mettaient à monopoliser la conversation, tandis que Ramzan observait, attendant une ouverture ; et quand il s'en présentait une, il ne savait jamais quoi dire.

Pendant que les hommes mangeaient, Havaa et sa mère restaient dans la cuisine. La fillette, qui jugeait cette tradition injuste, ne comprenait pas pourquoi sa mère, pourtant aussi têtue qu'une mule mal lunée, s'y soumettait. Dokka autorisait ensuite Havaa à les rejoindre à la fin de leur repas, à condition qu'elle ne se rongeât pas les ongles. L'ottomane lui offrait alors un point de vue imprenable sur l'échiquier. C'était un joli jeu en hêtre laqué, bordé de nacre, dont le plateau avait sans doute été façonné dans un bois magique – malgré tout le temps qu'elle passait à courir la forêt, elle n'avait jamais vu un arbre aussi brillant. Les petits personnages, de couleur distincte et entravés par tout un tas de règles, se livraient une guerre propre et bien ordonnée. Les têtes rondes des pions et des imams, devenues chauves au contact répété des doigts, étaient ses pièces favorites ; des mois plus tard, elle se demanderait pourquoi les rebelles et les soldats russes, qui avaient une vingtaine d'années, avaient encore autant de cheveux. Son père était si fort aux échecs que Ramzan et Akhmed jouaient en équipe contre lui. Les deux se consultaient, échafaudaient des stratégies avant de jouer chaque coup, tandis que son père lisait un livre en attendant que ses adversaires se décident ; il était si sûr de son art qu'il feignait ne pas voir que Ramzan trichait. Une fois, Dokka avait expliqué qu'un vrai joueur d'échecs pense avec ses doigts et Havaa s'en souviendrait, treize mois plus tard, quand il perdrait les siens. Quand venait son tour de jouer, son père sondait l'air avec circonspection, puis, comme si, indépendamment des autres, chaque doigt était parvenu à la même conclusion, ils se refermaient tous d'un seul mouvement sur la tête de bois de l'imam pour terrasser Boris Eltsine, en bon djihadiste.

Dokka n'avait perdu que deux fois contre Ramzan et Akhmed. La première, c'était en 2001, le dimanche après qu'un groupe de rebelles blessés eut passé une nuit à Eldár, au cours d'une retraite qui dura dix-huit mois. Ils venaient de quitter l'hôpital de Volchansk. Akhmed songea que c'eût été une bonne idée de raconter cet épisode à Sonja quand il s'était présenté à elle, avec la fillette, mais il n'avait pas eu cette présence d'esprit. Quand les rebelles avaient débarqué sur la place du village, les bras en écharpe, les yeux rouges d'épuisement, les habitants s'étaient dit qu'ils avaient fui l'hôpital trop tôt. L'un d'eux était même en fauteuil roulant. Comment les Russes avaient-ils pu les rater ? Leurs bandeaux verts proclamaient *Allah Akbar* en lettres arabes dorées. Les villageois, dont Havaa, s'étaient approchés avec curiosité. Beaucoup, dont Havaa encore, n'avaient jamais vu un rebelle en chair et en os. Ils venaient d'une terre par-delà l'horizon. Des fils, des frères étaient partis *chez* les rebelles, comme on disait, et on ne les avait plus revus. Plusieurs mères étaient venues demander des nouvelles de leurs fils, mais la plupart, dont Havaa toujours, s'étaient contentés de les observer en silence. Un frisson avait parcouru l'assemblée quand le chef avait planté le drapeau vert de l'indépendance sur la place. Par cet acte, les rebelles, si faibles qu'un groupe d'enfants armés d'outils de jardin les auraient mis en déroute, occupaient officiellement le village, le condamnant *de facto* à être libéré par les Russes.

Les rebelles réclamant des soins, plusieurs villageois les avaient conduits au cabinet d'Akhmed. Après de rapides présentations, ces derniers s'en étaient allés, heureux pour la première fois de l'existence du cabinet médical. Ce n'était qu'après avoir vérifié l'armoire à linge, au cas où quelque Russe y fût embusqué, que les hommes avaient accepté de poser les armes. Havaa n'avait rien vu de cette scène. Elle était restée avec sa mère, dans la sécurité de la cuisine. Si elle avait vu l'état du commandant du groupe, un homme trapu et court sur pattes, elle aurait pensé qu'il ressemblait à un sac de grains percé déguisé en soldat. Il s'était adressé à Akhmed poliment, insistant sur l'importance du sacrifice des campagnes pour exterminer les mécréants russes. Akhmed avait gardé les mains jointes, sans pour autant les empêcher de trembler. Il avait expliqué au chef qu'il n'était pas un très bon docteur, que le fantôme d'un pédophile hantait les lieux, et qu'il leur serait plus utile leur tirant le portrait. D'une voix grave et égale, tout en déboutonnant sa chemise, le commandant avait expliqué à Akhmed que, s'il ne devenait pas le meilleur médecin de Tchétchénie dans les cinq minutes, son fantôme à lui aussi hanterait la maison. Un fil chirurgical d'un type qu'Akhmed ne connaissait pas maintenait fermé la poitrine fendue du combattant.

— Qu'est-ce que c'est ? avait demandé Akhmed.

— Du fil dentaire.

À en juger par les moisissures qui prospéraient sur les incisives du commandant, c'était sans doute la première fois qu'il avait approché cet accessoire d'hygiène buccale.

— Des sutures au fil dentaire. Du beau travail. Qui vous a fait ça ?

— Un médecin à l'hosto de Volchansk. C'est non seulement une femme, mais en plus c'est une Russe. Incroyable, non ?

À chaque lettre de refus qu'il avait reçue de l'hôpital, Akhmed avait été accablé de honte et de doute, à ne plus pouvoir respirer.

— Incroyable, oui, avait-il répété sans une once d'humour.

Quand, trois ans et trois mois plus tard, Sonja lui offrirait un poste, Akhmed pourrait enfin expirer cette humiliation.

Là-bas, à l'autre bout du village, Havaa étudiait les fleurs bleues sur la jupe de sa mère et s'agaçait de ne pouvoir en trouver une seule identique dans son guide de la flore du Caucase. Pourquoi inventer des fleurs quand il y en a tant de réelles qui seraient honorées de figurer sur une jupe ? Sa mère avait passé l'après-midi dans le fond du jardin et émincait à présent les carottes, les betteraves et le thym qu'elle avait déposés sur la paillasse. Havaa, juchée sur un tabouret pour mélanger la soupe, se félicitait de sa petite vie. Partout, au-delà de ces quatre murs, cela sentait la fumée et l'essence, mais ici les plus grands drames se limitaient à la chute d'un œuf par terre. Plus tard, dans l'après-midi, la porte d'entrée se refermerait doucement et son père apparaîtrait dans la cuisine. Il aurait ce ton faux qu'il prenait quand il lui racontait une histoire dont il connaissait déjà la fin. La fillette lui demanderait si les hommes en armes allaient dormir chez eux et il répondrait que, non, ce n'étaient pas des réfugiés, sans en dire davantage. Elle ne saurait pas que son père et Ramzan avaient passé près d'une heure à négocier avec le commandant. Elle ne saurait pas non plus que le commandant, impressionné par le négoce de Ramzan dans les montagnes, l'avait mis en relation avec un cheik qui cherchait un homme de confiance, un homme débrouillard comme Ramzan, pour livrer des armes dans les camps rebelles. Tout ce qu'elle saurait, c'est que le dimanche suivant, la veille de l'arrivée des Russes, son père n'avait pas anticipé l'attaque d'une tour et avait perdu Boris Eltsine.

* * *

Trois matins après que les rebelles claudicants eurent quitté le village, Havaa fut réveillée en panique par ses parents. Son père la prit dans ses bras sans lui laisser le temps de s'habiller. Le choc de chacun de ses pas faisait vibrer sa colonne ; et tandis qu'il courait dans la forêt, Havaa regardait son village soubresauter derrière l'épaule de son père.

— Qu'est-ce qu'il y a ?

— On est libérés ! lui répondit sa mère qui suivait en haletant.

Une vieille souche leur fournit un abri, sans pour autant les empêcher d'entendre la *zatchistka* en cours. Tandis que des rafales emplissaient l'air pendant dix secondes, Havaa ne pouvait imaginer que la mitraille était destinée à huit villageois, jugés trop dangereux pour être transportés à la Décharge. Étendue sur la mousse pendant des heures, elle repensa à la défaite de son père la veille. Elle savait que les soldats russes pouvaient détruire un village, mais elle n'avait pas imaginé que son père puisse perdre une partie d'échecs. Allongé à côté d'elle, frissonnant à la moindre brise, il avait refermé ses doigts blancs autour du couteau de cuisine. La fumée qui montait du village était si dense qu'il leur sembla que la nuit était tombée à trois heures de l'après-midi. Son père observait les alentours avec sa paire de jumelles – rétribution pour trois nuits de gîte et de couvert d'un ornithologue désormais parti en Équateur étudier les oiseaux. Dokka passa les lunettes à sa fille. Pendant qu'elle épiait les Russes derrière le rideau de troncs, son père lui expliqua la différence entre un *kontraktniki* et un appelé de l'armée.

— Les soldats du contingent en uniforme bleu sont des adolescents terrifiés. Ils sont, pourrait-on dire, des victimes de l'absurdisme, précisa-t-il, ne ratant jamais une occasion de prononcer un mot savant devant un auditoire attentif. Ils se rendraient certainement si on leur agitait une cuillère à soupe sous le nez. La plupart ne sauraient trouver la Tchétchénie sur une carte et se contrefichent si le président est Poutine, Maskhadov, ou le père Noël. Ils sont arrivés majoritairement par train, dans des wagons de voyageurs, mais beaucoup rentreront au pays en Cargo 200 – c'est le petit nom pudique que donne l'armée pour leurs cercueils de zinc. Mais les *kontraktniki*, ceux qui portent des tee-shirts noirs pour exhiber leurs tatouages, sont soit des nihilistes, soit des immoralistes, soit des bellicistes. On les a libérés de prison à condition qu'ils servent sous les drapeaux quelques années en Tchétchénie. Ils aiment être ici parce que c'est le seul endroit où ils peuvent donner libre cours à leur véritable nature, et si je n'étais pas caché derrière cette souche, je pourrais presque les admirer parce qu'ils ne font qu'un avec la dialectique de leur philosophie, aussi horrible soit-elle.

Pendant ce temps, un conscrit blond avait sorti Khassan de la ligne d'hommes en partance pour la Décharge. Il avait caché le vieillard dans un cabanon et lui avait donné le nom et l'adresse de ses grands-parents.

— Tu dois survivre, lui avait ordonné le blondinet. Tu vas vivre et raconter à mes grands-parents que leur petit-fils n'est pas comme les autres soldats. Dis-leur qu'ils l'ont bien élevé, qu'il essaie par tous les moyens de rester le bon garçon qu'ils connaissaient.

Khassan écrirait une lettre aux grands-parents mais, sans système postal opérationnel, celle-ci resterait dans son tiroir pendant dix-sept mois, jusqu'à ce qu'une femme russe vienne frapper à sa porte, un matin d'automne, pour lui demander si elle avait vu son fils. Il était courant de voir des mères de soldats russes disparus battre la campagne tchétchène à la recherche de leur progéniture. Khassan ne pourrait rien pour elle, mais il lui demanderait de poster sa lettre une fois de retour en Russie. Il ne saurait jamais que les grands-parents recevraient la lettre à Novossibirsk huit jours après avoir appris la mort de leur petit-fils et qu'ils la liraient à ses funérailles.

Au soir, le village reposait sous une marquise de fumée. Vingt-trois habitants étaient morts. Quatorze par balle, trois dans l'effondrement de leur maison, deux d'un tir de mortier, et un encore par suicide : un vieux de quatre-vingt-dix ans qui avait survécu aux deux Guerres mondiales, à trois infarctus et, plus douloureux encore, à la honte que lui avait causée son fils aîné, un garçon avec un bel avenir devant lui qui avait toutefois choisi d'être marionnettiste. Les soldats russes en avaient également jeté trois dans un cellier ainsi qu'une grenade avant de refermer la porte. Dix-huit autres avaient été emmenés à la Décharge, soit quarante et un disparus ce jour-là, qui ne revinrent que par la grâce du crayon d'Akhmed. Peu après le retour de Havaa et de ses parents chez eux, Akhmed était apparu sur le seuil et avait toqué à la porte arrachée. Il avait besoin des doigts de Havaa, les siens étant trop gros. Il y avait des blessés partout dans son cabinet, la moindre portion de sol était occupée. La crosse d'une kalachnikov avait fermé à jamais l'œil gauche d'une femme. Le bras d'un homme reproduisait la ligne cassée du mont Elbrouz comme s'il avait désormais trois coudes.

La main d'Akhmed, molle sur son épaule, guidait Havaa à travers la salle d'attente. Son cabinet était transformé en bloc opératoire. Une bâche froissée sur le bureau dessinait une topographie tourmentée, un paysage miniature dont les rivières rouges s'accumulaient en lacs de sang. Une lampe posée au sol projetait l'ombre d'Akhmed au plafond, comme un double de lui-même observant la scène, impassible. Il se justifia, comme s'il devait des comptes à l'enfant : ce n'était pas un hôpital et il n'était pas chirurgien. Il pouvait faire de jolis dessins de leurs blessures mais restait incapable de leur sauver la vie. Les médecins à l'Hôpital n° 6 étaient infiniment meilleurs que lui et, si le cordon de sécurité après la *zatchistka* n'avait pas interdit tout accès à la ville, il les y aurait tous emmenés sur son dos pour ne pas avoir la responsabilité de les soigner.

Deux voisins l'aidèrent à déposer un corps sur le bureau. Il nettoya la plaie avec de l'eau mais, étant à court d'iode, il dut se servir d'une demi-bouteille de *spirt* pour la stérilisation. Pour arrêter l'hémorragie, il confectionna un clamp avec une pince, les mâchoires emmaillotées de gaze et les manches verrouillés par du ruban adhésif.

Akim avait treize ans et ses premiers poils de barbe étaient incrustés de suie. Des torchons ensanglantés lui enserraient la cuisse. À travers ses paupières à demi closes, il regardait Havaa.

— Mes doigts sont trop gros, répétait Akhmed en serrant une ceinture de cuir sur la jambe du garçon.

Dans la vie de Havaa, les adultes agissaient tous comme des enfants et, plutôt qu'aggraver sa peur, cela l'aidait à garder son calme. Morceau par morceau, elle démonta la pièce, découpant les murs du sol au plafond, amputant son ombre de ses pieds jusqu'à ce qu'il ne reste qu'une seule latte de plancher, celle où elle se tenait. Akhmed lui expliqua qu'elle devait l'aider à ligaturer une artère avec du fil trouvé sur une vieille jupe. Quelques mois plus tôt, sa mère lui avait appris à coudre et Akhmed savait que, pour l'anniversaire de son père, Havaa lui avait reprisé toutes ses chaussettes.

— D'accord, répondit la fillette.

En vérité, elle n'avait pas envie d'aider Akhmed, elle voulait se cacher dans la forêt où les branches des bouleaux étaient les seuls membres susceptibles d'être brisés. Mais elle obtempéra, plus pour Akhmed que pour le garçon qui, un jour, l'avait surprise à parler à une pomme de pin et s'était moqué d'elle avec tant de méchanceté qu'elle avait souhaité sa mort.

La nuit, Havaa fut incapable de dormir. Dans le silence de la chambre, elle entendait les hurlements d'Akim. Tout avait changé. Elle ne pouvait dire quand ni comment – était-ce quand son père l'avait transportée dans les bois ? ou quand elle avait plongé les doigts dans les chairs rouges et chaudes d'Akim ? –, mais oui, tout était différent maintenant. Ses parents étaient allongés à ses côtés, les yeux grands ouverts, et quand elle serra un pan de leur pyjama, comme à son habitude au sortir d'un cauchemar, sa mère avait aussitôt répondu à son geste.

Personne ne voulant se risquer à déplacer les obus intacts qui jonchaient le sol du village, les parents de Havaa et leurs voisins allèrent dès le lendemain chercher des cuvettes de toilette dans les décombres des maisons. Ils les posèrent avec précaution, à l'envers, sur les ogives. Havaa n'oublierait jamais cette vision. Il y avait tant de cuvettes semées dans la rue qu'aucune voiture ne put passer pendant des semaines. Durant tout ce temps, les bombes explosaient, le shrapnel cinglait les parois de céramique, mais pas une de ces cuvettes, *made in URSS*, seul legs décent de l'envahisseur, ne se brisa.

Dans l'après-midi, Havaa se rendit avec ses parents au cabinet médical. Quand ils entrèrent dans son bureau, Akhmed n'osait pas les regarder en face. La bâche maculée de sang gisait au sol ; Havaa se rappelait le flot bouillonnant qui arrosait ce désert rouge. Akhmed restait penché sur sa table de travail, le front maintenu par l'extrémité de son crayon.

— Je ne me souviens pas de leurs visages, murmura-t-il.

— Quels visages ?

— Je me suis promis de faire leurs portraits, mais je ne me souviens pas de leurs traits. D'aucun.

— Tu devrais aller dormir, lui conseilla son père.

Auprès de lui, sa mère regardait Akhmed avec une inquiétude dont Havaa ne se souviendrait que bien plus tard.

À son réveil, Akhmed tint sa promesse. Il colla des feuilles blanches sur des planches de contreplaqué et, durant les dix jours qui suivirent, il dessina quarante et un portraits d'un mètre de haut. Il se servit d'encre et de fusain – grâce au bois calciné trouvé dans les ruines des maisons. Il existait un terme pour ça, quand les artistes utilisaient des parties du sujet pour recréer le sujet entier, un mot en « isme » que seul Dokka devait connaître. Jamais il n'avait fait de portraits aussi grands et détaillés. Chaque cil nécessitait cinq coups de pinceau. Les pupilles avaient la taille de noyaux de prunes. Quand il eut terminé, il les protégea d'un vernis et les laissa sécher la nuit. Au matin, ils brillaient autant que l'échiquier de Dokka. Il les emporta un à un dans la rue, en fixa certains dans les cadres des portes des bâtiments publics à l'abandon, en accrocha d'autres aux murs des maisons, ou les installa devant les fenêtres brisées, les suspendit aux jardinières vides, les hissa aux anciens porte-drapeaux, ou les cloua aux lampadaires, aux troncs, aux clôtures. L'un d'eux vint couvrir le trou laissé dans une façade par un mortier. Un autre fut planté dans le cimetière, sur la tombe d'un homme, une manière de stèle funéraire que sa famille n'aurait jamais pu lui offrir. Il ne pouvait y avoir de commémoration plus retentissante que les coups de marteau solitaires d'Akhmed. Parfois, il s'écoulerait des semaines ou des mois avant que certains ne tombent nez à nez avec le visage de leur disparu. Et quand cela arrivait, ils s'approchaient avec crainte, tapotaient la poche de leur chemise à la recherche d'une cigarette, riaient parfois comme s'ils venaient de comprendre une blague, ou alors passaient leur chemin, impassibles, déjà habitués à voir le fantôme de cet être cher sur les murs, les tombes et les nuages.

Havaa connut cette expérience une fois seulement. Après la *zatchistka*, elle passait toutes ses journées dans la forêt. Le village se découpait derrière les arbres en bandelettes de plus en plus petites à mesure qu'elle s'enfonçait dans les bois. Elle allait de-ci de-là, construisait des barricades avec du bois mort, aidait une bestiole à trouver des feuilles fraîches, tout en mesurant son éloignement au volume faiblissant des appels de sa mère. Et, un après-midi, elle se retourna et se figea.

Une tête, décapitée et enflée, était accrochée à un arbre derrière elle. Une tête de géant, crut-elle, et puis, s'approchant de deux pas, elle la reconnut. Akim avait survécu la première nuit, mais il était mort le lendemain matin. Akhmed disait que les heures qu'il avait données à Akim étaient un don du ciel, que ce temps était d'autant plus précieux qu'on était proche de la fin, alors ces quelques heures pour faire sa paix avec le monde valaient bien des années d'existence. Mais comment avait-il pu trouver cette paix en hurlant de douleur? Cela restait un mystère pour Havaa. Elle demeura longtemps devant cette tête, jusqu'à ce que son haleine, blanchie par l'hiver, effleure ces lèvres vernissées. Akim l'avait surprise à parler à une pomme de pin, il l'avait observée, les doigts en travers de la bouche, jusqu'à ce que ses gloussements s'échappent par ses narines. Comme elle l'avait alors détesté! Et le détestait encore. Cependant, devant ce portrait, la fillette sentit quelque chose envelopper sa haine, comme une flamme enveloppe la mèche d'une bougie; et bientôt il n'y eut plus qu'un goût de brûlé dans sa bouche, tandis que le visage sévère du garçon la regardait encore, mais ne rirait jamais plus. Ce n'est qu'à ce moment-là qu'elle comprit qu'Akhmed avait sciemment placé ce dessin ici, et pas ailleurs, à l'endroit exact où elle serait la seule à le trouver. Elle contempla le portrait, quelques minutes encore, avant de lui dire adieu.

Quand elle s'éveilla le dimanche suivant, dans l'air froid du matin, une seule question faisait battre sa poitrine. Et s'il n'y avait pas de partie d'échecs aujourd'hui? Les parties bimensuelles étaient les derniers frémissements d'une société à laquelle elle avait toujours rêvé d'appartenir. Elle resta allongée dans le lit jusqu'à ce que le soleil touche le premier carreau de la fenêtre. Quand sa mère, Esiila, vint lui demander de l'aide pour la cuisine, elle refusa de répondre et se mit à gémir dans l'épaisseur de son oreiller. Havaa demeurait une énigme pour sa mère. Durant la *zatchistka,* elle était restée cachée dans les bois, silencieuse comme les pierres à ses pieds, plus calme et plus patiente que Dokka, qui était un vrai moulin à paroles, avec ses laïus sans fin parce qu'ils les savaient tous pris au piège. Et aujourd'hui, la gamine, qui n'avait pas versé une larme depuis que les rebelles étaient arrivés au village, pleurnichait devant la première corvée matinale. Se disant que l'endurance de sa fille avait sans doute atteint son point limite, Esiila referma doucement la porte.

Havaa finit par se lever lorsqu'elle entendit que son père plaçait les pièces sur l'échiquier. Plus tard, cet après-midi-là, quand son père perdit encore une fois Boris Eltsine, contre la tour d'Akhmed et de Ramzan, Havaa ne s'en soucia pas.

* * *

Muets et prudents, les mois passèrent comme des hommes se rendant à la mosquée après la *salat.* Les villageois se coulèrent dans les colonnes de réfugiés sans prévenir personne et une odeur de poussière de ciment flotta dans l'air durant une saison entière. Une fois par mois, le pick-up rouge de Ramzan s'arrêtait devant la maison de Havaa ; son père prenait place sur le siège passager, creusant de sa masse le cuir déchiré. Elle regardait les feux arrière disparaître au loin. Quand Dokka revenait une semaine plus tard, tout son corps empestait la transpiration. Il s'arrêtait sur le seuil, les yeux plissés, reconstruisant sa famille en pensée avant de pousser la porte et de leur dire à quel point elle lui avait manqué. Même si Havaa ne sut jamais où allaient son père et Ramzan, ni ce qu'ils faisaient, elle comprit au ton de sa mère qu'il s'agissait de quelque chose de plus dangereux que de retourner, à mains nues, un blini sur le feu.

L'été comme l'hiver, on laissait la fenêtre de la cuisine ouverte, pour ventiler le fourneau et les effluves intestinaux de son père au matin. La veille d'un nouveau voyage, Havaa, dans le jardin, s'arrêta sous cette fenêtre. Les voix de ses parents s'échappaient tels des rubans de fumée. Son père disait que ça assurerait leur subsistance, et sa mère répliquait qu'il était un idiot de croire qu'un trafic impliquant des armes, ou Ramzan, pouvait être sans danger. Havaa fila dans les bois, où les oiseaux conversaient sur des notes plus plaisantes. Le pick-up rouge arriva avant l'aube. À la porte, Havaa déposa un caillou dans la paume de son père.

— Si tu le tournes cent fois, tu auras droit à un vœu, déclara-t-elle.

Il le glissa dans la poche de sa chemise, et se pencha vers sa fille. Ses lèvres étaient deux rais de soleil posés sur son front. C'était si agréable cette douceur, cette chaleur. Et quand Dokka se tourna vers sa femme, Havaa pressa ses doigts sur sa peau pour l'empêcher de disparaître.

* * *

Ula était tombée malade au printemps 2002, un an après la *zatchistka*. Il était donc naturel pour Havaa qu'Akhmed vienne seul leur tenir compagnie les trois premières nuits du dernier voyage de son père et qu'il s'installe à table, à la place de Dokka, comme il le faisait déjà quand son père partait dans les montagnes. On était en janvier 2003. Havaa n'avait pas vu Ula depuis huit mois et demi. Le premier soir, alors qu'elle mettait le couvert pour dîner, Akhmed passa derrière elle pour ramasser les assiettes, en marmonnant :

— Ce n'est plus celles-là qu'il nous faut.

Il quitta la maison et revint quelques minutes plus tard avec un jeu d'assiettes plus petites. Entre les couteaux et les fourchettes, les soucoupes d'Akhmed ressemblaient à des têtes réduites flanquées de deux grandes oreilles de métal. Sa mère regarda la nouvelle vaisselle d'un air triste : les hommes, savait-elle, prennent tout aux femmes, même leurs assiettes.

— C'est pour tromper nos estomacs, expliqua Akhmed à Havaa, suffisamment fort pour que sa mère l'entende dans la cuisine. Ce soir, nous dînerons comme des aristocrates, avec des portions petites et élégantes. Car il n'y a rien de plus déprimant que peu de nourriture dans une assiette trop grande. Mais ça, précisa-t-il en soulevant une soucoupe, c'est juste la bonne taille. Si on fait croire à nos cerveaux que le dîner emplit grassement nos assiettes, peut-être croiront-ils que nos ventres sont réellement pleins.

Havaa surprit le sourire de sa mère, dans le reflet des vitres.

La tension de la nuit précédente semblait s'être envolée par la fenêtre ouverte de la cuisine tandis que sa mère et Akhmed bavardaient. Ensemble, ils se remémoraient l'arrivée de Dokka au village. Il avait cru que le village avait son propre journal, une idée que d'aucuns interprétèrent comme le signe d'une démence précoce. Il avait apporté avec lui plus de livres que la chambre qu'il louait pouvait en contenir. Et au lieu de se débarrasser de ses précieux ouvrages, il en avait fait des meubles. Il avait installé son matelas sur des cartons de livres, et s'était fabriqué un bureau avec une vieille porte posée sur des piles de manuels scientifiques. Et ceux qui le croyaient déjà fou y virent la confirmation de leur doute.

Dokka avait grandi et fait ses études à Grozny, et Akhmed, sorti dans les dix derniers de sa promo, sans la moindre perspective de travail mais pris au piège par la pression du village, s'efforça de faire de Dokka une célébrité locale. D'abord parce qu'il n'avait jamais eu d'amis originaires de Grozny, mais surtout parce que Dokka alimenterait à sa place les ragots des commères. En sa qualité d'arboriste-ingénieur forestier, Dokka fut envoyé pour trois ans de recherches sur les bénéfices écologiques de la déforestation, l'équivalent professionnel d'un exil en Sibérie. Quand, avec l'effondrement de l'Union soviétique, l'industrie du bois disparut – et par la suite ses émoluments –, Dokka décida de rester pour étudier le renouveau d'une forêt, l'occasion étant trop rare et trop belle. Il emménagea donc dans une nouvelle maison, assez grande pour abriter ses livres et cette fois des meubles ;

la plupart des villageois ne changeaient plus de trottoir quand ils le croisaient dans la rue. Même si Khassan, le père d'Esiila, faisait partie de ceux qui mettaient en cause sa santé mentale, il devint un ardent supporter du jeune scientifique, en particulier parce que Dokka voulait épouser sa fille et acceptait une dot si ridicule que ç'aurait été lui, le fou, de faire la fine bouche.

Silencieuse, Havaa suivait la conversation entre Akhmed et sa mère ; pour elle, c'était comme une partie d'échecs, chacun testant l'autre, chacun cherchant la faille. De temps en temps, sa mère jetait un regard vers Havaa et le reflet de la flamme des bougies dans ses yeux leur donnait une intensité nouvelle.

— Aucune amélioration pour Ula ?

— Non. Cela fait huit mois qu'elle n'a pas quitté le lit.

— Tu as une idée ? Un diagnostic ?

Encore une fois, Akhmed secoua la tête.

— Toutes ses constantes sont normales. Je ne sais pas ce qu'elle a, mais cela dépasse mes compétences. Et je sais encore moins comment la traiter. Je veille à ce qu'elle change de position toutes les deux heures pour éviter les escarres. À part ça, je ne vois pas ce que je peux faire.

— Peut-être qu'elle n'a rien du tout ?

La question était une attaque de reine en règle, huit cases en avant.

— Je crois que l'esprit humain n'est pas fait pour supporter des traumatismes à répétition.

— Peut-être qu'elle a besoin d'apprendre à s'occuper d'elle-même toute seule ? À trop l'aider, tu entretiens peut-être son impotence ?

Havaa regardait les ongles de ses mains. Elle voulait dire quelque chose, mais se ravisa, elle voulait s'enfuir aussi, mais là encore elle n'en fit rien.

— J'ai bien pensé la laisser se débrouiller quelques jours, pour voir si le corps allait redémarrer l'esprit. Mais ce serait si cruel.

— Nos deux conjoints se sont renfermés en eux-mêmes. La cruauté est peut-être un électrochoc nécessaire, le seul qui puisse les ramener parmi nous.

La conversation finit par dévier sur la route moins minée du passé, mais quand tous deux voulurent saisir le pichet d'eau et que leurs mains se frôlèrent, ils rougirent.

Akhmed resta avec eux le jour et la nuit suivants, et ceux d'après. Il passa le plus clair de son temps planté devant les fenêtres du salon, observant sa maison sur le trottoir d'en face. La nuit, alors qu'il croyait Havaa endormie, elle l'entendit se faufiler dans la chambre de ses parents. Ce n'est que le matin du troisième jour, juste après la prière du *Fajr*, qu'enfin il partit. Il ne revint pas. Esiila demeura à la fenêtre, au même endroit qu'Akhmed la veille ; de là, elle pouvait le voir, de l'autre côté de la rue, derrière la fenêtre de son salon. Ils restèrent ainsi longtemps, avec ce pont jeté entre leurs regards. Il s'était passé quelque chose de terrible, mais Havaa ne pouvait mettre un nom dessus. Elle et sa mère ne se parlèrent plus de la journée, ni de la suivante, comme si sans Akhmed l'air qui leur permettait de communiquer s'était dissipé ; sans lui, elles étaient seules, murées dans leurs secrets. Plus le silence durait, plus le premier mot peinerait à sortir. Le jour du retour supposé de Dokka, sa mère chantonna en faisant le ménage, chassant le silence avec la poussière de la maison. Mais le jour passa, laissa la place aux marbrures du crépuscule. Havaa finit par s'endormir, à force d'attendre qu'apparaisse son père.

Elles demeurèrent dans ce silence pendant huit jours et huit nuits encore, avant que les graviers ne crissent devant l'entrée. Lorsque la porte s'entrouvrit, son père tomba de toute sa hauteur sur la poitrine de sa mère. Havaa se souviendrait de son teint cireux ; elle avait déjà vu cette couleur dans l'urine des chevreuils mais jamais sur le visage d'un être humain.

— Aide-moi, murmura-t-il.

Ce n'est que quand il bascula en avant que Havaa vit les bandes rouge foncé enveloppant le bout de ses poignets. Akhmed, qui avait dû le voir arriver depuis sa maison, accourut avec sa sacoche de docteur avant même qu'elle ait poussé un cri.

Akhmed expliquera plus tard que le coupe-boulon avait sectionné chaque doigt si proprement, qu'il ne subsistait pas le moindre fragment de peau pour refermer la plaie sur l'os, que malgré les dix morceaux de ruban adhésif placés pour refermer les chairs le temps du voyage depuis la Décharge, l'infection était davantage une menace que la perte de sang, et qu'il n'avait eu d'autre choix que de cautériser à la sauvage, de presser chaque doigt comme autant de mégots de cigare sur la lame chauffée à blanc d'un couteau de boucher. Mais quand il était arrivé hors d'haleine, il avait agi sans pouvoir expliquer ce qu'il faisait, comme un homme tentant d'arrêter les flammes d'un incendie de forêt avec la seule eau qu'il pouvait transporter dans sa bouche. Akhmed demanda à sa mère d'allumer le fourneau et à Havaa d'aller dans sa chambre. Lorsque la fillette rechigna – après la *zatchistka*, n'avait-elle pas aidé Akhmed quand ses doigts étaient trop gros et trop pataudsc? pourquoi ne la laissait-il pas faire de même pour son père ? –, son prénom retentit comme un coup de tonnerre, crié cette fois par sa mère, et elle s'enfuit dans sa chambre.

Havaa entendit le tintement des ustensiles de cuisine à travers la cloison. Akhmed criait, demandait le grand couteau, réclamait du pétrole, et, dans un crépitement d'air, la ligne sous la porte s'illumina.

Trois jours durant, Dokka resta prostré sur le canapé. Chaque nuit, Esiila retirait ses pansements pour soigner les plaies. Elle enduisait un moignon noir avec de la pommade, coupait une nouvelle longueur de gaze, l'enroulait autour de l'extrémité et soupirait, sachant qu'il en restait neuf autres encore à panser.

Le quatrième jour, en fin d'après-midi, Dokka se leva. Il s'arrêta devant son manteau accroché à la patère, contempla un moment les boutons, et décida qu'il n'avait pas besoin de se vêtir pour sortir. Havaa lui ouvrit la porte et il posa ses mains à l'arrière de son cou pour l'enjoindre à le suivre ; elle sentit la chaleur de ses cinq doigts manquants se refermer sur son épaule. Ils marchèrent ainsi jusqu'à la maison de Khassan. Ramzan ouvrit la porte. Père et fille regardèrent les doigts de Ramzan : il n'y manquait pas même un ongle. Ramzan rougit et glissa les mains dans ses poches.

— Dokka, comment tu…, bredouilla Ramzan sans pouvoir finir sa phrase. Tu sembles aller mieux.

— Je veux un pistolet, déclara Dokka.

— Quoi ? Non, pas question.

— Il faut que ma famille puisse se défendre.

— Dokka, ils nous ont laissés quitter la Décharge. Tu imagines ce qu'ils vont te faire s'ils te trouvent avec une arme ?

— Quoi, Ramzan ? lança Dokka en levant les mains. Qu'est-ce qu'ils pourraient me faire de plus ?

— D'accord, articula-t-il en baissant la tête. Entre.

Ils passèrent devant le bureau de Khassan pour rejoindre la chambre du fils. Ramzan souleva une latte du plancher et sortit un pistolet d'une cache, un Makarov.

— Pourquoi as-tu amené la gamine ?

— Pour appuyer sur la détente, répondit Dokka en la regardant. Elle a six ans. Il est temps qu'elle apprenne à manier une arme à feu.

Ramzan emmena Havaa au fond du jardin, lui montra comment charger et décharger l'arme, comment engager et retirer le cran de sûreté. Il lui suggéra de tirer sur les chiens errants amassés à la lisière du bois, mais la fillette choisit un tronc.

— C'est un semi-automatique, expliqua Ramzan. Tu n'as donc pas besoin de relever le chien. Ne le tiens pas bras tendus, c'est bon pour les stars d'Hollywood. Place-le juste devant toi, les coudes calés sur la poitrine, comme si tu tenais un pichet d'eau. Ça n'a pas le recul d'une arme de gros calibre, mais ce n'est quand même pas fait pour les enfants. Ça va te secouer. Que vas-tu viser ? La tête ? Jamais en premier. C'est trop petit. Vise d'abord la poitrine, en plein milieu. Là, tu tues à tous les coups.

Quand elle revint devant la maison de Ramzan, Dokka était assis sur le perron, savourant le soleil, un pâle sourire aux lèvres. Elle lui glissa l'arme dans la poche. Il ne lui avait toujours pas dit ce qui était arrivé à ses doigts. Sur le chemin du retour, elle crut un instant qu'il allait le faire, mais leur conversation se limita au bruit de leurs pas dans les graviers.

Deux femmes et un homme les attendaient devant la porte d'entrée. Les cheveux de l'homme semblaient peints sur sa tête tant ils étaient gominés ; dans une autre vie, il aurait eu un bon métier, un bel appartement, une jolie épouse, mais aujourd'hui cette coiffure lustrée était tout ce qui lui restait.

— On a entendu dire que vous aviez des lits ? commença l'une des deux femmes.

Dokka regarda ses chaussures, comme s'il venait de marcher dans une crotte de chien. Avec un sourire en croissant de lune, il secoua la tête, mais ce n'était pas la réponse à leur question. Havaa ne saurait jamais que son père avait passé les trois derniers jours paralysé à l'idée que ses doigts ne sauveraient plus Boris Eltsine, ne bineraient plus le sol d'avril, ne tourneraient plus les pages d'un livre, ni ne se refermeraient sur son pénis dans les toilettes, là où, le temps d'un hoquet, il se soulageait.

— Oui, dit-il.

Les visages des trois réfugiés s'illuminèrent de gratitude. Et cela lui procura un plaisir bien plus infini qu'un séjour aux toilettes.

— Oui, on a des lits.

11

1994 | 1995 | 1996 | 1997 | 1998 | 1999 | 2000 | 2001 | 2002 | 2003 | **2004**

Sonja ignorait Akhmed avec application : pas un regard quand elle avait traversé le parking pour rejoindre le camion et ouvert les portières, pas un mot quand il l'avait saluée ou s'était installé sur le siège auprès d'elle, pas la moindre attention à son égard quand elle avait desserré le frein à main, démarré le moteur et pris la route grise de Grozny. D'accord, douze heures plus tôt, il avait manqué de tourner de l'œil à la vue de ses cals aux mains. Qu'importe ! La neige fondue dessinait deux rails de boue, le bleu d'un ciel paisible baignait tout l'habitacle, Havaa était en sécurité, il était en vie, et Grozny était là, droit devant lui, comme la promesse d'un grand lac au bout de cette rivière d'asphalte !

Pour économiser l'essence, Sonja accélérait quelques secondes, puis laissait le véhicule avancer en roue libre. Trop de pétrole dans le sol, jamais dans les réservoirs ! songea-t-il. Ç'aurait pu être la maxime nationale. Ils progressaient par à-coups, le camion bondissait puis roulait jusqu'à presque s'arrêter. Il avait mal au cœur, mais c'eût été une mauvaise idée de lui demander de conduire de façon moins brusque. Quinze minutes de silence passèrent, puis Akhmed alluma la radio et tourna le bouton d'un quart de tour. Du bruit blanc emplit la cabine.

— Il n'y a plus d'émetteurs dans le pays. Sur toutes les fréquences, ce n'est plus que de l'électricité statique, intervint-elle sans le regarder.

— Je sais. Mais sur 102.3, c'est du crachouillis HQ. Pas un truc tout faible. C'est puissant, rond et bien modulé. Si un violoncelle pouvait jouer du bruit, c'est ce son-là que ça ferait.

Sonja secoua la tête et tourna le bouton.

— Je préfère 93.9.

Elle ne l'avait toujours pas regardé.

— C'est trop faible et monotone. Il n'y a pas de variations. C'est juste de l'électricité statique.

— Et c'est pourquoi j'aime ça. C'est exactement ce que c'est censé être. Rien d'autre.

Il tourna la molette jusqu'au bout.

— 106.7. Écoutez ça…

Des bribes d'émissions étrangères se mêlèrent aux parasites. Les syllabes montaient à la surface du bruit comme des bulles s'échappant d'un tourbillon. Des voix dans la tempête. Puis elle ramena le bouton sur 93.9 pour écouter la fidèle retransmission d'électricité statique. Une nappe de brume tombait sur les champs. Un car était abandonné dans une prairie. Une route de gravillons menait à une ancienne fabrique de tracteurs. De grandes cheminées endormies se dressaient contre le ciel. Le feu ne risquait de brûler de sitôt dans une usine tchétchène. C'était même l'endroit le plus froid du pays.

— Et les mines ? Ça ne vous inquiète pas ? demanda Akhmed.

— Pas vraiment. Il y a une plaque d'acier boulonnée sous le siège conducteur.

— Et, par un heureux hasard, cette plaque protégerait-elle aussi le siège passager ?

Elle allait sourire, secouer la tête et lui conseiller de s'amputer les deux jambes tout de suite... mais son visage s'assombrit d'un coup : à une centaine de mètres devant eux, une silhouette avançait sur le bas-côté. Une vieille femme voûtée comme une parenthèse. Elle transportait une bâche bleue roulée en baluchon, suspendue à ses épaules par une ficelle. Le bas de sa robe lavande battait contre ses chevilles.

— Vous savez que c'est dangereux de marcher sur cette route ? lança-t-elle par la vitre ouverte. Vous feriez mieux de monter avec nous !

La femme rajusta son fardeau bleu. Akhmed voulait tendre la main vers elle, effacer les traces de sueur sur son front, la rassurer, lui dire que lui aussi devait supporter les manières autoritaires de Sonja.

— Seul un fou monterait dans un camion ! répliqua la vieille femme sans ralentir l'allure.

— Nous sommes médecins, précisa Akhmed, en insistant sur le « nous ».

La vieille le regarda un instant, puis reporta son attention sur la route.

— Peut-être, mais vous êtes assis dans un camion.

Pendant trente minutes, des champs désolés défilèrent en silence avant que Sonja et Akhmed atteignent le premier point de contrôle. Un lieutenant de l'OMON s'approcha, suivi par deux appelés efflanqués qui singeaient le moindre de ses mouvements, jusqu'à sa façon de se mordre la lèvre inférieure entre chaque phrase. En contemplant ces copies maigrichonnes, Akhmed se demanda si ces jeunes hommes apeurés attendaient aussi l'aval de leur supérieur pour baiser, péter et mourir. Sonja tendit leurs papiers – deux cartes d'identité et une licence de médecin périmée – auxquels elle joignit trois lettres manuscrites signées de colonels de la Fédération de Russie ; ces dernières convainquirent davantage le lieutenant que les pièces officielles. Quand le barrage fut derrière eux, Sonja se pencha au-dessus d'Akhmed pour ranger les documents dans la boîte à gants. Elle ne l'avait toujours pas regardé. Il lui saisit la main pour l'empêcher de refermer le battant et sortit de l'espace de rangement une vingtaine d'enveloppes. Les lettres possédaient divers degrés d'officialité, allant de l'attestation dactylographiée du ministère de la Défense, au sauf-conduit rebelle manuscrit, gribouillé à la va-vite au dos d'une carte d'état-major – un parfait catalogue des signatures des chefs de guerre des deux camps. Il y avait Valentin Vladimirovich Korabelnikov, général de l'armée fédérale, Soulim Yamadaïev, commandant du bataillon des forces spéciales Vostok, Alexander Ivanovitch Baranov, chef du District militaire du Nord-Caucase, feu le moudjahidine Ibn Al-Khattab, les commandants séparatistes Rouslan Guélaïev et Chamil Basaïev, et même un adjoint de Poutine. Rebelles et Russes cohabitaient paisiblement, chacun retranché dans son enveloppe.

— Attention, c'est précieux, dit-elle en retirant sa main de la sienne.

— Pourquoi vous avez tout ça ? demanda-t-il, tandis que tous ses voyants d'alerte passaient au rouge.

— Pour pouvoir circuler. Ils sont très respectueux de la paperasse administrative.

— J'aurais aimé que vous me le disiez avant que je ne me couse les poches.

Elle sourit.

— Vous avez réellement rencontré tous ces gens ?

— Bien sûr que non. C'est l'homme que nous allons voir qui m'a fourni la plupart de ces lettres. Il dit qu'il pourrait voler ses taches à un léopard des neiges !

— Un criminel, donc ?

Elle secoua la tête, avec un mépris abyssal.

— Quoi ! ce serait trop indélicat comme question ? s'exclama Akhmed. C'est vrai que les bonnes manières, c'est votre fort, bien sûr…

— Pardon ? fit-elle d'une voix blanche.

Elle n'allait tout de même pas jouer les offensées ! se dit Akhmed. La politesse, c'était la seule chose qu'il possédait et qu'elle n'avait pas. Et il comptait bien en faire son petit triomphe personnel.

— Vous dites que tous les médecins et infirmières qui travaillaient avec vous sont partis, excepté Deshi. Vous ne pensez pas que cela a quelque chose à voir avec la façon dont vous traitez les gens ?

— Vous auriez dû apporter vos bottes, parce que vous allez rentrer à pied.

Il lui répondit calmement, tandis que les doigts de la jeune femme se crispaient sur le volant :

— Vous pensez que je suis un demeuré. Une honte pour la profession. Vous avez sans doute raison. Mais cela ne veut pas dire pour autant que j'ai tort sur tout.

— Je pense surtout, Akhmed, que vous devriez vous taire.

— Pourquoi ? s'enquit-il sans oser se tourner vers elle.

— Parce qu'il y a deux jours j'ai cru recruter un médecin compétent dans mon équipe. Et, à la place, je me retrouve à m'occuper d'une petite qui parle par énigmes et d'un type qui a deux mains gauches.

— Cela ne vous donne pas le droit de me traiter avec un tel mépris. Je ne demande qu'à me rendre utile.

— J'ai tous les droits, au contraire ! Et je ferais mieux de vous renvoyer dans votre village, vous et la petite, et de rentrer à Londres, là où même un étudiant en première année saurait diagnostiquer un patient a-réactif.

— Les Russes recherchent Havaa. Vous êtes cette chirurgienne héroïque, pas vrai ? Vous avez quitté Londres pour sauver des vies, non ? Alors sauvez la sienne, Sonja. Aujourd'hui. Demain. Et vous n'aurez pas même besoin de lui couper la jambe pour ça.

— Qu'est-ce qui vous fait dire qu'ils la recherchent ? Ce n'est qu'une enfant. En quoi pourrait-elle les intéresser ?

— Un de leurs informateurs m'attendait devant chez moi, hier soir…

— Stop ! Je ne veux rien savoir.

— Alors je me tais. C'est triste.

— Quoi ? Qu'est-ce qui est triste ?

— C'est triste pour vous. Il y a quelque chose de brisé en vous.

— Encore l'un de vos diagnostics avisés, docteur Akhmed ?

— Non. Cela n'a rien à voir.

— J'ai amputé mille six cent quarante-trois jambes. Vous en avez amputé trois, et vous vous croyez en droit de jouer les toubibs avec moi ?

— Je ne parle pas en médecin.

— Alors à quoi vous jouez, bordel ?

Elle quitta la route du regard. Et, pour la première fois de la matinée, il vit ses yeux ; ses pupilles dilatées avaient la taille d'une pièce d'un kopeck. Akhmed secoua la tête de dépit et reporta son attention droit devant lui. Là où des champs noirs s'étiraient à perte de vue.

* * *

Et Grozny apparut, flaque grise à l'horizon, alors que la route se perdait dans un bassin de gravats et de bâtiments écroulés. Des distributeurs de cigarettes se dressaient, telles des sentinelles de guingois sur le trottoir. Akhmed regretta de ne pas avoir emporté son carnet et un crayon pour croquer quelques esquisses pour son premier voyage à la capitale. Sonja ralentit l'allure avant de descendre dans un cratère. La rue disparut de leur vue, le monde n'était plus qu'une fosse noire et humide. Les pneus patinèrent dans la montée, puis les menèrent sur l'autre rive. Aucune odeur ne filtrait par les fenêtres ouvertes, hormis celle de l'huile chaude du diesel. Pas d'égout, ni d'ordures. Rien. Une commode abandonnée sous le soleil, tiroirs ouverts. Les scintillements d'un feu dans un bidon, trois cents mètres plus loin, comme un pâle signal de bienvenue. Derrière les flammes, un homme faisait tourner une rôtissoire confectionnée avec des cintres et un tuteur sur lequel était embroché un morceau de chair rose, pas plus gros que le poing. Deux pattes de pigeons saillaient de l'ensemble, tournant au-dessus du feu. Au loin, des passerelles de bois reliaient les pyramides de décombres. Certaines enjambaient les cratères, d'autres sinuaient à deux ou trois étages de hauteur, comme autant de ponts. C'était donc ça, Grozny ? Il arrivait trop tard.

— On dirait un échafaudage géant, articula-t-il.

Ses premiers mots depuis des kilomètres.

— Édifié par les gamins qui vivent dans ces ruines, dit-elle, avant d'ajouter en guise d'excuse : vous avez bien fait de m'amener la petite.

Aucun visage ne se montra derrière les murs béants. Au souvenir de son village reclus et misérable, une bouffée de fierté envahit Akhmed.

— Comment survivent-ils ? demanda-t-il en contemplant les immeubles qui comptaient plus de passerelles que d'étages de ciment.

Le système était ingénieux. Ces jeunes bâtisseurs étaient visiblement d'origine tchétchène. Il faudrait des années pour reconstruire ces sols effondrés, mais les pontons de bois pouvaient être réassemblés en quelques minutes.

— Ils vendent les décombres aux Russes. On a commencé à reconstruire du côté des ministères de la Défense et du Pétrole. Ils leur apportent des briques, pour deux roubles l'unité.

— C'est bien payé.

— Les briques achetées à l'aube sont scellées à midi ; les gosses doivent donc les nettoyer de tout reste de ciment. Vous voyez ces machins blancs en plastique dans les gravats ?

— On dirait des mues de serpents.

— Ce sont des gaines de fil électrique. Ils les dénudent et vendent le cuivre. Au poids, comme le fer et tout ce qu'ils trouvent. La plupart de ces gamins ne savent ni lire ni écrire, mais ils ont créé un système monétaire à base de métal.

— Récup' de ferraille et disparitions, lâcha Akhmed, d'une voix sans humour. Les deux fleurons de notre industrie.

* * *

L'entrepôt était plus vaste qu'un terrain de football, avec ses fenêtres, pour moitié noircies au goudron, et pour l'autre désintégrées. Quand Sonja lui indiqua le bâtiment d'un mouvement de tête, Akhmed sentit que quelque chose clochait. Ils passèrent devant un bidon de produits chimiques renversé, dont le couvercle était ouvert comme celui d'une boîte de conserve. Une mixture d'un bleu électrique, trop lourde pour s'évaporer, clapotait au fond. Un garde bloquait l'accès au hangar, ses cartouchières maculées de sang croisées sur sa poitrine. Ce serait la seule croix rouge qu'Akhmed verrait ce jour-là. Une lueur traversa les yeux du garde quand il aperçut Sonja : à défaut de la connaître, il était informé de sa venue. « Seul un fou monterait dans un camion », avait dit la vieille femme. Si seulement Akhmed l'avait rencontrée un jour plus tôt et avait suivi son conseil. L'étau qui comprimait sa poitrine ne le quittait pas depuis ce matin, depuis que Sonja évitait son regard. Elle gara le véhicule, avant de partir à la recherche du voleur de taches de léopard, et Akhmed, amené ici par une chirurgienne qui ne lui faisait pas confiance, se retrouva seul dans un entrepôt qui aurait pu contenir tout son village, un endroit où il n'avait rien à faire, dans une ville qui ne valait pas le prix d'un billet d'avion, même imaginaire. Trois grosses Mercedes trônaient au milieu de l'espace, dont les plaques scandinaves étaient fixées par des vis rutilantes. À voir les murs, on se serait cru dans un magasin d'Occident : des alignements de cuirs et de manteaux de fourrure, des réfrigérateurs, des lave-vaisselle, avec leurs garanties qui se balançaient au bout de leurs liens de plastique, des cartons empilés sur deux étages. Il y avait une chaise pliante au milieu de rien, une pince et du ruban adhésif étaient posés sur l'assise. Akhmed eut soudain la bouche sèche.

— Je n'avais jamais vu ça ! Une première historique ! Je devais m'incliner ? Lui serrer la main ? J'en perdais tous mes moyens.

Un petit homme aussi fluet et excité que sa voix entrait dans le hangar au côté de Sonja…

— Jamais je n'aurais imaginé qu'un Chinois vienne me voir de Chine, poursuivait-il.

Ils marchaient tous les deux avec une familiarité – elle, lui touchant l'épaule, et lui, collant ses pas aux siens – qui faisait naître chez Akhmed un malaise teinté d'envie. Ils parcoururent ainsi un grand arc de cercle autour de lui, traçant une frontière invisible.

— Qu'est-ce qu'il faisait ici ? demanda Sonja sans un regard pour Akhmed. C'était un journaliste ?

— Un type du pétrole. Il voulait acheter une raffinerie.

— Parce que vous vendez des raffineries, maintenant ?

— Juste les machines, répondit l'homme comme si cela allait de soi.

Il portait un costume d'été beige et une chemise blanche ouverte qui laissait voir le triangle broussailleux de son poitrail. Ses mocassins cirés luisaient dans la lumière falote. Ainsi habillé, il aurait été dépouillé, ficelé, et battu à mort au premier coin de rue, mais il ne semblait pas être le genre de type à se déplacer sans escorte.

— C'est notre ami ? s'enquit-il en se tournant vers Akhmed. (Il désigna la chaise pliante, la pince et le ruban adhésif.) Asseyez-vous, je vous en prie.

Instinctivement, Akhmed eut envie de fuir, mais le garde se tenait derrière lui et pointait une arme sur lui. Un garrot invisible comprima soudain le goulet entre son corps et son esprit, et les instructions qu'il lançait à ses jambes ne leur parvenaient plus que dans un goutte-à-goutte trop ténu pour le sauver de cette situation. Ce matin, quand il était parti, Ula dormait. Il ne lui avait pas dit au revoir.

— Vous n'avez pas été honnête avec moi, Akhmed, déclara froidement Sonja.

À la froideur de son regard, il sut que sa tête n'était pour elle qu'un membre de plus qu'elle était prête à amputer sans vergogne.

— Je suis désolé, hoqueta-t-il. C'est vrai, j'ai menti pour le top dix. En fait, je suis sorti dans les dix derniers de ma promo.

Le sourire de Sonja fut tout aussi glacial.

— Vous pensez réellement que c'est de cela qu'il s'agit ?

Rien d'autre ne lui venait à l'esprit. Son seul mensonge c'était d'avoir prétendu être un bon médecin.

— Vous connaissiez mon nom de famille en entier, Akhmed.

Cela faisait deux fois qu'elle prononçait son nom… La troisième serait pour annoncer sa condamnation à mort, il en était sûr !

— Personne ne sait comment je m'appelle, reprit-elle. Mais vous, oui.

— Même à moi, elle n'a pas voulu me dire son nom ! précisa l'homme. Bien sûr, ça ne me serait pas très compliqué de le savoir, mais quand même, cela prouve qu'elle est plutôt du genre discrète.

— Soit vous avez une explication. (Sonja marqua une pause.) Soit je vous laisse ici. Je ne peux courir le risque d'avoir un indic' dans mon équipe.

Si le canon de l'arme n'était pas planté dans sa colonne, il aurait éclaté de rire. C'eût été encore un test à la Sonja. Juste un quiproquo. Comment pouvait-elle croire que c'était lui qui en voulait à Havaa ? Havaa. Lorsqu'il imagina la fillette accroupie dans les décombres, à dénuder des fils électriques, il recouvra brusquement ses esprits. Sa gorge se noua sous le choc. Il eut l'impression d'avoir un corps étranger dans la bouche, irritant, insupportable, une perle blanche de fureur qu'il lui fallait expulser. La guerre allait prendre sa vie comme elle en avait pris des centaines de milliers d'autres, avec la même indifférence, la même obstination aveugle. C'était fini. Il n'était plus un privilégié. Mais il ne voulait pas mourir devant ces rangées de réfrigérateurs volés. Ce matin, il avait déposé un baiser sur le front d'Ula et senti ses cils effleurer son menton. Quand il s'était redressé, elle était déjà repartie s'abîmer dans les eaux où elle trouvait refuge pendant son absence. Non, il ne lui avait pas dit au revoir.

— J'ai vu votre travail avant de vous rencontrer, expliqua-t-il. Les rebelles sont venus dans mon village, il y a quelques années. Et le commandant avait la poitrine recousue avec du fil dentaire. Jamais, je n'avais vu des points aussi magnifiques. En me voyant impressionné à ce point, le commandant m'a dit que c'était l'œuvre d'une Russe et j'ai cru qu'il avait kidnappé une doctoresse russe. Mais, plus tard, j'ai rencontré une réfugiée de Volchansk qui avait travaillé à l'hôpital. Elle a séjourné quelques jours chez Dokka du temps où il offrait le gîte aux réfugiés.

— Comment s'appelait-elle ? s'enquit Sonja, les yeux fixes comme les constellations.

Elle se tenait si près de lui qu'il entendait ses dents grincer dans sa bouche. Elle était si immense, là, juste sous ses yeux, qu'il aurait reculé d'un pas si le canon de l'arme n'était enfoncé dans ses reins.

— J'ai parlé à cette femme du fil dentaire et de ce médecin russe. Comme ça. Juste en passant. Je voulais savoir si l'hôpital embauchait. Alors elle m'a regardé et m'a dit : « C'est Sofia Andreyevna Rabina. Sonja. » J'ai voulu en savoir davantage, mais elle ne voulait pas parler de vous. Votre nom, c'est tout ce que j'avais quand ils sont venus prendre Dokka. Je me suis dit qu'un docteur assez doué pour recoudre un homme avec du fil dentaire saurait prendre soin de Havaa.

— Comment s'appelait-elle ?

Akhmed avait peur de répondre, peur même d'expirer. L'espoir contenu dans cette seule question était si ténu, qu'un simple souffle pouvait l'éteindre.

— Natasha ? Elle s'appelait Natasha ?

12

1994 1995 1996 1997 1998 1999 2000 2001 2002 2003 2004

Grande, aussi gracieuse qu'un cygne, et de quatre ans la cadette de Sonja, Natasha était le centre d'attention de ses parents. De sa voix enrouée au réveil, après sept heures passées sans la chaleur réconfortante d'une cigarette, son père lui souhaitait toujours le bonjour en premier, même si elle arrivait dans la cuisine deux pas derrière son aînée. Elle faisait la fierté de sa mère qui était tombée amoureuse de seize garçons au collège sans rien recevoir en retour. « Ma Natasha », disait-elle avec envie, en faisant courir ses doigts dans les longs cheveux de sa fille comme si les mèches brunes pouvaient être une extension d'elle-même. Ses yeux étaient marron, saupoudrés de vert émeraude et d'éclats de diamant. Noisette, dirait-on. Sa mère regardait avec respect cet arrangement harmonieux de son code génétique, et se laissait aller à une autosatisfaction qui ne se manifestait d'ordinaire qu'avec l'ivresse, quand la bouteille de vin était presque vide. Malgré ce statut princier dans sa famille, Natasha n'avait nulle arrogance. Elle était bien placée pour savoir qu'elle n'avait rien fait pour mériter cette beauté. Il s'agissait juste d'un cadeau de la nature. La génétique ordinaire de ses parents, qui avait été sagement répliquée chez Sonja, s'était insurgée chez Natasha, faisant d'un œuf de pigeon une surprenante colombe.

Dans l'écrin beige du lycée d'État n° 28, l'aura de Natasha s'agrandit notablement. Par son origine russe, elle appartenait à la minorité qui dirigeait le pays. Et ce statut ethnique la plaça de fait au sommet de l'échelle de popularité scolaire, où un culte envers sa personne naquit, alimenté par l'adoration obséquieuse des garçons. À Moscou, les réformes de Gorbatchev précipitaient l'Union soviétique dans l'abîme, mais dans une ville reculée, d'un pays tout aussi reculé, les vieilles règles continuaient de s'appliquer. Les Russes tenaient toutes les rênes du pouvoir, du chef de rang au restaurant au chef de cabinet, et l'influence des deux cents ans d'impérialisme slave demeurait intacte au lycée d'État n° 28. Natasha accepta son trône, avec dignité. Elle n'était pas aussi chipie que ses camarades de classe qui, dans une graphie cyrillique fleurie, notaient les garçons sur une échelle de un à dix, au dos de leur cahier de textes. Elle ne cherchait pas non plus à tenir son rang en dénigrant les autres et se tenait à l'écart des commérages à la cantine. Des années plus tôt, quand elle avait encore besoin d'un câlin pour la nuit, son père venait l'embrasser de ses lèvres gercées et, dans un souffle parfumé de tabac, il lui murmurait : « Fais de beaux rêves, ma petite tsarine. » Même plus tard, alors qu'elle n'avait plus besoin qu'on vienne la réconforter avant de dormir, elle aimait croire qu'elle était une petite fille oubliée de la grande-duchesse Anastasia Nikolaïevna, et veillait simplement à se comporter en monarque humble et avisée.

Ce fut grâce à ça – ses origines russes, son appartenance à la minorité dirigeante défendant la civilisation occidentale contre la barbarie des musulmans – qu'elle put traverser l'adolescence en jouissant de libertés interdites à ses camarades tchétchènes. Elle s'autorisait des pensées lascives pour Ivan Yakov – que sa sœur ranimera trois fois durant la deuxième guerre –, un homme bien trop séduisant pour n'être qu'un professeur de littérature. Elle pouvait se raser les jambes sans craindre qu'une divinité pudibonde s'offense du galbe doux de ses mollets. En l'espace d'une nuit, lui parut-il, comme si ses veines transportaient soudain du courant électrique, elle s'aperçut que les garçons lourds et maladroits qui lui tournaient autour étaient devenus des hommes. Les tourments de la puberté ne se trouvaient pas aggravés par le poids de la tradition ou de la religion. Mais en se comparant à ses camarades de classe, destinées pour la plupart à un mariage arrangé, elle se rendit compte qu'en Tchétchénie la gravité appuyait plus fort sur les femmes que sur les hommes. Ses origines ethniques, donc, lui permettaient de se soustraire à son emprise, et oui, souvent, elle joua au papillon.

* * *

Bien que Russe, Natasha n'avait jamais franchi la frontière nord de la Tchétchénie. Son père et sa mère étaient nés dans les années 1930 à Moscou et avaient grandi dans deux immeubles voisins de la même cité ouvrière. Ils prenaient le même bus, allaient à la même école primaire, parlaient avec le même accent forgé aux mêmes fumées d'usine, mangeaient des œufs couvés par les mêmes poules, regardaient le même soleil s'empaler sur la flèche de bronze du pavillon central du Centre panrusse des expositions. Chacun avait perdu des proches dans les purges de Staline lorsque les agents du NKVD, avec leur uniforme bleu comme un ciel d'été, investissaient alors les immeubles après minuit, sans qu'aucun des résidents évoque le lendemain les hurlements qui avaient déchiré la nuit. Ses parents condamnaient Staline pour ses purges, et le livre d'histoire de Natasha, approuvé par l'État, confirmait que Staline, et lui seul, en portait la responsabilité. Mais ces heures noires appartenaient au passé et aux pages des manuels scolaires ; jamais elle n'aurait imaginé qu'un jour elle pourrait disparaître aussi facilement que ses aïeux.

En 1946, ses parents apprirent la déportation tchétchène et, par la même occasion, le besoin pressant d'une émigration russe pour repeupler la république désertée. Son père avait quatorze ans quand il but, à Moscou, son dernier verre d'eau marronnasse au robinet. Sa mère en avait huit. Des trains les emportèrent à travers des terres dévastées par la guerre. En arrivant à Grozny, ils séjournèrent deux semaines dans un amphithéâtre de l'université battu par les vents, dormirent sur les gradins avant qu'on leur attribue un appartement à Volchansk. Ils firent le voyage dans le même car, à deux jours d'intervalle. La mère et le père de Natasha se sentaient seuls dans ce pays de silence et n'imaginaient pas trouver quelqu'un ayant connu les mêmes choses qu'eux, ressenti les mêmes émotions. Vingt et un ans après la grande guerre patriotique, ils se retrouvèrent dans la même file d'attente pour avoir du pain. Et leur bavardage anodin fut une révélation. Ni l'un ni l'autre ne soupçonnaient alors qu'ils avaient fréquenté la même école primaire, bu la même eau du robinet, et contemplé le même soleil chacun dans leur immeuble voisin. Ni l'un ni l'autre ne soupçonnaient qu'ils auraient ensemble deux filles. L'une magnifique, l'autre brillante.

* * *

Sonja était l'aînée, et pourtant elle s'était toujours considérée comme la sœur de Natasha – « complément » plutôt que « sujet » dans toutes les phrases les concernant. Elle arpentait seule les couloirs de l'école, tête baissée, le regard sévère fixé sur les livres dans ses bras. Pour Natasha, Sonja était à l'égal d'un volume de la Grande Encyclopédie soviétique, dense et impénétrable, emplie d'un savoir dont aucune personne normale n'aura jamais besoin. Le vendredi ou le samedi soir, quand Natasha revenait du cinéma ou rentrait de discothèque, elle trouvait une fine lame de lumière sous la porte de la chambre de sa sœur, et si elle plaquait son oreille au battant, elle entendait le bruissement d'une page tournée toutes les quarante-cinq secondes. Elle considérait Sonja comme un génie au sens classique : un rayon de lumière dans un ciel uniformément couvert. Selon toute vraisemblance, Sonja devait compter plus d'abonnements à des revues scientifiques que d'amis. Elle pouvait expliquer un calcul avancé à son professeur de mathématiques, mais était incapable de faire rire un garçon à la cafétéria. Même l'été, elle avait le teint d'un troglodyte.

Tout le monde savait que Sonja était promise à un grand avenir, mais personne ne savait quoi faire d'elle en attendant. Même à l'université, pourtant son habitat naturel, elle passait pour un spécimen exotique. Malgré ses origines russes qui lui octroyaient dispenses et privilèges, l'idée qu'une jeune femme, quelle que soit son ethnie, puisse exceller ainsi dans les sciences demeurait une chimère. Ses parents l'encourageaient à distance. Ni l'un ni l'autre ne comprenaient les formules chimiques, les champs électromagnétiques, ou les détails anatomiques qui la fascinaient tant; leur soutien se bornait donc à une bienveillance et à des généralités hors de propos. Même lorsque Sonja sortit première de sa promotion au lycée et intégra l'université de biologie, ses parents s'extasièrent davantage sur Natasha. Les dons de Sonja étaient trop complexes pour être compris et, par conséquent, moins désirables. Natasha était belle et charmante. Ils n'avaient pas besoin d'un doctorat de physique pour être fiers d'elle.

Parfois, alors qu'elle bataillait au lycée pour avoir juste la moyenne, Natasha se disait qu'elle était la seule personne de Volchansk à comprendre et à envier les talents miraculeux de Sonja – son existence à elle était si étriquée, son énergie si localisée; elle était un escargot qui se laissait glisser à la surface des jours et des déceptions. Quand, en mai 1989, Natasha comprit qu'elle ne pouvait se permettre de se rater à l'examen de chimie si elle voulait décrocher son diplôme de fin d'études secondaires, elle se fit violence et demanda de l'aide à sa sœur. Elles s'installèrent à la table de la cuisine. Sonja ouvrit le manuel et fronça les sourcils en découvrant le texte vierge, sans aucune annotation ni surlignage. Elle ne fit aucun commentaire, ni aucun reproche, elle se contenta de dire : « Commençons à la page 1. » Natasha s'en souviendrait toujours.

Natasha eut son examen, mais ne fut admise dans aucune université de Tchétchénie – sans doute parce qu'elle n'avait fait aucune demande d'inscription. Elle n'était pas bête, pas même pour les études – elle avait de très bonnes notes en histoire, et à cette époque parlait mieux anglais que Sonja – mais après dix-neuf ans à vivre au côté de l'esprit éclairé de sa sœur, elle avait envie de porter son propre flambeau ailleurs. Au lieu d'être acceptée dans une faculté, elle obtint à Volchansk un poste de secrétariat aux bureaux de la Grozneft, la filiale tchétchène du ministère soviétique du Pétrole et de l'Énergie. Son supérieur, un petit bonhomme grassouillet au regard baladeur, lui assura qu'une cadence de quinze mots minute était amplement suffisante pour la fonction. Natasha tailla les ongles de ses deux index cinq millimètres plus court que les autres et, de huit heures du matin à cinq heures du soir, elle tapa des rapports sur une machine à écrire à ruban. Son bureau était gris comme un ciel d'orage mais, malgré la pénombre du ministère, elle percevait l'excitation et l'incertitude d'un monde en pleine reconstruction. Le mur de Berlin tomba, et l'Union soviétique se mit à vaciller. Les républiques autonomes se détachaient du bloc comme autant de cailloux d'un rocher. Les rapports de production pétrolière, d'ordinaire soporifiques, prirent soudain un sens nouveau. Les champs tchétchènes ne produisaient que treize millions de barils par an, mais la majeure partie du brut sortant des puits était raffinée dans les installations de la république. Quatre-vingt-dix pour cent du kérosène de l'aviation soviétique sortait ainsi de Tchétchénie, comme une grande partie de l'essence pour l'automobile. Suivant l'étroitesse d'esprit d'un système politique qui, pour construire son économie, avait jugé opportun de tuer d'abord tous ses économistes, l'URSS avait installé ses infrastructures pétrolières aux confins de ses frontières. Quand l'Azerbaïdjan déclara son indépendance, Moscou perdit ses stations de forage. Quand le Kazakhstan et le Turkménistan en firent autant, les deux républiques récupérèrent les réserves immenses de gaz et de pétrole. Le trésor enfoui de la mer Caspienne, qui pouvait éclairer Moscou pendant mille ans, fut lui aussi perdu. Dans les notes urgentes qui passaient sur son bureau, Natasha découvrit les estimations des réserves du Caucase, qui oscillaient, selon les sources, entre vingt-cinq et cent milliards de barils – l'essentiel de cette manne se trouvant dans de petits États récemment autonomes ; le seul pipeline utilisable pour transporter le pétrole de Bakou jusqu'au marché européen passant par la Tchétchénie. Et soudain le miracle ! Natasha commença à aimer son travail. Elle se documenta, lut les rapports de gestion du pipeline, les taux de production, synthétisa des flots de chiffres en données aisément exploitables et, tel un oracle qui prédit sans toutefois intervenir, elle vit se profiler l'image d'une Tchétchénie indépendante et prospère.

Le ministère occupait un immeuble de cinq étages en bordure du parc municipal. Tous les soirs, en rentrant chez elle, Natasha passait devant un sans-abri dont la barbe broussailleuse lui descendait jusqu'à la ceinture. On l'appelait le Prophète du parc. Chaque fois, elle lui donnait quelques roubles et lui demandait en plaisantant de prier pour ses pieds fatigués. Le Prophète du parc baissait les yeux, et promettait de ne pas l'oublier quand la fin viendrait.

Elle passait ses vendredis soir dans une boîte de nuit, appelée « La Discothèque », située dans une ancienne usine d'assemblage d'avions – un hangar immense, haut de sept étages, qui aurait pu accueillir les pirouettes de tous les jeunes de

Tchétchénie. La Discothèque ne fit et ne fera jamais le plein. Après avoir descendu quelques verres au bar, Natasha et ses amies se dirigeaient d'une démarche chaloupée vers le centre du hangar. Là, des cordons de velours rouges délimitaient une piste de danse de cent mètres carrés où une jeunesse chic et laïque pouvait se presser, crier et se trémousser sous les spasmes épileptiques des lumières, trouvant la liberté dans les ruines d'un empire. Quand elle dansait, Natasha perdait son aisance naturelle. Elle était obligée de garder ses hauts talons qui entravaient ses mouvements – car il traînait toujours au sol quelques boulons ou rivets qui tressautaient dangereusement avec les basses – alors elle se contentait d'osciller sur place, en s'efforçant de ne pas perdre l'équilibre. Et un vendredi soir de mars 1991, avec ses talons et trois shots, comme tous les vendredis, elle tomba dans les bras de Sulim.

Sulim possédait une BMW noire décapotable de 1990 qui avait été volée en Belgique puis convoyée durant l'hiver à travers toute l'Europe avant de lui parvenir. Il lui manquait trois dents – une autre était si noire qu'elle était sur le point de tomber – mais, malgré tout son argent, il ne pouvait s'offrir les soins d'un vrai dentiste. Sulim avait l'habitude de hausser la voix à la fin de ses phrases, transformant toutes ses assertions en questions, si bien que lorsqu'il murmurait le nom de Natasha, il ne semblait pas tout à fait sûr de savoir à qui il s'adressait. Il avait un lit double, grand comme la chambre de Natasha, deux pistolets soviétiques, le *kinzhal* de son arrière-arrière-grand-père encore taché du sang des soldats de l'infanterie impériale, une courte barbe qui ne pousserait jamais, onze orteils, et une longue cicatrice sur le pelvis qu'en sept mois Natasha apprit autant à désirer qu'à détester. Il avait un cousin dans les sphères de l'*obshchina*, la mafia tchétchène. Le cousin, qui avait étudié à la London School of Economics et dont l'activité réduisait son espérance de vie à celle d'un condamné au goulag, avait enseigné à Sulim comment s'ouvrir de nouveaux marchés au pied de biche. Leur premier mois de vie commune fut peut-être le plus heureux de toute l'existence de Natasha. Les six derniers, sans doute les plus misérables.

Lorsque son cancer du foie métastasa, la mère des deux sœurs passa les ultimes semaines de sa vie dans l'air aseptisé de l'Hôpital n° 6. Grâce aux relations de Sonja, leur père fut autorisé à rester la nuit par terre à côté de son lit, pelotonné dans son duvet de l'Armée rouge. Natasha donna à Sulim une clé de l'appartement. Elle enfouissait ses doigts entre les côtes de Sulim, comme si elle s'accrochait aux barreaux d'une échelle. Le monde entier s'écroulait mais, ici, il y avait quelqu'un de suffisamment fort à qui se cramponner. Les deux autres hommes avec lesquels elle avait été intime l'avaient traitée comme une petite chose fragile, comme s'ils avaient manipulé un vase précieux. Sulim, lui, la serrait sans crainte de lui briser les reins. Il laissait les empreintes parfaites de sa denture imparfaite dans ses épaules, marques qui viraient généralement au pourpre le matin. Sulim lui demandait de le griffer et les grands ongles de Natasha lardaient son dos de zébrures de tigre. Avec lui, son corps était un bien gracieux, mais périssable. Un instrument. Les serres de Sulim sur ses poignets, ses canines mordant ses clavicules, sa poitrine écrasée, cette chair châtiée…

Mais Sulim ne restait jamais jusqu'au matin. À deux heures, il commençait à bâiller. Il se levait et faisait courir ses doigts sur son estomac, en pinçant sa peau. Il avait plus d'argent caché sous son matelas que les habitants de tout l'immeuble n'en avaient en banque, et pourtant il était maigre comme un pauvre hère. Son nombril saillait de son ventre comme une amande. Quand il se tournait, la lumière jaune de la lampe ondoyait sur ses côtes, comme des vaguelettes. Quand il se baissait pour récupérer ses chaussettes, sa colonne vertébrale dessinait une ligne brisée; elle pouvait compter une à une les pointes saillantes de ses vertèbres. Sulim portait de larges chemises hawaïennes, et c'était avec le bouton de rechange qu'il fermait son pantalon toujours trop grand. Parfois, elle avait l'impression de vouloir construire une relation amoureuse avec la petite souris de son enfance. Il venait à la nuit tombée, laissait des cadeaux, pour régulièrement disparaître à deux heures du matin. À partir du deuxième mois, il s'en alla à une heure et demie. Puis à une heure le mois suivant. Il haussait les épaules quand elle lui demandait pourquoi il ne la présentait pas à sa famille, pourquoi il ne dansait pas avec elle à La Discothèque, pourquoi il lui offrait des vêtements destinés davantage à une maîtresse qu'à une compagne. « Parce que c'est ce que tu es », répondait-il avant de quitter la pièce.

La police l'arrêta en novembre 1991 pour escroquerie. Un informateur avait déclaré qu'il était l'un de ces célèbres *vosdushniki* – « les hommes de l'air » comme on disait, parce qu'ils parvenaient à faire tomber du ciel des milliards de roubles. En falsifiant des ordres de transfert, ils faisaient migrer des fonds d'une société tchétchène fictive vers une société moscovite tout aussi fictive. Et, grâce à ce jeu comptable, les escrocs de l'*obshchina* parvenaient à sortir de l'argent liquide des banques de Moscou. Un pot-de-vin du cousin permit de faire libérer Sulim en deux jours, mais l'État avait encore tant de charges contre lui que Sulim dut se terrer. Il débarqua donc chez Natasha à cinq heures de l'après-midi, avec à la main un sac bleu contenant ses affaires. Les rideaux du salon étaient grands ouverts et le soleil, filtré par le brouillard, éclairait ses joues d'ocre. Il n'était jamais venu en plein jour. Il lui expliqua calmement la situation (sans cette arrogance qui l'excitait autant qu'elle l'agaçait). Il ne pouvait séjourner chez sa famille, ni chez ses amis, ni chez personne de son entourage. Il s'installerait donc chez elle. Jamais, elle ne l'avait vu si démuni. Pour la première fois depuis le début de leur relation, elle comprit que, désormais, c'était elle qui détenait le pouvoir ; et que c'était ce qu'il lui fallait pour le quitter. Tandis qu'il regardait, penaud, le sol à ses pieds, elle songea que son onzième orteil lui manquerait.

— Je regrette, dit-elle. Mais tu ne peux pas rester ici.

Sa mère mourut quelques semaines plus tard. Natasha était au travail, Sonja à l'université, leur père à la cafétéria de l'hôpital. Personne ne fut témoin de ce que vit sa mère, au moment d'expirer son dernier souffle : son oncle, celui qui avait disparu alors qu'elle n'était qu'un fœtus de douze centimètres dans le ventre de sa mère, sortit du papier peint jaune de la chambre pour l'aider à parcourir le reste du chemin.

Dix jours après les funérailles, le père de Natasha trouva un emploi de chauffeur routier au Turkménistan. Le matin de son départ, il portait un pull rouge, avec des losanges dorés cousus sur le devant. Un pull inusable, comme l'avait prédit son épouse, quand elle le lui avait offert, cinq noëls plus tôt. Il le porterait encore deux ans et demi plus tard, quand, à seulement quelques kilomètres au nord de la frontière, une bétonneuse volée, pleine de ciment, percuterait la cabine de son camion, mettant un terme à sa vie, à son dernier transport et à l'odyssée de cinq semaines qui l'attendait avant de rentrer chez lui et retrouver ses filles.

Natasha continua d'aller au travail mais ne parvenait plus à s'intéresser aux rapports qu'elle devait dactylographier, compiler et transmettre. Elle perdit son emploi peu après la déclaration d'indépendance, quand les cadres du ministère du Pétrole et de l'Énergie, dont son patron, furent rapatriés à Moscou. Natasha partit alors à la dérive, tel un brin de varech sur la marée qui emportait son pays, sa famille, et son avenir. Elle préparait le dîner un soir sur deux, à tour de rôle avec Sonja.

Après être sortie de l'université première de sa promotion, Sonja était désormais en troisième année à l'école de médecine. Elle étudiait tout en mangeant, s'intéressant davantage aux troubles du système digestif qu'à la nourriture dans son assiette. Natasha tentait de lancer la conversation sur le quotidien. « Tu as vu cet accident de voiture au parc Lénine ? Quels cours tu as eus aujourd'hui ? » Mais Sonja n'était pas portée sur les petits bavardages et ne lui répondait que par monosyllabes – une attitude dont Natasha se souviendrait quand, quatre ans et neuf mois plus tard, assise à la même table qu'elle, Sonja tenterait de la convaincre des vertus de la communication.

Pendant les six mois passés sans Sulim, sans sa mère ni son père, Natasha ne connut qu'un seul repas où la joie du moment fit oublier la mauvaise chère. Juste avant le dîner, Sonja revint avec une grosse enveloppe Kraft, bardée de timbres et de tampons étrangers. Elle prit Natasha dans ses bras, riant et pleurant à la fois, le visage radieux, métamorphosé.

— Londres ! lança-t-elle.

Et ce seul mot allait rester gravé en Natasha ; sept lettres liées ensemble, la formule de tous les espoirs.

— J'ai ma bourse pour finir mes études de médecine à Londres !

Natasha voulut sourire, feindre que c'étaient des larmes de joie qui coulaient, pas de terreur, mais quand Sonja la serra dans ses bras, quand elles s'enlacèrent, Natasha l'étreignit longtemps, terrifiée de la laisser partir.

* * *

Même si Natasha avait appris à dormir avec les crissements de pneus, les jurons, les salves de mitraillette des combattants en liesse, les explosions, les cris, les rires, avec tout l'enfer de la rue sous ses fenêtres, elle ne put trouver le sommeil cette nuit-là qu'elle passa à regarder les feux arrière des voitures filer sur l'asphalte. Les jeunes hommes adossés au capot de voitures européennes étaient des gangsters, des mercenaires, des joueurs qui faisaient de dangereux paris en devises étrangères, posant sur le tableau de bord l'équivalent de ce qu'ils auraient gagné en un an s'ils avaient travaillé dans la légalité. Certains soirs, ils tentaient de grimper sur la statue décapitée de Lénine. Cette nuit, ce n'était qu'une course. Quatre voitures lancées dans une boucle du centre-ville, balisée par des poubelles enflammées. On avait annoncé que Grozny avait été bombardée et les esprits étaient échauffés. Au matin,

Natasha devait prendre le car pour la capitale et rencontrer Lidiya Nikitova, une colporteuse qui faisait la navette une fois par semaine entre Tbilissi et Hambourg et revenait, les valises pleines de vêtements et de matériel électronique. Chaque fois, Natasha remplissait deux sacs avec des habits, mais aussi avec des Walkman, des Game Boy, des téléphones satellites, des télévisions portables, et ces casques antibruit qui se vendaient comme des petits pains au bazar de la ville. Les soldats russes bloquaient les frontières, l'aéroport ressemblait à ces usines abandonnées qu'on apercevait sur l'autoroute entre Bakou et Rostov, et pourtant le bazar débordait de produits japonais, de soies birmanes, de chocolats belges, d'alcools brésiliens, d'épices indiennes, et de dollars américains. Seules trois voitures bouclèrent le tour suivant. Natasha souffla sur la vitre froide de sa chambre, et dessina un sourire dans la buée. On était en novembre 1994. Elle n'avait pas vu sa sœur depuis plus de deux ans et demi. Et son père depuis trois ans. Allait-il neiger ?

Les nouvelles arrivaient en troisième, quatrième ou cinquième main. Les faits se mêlaient aux ragots, et on croyait à tout. Et puisqu'on croyait à tout, tout était vrai. « Prenez autant de souveraineté que vous pourrez en avaler », les avait pressés Eltsine, et la Tchéchénie avait ouvert grand la bouche. Le président était toujours Djhokhar Doudaïev, qui arborait encore sa moustache aux courbes impeccables. Il était le premier Tchétchène à être général de l'Armée rouge ; dix ans plus tôt, il avait servi en Afghanistan, où les Russes avaient bombardé les civils musulmans – ce qui n'était pas la première fois, ni la dernière. Dans son lit, Natasha écoutait ses allocutions à la radio, sa voix était une berceuse comparée aux hurlements de gommes de la rue. Sa présidence avait été un long état de grâce. La Tchétchénie avait besoin d'argent, et l'Estonie, qui venait de frapper sa propre monnaie, envoya toutes ses réserves de roubles soviétiques à Grozny, plutôt qu'à Moscou. La Tchétchénie avait besoin d'une armée et, l'année précédente, quand les soldats russes avaient abandonné leurs bases tchétchènes, ils avaient laissé derrière eux de l'artillerie lourde, des munitions, des armes, des jeeps à mitrailleuse, et plus de tanks qu'il n'existait de chauffeurs tchétchènes pour les piloter. Natasha posa la radio à côté de son oreiller. La course de voitures en bas était terminée. Elle baissa le volume du poste et se tourna vers la toile noire du haut-parleur, imaginant que la voix de la révolution était celle d'un ami lui racontant une histoire pour l'endormir.

La rumeur était vraie : à Grozny, les bombes pleuvaient. À chacune de ses visites hebdomadaires à la capitale, Natasha observait la foule. La densité des débris qui encombraient les trottoirs forçait les gens à ne lever les yeux qu'aux bourdonnements des avions dans le ciel. Les feux tricolores étaient hors-service et les policiers, arborant toujours l'uniforme bleu des forces de l'ordre soviétiques, faisaient la circulation du bout de leur cigarette. Elle se trouvait dans une avenue encombrée et scrutait le ciel. Une seule fois, elle avait vu des avions. Cinq bombardiers en formation serrée. Elle les regardait approcher, la tête renversée en arrière, tandis que dans la rue tout le monde s'enfuyait, abandonnant les voitures, portières ouvertes. Cinq lignes blanches zébrant l'azur vide. Des kilomètres au-dessus d'elle, des hommes, qui ne connaissaient pas même son nom, voulaient la tuer. Un homme dans un costume rose fuchsia la saisit par l'épaule et la secoua, en lui demandant si elle était sourde, stupide ou les deux à la fois. Elle suivit avec lui la longue file de voitures abandonnées, fermant les portières au passage, pour remettre un peu d'ordre dans ce chaos. Il la conduisit dans le sous-sol d'une boutique de farces et attrapes, et ils s'installèrent sur des sacs de ballons de baudruche. D'un coup de pied, il renversa une caisse et des coussins péteurs, des Slinky, et des lunettes avec de faux nez se répandirent au sol.

— Quand je pense que je vais mourir accoutré comme ça! lança l'homme avant de se mettre à pleurer.

Lorsqu'elle lui demanda comment il connaissait cet abri, l'homme montra les pans de sa veste rose.

— Je venais leur rendre ce costume ridicule.

Cela faisait treize ans qu'il travaillait comme clown. Sa carrière durerait quarante-huit années. Il avait un QI de 167.

Quand le bombardement cessa, elle quitta l'homme fuchsia pleurnichant et se rendit chez Lidiya Nikitova. Elle trouva la jeune femme occupée à remplir une valise sur son lit défait. Elle s'attendait à y voir des sacs à main Prada, des chemisiers Gucci, des cravates Ferragamo, mais il n'y avait rien de plus qu'une collection de pulls ordinaires, de pantalons de survêtements, de chaussettes grises, à laquelle elle avait joint un album photo. Lidiya ne cessait de secouer la tête de désespoir. Natasha se demanda si sa tête n'allait pas finir par se détacher.

— Les Tchétchènes ont des familles, disait la jeune femme, en tirant des bottes d'une montagne de sandales italiennes. Ils ont leurs *taïps*, et leurs maisons ancestrales dans les montagnes où se réfugier. C'est presque le troisième millénaire et ils vivent toujours en tribu, ces barbares ! Aujourd'hui encore, au milieu de ce chaos, ils pensent qu'ils ne peuvent être orphelins ou vagabonds, parce que le *taïp* subviendra à leurs besoins. Et nous, ceux d'origine russe, on a quoi ? On a des *taïps* ? Non. Nos concitoyens lâchent des bombes sur nous. Ça suffit. Il est temps pour moi de retourner dans le Nord. Je n'ai jamais mis les pieds à Saint-Pétersbourg, mais mon cousin me dit que c'est un endroit beaucoup plus civilisé.

Quand Lidiya s'en alla, Natasha passa une heure à fouiller l'appartement. Elle récupéra une paire de bottines à talons aiguilles, des pulls en cachemire et des nuisettes de soie. Elle n'aurait pas l'occasion de les porter, mais les belles choses étaient si rares qu'il était impossible de les laisser là.

Le temps n'allait plus vers l'avant. Les grandes horloges aux façades des immeubles de bureaux se mirent à confondre heures et minutes. Elles donnaient des dates de juin en novembre, des prédictions météorologiques estivales en décembre. Doudaïev changea l'heure nationale, dans un acte de résistance contre la Russie. Ses supporters retardèrent leurs montres d'une heure, mais les autres gardèrent le fuseau horaire de Moscou, si bien que plus personne ne savait l'heure qu'il était. Au début, Natasha mangeait à des horaires prédéfinis, pour maintenir un semblant de normalité, puis seulement quand elle avait faim, puis seulement quand il y avait de la nourriture. Les lignes téléphoniques fourmillaient d'électricité statique. Le gouvernement séparatiste exsangue promettait cinq heures d'électricité par jour, mais ces cinq heures tombaient généralement au milieu de la nuit. Les infrastructures en ruine faisaient remonter le temps bien plus loin en arrière que n'importe quel décret présidentiel. Depuis quand avait-elle commencé une journée avec la sonnerie du réveil ? Avec du *djepelgesh* au petit déjeuner ? Avec les nouvelles de Moscou, de New York ou de Pékin chevauchant les ondes hertziennes ? Avec la brûlure de la première cigarette dans la gorge et le bus de la ligne 7, tournant au coin de la rue, toujours en retard de trois minutes, exactement comme elle ? Avec ces gamins faisant l'école buissonnière qui harcelaient les ouvriers des chantiers à jets de boules de neige et ces nuages de vapeur qui sortaient des grilles du Grand Magasin d'État, qui vous soulevaient la jupe et chatouillaient les cuisses ? Avec les soûlards du matin, alignés devant le parc municipal, engloutissant indifféremment vodka ou bain de bouche ? Depuis quand n'avait-elle pas fait de pause au milieu de la matinée, avec ce Nescafé qui devait contenir au mieux dix grains de café au kilo, pelotonnée sous la lumière jaune des toilettes, le seul endroit où l'on pouvait être un peu tranquille ? Depuis quand y avait-il eu un vrai déjeuner le midi ? Et une autre pause plus tard pour couper la journée, le temps d'une autre cigarette ? Et le soir, où était le cliquetis des cinq cent trente lampadaires s'animant à son passage, où étaient le Prophète du parc qui l'attendait d'ordinaire, la barbe coincée dans son pantalon, la main tendue et humble, et les dix roubles qu'elle déposait dans sa paume ? Où était sa maison, sa vraie maison ? Avec de l'électricité dans les fils au moment d'allumer les lumières, et de la chaleur qui bourdonne dans les radiateurs, et de l'eau dans le robinet, avec une douche, des toilettes ; et des voix lui disant « bonjour », « comment s'est passée ta journée ? » ou « ferme cette porte, il gèle dehors ! », ces personnes qu'elle entendait juste avec les oreilles, si peu avec l'esprit, alors qu'eux connaissaient son nom ? Où étaient ces repas, ces vrais repas à table, avec une famille autour, ces deux piliers dont l'absence désormais lui prouvait qu'ils étaient les seuls véritables soutiens dans sa vie ? Ces soirées en cuisine avec la mousse de la vaisselle sur les poignets, les bulles qui éclatent sous l'eau avant de passer l'assiette à sa sœur qui tient le torchon ? Avec la télévision, et les parents sur le canapé qui, pudiques, jamais ne se tiennent la main, mais qui toujours enlèvent leurs chaussons pour s'effleurer le petit orteil ? Avec les ronflements paternels qui transforment le couloir en chambre d'écho quand elle se rend aux toilettes, du temps où il faisait si chaud dans la maison qu'on ne pensait même pas à s'envelopper d'une couverture pour sortir du lit ? Avec du dentifrice sur le lavabo ? Avec le bruissement du stylo qui filtre de la chambre de sa sœur à travers la fine cloison, et ses psalmodies quand elle récite ses leçons d'anatomie, comme autant de prières nocturnes à un dieu qui lui demeurerait à jamais inconnu et inaccessible ? Où était passée cette certitude que, quoi qu'elle fasse, quels que soient ses échecs, elle appartiendrait toujours à ces personnes, et que jamais elles ne la laisseraient disparaître ?

Prise de nostalgie, Natasha entra dans la chambre de Sonja. Les étagères de la bibliothèque avaient été renforcées pour supporter le poids des manuels ; Natasha effleura des doigts les ouvrages trop larges pour être saisis d'une seule main. Comment une civilisation pouvait-elle vivre aussi longtemps pour accumuler tout ce savoir ? Les livres les plus minces se trouvaient sur le rayonnage du haut, dont un manuel de l'Armée rouge aux pages jaunies qui semblait aujourd'hui le plus utile du lot. Alors quelle passait en revue la collection de romans, Natasha se rappela que Sonja lisait toujours la dernière page d'abord, qu'elle avait besoin de savoir ce que devenait le héros, où menait l'histoire, pour décider si l'effort en valait la peine. Natasha ne toucha pas aux romans d'amour torride au bout de l'étagère : ces couvertures toutes écornées et fatiguées étaient les stigmates d'une intimité particulière, absente des autres ouvrages. Elle imaginait sa sœur étendue sur le lit, lisant ces mélodrames, avec un nœud au ventre, une étrange douleur qu'elle ne pouvait ni quantifier, ni définir, et donc comprendre. À la place, Natasha prit donc un petit livre intitulé : *Origines de la civilisation tchétchène : de la préhistoire à la chute de l'Empire mongol*, de Khassan Geshilov.

Elle commença à lire à la lueur d'une bougie. Selon la tradition populaire, Dieu avait éparpillé les ethnies sur terre avec une salière, mais celle-ci lui avait échappé des mains au-dessus du Caucase, et ainsi quelques grains de chaque peuple avaient atterri dans ses vallées. Il y avait cependant d'autres théories : les Tchétchènes pourraient descendre des Scythes, des filles de Gengis Khan, d'une colonie pénitentiaire établie par Alexandre le Grand, ou encore d'une légion romaine oubliée. Après avoir lu le premier chapitre, Natasha referma le livre et lut la quatrième de couverture toute poussiéreuse. À en croire les trois phrases résumant la biographie de l'auteur, Khassan Geshilov enseignait à l'université de Volchansk et habitait Eldár. Cet opus était le premier volume d'une histoire générale de la Tchétchénie. Sur la photo, l'auteur avait les yeux marron clair, une épaisse moustache poivre et sel, des cheveux gris, et un sourire qui donnait l'impression qu'il pensait davantage à une pâtisserie ou aux courbes appétissantes d'une femme qu'aux hordes barbares. Jusqu'à ce que la bougie meure, Natasha lut les grandes invasions de l'histoire : les Scythes en 850 avant J.-C., les Grecs deux siècles plus tard, les Romains au Ier siècle avant J.-C., les Goths de la mer Baltique en 240, les Huns en 370, les Avars, les Khazars, les Circassiens, les Mongols, et enfin, derniers en date, les Russes.

Sans électricité ni gaz, la cuisine n'était plus qu'un sombre mausolée d'appareils inanimés. Un jour, Natasha eut une idée. Elle enfila des gants de latex trouvés dans la chambre de Sonja, et frotta à la laine de verre et à l'eau de Javel le four et le réfrigérateur. Elle coupa un manche à balai de la largeur du compartiment de l'appareil, le coinça sur le thermostat et retira toutes les étagères. Dans sa chambre, elle alla chercher les piles de vêtements entassés par terre et les rapporta dans la cuisine. Depuis qu'elle avait commencé à travailler avec Lidiya la passeuse, sa garde-robe excédait ses capacités de rangement. Elle accrocha les robes de soie, les pulls de cachemire au manche à balai dans le réfrigérateur, et rangea jeans, chemisiers sur la grille du four. Quand elle eut terminé, elle contempla sa nouvelle armoire et sa commode, ravie de son ingéniosité. C'est comme ça que tu vas survivre, se dit-elle. En faisant des trous de ta vie des espaces de rangement.

La fumée transformait les jours en crépuscules de vingt-quatre heures. L'après-midi, quand les risques de bombardement étaient les plus grands, Natasha partait dans les faubourgs. Elle pensait souvent à sa sœur. Quand celle-ci l'appelait chaque semaine, c'était pour lui parler de son petit ami, Brendan, un doctorant en études slaves, originaire d'Écosse, dont le russe était encore plus mauvais que l'anglais de Sonja. Elle lui parlait aussi de la cité universitaire, qui accueillait des étudiants de trente-quatre pays différents, où personne n'essayait de tuer l'autre, elle détaillait les pubs et les monuments, les taxis noirs qui ressemblaient à des chapeaux melon sur roues, le grand obélisque de Trafalgar Square, avec sa statue tout en haut. Elle racontait aussi les gardes du palais de Buckingham qui ne vous tiraient pas dessus, même quand on se moquait d'eux, les supermarchés avec leurs allées entières dédiées rien qu'aux céréales pour le petit déjeuner, et leurs vendeurs visiblement contents d'avoir des clients. Cette année-là, pour la première fois de leur existence, les deux sœurs devinrent des amies. On est tout l'une pour l'autre, se disait Natasha, tout en sachant que sa sœur avait bien plus. Même si Sonja promit de trouver le moyen de la faire venir à Londres, de plaider sa cause à l'université, au ministère de l'Intérieur, et même à leur fichue reine, rien ne vint. Et Natasha redoutait de fuir car elle avait entendu parler des horreurs qui arrivaient aux femmes seules qui tentaient l'émigration. Alors, à mesure que tout s'écroulait en Tchétchénie, les échanges entre les deux sœurs se firent de plus en plus courts. Les adolescents avec des armes de contrebande remplaçaient les policiers dans les rues. Au bazar, une grenade coûtait moins cher qu'un pot de café en poudre. Natasha ne voulait plus entendre parler des scones, et ne voulait pas que Sonja se sente coupable de pouvoir en manger.

Il se passa des jours sans qu'elles se parlent, puis des semaines. Même si le central des télécommunications n'avait pas été bombardé, les liaisons téléphoniques devenaient mauvaises à cause des pénuries d'électricité. Natasha laissait le téléphone décroché car le grésillement sourd de la ligne l'arrimait à sa solitude, la seule voix de la stabilité. Quand elle désirait parler à sa sœur, elle préférait s'adresser à sa bibliothèque. Elle lut ainsi *Origines de la civilisation tchétchène* deux fois en un mois, en se concentrant sur les dernières pages de chaque chapitre, là où était décrite la chute des civilisations du passé. Après avoir tiré tout le réconfort que pouvaient lui procurer les mots de Khassan Geshilov, elle remit le livre à sa place, sur l'étagère du haut, à côté des romans d'amour, et, s'agenouillant, elle attrapa le plus gros volume de la collection de Sonja. Un mastodonte, fait avec la pulpe de bois d'une table entière, à n'en pas douter. *Dictionnaire médical de l'Union des médecins soviétiques*. Elle posa l'ouvrage sur ses cuisses et son poids ne tarda pas à engourdir ses jambes. Les quatre mille huit cent quatre-vingt-quatre pages, fines et translucides, renfermaient les arcanes à la fois les plus savants et les plus inutiles : le nom des vaisseaux sanguins enfouis dans les chairs, en alphabet latin, russe, et dans les quatorze langues officielles des républiques soviétiques, la fourchette de poids des organes – cent dix-sept grammes à cent soixante-dix grammes pour un rein, un kilo quatre à un kilo six pour un foie, deux cent cinquante à trois cent cinquante grammes pour un cœur. Tout en feuilletant les pages, elle trouva des réponses à certaines questions qu'aucune personne saine d'esprit ne se serait posées. La définition d'un pied. La longueur moyenne d'un fémur. Mais rien sur la folie causée par le chagrin, ou par trop de solitude, ou celle déclenchée par la lecture des dictionnaires de nomenclature anatomique. Quel remède apportait cette science en petits caractères contre le bourdonnement des Soukhoï dans le ciel ? En se référant à l'espérance de vie moyenne d'une Soviétique, Natasha pouvait espérer vivre encore quarante-huit ans, mais l'Union soviétique n'était plus, alors qu'elle était encore là, et les annexes les plus complètes ne pouvaient expliquer cette incohérence des chiffres, quand le sujet survivait à son expérience. Une seule entrée donnait une définition juste. Elle l'entoura de rouge, et s'y référerait souvent la nuit : *Vie : une constellation de phénomènes vitaux – organisation, irritabilité, mouvement, croissance, reproduction, adaptation.*

Si elle se tenait sur le tabouret, à l'angle sud-ouest de la cuisine et qu'elle pointait l'antenne plein sud, elle parvenait parfois à capter des bulletins d'informations en russe, en provenance de Nazran ou Tbilissi. Elle pouvait ainsi glaner des nouvelles du monde extérieur. Voitures de luxe, cigarettes américaines, armes russes passaient les frontières, mais pas le journalisme objectif ! Le présentateur à l'accent chantant de Géorgie montait la tonalité du russe d'une demi-octave, et de la bouche de ce ténor désincarné, elle apprit que Eltsine avait huit pour cent de soutien dans les sondages et qu'une élection était prévue dans dix-huit mois. Le parti communiste de la Fédération de Russie, la première force d'opposition, lui reprochait d'avoir perdu certains vastes territoires de l'ex-Union soviétique. Elle sut aussitôt que cette vexation exigerait réparation, et qu'un pays boiteux allait déclarer la guerre pour se prouver qu'il avait encore du pouvoir. Le 9 décembre 1994, Eltsine ordonna à l'armée fédérale de désarmer toutes les unités armées illégales en Tchétchénie – autrement dit de renverser le gouvernement tchétchène. Le 10 décembre, Eltsine se rendit à l'hôpital pour une opération du nez. Le 11, Natasha apprit à la radio que les premiers contingents d'une force de quarante mille hommes massée à la frontière nord avaient traversé le Terek ; elle sut alors que la guerre avait commencé.

Le soir du 11 décembre 1994, quand Natasha raccrocha le téléphone, celui-ci se mit aussitôt à sonner faiblement. Elle le laissa tinter pendant vingt secondes avant de soulever l'écouteur.

— Allô ? articula-t-elle.

— Enfin, je t'ai ! Enfin ! s'écria Sonja. Ça fait des jours, des semaines que j'essaie de te joindre. Je t'ai appelée tout l'après-midi !

13

1994	1995	1996	1997	1998	1999	2000	2001	2002	2003	**2004**

— Je ne sais pas, répondit doucement Akhmed.

Il regardait Sonja avec une telle compassion qu'il semblait avoir oublié le pistolet dans son dos.

— Je n'ai pas demandé, ajouta-t-il.

— Pas demandé ? Pourquoi donc ? Comment avez-vous pu ne pas lui demander son nom ?

— Des centaines de réfugiés passaient chez Dokka. Au bout d'un moment, je n'ai plus cherché à savoir comment ils s'appelaient.

— Où allait-elle ? Elle l'a précisé ? Elle a forcément dû dire quelque chose. Une allusion, un lieu, une direction ? Elle a bien dit quelque chose. Pourquoi ne lui avez-vous pas demandé son nom ? Pourquoi !

— Je ne pensais pas qu'un jour on me poserait la question.

Son reflet entier tenait dans les yeux grands ouverts d'Akhmed. Le reflet de Natasha avait-il lui aussi empli ces yeux ainsi ? Attiré par la lumière ? Et chassé d'un clignement de paupières ?

— À quoi elle ressemblait ? insista Sonja.

Akhmed aurait pu emplir dix poumons avec son soupir.

— Brune. Mal nourrie.

Cette description correspondait à la moitié du monde.

— Ses yeux ? Quelle couleur ?

— Marron.

— Marron comment ? Avec des pointes de vert ? Plus noisette que marron ?

— Possible. Je ne m'en souviens pas.

— Et son visage ?

— Elle me rappelait un portrait de Zakharov. Celui de la nièce de Nicolas Ier.

— Nicolas Ier ? Mais de quoi parlez-vous ? J'ai besoin de savoir ce qui s'est passé. Où est-elle ?

Un vertige la saisit. Il fallait qu'elle sache, mais il ne pourrait rien lui dire. Qu'était-il arrivé à sa sœur ? Quand Sonja mourrait, c'est encore cette pensée, presque aussi éternelle que son âme, qui lui survivrait.

— J'ai besoin de savoir. Besoin de savoir ! répéta-t-elle. Elle était belle, n'est-ce pas ?

— Belle comme la nièce de Nicolas Ier, oui. Elle se rendait sans doute dans les camps de réfugiés. C'est là qu'ils allaient tous. Probablement en Ingouchie. Peut-être le camp Spoutnik ou celui de Karaboulak.

Akhmed parlait à Sonja comme s'ils se connaissaient depuis toujours, comme si elle était censée savoir quels allaient être ses derniers mots. Elle n'osait quitter son regard.

— Elle portait une robe de femme enceinte, disait-il. Et un fichu vert.

— Où est-elle ?

Elle referma ses doigts sur les épaules d'Akhmed. Elle ne se rendit pas même compte de son geste. Il lui retira les mains et les posa doucement le long de ses flancs. De cela, elle se souviendrait. Même avec un pistolet dans les reins, c'était un homme doux.

— Je ne sais pas, répondit-il.

Quelque part au loin, le frère d'Alu fit un signe de tête et le garde recula.

— Notre ami est peut-être un mauvais médecin, dit-il, mais je ne pense pas qu'il soit un indic' des Russes.

Pour éviter de se regarder, Akhmed et Sonja se dirigèrent d'un même mouvement vers les caisses de matériel. Il l'aida à charger les marchandises dans le camion. Plus tard, Sonja se rappellerait l'avoir vu s'essuyer le front avec un mouchoir gris, en lui demandant si elle avait besoin d'aide pour porter une caisse de lames de scie chirurgicale, alors qu'il chancelait sur ses jambes.

Enfants, Sonja et Natasha jouaient souvent à cache-cache dans les caves sales de leur immeuble – de vastes catacombes aux yeux des deux fillettes. La lumière tombait en fines diagonales des soupiraux ; au sol, chaque demi-cercle de lumière devenait une flaque de lave, tandis que les poussières prises dans le faisceau étaient les restes d'enfants qui avaient eu le malheur de passer dans ce rayon de la mort. Natasha couvrait Sonja d'un rideau crasseux et Sonja comptait jusqu'à cinquante, réduisant les pauses entre chaque chiffre jusqu'au moment où elle criait « Cinquante ! » en rejetant le tissu pour partir en chasse dans ce monde d'outre-tombe. Natasha était si fine qu'elle aurait pu se cacher derrière un manche à balai, et pourtant Sonja la retrouvait. Elle la retrouvait toujours.

* * *

— Qui est Natasha ? demanda Akhmed tandis que l'entrepôt rapetissait dans le rétroviseur.

Dix minutes plus tôt, Sonja lui avait annoncé qu'ils s'arrêteraient pour passer un coup de fil et n'avait plus rien dit jusqu'à ce qu'elle soit installée au volant, le regard rivé sur le pare-brise crasseux.

— Ma sœur.

— Je suis désolé. Excusez-moi.

C'était le pire qu'il puisse dire.

— C'est moi qui devrais m'excuser, répliqua-t-elle, les yeux toujours fixés sur la route.

— Pourquoi cet homme vous aide-t-il ?

— Juste après la première guerre, j'ai soigné son frère Alu.

— Et depuis, il approvisionne l'hôpital ?

Elle hocha la tête.

— Il doit beaucoup aimer son frère.

Elle esquissa un sourire. Pauvre Alu le mal-aimé, dont le nom était fouetté plus de fois encore que le cul d'un âne. Six mois après leur rencontre, elle avait appris que le grand frère s'appelait Rouslan, mais pour elle, il était resté « le frère d'Alu ». Il avait amassé une petite fortune dans les trafics d'armes, d'héroïne, de biens de luxe pour divers seigneurs de guerre, et avait utilisé cet argent pour reconstruire son village natal après la première guerre. Alu la tortue était encore vivante, et habitait à présent le plus grand terrarium du Caucase. Quand son village avait été détruit à nouveau par la deuxième guerre, Rouslan avait payé le passage en Géorgie à ses parents, ses frères, ses tantes, ses oncles, ses cousins, sa belle-famille, à trente-sept membres au total, même à Alu le maudit, plus les voisins des deux côtés de chaque oncle, cousin, belle-famille – cent soixante-quatorze personnes au total, qui vivaient à présent dans un immeuble acheté pour l'occasion. Voisin après voisin, son village natal avait ainsi été sauvé pour une seconde et dernière fois. Il lui avait raconté tout cela, et plus encore, mais elle ignorait toujours pourquoi il détestait Alu.

— Vous avez peut-être raison, répondit-elle finalement. Peut-être qu'il aime son frère par-dessus tout.

Les ruines s'ouvraient sur la grande place, occupée jadis par des vendeurs importuns, des mères en deuil, et des bébés turbulents. Des pigeons, auxquels il manquait un œil ou une aile, claudiquaient sur le macadam, comme autant de présages de la prochaine guerre à venir. Il y avait aussi la statue d'un Tchétchène, d'un Ingouche et d'un Russe enlacés tels des camarades, appelée officiellement *La Fraternité des Peuples*, mais surnommée ici « Les trois idiots ». Quelqu'un avait lâché quelques poissons rouges dans la fontaine et ceux-ci s'étaient multipliés jusqu'à ce que l'eau ne soit plus qu'un bouillon orange vivant. Les roquettes avaient démoli les bâtiments de quatre étages perchés sur leurs arcades, effacé les allées bordées de pins, les bancs de bois dédiés aux dirigeants du Parti, détruit la fontaine où l'hiver les enfants faisaient du patin à glace sur les carcasses de deux mille poissons rouges. Les décombres avaient été étalés au bulldozer et, au-devant d'eux, s'étendait une vaste esplanade de gravats. Sonja se gara, Akhmed fronça les sourcils :

— Je ne vois pas de téléphone.

— Ce sera pour tout à l'heure, répondit-elle en sortant de la voiture. Comme vous vouliez voir Grozny, je vous montre d'abord la grande place de la ville.

Elle ne le regarda pas. Elle ne pouvait aller plus avant dans la réconciliation.

Akhmed sourit, hocha la tête, et garda ses mains dans son dos. Sonja poussa un soupir.

— C'est ça, la grande place ? dit-il.

Elle mit sa main en visière, comme si elle saluait le soleil de l'après-midi.

— Juste là, là où le sol est noir, juste à gauche de ce nuage, il y avait le palais présidentiel.

En décrivant un arc de cercle, son index remplissait les trous du paysage. Là, le marché où l'on trouvait des Levi's, vingt ans avant que la première boutique de marque ne s'installe. Là, le conservatoire de musique où, quelques années plus tôt, un jeune prodige avait appris à jouer du violon en écoutant deux cents ans de musique de chambre filtrant de ces vénérables fenêtres. Elle reconstruisit ainsi toute la place pour Akhmed – sa voix relevait chaque édifice de la poussière, replantait chaque tilleul –, parce que c'était plus facile à faire que des excuses.

— Merci. J'ai toujours voulu voir Grozny.

Ils passèrent encore deux points de contrôle avant d'atteindre une rue proprette, fraîchement pavée. Chaque fois, Sonja était surprise par ce miracle, la présence d'un asphalte intact. Un bâtiment de pierre grise occupait tout un côté. Les fenêtres en verre feuilleté, exempt de la moindre fissure, prouvaient l'importance de cette construction d'une façon plus éloquente que le panneau « ministère du Pétrole et de l'Énergie » accroché à l'entrée. Des soldats armés, taillés comme des armoires à glace, montaient la garde tous les dix mètres sur l'ensemble du périmètre.

— On ne va quand même pas entrer là-dedans, déclara Akhmed les bras croisés, bien décidé à ne pas sortir du camion.

— Pas de panique. Aucune lettre de la boîte à gants ne nous permettrait de franchir les portes. C'est là-bas que l'on va, dit-elle en désignant un ancien centre commercial tout proche. Le ministère a toujours accès à l'international. Un petit malin s'est branché sur leurs lignes téléphoniques et a installé des postes dans la cave.

Le centre commercial était une sombre caverne – vitrines éventrées, rayonnages vides, stalagmites de verre. Même les fleurs de plastique avaient été volées des jardinières. Sonja ouvrit le chemin à la lueur de son briquet.

— À Londres, il y aurait un escalator, précisa Sonja tandis qu'ils descendaient l'escalier.

— Un escalator ? C'est quoi ?

— Un escalier qui bouge.

— Comme un manège pour enfants ?

— Non, pas comme un manège. C'est un escalier qui bouge, c'est tout.

— Alors, ça, c'est un escalator cassé.

Trois ans plus tard, cet escalier deviendrait le premier escalator de Tchétchénie. Le week-end, des familles arrivant de loin, jusque du lac Kezenoïam, viendraient y faire jouer leurs enfants.

Sonja se plaça sur le côté droit pour descendre ; même pour des choix aussi anodins, elle recherchait l'ordre. Arrivée au sous-sol, où flottait une chanson d'Umar Dimaev, elle toqua à une porte marron au bout du couloir, qui s'ouvrit sur un garçon sourd et sur son père aveugle. Ce dernier avait deux trous à la place des yeux, comme creusés d'un coup de cuillère.

— C'est Sonja ! annonça-t-elle.

L'aveugle chercha son fils de la main, qui serra son index gauche en signe de confirmation puis, regardant Akhmed, le garçon serra le majeur de son père.

— Oui, j'ai amené un ami. Il s'appelle Akhmed.

L'aveugle hocha la tête à l'intention de son fils et tendit la main vers le visage d'Akhmed. La première fois que l'aveugle avait touché les joues de Sonja, elle avait su, au contact de ces doigts, qu'il aurait fait un grand chirurgien.

— Ne faites pas la grimace, lança-t-elle quand l'homme se fraya un chemin sous la barbe d'Akhmed. Ce serait dommage qu'il se souvienne de vous comme d'un affreux grincheux.

Des ampoules pendaient au bout de fils bruns, agrafés au plafond. Quelque part un groupe électrogène bourdonnait. Des tables de jeu avec des téléphones à cadran rotatif étaient disséminées çà et là dans la pièce. Les murmures de cinq personnes en conversation téléphonique se confondaient. Sonja donna trois cents roubles au garçon et dut enjamber d'épaisses tresses de câbles électriques pour rejoindre son téléphone.

— Département des langues slaves, j'écoute, répondit une voix au bout de la ligne quand elle eut composé le numéro.

— Bonjour, Janice. C'est Sonja à l'appareil. Puis-je parler à Brendan, s'il vous plaît ?

À cause de son anglais hésitant, trop formel, sa requête paraissait sans sincérité.

— Attendez une seconde, Sonja. Il vient de quitter le bureau, mais je vais voir si je peux le rattraper.

Tandis qu'elle patientait dans le bruit d'électricité statique, elle se remémora la poitrine creuse de Brendan, pâle comme un têtard. En le plaçant devant la lumière vive, elle aurait pu voir tous ses organes. En huit ans, Brendan s'était certainement empâté. Peut-être même qu'aujourd'hui il avait une petite bedaine pour asseoir sa fonction de directeur adjoint du département, peut-être même qu'il s'offrait des séances d'UV pour parfaire son statut de cadre. Quand Sonja avait décidé de partir, Brendan avait passé trois jours au téléphone avec les compagnies aériennes et payé une part de son billet car les vols les moins chers, y compris les tortillards les plus cauchemardesques, n'étaient pas dans les moyens de Sonja. En inspectant l'armoire de toilette de sa dulcinée, il avait dressé une liste de ses produits de beauté favoris et avait acheté cinq exemplaires de chaque crème, de chaque flacon, de chaque bouteille, pour qu'elle puisse les rapporter chez elle. Elle disait qu'elle reviendrait. Il y croyait aussi. Le matin du départ de Sonja, il avait traîné pour elle sa Samsonite – encore un cadeau d'adieu – et s'était assis à côté d'elle dans le taxi, avec ses mains moites et froides, tandis que la ville défilait de part et d'autre de la voiture. Quand elle lui avait lancé, mi-figue mi-raisin, au moment d'atteindre la bretelle d'accès à Heathrow, qu'il devait être content de se débarrasser d'elle parce qu'il avait tout fait pour lui faciliter le départ, Brendan avait enfoui en silence son visage dans le creux de son épaule. Et douze heures plus tard, alors qu'elle était dans les toilettes de l'avion, à vingt-cinq mille pieds au-dessus des champs de blé de l'Ukraine, elle avait trouvé un filament de morve séchée dans son cou qu'elle avait pris un instant pour son premier cheveu blanc.

— Sonja, annonça finalement Janice, Brendan est parti en réunion. Je peux prendre un message ?

Ils ne s'étaient pas parlé depuis le mois précédent. Brendan avait des contacts au bureau de *Mémorial* et à la Croix-Rouge, et si le nom de Natasha figurait quelque part dans un ordinateur, il serait au courant. D'ordinaire, les instants précédant la connexion étaient emplis d'espoir, l'espoir que cette fois, durant ce mois écoulé, il obtiendrait une réponse. Mais aujourd'hui, c'était différent. Aujourd'hui, elle voulait juste lui dire qu'elle était encore en vie.

— Dites-lui simplement que j'ai appelé.

— Et vous écrivez votre nom avec un *j*, c'est bien ça ?

Sonja avait posé la question à Brendan, lors de leur deuxième ou troisième café après les cours : pourquoi le grand amour de Raskolnikov était-il traduit par Sonia ou Sonya mais jamais par Sonja ? « Parce que c'est comme ça qu'on l'écrit en anglais, avait répondu Brendan. Seuls les Suédois l'écrivent avec un *j*. » « Les Suédois sont aussi des étrangers », avait-elle répliqué. Ce *j*, s'était-elle dit, était la seule lettre de son nom qui lui appartenait vraiment.

— Au fait, Sonja, demanda Janice, il y a un numéro où il peut vous rappeler ?

Comment les Suédois écrivent-ils Natasha ? avait-elle demandé. Mais Brendan n'en savait rien.

14

1994 **1995** 1996 1997 1998 1999 2000 2001 2002 2003 2004

L'hiver où Sonja et Brendan tombèrent amoureux, Volchansk était devenu un vaste camp de sans-abri. Même les gens comme Nastasha, dont les appartements n'avaient pas été touchés, préféraient affronter le froid plutôt que vivre dans la peur que leur immeuble s'écroule sur eux. Elle passa l'hiver dans le parc municipal, une vaste étendue d'herbe brune, plantée d'arbres faméliques, et dessinée, disait-on, par le quatrième cousin attardé de Boris Iofan, où la construction humaine la plus grande était une cage à poule rouillée. Les sans-abri, les fous et les alcooliques étaient les nouveaux maîtres des lieux. Habitués à l'art de la survie dans la rue, les parias de la ville se trouvèrent débordés par des professeurs, des avocats, des comptables dont les diplômes ne leur serviraient plus qu'à se chauffer l'espace de cinq secondes. Natasha et ses congénères vinrent demander conseil au Prophète du parc. L'homme au bavoir de poils, qui lui descendait à présent jusqu'à mi-cuisse, secouait la tête avec indignation en leur rappelant sa prophétie. Personne n'avait voulu l'écouter quand il disait que le jour du Jugement dernier arrivait à grands pas, que les cieux allaient s'ouvrir et que Dieu allait faire pleuvoir le feu sur les pécheurs. Le Prophète du parc se souvenait des pièces que Natasha lui donnait quand elle rentrait du ministère du Pétrole et de l'Énergie.

— Je t'ai dit que je me souviendrais de toi, lui dit-il quand elle parvint dans le parc.

Elle comprit rapidement que toutes les ouailles du Prophète lui avaient jadis fait l'aumône et qu'il se sentait dans l'obligation de les protéger. Il leur apprit à camoufler leurs tentes, à trouver des pommes de pin dans la terre gelée, à chasser les chiens sauvages avec des gourdins et à alimenter les pièges à pigeons avec leurs viscères, à prier cinq fois par jour et à faire leurs ablutions rituelles, et Natasha, qui n'avait jamais mis les pieds dans une église, et encore moins dans une mosquée, se mit à prier Allah parce qu'il valait mieux ne pas contrarier un homme qui avait passé sa vie à se préparer à l'apocalypse. Quatorze ans plus tard, ces comptables et ces avocats se cotiseraient pour offrir au Prophète du parc un studio dans un des premiers immeubles qui serait reconstruit. Ils chercheraient Natasha, dans l'espoir qu'elle irait de sa contribution pour cet achat, ou au moins qu'elle serait là quand ils conduiraient leur sauveur dans sa nouvelle maison, mais malgré les efforts combinés de six avocats, trois comptables et huit professeurs, personne ne put retrouver la trace de l'ancienne secrétaire du ministère.

Au printemps, quand les Russes prirent la ville, les bombardements cessèrent et l'état de siège laissa place à l'occupation. Les réfugiés du parc se dispersèrent dans les villages et les aouls des montagnes, où ils pouvaient compter sur l'hospitalité de leurs lointains cousins et des clans. Mais Natasha n'avait pas de famille dans le pays. Son immeuble, toujours debout, était aujourd'hui le plus haut édifice de la rue. Les fenêtres avaient été soufflées mais le miroir de la salle de bains demeurait intact. Elle ne s'était pas regardée depuis des mois. Avec pour seules options survivre et fouiller les décombres, son reflet dans le miroir lui rappela qu'elle ne tiendrait pas longtemps dans une ville pleine de soldats avinés, vengeurs et en manque de sexe. Pourtant il existait une échappatoire pour des femmes qui savaient être séduisantes même sans avoir de l'eau au robinet.

Quand ses deux derniers kopecks tintèrent dans sa poche, Natasha alla trouver Sulim. Désormais, il ne se cachait plus et faisait affaire avec les Russes comme avec les rebelles, et de temps en temps avec le trafiquant que Sonja appelait « le frère d'Alu ». Ils se retrouvèrent dans un bar qui ne servait rien à boire. Pas de porte, pas de bouteilles, pas de barman, pas de fenêtres ; les habitués continuaient néanmoins d'y venir tous les après-midi, les lèvres bleues à force de boire du liquide lave-vitre.

Comparé à cette faune, Sulim paraissait être un parangon de bonne santé. Le regard clair, il la scruta de la tête aux pieds d'un air convaincu. La maladie de Parkinson, qui le transformerait en gelée tremblotante onze ans plus tard, couvait déjà dans son mésencéphale, mais ses mains ne tremblaient pas quand il alluma sa cigarette. La guerre lui avait été bénéfique. Depuis leurs repaires dans les montagnes, les fidèles de Doudaïev vantaient les mérites d'une économie et d'une police désormais inexistantes. En l'absence de toute autorité légitime, le crime organisé avait imposé sa loi.

— Alors comme ça, tu veux partir, résuma Sulim en lui offrant une cigarette. Comme tout le monde.

— À l'Ouest, je pourrais m'en sortir.

— Tout le monde peut s'en sortir quand on n'a plus à craindre les balles.

Sulim observa les spectres au comptoir ; ceux qui avaient les lèvres les plus turquoise étaient devenus aveugles et tendaient les bras vers les visages de leurs compagnons de boisson. Sulim plongea la main dans sa poche et en tira une bouteille de vodka.

— Ces crétins doivent croire qu'on la fait entrer en contrebande dans des bidons de lave-vitre.

— Je te rembourserai.

— Ah oui ?

— Tu sais comme je travaillais dur à la Grozneft. J'avais un très bon rendement.

— Un bon rendement ?

— Je t'en prie.

Il but une gorgée au goulot, prenant son temps pour savourer l'alcool, tout en la regardant. Il n'avait pas oublié qu'elle lui avait fermé sa porte, alors qu'il n'avait que la peau sur les os. Il croisa les jambes, se laissa aller au fond de son siège, en attendant qu'elle le supplie.

— Il y a des routes pour les clandestins, continua-t-elle. Je sais que tu peux me faire sortir. S'il te plaît, Sulim.

— Du temps des Soviétiques, les femmes qui disparaissaient devaient réapparaître de l'autre côté du monde pour qu'on puisse gagner de l'argent. Aujourd'hui, ça rapporte plus de faire s'évanouir des femmes dans la nature. Il est inutile de les faire réapparaître quelque part. Les familles tchétchènes payent davantage pour le corps de leur fille que pour la récupérer vivante. J'ai regardé les chiffres.

Natasha se leva pour s'en aller.

— Mais tu n'es pas tchétchène. Tu n'as pas de famille pour racheter ton cadavre. Tu n'as pas de vie après la mort pour laquelle on doit préparer ton corps. Tu peux avoir une autre cigarette, si tu veux.

Il l'alluma pour elle avec une allumette tordue. Elle les avait embrassés, ces doigts. Elle les avait aimés.

— Tu vas m'aider, oui ou non ?

Il lui tenait l'index, le manipulait de haut en bas. Rongé par les tremblements, incapable de maîtriser ses membres, devenu une humiliation et un poids pour sa famille, Sulim passerait ses dernières années dans une pièce aveugle avec une télévision pour seule compagnie.

— Bien sûr que je vais t'aider. Ce n'est pas mon genre de laisser tomber quelqu'un dans le besoin. Où veux-tu aller ?

— Londres.

— Alors, Londres ce sera. Tu seras *fille au pair*. Tu sais ce que c'est ? C'est une expression française. Cela veut dire que tu garderas les enfants d'une famille pendant que les parents seront au travail.

— Comme une grand-mère.

— Quelque chose comme ça.

— Je ne suis pas aussi brillante que ma sœur, mais je ne suis pas stupide.

— D'accord. Il y aura peut-être quelques à-côtés : la danse, les spectacles. Être, comment dit-on, attirante ?

Cela signifiait la prostitution. Être serveuse, nounou, c'était pour les jolies filles qui venaient des pays pauvres, pas pour les jolies filles qui débarquaient d'un pays en guerre. Certaines rapatriées parlaient d'esclavage ; c'était peut-être vrai, mais elle s'en fichait. Le sexe payant avec des Londoniens ne pouvait être pire que le sexe forcé avec des soldats russes. Et une fois à Londres, Sonja lui trouverait un autre travail. De l'autre côté de la table, Sulim l'observa, ses lèvres esquissant un vague sourire, comme une sorte de défi. Pensait-il qu'elle avait peur de lui ? Croyait-il qu'il pouvait l'impressionner ?

— Va pour Londres, dit-elle. Fais-moi *fille au pair*. Fais-moi réapparaître.

* * *

Un jeune homme au visage rond et poupon transporta Natasha avec cinq autres femmes jusqu'à la frontière du Daguestan. Elles voyagèrent assises sur des caisses dans un camion de la Fédération, plongées quasiment dans les ténèbres. Le vent cinglait la bâche verte et, de temps à autre, un rayon de soleil éclairait fugitivement leur antre. Natasha aurait voulu demander à ses compagnes leurs noms, d'où elles venaient, si elles aussi allaient travailler *au pair*? La conversation paraissait possible après que leur jeune chauffeur, qui aurait pu être leur petit frère, les eut installées dans la benne. Mais l'atmosphère était trop tendue, trop chargée de doute, pour articuler le moindre mot.

Quelques heures plus tard, le camion s'arrêta dans une vibration de métal et le chauffeur vint ouvrir le hayon. Éblouie par le soleil de midi, Natasha mit sa main en visière. Les rayons réchauffèrent ses doigts. Un manteau de sapin enveloppait la montagne la plus proche. Le chauffeur les fit descendre un chemin sur une centaine de mètres vers un 4 × 4 qui arborait le drapeau de l'indépendance. Des bancs de bois remplaçaient les sièges à l'arrière. Elles s'entassèrent à bord.

Le véhicule traversa des rivières à sec, longea une falaise sans fin de pierre pâle. Les pommes de pin pendaient des branches les plus basses. Le paysage semblait comme en équilibre instable, prêt à s'écrouler. Dans les vallées en contrebas, des filets d'argent serpentaient dans les prairies désertes, un ruban miroitant barrait l'horizon. Natasha se sentit flouée. Elle détestait la nature et ses complications. Être une ouvrière du sexe passait encore, mais jouer les randonneuses de week-end… Le soleil éclaira en contre-jour des ailes tournant en rond. Un pigeon, pensa-t-elle tout d'abord, un pigeon géant à la mesure des proportions vertigineuses de ces montagnes.

La pente devenant trop raide, le jeune homme gara le 4 × 4 pour finir le chemin à pied. Quand Natasha voulut apercevoir la crête au-dessus d'elle, elle dut tellement se renverser en arrière que ses cheveux se mirent à pendre dans son dos, sans plus toucher ses épaules, comme tirés d'un coup par la main invisible de la gravité. Étourdie, nauséeuse, elle rêvait d'un bout d'asphalte sur lequel s'asseoir, pour recouvrer ses esprits. Dans *Pretty Woman,* il n'y avait rien de tout ça. Le chauffeur au visage juvénile partit à l'ascension de la coulée de pierres et les appela. Non ! non ! non ! voulait-elle crier. Je ne suis pas équipée pour ça ! Le seul mousqueton que j'ai, c'est un porte-clés dans mon sac ! Mais que pouvait-elle faire ? Le sommet était plus proche que le bas de la montagne. Pas d'ordre, ni de menace, juste le doigt du chauffeur leur faisant signe. Et c'est en suivant ce doigt que Natasha quitta la Tchétchénie.

* * *

Le Daguestan : trois heures harassantes de marche, et plus une encore dans un autre 4 x 4. Le hochement du menton mal rasé du douanier à la frontière fut le seul signe officiel de leur passage en Géorgie. Le temps se mesurait en pauses-pipi jusqu'à ce qu'ils atteignent le rivage. La mer Noire était bleue. Ils montèrent à bord d'un chalutier et le vent emplit ses cheveux d'embruns. Sur la côte, avec leurs fenêtres éclairées, les immeubles se dressaient tels des dominos. Quand le soleil sombra derrière les eaux, la mer enfin devint d'encre. Natasha s'étendit sur une portion de pont à peu près sèche, avec son sac de couchage comme oreiller, et s'endormit tandis que le bateau roulait sur la houle.

À Odessa, leur groupe se sépara, trois des femmes partirent avec le jeune chauffeur. Quand Natasha les vit disparaître dans une Yugo, son estomac se contracta ; elle ne saurait jamais leurs noms. Natasha et les deux autres femmes suivirent l'homme qui avait acheté leur passeport, jusqu'à l'arrière d'une fourgonnette. La porte claqua derrière elles. Lorsqu'elle se rouvrit, elles étaient en Serbie. Elles séjournèrent avec onze autres femmes dans une cave. D'anciens fers, provenant du pillage du musée archéologique de Sarajevo, jonchaient le sol. Mais il n'y avait nul besoin de voir ces bracelets rouillés pour se sentir aussitôt en danger. Une des femmes s'approcha d'un seau en zinc posé dans un coin et toutes les autres se détournèrent. Des voix assourdies filtraient du plafond humide. On discutait pour savoir s'il fallait utiliser ou non les bouches d'incendie. Natasha toucha ses joues, son front, ses lèvres, qu'elle avait autrefois contemplés dans son miroir. Aujourd'hui, elle aurait tant voulu avoir des cicatrices, être manchote, sentir sous ses doigts une peau abîmée par l'acné, avoir de vilaines dents.

— C'est quoi, cet endroit ? demanda-t-elle.

Personne ne répondit.

— Quelqu'un sait où nous sommes ? insista-t-elle.

La fille assise à côté d'elle, qui devait avoir guère plus de quatorze ans, fut la seule à lui parler :

— C'est là qu'ils vont nous briser.

15

1994 1995 1996 1997 1998 1999 2000 2001 2002 2003 **2004**

— Elle n'a jamais dit comment ça s'était passé, expliqua Sonja, trente minutes après qu'ils eurent quitté Grozny, dix depuis qu'elle avait commencé à lui parler de Natasha. Je n'ai jamais su comment elle était arrivée en Italie. S'ils l'ont mise dans un avion, dans une voiture, ou je ne sais quoi. Elle ne m'a même pas dit qui l'avait fait passer là-bas, ni quand elle était partie, ni comment elle avait survécu à la première guerre. Rien. Peut-être voulait-elle simplement tourner la page, ne plus y penser… Mais je suis convaincue que c'était une façon de me faire payer de l'avoir abandonnée.

Akhmed avait mis la radio sur la fréquence 102.9. Elle le connaissait à peine, et c'était pour cette unique raison qu'elle lui racontait tout ça. Lui-même n'était qu'un bruit blanc. Elle ne pouvait pas plus justifier cette confession que l'apaisement qui s'ensuivait.

— La guerre n'est pas une chose naturelle, répondit Akhmed. Alors ça change le comportement des gens.

— C'est votre cas aussi ?

— Bien sûr. Avant, par exemple, j'étais beaucoup moins aimable. (Il tendit les mains devant lui. Les champs bruns emplissaient l'espace entre ses doigts.) Durant la première guerre, Dokka s'est mis à tout classer. En bon scientifique, il était habitué à ranger les plantes par espèce, genre et famille, mais un jour il s'est mis à faire la même chose avec tout le reste. Même avec les gens. On était soit pacifiste, soit impérialiste, soit fasciste, soit un classiciste, ou je ne sais quel autre « iste ». Et quiconque critiquait son système de classification était un nihiliste.

— La petite sort plus de mots en « iste » qu'un docteur en philosophie.

— Oui, elle a pris exemple sur son père. Et puis elle s'est mise à inventer ses propres mots. Je les entendais discuter des « moustachistes » et des « cisaillistes », et ils étaient tout excités. Je n'avais pas la moindre idée de quoi ils parlaient. C'était comme s'ils avaient un langage à eux, pour se parler plus en profondeur. (Akhmed s'arrêta brusquement. Il respirait fort. Le rouge à ses joues avait gagné son cou.) Je ne sais pas pourquoi je vous raconte ça.

— Vous savez que, plus tard, elle veut être anémoniste de mer ?

Il rit.

— Ça ne m'étonne pas. On était de vieux amis, Dokka, Ramzan et moi. Un dimanche sur deux, on jouait aux échecs, et Havaa nous regardait. C'est Ramzan qui m'attendait devant chez moi hier. L'informateur des Russes, c'est lui. On a joué ensemble aux échecs pendant plus de dix ans.

— Que s'est-il passé ?

— Ramzan s'est mis à livrer des armes aux rebelles. Il emmenait Dokka dans ses expéditions, il le payait bien. Je n'ai jamais compris pourquoi. Il n'avait pas besoin de Dokka pour conduire un pick-up dans les montagnes. Comme vous avec les silences de Natasha… Je me suis dit qu'il faisait ça pour se venger. Jamais il ne m'a proposé de venir avec lui alors que j'avais bien plus besoin d'argent que Dokka. On était amis, Ramzan et moi, mais j'avais l'impression que Ramzan m'en voulait de quelque chose. Mais aujourd'hui, je me dis que c'est plus compliqué. Il a été emmené à la Décharge en 95 ; je crois qu'il ne supporte pas que je sache ce qui lui est arrivé là-bas.

« C'est vrai que j'étais jaloux de Dokka. De ses voyages dans les montagnes avec Ramzan. De l'argent qu'il gagnait. Jaloux de sa femme. La mienne est alitée et sénile depuis trois ans, alors que la sienne a plus de fougue et de vigueur dans son petit doigt que la plupart des hommes n'en ont entre leurs jambes. J'étais jaloux de sa fille aussi. Avec ma femme, on a essayé pendant des années, mais… (Akhmed s'arrêta. Au loin, une grande cheminée se dressait vers le ciel, sans la moindre construction alentour.) Dokka était mon meilleur ami, et pourtant je lui enviais sa famille, ses opportunités, sa vie. Quand il s'absentait une semaine ou deux pour battre la montagne avec Ramzan, je dînais avec Esiila, sa femme, et Havaa. Je passais toutes mes journées et mes soirées avec elles deux. Lors de son dernier voyage, en janvier 2003, j'ai dormi avec Esiila pendant trois jours. Bien sûr, je ne pouvais pas savoir que Dokka et Ramzan avaient été arrêtés et emmenés à la Décharge. Je ne pouvais pas savoir qu'on lui avait coupé tous les doigts avec une pince-monseigneur pendant que j'étais dans sa maison, dans son lit avec sa femme, à dîner avec sa famille, parce que je voulais vivre sa vie parfaite. Tout ce que nous étions l'un pour l'autre est mort cette fois-là. J'ignore si Esiila lui a dit, mais il savait. Il n'y a jamais fait allusion, mais il savait. Quand je voulais lui parler, je passais chez lui sous prétexte de bavarder avec les réfugiés qu'il accueillait. Mais il ne m'adressait plus la parole. Comme l'année dernière, quand j'ai parlé à la femme qui m'a donné votre nom. Vous savez, si je pouvais revoir Dokka, je ne chercherais pas à m'excuser, je n'essaierais même pas de recoller les morceaux. Ce n'est pas ça que je ferais.

— Et qu'est-ce que vous feriez ?

Akhmed sourit, et secoua la tête.

— Je ne sais pas. Je ne sais pas.

* * *

Un cratère tout frais perçait la route d'un trou noir. Au fond, un bras dressé. Le reste d'un corps était éparpillé çà et là. Des lambeaux de tissu lavande, pris dans une bourrasque, s'élevaient dans l'océan du ciel.

— On lui avait dit de monter, grommela Sonja, ce qui voulait dire : *ce n'est pas ma faute.*

Les pneus soulevaient la neige qui tourbillonnait dans le rétroviseur. Que ferait-elle si la guerre s'arrêtait ? De toutes les possibilités et combinaisons qui avaient traversé son esprit, jamais Sonja n'avait envisagé la paix. Que ferait-elle alors ? La guerre avait transformé des lieutenants en colonels, des chômeurs en djihadistes, et des internes en chef de service de chirurgie.

— Tolstoï était ici, il y a deux siècles, déclara Akhmed. Il y avait déjà une guerre. Et il a écrit un roman sur ce sujet.

— Je ne suis pas très fiction.

— Le livre s'appelle *Hadji Mourat.* Je vous l'apporterai demain.

— Pourquoi n'êtes-vous pas en colère contre moi ?

La question lui brûlait les lèvres depuis le début de l'après-midi.

Akhmed croisa les mains et resta silencieux.

— Je vous ai fait passer un interrogatoire avec un pistolet dans le dos. Si vous m'aviez dupée, je vous aurais fait exécuter.

— Si je vous avais dupée, c'est que j'aurais été un autre homme.

— Vous êtes un homme bien, dit-elle en souriant. Un mauvais médecin, mais un homme bien.

— Je sais. Je ne devrais pas passer trop de temps avec vous. Vous allez faire de moi un chirurgien de première classe et un malotru.

— Ce sera sans doute dans l'ordre inverse.

Une gaze de nuage se déroulait dans le ciel. Elle leva les yeux vers l'étendue blanchâtre, comme si elle y regardait au travers.

— Vous me donneriez presque envie de vous parler gentiment.

— Ça, j'en doute.

— Je regrette de vous avoir traité de demeuré.

— Vous n'avez fait que le sous-entendre. Des remords ? Vous voulez vous rattraper ?

— Ce serait exagéré.

— Alors dites-moi qui est Ronald McDonald.

— Terrain miné. Je risque de vous traiter encore de demeuré.

— Mais juste implicitement, lui rappela-t-il.

— Non, cette fois, je vais vraiment vous le dire.

— Je sais déjà que ce n'est pas le président de l'Amérique.

— Vous allez être déçu, je vous préviens…

— Je le suis si souvent, vous savez.

— C'est un clown.

— Un clown ?

— Un clown qui vend des hamburgers.

— Il les cuisine lui-même ?

— Quelle importance ça a ?

— Je suis peut-être un demeuré, dit-il avec gravité, mais je ne mangerais jamais un hamburger préparé par un clown. Mais, revenons à votre sœur. Quand est-elle rentrée d'Italie ?

16

1994 1995 **1996** 1997 1998 1999 2000 2001 2002 2003 2004

Durant les premières semaines qui suivirent son retour, Natasha ne s'aventurait pas plus loin que les trois mètres de moquette grise qui la séparaient de l'appartement de Laina. Elle buvait du thé, presque aussi clair que de l'eau, interprétait ses hallucinations et rentrait à l'appartement, car le quatrième mètre, et au-delà, restait scellé derrière un mur invisible de terreur. Sonja l'observait à distance ; elle aurait voulu prendre la main de Natasha et l'emmener dehors comme une enfant faisant des simagrées. L'appartement de Laina – où, trois semaines plus tôt, elle avait entendu la voix de Natasha de l'autre côté de la porte – semblait comme la première marche de l'escalier menant à la convalescence. Mais, visiblement, cette marche était devenue palier, puis l'étage entier, infranchissable, et Natasha ne risquait pas de disparaître. Pas cette fois.

Sonja, plus douée comme médecin que comme grande sœur, réserva son diagnostic le plus longtemps possible. Puis, un mardi, elle revint de l'hôpital avec les pieds enflés et les épaules lourdes, trop fatiguée pour affronter son patient le plus difficile de la journée. Natasha était assise sur le divan, une pile de livres à côté d'elle : *Origines de la civilisation tchétchène,* le *Guide soviétique de l'ornithologie – troisième édition,* le roman *Vie et Destin.* Il y avait également un gros volume jaune ouvert sur ses cuisses : *Le Dictionnaire médical de l'Union des médecins soviétiques.*

— Je peux t'expliquer les mots que tu ne comprends pas, proposa Sonja, en regrettant aussitôt ses paroles. (Encore ce ton supérieur !) Tu t'intéresses à un sujet en particulier ?

Natasha haussa les épaules. Évidemment.

— J'espère que tu n'as pas lu ça toute la journée.

Sonja se tourna vers le mur nu, pestant contre elle-même. Dès qu'elle ouvrait la bouche, c'était pour lui postillonner sa condescendance au visage !

— Il y a sûrement des bouquins plus amusants dans la bibliothèque.

— Je ne veux pas m'amuser, répondit Natasha d'une voix monocorde. Je veux m'ennuyer. Je veux me lobotomiser d'ennui.

— Écoute, Natashechka, quelque chose ne va pas chez toi, dit-elle, détestant se montrer aussi approximative.

Quelque chose ne va pas ? Comment une chirurgienne pouvait-elle poser un diagnostic aussi vague ?

— Tu as entendu parler du Syndrome de stress post-traumatique ?

Natasha hocha la tête sans lever les yeux de sa page.

— Le SSPT, répondit-elle, est une réaction psychologique qui survient après un épisode très stressant, hors du champ habituel de l'expérience humaine, et qui se caractérise le plus souvent par de la dépression, des crises d'angoisse, des flashback hallucinatoires, des cauchemars récurrents et une fuite devant toute situation rappelant l'événement en question.

Natasha n'avait pas prononcé une phrase aussi longue depuis des mois, et, même si elle était récitée, cette définition à rallonge lui donnait une nouvelle vitalité.

— Tu as l'air de connaître.

— En Italie, ils ont déjà cherché de ce côté. Je n'ai pas besoin de ton aide.

De l'aide, c'était bien la dernière chose que Sonja aurait su apporter à sa sœur.

— Tu sais quand tu es sortie pour la dernière fois ? demanda Sonja. (Natasha aurait pu s'allumer une cigarette aux braises de son regard.) Je vais te le dire. Depuis que tu as été rapatriée. Tu n'as pas mis le nez dehors depuis que tu es rentrée.

— Tu n'étais pas là-bas à ce que je sache, répliqua Natasha dans un haussement d'épaules. Alors ne me dis pas ce que je dois faire ou pas.

Depuis des mois Sonja se retenait, se raisonnait, s'interdisant de parler jusqu'à se tailler la langue en lambeaux.

— Mais je suis ici, maintenant. Je suis là !

Elle écarta les bras, non pour enlacer sa sœur, mais pour lui montrer combien elle était large et présente, à quel point elle était avec elle.

— Et tu sais pourquoi je suis revenue ? poursuivit Sonja. En as-tu la moindre idée ?

Natasha resta de marbre. Elle ne voulait pas ouvrir la porte. Ni pour Sonja. Ni pour personne. Ce qui s'était passé là-bas était encore vivant en elle, et elle ne risquait pas de montrer à quiconque, et surtout pas sa sœur, contre quoi elle se battait, encore et encore, sans parvenir à y échapper.

— À cause de toi. Parce que je ne voulais pas que tu sois toute seule. La vie était si douce à Londres. J'étais heureuse là-bas. Pourtant, je suis revenue pour toi. Et rien que pour ça, j'ai droit à un minimum de considération. Tu peux me haïr et considérer que je ne suis qu'une chieuse, mais tu me dois le respect parce que je suis revenue pour toi.

Encore une fois, ce haussement d'épaules ! Dans son exaspération du moment, Sonja ne pouvait imaginer qu'un matin, huit ans et demi plus tard, le souvenir de ce geste l'emplirait d'une émotion miraculeuse. Ce jour-là, alors que sa sœur aurait disparu une seconde fois, Sonja s'éveillerait dans le silence de l'hôpital, les épaules raides comme des bouts de bois, et quand elle les secouerait en vain, une fois, deux fois, dans l'espoir de les dérouiller, elle songerait aux haussements d'épaules de Natasha, à leur mouvement si fluide, si gracieux. Et soudain, Sonja aurait la certitude, pour la première et dernière fois de sa vie, que quel que soit l'endroit où se trouvait Natasha, elle était, à cet instant précis, en train de hausser les épaules comme elle.

— Qu'est-ce que tu veux ? Que je me sente coupable parce que tu as laissé ta jolie petite vie à Londres ? Parce que c'est toi la victime, ici ? C'est ça que tu veux me faire dire ? C'est peut-être toi qui devrais voir un psy, Sonnechka. Oui, tu as fait une erreur en revenant ici, en revenant pour moi, déclara Natasha avec autant de détachement que si elle lisait une nouvelle définition du dictionnaire. Comme moi j'ai fait l'erreur de partir d'ici pour toi.

Une fenêtre avait dû s'ouvrir ; une brise devait courir sur les murs, nettoyant l'air, parce que Sonja souriait quand elle répondit :

— Nous sommes bien sœurs. En ce sens, du moins, nous nous ressemblons. (Elle prit une longue inspiration de cet air purifié, maintenant que chacune avait dit ce qu'elle avait sur le cœur.) Je t'ai rapporté un cadeau, annonça-t-elle, se surprenant elle-même. Un souvenir de Londres.

Avec un grand effort, Natasha parvint à ne pas hausser les épaules.

— Quelle sorte de souvenir ?

— Je ne te le dirai pas. Je vais le garder pour moi.

— Ce n'est pas un cadeau si tu le gardes.

— Bien sûr que si. C'est un cadeau pour moi. Je le mérite bien.

— Pourquoi tu ne me l'as pas donné ? dit Natasha en s'asseyant, la tête inclinée vers Sonja.

— Parce que…, répondit-elle en ramassant le dictionnaire qu'elle se mit à feuilleter. Parce que tu me tapais sur les nerfs.

— Tout le temps ?

— À pieds joints !

— Je n'en aurais pas voulu de toute façon.

— Tant mieux, puisque je vais le garder pour moi.

— Je parie que c'est un livre sur les intestins.

— Si c'était ça, c'est sûr que je le garderais pour moi ! Mais finalement, je vais te le donner.

— Pourquoi ?

— J'ai déjà trop de livres sur les intestins ! Je vais te l'échanger contre une promesse, proposa Sonja.

Natasha avait commencé la clarinette à l'âge de douze ans, quand Sonja, du haut de ses seize ans, usait déjà les bancs de l'université. Elle avait dû subir les moindres couacs, stridulations et autres trilles dissonants de sa sœur à travers la fine cloison qui séparait leurs chambres. Elle avait fini par donner de l'argent à Natasha – un tarif à l'heure – pour qu'elle ne fasse plus ses gammes. Comme à cette époque, la même lueur maligne brilla dans les yeux de Natasha.

— Quelle promesse ?

— Celle que tu vas venir avec moi à l'hôpital demain.

— Et ?

— Rien d'autre. Juste ça. Si tu en as la force, évidemment.

— Quoi ? Tu ne m'en crois pas capable ?

— Je n'ai rien dit de tel.

— Je vois très bien ce que tu mijotes, lâcha Natasha. Mais, très bien, je le ferai.

Sonja alla dans sa chambre et revint une minute plus tard.

— Ferme les yeux, lança-t-elle en tenant un objet ovale emballé dans un sac plastique.

— C'est quoi ? Une poupée ? demanda Natasha en plongeant la main dans le sac.

— Non, ce n'est pas une poupée. C'est un garde de Buckingham casse-noix.

— Un garde de Buckingham ?

— Ils se tiennent devant le palais de la reine. Ils n'ont pas le droit de rire. Ils doivent rester là, immobiles. Ce n'est pas la meilleure façon de monter la garde, quand on y réfléchit. Ils sont juste plantés là. On habillerait un lampadaire que ça ferait le même effet.

— Ouais, reconnut Natasha, en manipulant la bouche casse-noix de la figurine. Un mauvais garde et un cadeau tout pourri. Comment je dois l'appeler ?

Sonja se mordilla la lèvre.

— Pourquoi pas Alu ?

— Alu, le souvenir le plus crétin de la terre.

— Oui. Cela lui va à merveille.

— Je suis un peu déçue. Tu as passé cinq ans à Londres et tout ce que tu trouves à me rapporter, c'est ça ?

— Le vrai cadeau a été mon absence.

Et enfin, Natasha eut un sourire.

* * *

La matinée fut calme à l'hôpital. Les rares patients que Maali n'avait pu faire fuir en leur disant que l'amputation soignait tous les maux patientaient dans la salle d'attente : une entorse, un rhume – rien d'urgent. Sonja emmena Natasha dans les ailes désertées des laboratoires et des salles d'examen. Des pigeons étaient perchés sur les potences des perfusions. Une plaque d'égout avait été abandonnée en radiologie. Les pièces seraient dans le même état, près de neuf ans plus tard, quand Sonja ferait faire le tour du propriétaire à Akhmed. Le sac d'héroïne, fourni par le frère d'Alu, serait toujours rangé dans le placard des cuisines, et elle le ferait passer devant cette manne sans inquiétude, sans se demander si cette proximité lui chatouillerait les veines comme elle avait chatouillé celles de sa sœur ce jour-là.

— Autrefois, c'était le service d'oncologie le plus réputé de l'URSS, expliqua-t-elle tandis qu'elles pénétraient dans une salle dépouillée de ses portes et de ses éclairages. Les huiles du Parti venaient même de Vladivostok pour se faire soigner.

Elles s'arrêtèrent devant un gros appareil à IRM pour lequel l'ancien directeur de l'hôpital avait sacrifié son salaire, son mariage et le noir de ses cheveux afin de se le procurer.

— C'est dommage que nous ne puissions l'utiliser, mais un simple scanner ferait déjà sauter le groupe électrogène.

À un mètre de son pied, on distinguait sous la poussière l'éclat sombre d'une douille.

— En outre, continua-t-elle, il y a tellement de balles dans les murs, que le champ magnétique transformerait cette pièce en stand de tir.

La visite se termina par la maternité au troisième étage, où la femme qui avait accouché la veille souriait à tout le monde avec un épuisement béat. Son enfant était né avec un collapsus pulmonaire, mais le personnel de garde avait réagi rapidement et l'enfant avait été sauvé. La mère était en train de donner le sein à son bébé. Son sourire s'élargit quand les deux femmes s'approchèrent.

— Dieu est grand. Elle va vivre, annonça la mère en parlant lentement pour bien signifier que la deuxième assertion découlait de la première.

Elle regarda Natasha, prenant son sweat-shirt blanc pour une blouse de médecin.

— Je suis si contente que vous ayez été là.

— Non, non, moi je ne suis personne, répondit Natasha.

— Allons, vous sauvez des vies.

Quand Natasha croisa les bras, baissa la tête pour regarder ses mains, puis le sol à ses pieds, elle eut soudain la certitude qu'elle et sa sœur étaient toutes deux baignées par la chaleur de ces mots, que ces paroles les enveloppaient l'une et l'autre pareillement, qu'à cet instant elles avaient ce bonheur en commun. Mais cela, Sonja ne pouvait le voir et ne le saurait jamais. Le bébé cessa de téter et leva sa petite tête carrée.

— Vous voulez la prendre dans vos bras ? demanda la mère.

— Non, dit Natasha en se renfrognant.

— Allons. Bien sûr que vous voulez la prendre.

— Je dois m'en aller, mais toi, tu peux rester ici, murmura Sonja tandis que Natasha commençait à bercer le bébé. J'ai une rhino en bas à soigner.

* * *

Ce matin-là, dans cet hôpital désert, l'esprit de Natasha se tut enfin. Quand le nouveau-né renifla avec curiosité sa poitrine, elle regarda ses yeux et vit dans ces prunelles un univers vieux de deux jours. Ces deux kilos et demi de chair la remirent sur ses pieds, lui laissant entrevoir un monde plus doux, un futur autre, que son expérience lui refusait.

Le lendemain matin, elle s'éveilla en même temps que Sonja, partit à l'hôpital en même temps qu'elle, et le lendemain aussi. Et le suivant encore.

Deshi et Maali, les supérieures de Natasha, étaient infirmières et jumelles. Deshi, qui vivait le onzième de ses douze amours, lui rappelait Sonja ; Natasha préférait donc la compagnie de Maali, la cadette de dix-huit minutes, qui considérait la maladie et les blessures comme des blagues d'un dieu taquin, et suggérait l'amputation à tous les patients, quelle que soit leur pathologie – rhume, angine de poitrine, ulcère, conjonctivite –, et à quiconque ayant la mauvaise idée de venir lui demander conseil. À la maternité, Natasha lavait les serviettes, les draps, le sol, les tubes et les cathéters, les biberons, les langes et les bassins. L'eau de Javel lui brûlait les mains, mais c'était une saine douleur car en voyant tous ces ustensiles propres autour d'elle, elle était fière de sa petite contribution au monde. Durant les rares pauses qu'elle s'octroyait, elle entreprit de redonner une vue aux fenêtres bouchées. Cela commença par quelques traits à angle droit tracés sur le contreplaqué. Elle ne savait jamais ce qu'elle dessinait avant que ça ne prenne forme. Ce n'était que deux carrés, l'un au-dessus de l'autre. Puis une ligne verticale devint une descente de gouttière, la lumière bleue des tubes fluorescents devint soleil, et une arabesque dans les fibres du bois devint la chevelure brune d'une secrétaire agitée par un ventilateur. Dessinant par secteurs sur le contreplaqué, elle découpa le bâtiment en étages, les étages en fenêtres, les fenêtres en autant de petits panoramas. Tout cela lui semblait familier, et en même temps juste hors de portée de sa mémoire : elle plaça un drapeau soviétique au-dessus du porche d'entrée, et des pigeons sur le mât, et fit souffler une brise de l'ouest pour que le drapeau attrape toutes les déjections des pigeons perchés au-dessus. La paume maculée de noir, elle sortit le bâtiment de ses ruines. Quand elle eut terminé, elle écrivit son nom en capitales cyrilliques au-dessus du porche : Bureau d'État des Immatriculations. Voilà pourquoi tout cela lui paraissait familier : l'immeuble se trouvait autrefois juste de l'autre côté de la fenêtre.

Au fil des semaines et des mois, alors que les minutes de pause devinrent des heures, et les heures des jours, elle ajouta des tilleuls et des peupliers, des lampadaires rouillés, des lignes électriques ondulantes, des toits de bardeaux, une forêt d'antennes TV, des cordes à linge ployant sous le poids des linges humides, des rubans de fumée s'échappant en molles sinusoïdes des cheminées, et des trottoirs aussi, des kiosques de cigarettes et tout ce dont elle se souvenait. Tout sauf les bouches d'incendie.

Dans son dos, et par la suite face à elle, Deshi et Maali donnaient leur avis.

— C'est moche, déclara Deshi quand elle crut Natasha sortie fumer une cigarette sur le parking.

— Et puis c'était pas comme ça du tout, renchérit Maali.

Maali savait pourtant ce que c'était que d'être la cadette, ne serait-ce que de dix-huit minutes. Ce furent donc ses critiques qui blessèrent le plus Natasha.

— La perspective est fausse, poursuivit-elle. Il est impossible de voir autant le parc municipal depuis cette fenêtre.

— On ne devrait peut-être pas être aussi dures, lança Deshi. Elle n'a jamais vu le panorama qu'on avait, la vraie vue.

— C'est bien ça le problème, non ? Elle ose dessiner quelque chose qu'elle ne connaît pas.

— Elle n'est même pas tchétchène.

— Ça, c'est son plus grand défaut.

— Elle mérite plus de pitié que de mépris.

— Et nous alors ? On devrait être à la retraite depuis trois ans, se lamenta Deshi. Qu'est-ce qu'on fiche encore ici ?

La cigarette intacte tremblait entre les doigts de Natasha quand elle poussa la porte, coupant net leurs critiques, et alla tirer les rideaux sur les fenêtres bouchées. Elle en avait connu des humiliations, et de bien pires, mais jamais venant de personnes en qui elle avait confiance. Elle récupéra son briquet sur le comptoir et passa devant les deux infirmières. D'une main curieusement ferme, Maali la retint cependant par le poignet.

— Je sais, lança Natasha, la seule façon de rattraper cette horreur, c'est d'amputer la main qui l'a fait !

Maali sourit.

— Ce n'est pas si grave que ça.

— Ah oui ?

Natasha se sentit curieusement honorée que Maali ne veuille pas lui couper un membre.

— C'est juste qu'il n'y a jamais eu d'arrêt de bus au croisement de l'avenue Lénine et de la rue du Bureau des Immatriculations. Je le sais, parce que j'ai eu ce carrefour sous les yeux pendant trente ans.

— On va t'aider, renchérit Deshi.

Et sous le contrôle de ces témoins qui avaient passé, à elles deux, soixante ans à regarder le paysage depuis les fenêtres de la maternité, Natasha effaça et redessina, épousseta les bouloches de gomme, corrigea et rectifia encore. Deshi et Maali se chamaillaient pour la position du moindre réverbère, du moindre panneau, pour l'emplacement du moindre arbre dans le parc, de la moindre vitrine, kiosque, et feux tricolores. Deshi et Maali n'avaient pas vu la même ville, comme si elles s'étaient trouvées à des fenêtres différentes, dans des cités différentes. Et ainsi, en s'efforçant de fusionner leurs deux visions, Natasha créa la sienne. Avec de la cendre et du charbon, elle ombra les bâtiments. Avec des publicités découpées dans les magazines qui traînaient encore dans la salle d'attente, elle ajouta de la couleur : le bleu d'un hôtel de la mer Noire pour le ciel, le vert de chewing-gums à la menthe pour les feuilles des tilleuls. Certains après-midi, les infirmières n'en finissaient plus d'affiner la fresque, désignant les immeubles et les rues au loin, comme autant de vieilles photos d'un album. Elles allèrent jusqu'à lui détailler les motifs des grilles de ventilation du Grand Magasin d'État dont l'une d'elles, autrefois, avait maintenu en suspension un billet de mille roubles dans son flux – souffle miraculeux grâce auquel Deshi avait gagné l'équivalent de trois mois de loyer. Les tuyaux de gaz aussi, entre lesquels leur mère tendait sa corde à linge et leur père son hamac. Ou la couleur de la cour de l'école, là où le fils de Maali jouait au soldat bien avant que la guerre ne l'emporte. Seize ans plus tard, quand le verre remplacerait les panneaux de contreplaqué, les dessins de Natasha seraient conservés dans l'armoire de Sonja, où ils resteraient un trésor de famille pendant soixante-trois ans, jusqu'à ce que l'arrière-arrière-petit-fils de Maali, historien d'art, les expose au musée de Volchansk.

* * *

Un matin, alors que Natasha contemplait sa ville miniature, les deux jumelles arrivèrent au travail tout excitées. C'est ce jour-là que Natasha allait assurer sa troisième naissance en solo.

— On va être occupées aujourd'hui ! annonça Maali, avec une joie non dissimulée.

Accrochant son imperméable, son coupe-vent et son manteau à des cintres différents, elle donna l'illusion que le vestiaire accueillait les vêtements d'une équipe au complet.

— On a entendu des mines exploser en chemin !

Deshi secoua la tête.

— Tu aimes trop ton travail, sœurette. Ça ne tourne plus rond dans ta tête.

— Dommage qu'on ne puisse amputer des têtes.

— On le peut tout à fait. Ça s'appelle une décapitation.

Maali nota ça avec enthousiasme sur son calepin.

— On va toutes travailler en trauma aujourd'hui, annonça Deshi.

— Et s'il y a des accouchements ? s'inquiéta Natasha.

— Eh bien, tu t'en occuperas, Natashechka. Ce n'est pas la mer à boire. C'est la mère qui fait tout le travail.

Les premiers blessés arrivèrent une demi-heure plus tard ; une chaleur rouge irradiait de leur peau. Natasha désinfectait les restes déchiquetés d'un mollet quand Deshi l'appela :

— On a une naissance. Vas-y !

La patiente était allongée en chemise de nuit sur la table d'accouchement. Son visage palpitait sur les draps blancs, aussi rouge et tendu d'angoisse que ceux des estropiés trois étages plus bas. Deux hommes se tenaient à ses côtés, chacun lui tenant une main. Elle reconnut la fossette au menton du plus vieux, mais ce n'était pas le moment de s'arrêter et de bavarder ; c'était le moment d'agir. Elle se plaça entre les jambes pâles et ouvertes de la femme, faisant son possible pour ne pas baisser les yeux.

— Les contractions arrivent toutes les trois minutes, annonça le plus jeune des deux hommes – le futur père.

Il parlait avec la distance et la précision de celui qui se sait dépassé par les événements.

Mais cela suffit à remettre les idées de Natasha en place.

— Elles durent combien de temps ?

Il n'en savait rien. La sueur perlait sur le front de la femme, roulait sur ses tempes. Après s'être lavé les mains jusqu'aux poignets, passé du désinfectant jusqu'aux coudes, Natasha enfila une paire de gants. Une autre contraction vint. Tout le monde l'entendit.

— Vous avez l'impression d'avoir envie de faire caca ? murmura-t-elle à l'oreille de la femme, craignant de la mettre mal à l'aise devant son mari.

La femme acquiesça.

— Qu'est-ce que vous lui avez demandé ? s'inquiéta le plus jeune. Il y a un problème ?

— Le bébé est dans le col de l'utérus, ce qui fait pression sur le rectum, c'est tout.

Ces gens ne savaient rien d'elle, rien de ses lacunes ; c'était plus facile ainsi de faire croire qu'elle maîtrisait la situation. Ils ne savaient pas qu'elle s'appelait Natasha ni qu'elle n'avait pratiqué que deux accouchements toute seule – l'un, il y avait moins d'un mois, l'autre, la semaine précédente. Ils ignoraient aussi que six mois auparavant, pendant le purgatoire de la cure de désintoxication dans un hôpital de Rome, Dieu l'avait fait passer de force par le chas d'une aiguille et qu'il ne restait presque plus rien d'elle, qu'elle n'était plus qu'un fil prêt à se rompre. Non, tout ça, ces gens ne le savaient pas.

Natasha demanda à la femme de lever ses jambes pâles, de glisser ses pieds dans les étriers, et la femme obéit. Elle releva la robe en un boudin fripé sur son estomac. Les deux hommes à côté pensaient qu'elle savait ce qu'elle faisait, et ils s'en remettaient à elle, aveuglément.

— J'ai mal à la poitrine, souffla la femme.

— C'est parce que vous oubliez de respirer.

— J'ai mal aux yeux.

— Battez des paupières, ça va passer.

Elle installa deux oreillers par terre, sous les cuisses ouvertes de la femme, au cas où. Les doigts de la femme écrasaient ceux du plus vieux, les transformant en des bouts de chairs écarlates.

— Je vous ai déjà vu, lui dit Natasha, mais il ne l'entendit pas. Poussez ! dit-elle à la femme qui gémissait. Poussez !

Une coiffe de cheveux bruns entourée de poils pubiens apparut.

— Doucement, ajouta-t-elle en plaçant ses mains sous la calotte qui sortait. Respirez profondément. Prenez de lentes inspirations. Comme si vous gonfliez un ballon. Votre souffle doit être lent et puissant. Soufflez par la bouche au moment où la contraction fait le plus mal. Essayez de siffler.

Natasha observait ses propres mains sous le petit crâne mouillé. Son instinct lui disait de soutenir de sa paume la tête du bébé pour que sa première impression soit de la chaleur et de la douceur, mais elle gardait l'espace d'un doigt entre la peau de l'enfant et la sienne. Maali lui avait dit de ne jamais toucher la tête d'un bébé avant de voir entièrement son visage ; sinon l'enfant risquait d'inhaler du liquide amniotique. Mais, pour l'instant, c'était Natasha qui hoquetait, en voyant apparaître le front. Le bébé, gainé étroitement par le vagin et la vulve, coulissait centimètre par centimètre à mesure que la mère expulsait son bébé vers l'air libre. Ses petits yeux ne bougeaient pas. Au-dessus, au loin, la mère vidait ses poumons dans une mélodie informe. Tous buvaient ses sifflements.

— Je vois la tête, annonça Natasha, faisant son possible pour se montrer le plus professionnelle possible, pour dissimuler son sourire qui gagnait son propre visage.

La mère poussait, la pièce retenait son souffle, se ratatinait sur eux, l'air rendu rare et moite par ses efforts. Les épaules du nouveau-né butèrent. Avec un doux mouvement de ses mains gantées, Natasha fit pivoter la tête de l'enfant, de sorte que ses paupières closes effleurent la peau pâle de la cuisse de sa mère. L'épaule droite passa. Elle souleva la tête du nourrisson, et quand la dernière poussée de la mère libéra l'épaule gauche, le reste du corps tomba dans ses mains comme un rien.

Natasha ôta le cordon ombilical qui enserrait le visage de l'enfant, et la chaleur humide de sa tête inonda sa paume. Elle bascula le bébé vers le bas.

— C'est une fille, dit-elle.

Le bébé ouvrit les yeux. Un frisson parcourut Natasha à l'idée qu'elle était la première à tenir cette petite fille dans ses mains.

— Elle n'a pas l'air d'aller bien, fit remarquer le père.

Natasha frotta le dos du bébé avec une serviette, puis lui inclina la tête pour dégager ses voies aériennes. Elle lui massa le nez, sécha sa bouche, aspira les résidus avec une seringue, tapota ses pieds, mais la petite n'avait toujours pas pleuré. Devait-elle courir au rez-de-chaussée demander de l'aide? Pouvait-on faire un massage cardiaque à un nouveau né? Elle poussa sur la petite plante des pieds – c'était si mou, si doux –, en priant pour la sentir réagir. Tout au bout, les orteils semblaient des excroissances erratiques, ils étaient si recroquevillés, si délicats qu'on aurait dit qu'ils pouvaient se rétracter à tout instant dans la chair boudinée des métatarses. C'était ça les pieds d'un humain qu'on mettait au monde. Elle n'allait pas mourir. Non.

Les lèvres se retroussèrent, dévoilant des gencives roses et lisses. Il y eut un hoquet.

— Elle respire.

— Oui, je t'entends, dit le père. (La fillette se mit à geindre.) On dirait sa maman.

Elle déposa le bébé sur la peau nue de la mère. À travers ses mèches de cheveux mouillés, la femme reconnut son bébé; elles respiraient à nouveau toutes les deux. Un liquide rose coulait de la bouche de la petite, qui ruisselait sur le ventre enflé de sa mère. Avec une serviette propre, elle les enveloppa toutes les deux.

— Commencez à la nourrir dès que vous vous en sentirez la force, annonça tranquillement Natasha. (Cette fois, son assurance n'était pas feinte.) Cela aidera le placenta à sortir et stoppera l'hémorragie.

Heureuse, la mère hocha faiblement la tête. Quand elle parla, sa voix paraissait étrange. Natasha n'avait entendu que ses cris.

— C'est ma fille ?

— Oui, répondit Natasha, s'autorisant enfin à sourire. C'est la vôtre.

L'homme le plus âgé s'approcha tandis qu'elle se lavait les mains au robinet souffreteux. Il y avait beaucoup à nettoyer – mais d'abord les mains. Il la remercia.

— Vous savez, c'est la mère qui fait tout le travail.

Malgré ses rides de sourire, Natasha reconnut son visage, comme si elle avait devant les yeux une photo froissée et repassée.

— Je vous ai déjà vu.

— Vous êtes déjà venue à Eldár ?

Dans un camion bâché, avec cinq autres femmes…

— Non. J'ai juste traversé le village.

— Peut-être à l'université alors ? J'ai enseigné là-bas. Ou au café Standard ? J'aimais bien leur soirée be-bop. Vous aimez le be-bop ?

— Je n'aime pas la trompette.

— Même si une trompette joue un morceau que vous aimez ?

Natasha repensa aux boulons qui traînaient sur la piste de danse de La Discothèque.

— La musique que j'aime ne peut pas être jouée par une trompette.

— Si une trompette ne peut pas la jouer, alors ce n'est pas de la musique.

— Je m'appelle Natasha, dit-elle avec un sourire.

— Khassan Geshilov.

Elle répéta le nom à voix haute, et revit la photo en noir et blanc figurant au dos de la couverture.

— J'ai lu votre livre.

Il lâcha un petit rire timide.

— C'est vous ma lectrice ?

— Cela se termine avant l'arrivée des Russes. Un choix idiot, si vous voulez mon avis.

— Quel dommage que vous n'ayez pas été mon éditeur ! *Origines de la civilisation tchétchène,* énonça-t-il avec tendresse, comme s'il se souvenait subitement du titre. (Il se tourna vers la fresque.) C'est toute la ville qu'on voit là, n'est-ce pas ?

— Tout ce qu'on pouvait voir des fenêtres.

Khassan suivit du doigt les rues ombragées, sous les frondaisons vertes, lisant ainsi la ville comme du braille pour pouvoir s'en souvenir plus tard. Il s'attarda à un croisement entre le parc municipal et la bibliothèque universitaire, hésita, puis pressa son index sur la rue.

— La femme que j'aimais, l'amour de ma vie, a failli se faire renverser par un bus, juste ici. Elle me suivait. C'est comme cela que je l'ai su, grâce à un coup de klaxon.

— Vous aviez des groupies qui vous suivaient partout ? Pas étonnant que vous n'ayez pas eu le temps d'écrire l'invasion des Russes.

— C'est une longue histoire. (Il reporta son attention sur le nourrisson.) Je vais vous présenter ma petite famille…

Le nouveau père et l'historien s'embrassèrent, partageant toute leur reconnaissance et leur fierté dans cette étreinte silencieuse. Le père prit le bébé des bras de sa mère. Ses longs doigts se refermèrent sur son petit corps.

— Comment allez-vous l'appeler ? demanda Natasha.

— Havaa, répondit le père.

17

1994 1995 1996 1997 1998 1999 2000 2001 2002 **2003** **2004**

Le père de Havaa ne joua plus jamais aux échecs après son dernier voyage dans les montagnes avec Ramzan en janvier 2003. Il passait ses journées comme une pièce de monnaie coincée entre les coussins du canapé. La sueur ruisselait dans son cou, laissant une trace couleur moutarde sur son col de chemise. Ses doigts avaient guéri – même si « guéri » n'était pas le meilleur mot. Les moignons avaient durci en des protubérances roses qui saillaient du pourtour de sa paume. Pour boutonner sa chemise, ouvrir la porte, lacer ses chaussures, c'était une vraie bataille. Et Havaa, avec une obstination sans faille, était devenue ses mains.

L'été suivant fut si torride qu'il fallut tout l'automne pour le chasser. Sa mère cachait son ventre sous des jupes amples et des tabliers, refusant de porter des habits de femme enceinte. Havaa dormait encore dans la chambre de ses parents, sur un matelas si fin qu'elle sentait les têtes des clous du plancher au travers. Les réfugiés continuaient d'arriver, hagards et trop habillés, et son père continuait de les accueillir.

Cet été-là, les feuilles, écrasées de chaleur, tombèrent en avance des arbres. L'humus cuisait au sol, fourmillant de petits insectes. Havaa arpentait la forêt avec précaution, comme s'il s'agissait d'un être fragile, veillant à ne pas écraser les jeunes pousses qui ployaient sous la brise. Son père lui avait expliqué qu'avant les guerres les Soviétiques exploitaient la forêt, mais qu'elle ne trouverait plus une seule souche d'arbre de ce côté, que les chaînes rouillées des tronçonneuses, exhumées tels des vestiges d'une civilisation antique, étaient les seules traces de l'ancienne industrie du bois.

Les oiseaux migrateurs cherchaient de l'ombre dans les branches. Les lézards trouvaient la fraîcheur dans les traces de sabot des chevreuils. Une fois, elle aperçut un loup qui errait entre les bouleaux, sa langue rose pendant de sa gueule et ses crocs blancs brillant au soleil. Quand le loup la repéra, à moitié cachée derrière un charme, il dressa ses oreilles. Distinguant les yeux de la fillette au milieu du feuillage, l'animal l'observa d'un air interrogateur, tandis qu'elle soutenait son regard, tendue, pas vraiment effrayée, jusqu'à ce que tous les deux comprennent la situation. Alors le loup se remit à trotter sous les ombres longues et gracieuses des arbres. Même si son pouls battait à tout rompre, Havaa eut pitié de cet animal qui devait étouffer sous son épaisse fourrure argent.

Cet été-là, elle rendit souvent visite à Akim. Son portrait avait survécu au froid de février, puis aux giboulées de mars, mais le vernis, qui à présent coulait telle de l'ambre solaire sur ses joues, ne pouvait plus le protéger de cette fournaise. Son visage au fusain se ratatinait et pâlissait. L'été lui avait donné un coup de vieux. Quand il était en vie, Akim préférait le froid et rêvait d'aller au pôle Nord. Dix-huit ans plus tard, son frère aîné, géologue, enterrerait les restes du portrait d'Akim dans les neiges arctiques – pas exactement au pôle, mais suffisamment près pour que l'aiguille d'une boussole s'affole.

Voir Akim dans cet état, le visage presque effacé, attristait Havaa. Mais à une heure de marche du village, elle trouva la solution – un épouvantail, planté au milieu d'un champ en friche, vêtu d'un sac de jute et d'un pantalon bleu, blanchi par le soleil, le ventre bourré de paille, plus gros que celui des villageois. Un linge informe, rempli de feuilles mortes, trônait à l'endroit de la tête. Des corbeaux étaient perchés sur ses épaules, des souris nichaient dans ses manches. Ses parents lui avaient recommandé de ne pas s'aventurer dans les champs, mais l'envie de prolonger la vie d'Akim, une fois encore, l'emporta sur sa peur. Elle avança précautionneusement et atteignit l'épouvantail. Un poteau de bois, fiché dans le sol, empalait le corps de paille à la verticale. Havaa donna des coups de pied pour le déloger de son trou et se mit à creuser à sa base. La terre lui écorchait les genoux ; qu'importe, elle continuait de la fouiller. L'épouvantail bascula enfin avec le poteau, bras et jambes écartés, à la manière des réfugiés s'écroulant dans un lit. Les souris s'enfuirent des manches dès que les membres touchèrent le sol. Le ciel, tel un miroir étincelant, dardait tous ses rayons sur elle. Elle noua un chiffon sur le poteau plein d'échardes et, rassemblant ses forces, entreprit de traîner l'épouvantail à travers champs. La tête de l'épouvantail rebondissait sur chaque sillon, ses bras en croix raclant le sol sec, comme s'il cherchait à détecter des mines.

Il fallut trois après-midi avant que Havaa puisse offrir à Akim son corps de paille. Quand le soleil se coucha le premier soir, elle laissa dormir son précieux trésor dans un fossé à sec sur le bas-côté d'une route. Le lendemain soir, elle le cacha derrière un arbre tombé. Enfin, lorsqu'elle put adosser le corps desséché contre le tronc, elle le décapita avec des cisailles rouillées de jardinier. Quelques coups suffirent. Elle creusa un petit trou, y inséra le poteau, et le redressa. Des pailles brunes sortant du cou faisaient comme une barbe, mais les cisailles eurent raison de cette pilosité embarrassante. Bien que l'épouvantail eût meilleure allure, il avait encore l'air d'un corps mort sous un portrait jauni qui attendait de revenir à la vie. Toujours à la cisaille, Havaa coupa des mèches de ses cheveux qu'elle colla au-dessus du front d'Akim. Elle se piqua un doigt avec une aiguille et étala son sang sur les joues d'Akim afin de lui redonner des couleurs. Puis, imitant les gestes du défunt, elle cogna du poing la poitrine de l'épouvantail, comme le garçon cognait autrefois son propre torse. Et quand un souffle de vie sortit de cette poitrine – en réalité de la sienne –, elle recula d'un pas en essuyant la sueur qui lui tombait dans les yeux. L'air était pur. Ses mains noires de crasse. Une bouffée de fierté l'envahit, sauvage, immense. Elle pensait que le bonheur était une absence – absence de peur, absence de souffrance, de chagrin –, pourtant, ici, le bonheur rugissait en elle comme un animal, aussi lourd et palpable que la tristesse. Havaa regarda ses doigts et aima ce qu'elle y vit. Ces mains avaient transporté l'épouvantail sur trois kilomètres de champs, de route et de forêt, sans passer sur une seule mine. Ces mains avaient sauvé Akim une seconde fois.

Quand l'été brûlait trop fort la forêt, Havaa s'allongeait sur le dos à côté d'Akim et lui décrivait la forme des nuages qu'elle apercevait entre les frondaisons, ou s'étendait sur le ventre pour lui donner les nouvelles du monde des insectes, lui rapporter ses drames à la fois fascinants et répugnants. Elle se plaignait aussi de sa mère et de son père, comment la Décharge les avait changés tous les deux et combien l'ambiance à la maison était étouffante quand il n'y avait pas de réfugiés. Plus le ventre de sa mère enflait, plus Havaa gardait ses questions et ses commentaires pour Akim, qui, dans la mort, la traitait plus gentiment que de son vivant.

Havaa se trouvait justement auprès d'Akim quand elle entendit les cris de sa mère, qu'elle prit tout d'abord pour le bruissement de la brise dans les fourrés, mais l'air était lourd et immobile et il ne pouvait appeler à l'aide. La fillette courut vers la maison et trouva sa mère étendue par terre, le tablier trempé de sang. Son père et Akhmed étaient agenouillés à ses côtés.

— Elle fait une hémorragie, annonça Akhmed. Je ne sais pas quoi faire. Il faut l'emmener à l'hôpital.

Havaa attendit avec son père pendant qu'Akhmed se précipitait chez Ramzan pour lui demander son pick-up. D'une voix chevrotante, son père ne cessait de demander pardon à cette femme si pâle qui ressemblait à sa mère, portait le tablier de sa mère mais ne pouvait être sa mère. Si elle avait agonisé ainsi tous les jours, à chaque minute de chaque journée, ils auraient pu sans doute être une famille heureuse.

Le sang gagnait tout le tissu, centimètre par centimètre ; Havaa redoutait que cette blessure béante ne devienne la sienne si elle s'approchait trop. Sa mère se tordait sur le sol, regardait son père, en serrant ses doigts manquants. Lorsqu'elle ouvrit la bouche pour dire quelque chose, son père secoua la tête, lui intimant d'économiser son souffle. Havaa se souviendrait toujours de ce moment, quand son père avait fait taire sa mère, alors que peut-être elle souhaitait leur faire ses adieux – tout ça pour qu'elle puisse respirer.

Les gravillons crissèrent au-dehors. Akhmed revint dans la maison, s'engouffra dans le salon, s'agenouilla au sol, souleva la tête de la femme qui ne pouvait pas, ne devait pas être sa mère.

Ils laissèrent Havaa à la maison. Son père lui cria des instructions par la fenêtre ouverte côté passager. Puis ils disparurent dans la rue avant qu'elle n'ait le temps de leur demander des explications. La route s'étira, devint un nuage de poussière qui avala le pick-up. Havaa demanda à Allah de sauver sa mère, et alors que sa prière s'évanouissait elle aussi dans la poussière, elle songea qu'elle devrait peut-être la répéter en arabe.

De retour dans la maison, elle se rendit dans la chambre de ses parents et ouvrit le tiroir de la commode – celui du haut. Elle fouilla dans les disques froids des pièces de monnaie, retourna les mouchoirs de soie et les bracelets de cuir. Et elle le trouva. Enveloppé dans un foulard de coton, à côté des bijoux que sa mère mettait quand elle se croyait seule. À travers le tissu, ses doigts sentirent la poignée. Le nœud était simple et lâche, il partit à la première traction. La patine argentée brilla, comme si après ces mois passés dans l'obscurité, l'arme avait réservé son lustre pour cet instant précis. Elle tint le pistolet comme le lui avait appris Ramzan. Près de la poitrine. Comme si elle portait un pichet d'eau. Peu importait ce qu'il y avait de l'autre côté du canon. Elle ne voyait rien au-delà de la détente. Le reste du monde était un tourbillon hurlant et si ça continuait, si ça ne s'arrêtait pas, elle laisserait le canon le faire taire.

Elle se souviendrait du métal froid se réchauffant dans ses mains, de la crosse qu'elle agrippait comme une rambarde. Plus tard, elle apprendrait qu'Akhmed hurlait ses instructions en conduisant ; son père obéissant comme il le pouvait avec ses mains mutilées. Havaa ne comprendrait jamais pourquoi Akhmed ne l'avait pas emmenée avec lui au moment où il avait plus que jamais besoin de doigts de secours. Dans la panique du départ, personne n'avait pensé à la carte d'identité de sa mère. Au point de contrôle, le sergent hocha souvent la tête, plein de compréhension, puis expliqua qu'il ne pouvait la laisser passer. Impossible, sans ses papiers d'identité. Il existait quelques règles en temps de guerre, pas beaucoup, poursuivit-il, mais le peu qui subsistait devait être observé scrupuleusement, parce que si on dérogeait à celle-ci – la plus élémentaire qui soit – alors d'autres règles plus complexes, plus perfides, plus absurdes diraient certains, des règles, spécifiées par la Convention de Genève, pourraient être outrepassées avec une facilité plus grande encore. Son père leva ses mains en guise de réponse, mais le sergent – un homme qui avait vécu dans une ville minière du cercle polaire et qui trouvait le climat tchétchène si agréable qu'il s'était rengagé trois fois – en avait vu d'autres. La mère mourut ainsi et la dispute continua encore quelques minutes avant que quelqu'un ne s'aperçût qu'elle n'était plus.

Le pistolet avait depuis longtemps retrouvé sa place au fond du tiroir quand son père rentra. À voir son expression, Havaa comprit ce qui était arrivé, et cette douleur s'enfonça plus profond que tout ce qu'elle avait pu ressentir, si profond que, plus qu'une sensation, cette chose devint une part constituante d'elle-même. L'amour, découvrit-elle alors, était un principe essentiel, comme manger ou dormir, et la disparition de l'être aimé était plus qu'une souffrance – elle était une petite mort. Toutefois, lorsque les jours suivants elle courait se confier à Akim dans les bois, la douleur n'était pas corrompue par la culpabilité. Elle n'avait pas causé la mort de sa mère, elle n'y avait en rien contribué. Elle, elle n'aurait pas pu la sauver.

Car c'était là la différence fondamentale dans sa manière de pleurer chacun de ses parents. Sa mère était morte depuis un an et demi, et elle faisait son deuil sainement, parce qu'elle n'y était pour rien. Mais, quand les forces de sécurité vinrent chercher son père, elle aurait pu prendre ce pistolet et tirer sur le premier soldat qui serait apparu à la porte. Elle aurait pu vider le chargeur de douze balles, l'éjecter, en mettre un autre, comme le lui avait montré Ramzan, et le vider encore.

Mais elle n'en avait rien fait. Au lieu de cela, elle avait écouté son père, et s'était sauvée par la porte côté jardin en direction des bois. Les silhouettes des soldats russes couraient derrière les fenêtres. La bibliothèque avait été renversée, les livres tombaient tels des oiseaux morts foudroyés, couvertures ouvertes, leurs ailes brisées sur leur ventre blanc souillé d'encre. Dans le salon, les hommes s'étaient rassemblés, hilares, et regardaient quelque chose à terre. Cachée derrière sa souche, Havaa ne parvenait à voir de qui ou de quoi ils riaient, et comme elle ne pouvait voir, elle pouvait encore croire qu'il ne s'agissait pas de son père. Elle avait sucé de la neige, respiré à travers ses doigts, pour dissimuler son haleine dans l'air froid. Elle avait vu les soldats se baisser pour porter quelque chose de lourd. Ils avaient disparu puis étaient réapparus à la fenêtre voisine. Elle avait rampé jusqu'à la lisière de la clairière, jusqu'à apercevoir le camion garé devant la maison. Le ruban adhésif collé sur la bouche de son père était tout froncé. Quand elle vit qu'ils lui avaient également scotché les mains, elle leur aurait bien tiré trois balles encore, si elle avait eu le pistolet avec elle. En réalité, il n'y avait plus de pistolet dans la maison. Le Makarov argenté n'était pas dans le tiroir de la commode. Il n'y était plus depuis un certain temps.

18

1994 1995 1996 1997 1998 1999 2000 2001 2002 **2003** **2004**

Le pistolet Makarov argenté… cette arme avait occupé toutes les pensées de Ramzan pendant les deux semaines qui précédèrent l'arrestation de Dokka, deux semaines de tourments durant lesquelles ses intestins étaient demeurés totalement inefficaces. Tous les matins, il s'aventurait dans le froid, avec seulement une robe de chambre et ses bottes en peau de mouton, tournait à l'angle de la maison, dépassait les stalactites de glace qui comblaient les trous dans la gouttière, passait sous les doigts gelés des bouleaux, et dévalait la pente raide jusqu'à l'épais tapis de pommes de pin accumulées devant la porte des toilettes. À l'intérieur, il s'asseyait, les coudes plantés dans ses genoux, et poussait de tout son être, dans une crampe qui l'empourprait et le laissait hors d'haleine. Des flocons de neige se glissaient par les interstices du toit, atterrissaient dans son cou, se mêlant à sa sueur. Son scrotum n'était qu'une bourse vide, ratatinée entre ses jambes. Il était incapable d'expulser ne serait-ce qu'une fiente molle. Voyant que les jours de stagnation se succédaient, il avait changé son alimentation, qui se limitait déjà à ce que son père ne jetait pas aux chiens. Il bannit son plat favori – du bœuf séché avec du paprika, du piment et de la coriandre, le seul festin que son père lui accordait une fois par semaine. Il abandonna le beurre sur son pain et ne mangeait plus que des pommes, celles que son père aimait tant autrefois. Il rêvait de légumes. Des légumes bruts, feuillus, les plus insipides et grossiers, oui, des concombres, des navets, des betteraves. Inquiet de ces penchants qu'il jugeait typiquement féminins, il perdait sa virilité pour la deuxième fois. Mais, même au tréfonds de son humiliation, il ne pouvait chasser son envie de choux et de chlorophylle, de voir des fibres emplir son organisme comme autant de poils d'un balai-brosse lancé dans un récurage frénétique. Même s'il craquait, s'il s'abaissait à demander de la verdure dans le panier que lui donnaient les Russes, il ne recevrait en retour que quelques cœurs de laitues gelées, avec lesquelles son père irait nourrir ses chiens. Cependant, Ramzan était de plus en plus convaincu que ce n'était ni l'abus de viande séchée, ni la rareté des légumes qui avaient fossilisé ainsi son gros intestin, mais plutôt sa conversation avec le colonel cosaque. Il avait bien songé aux prières, mais demander un laxatif au ciel était sans doute sacrilège. Se souvenant des diarrhées qu'il avait eues, à dix-huit ans, quand il était jeune recrue de l'Armée rouge, il s'était mis à faire de la gymnastique après la prière du *Fajr*. Il avait vomi à deux reprises, sans toutefois produire la moindre crotte. Le temps, au moins, lui offrait un réconfort. S'il y avait une saison propice à la constipation, c'était bien l'hiver. Sous les planches des toilettes, la fosse gelée formait une dalle inodore. C'était sans nul doute préférable au cloaque bouillonnant au-dessus duquel on siégeait en été. Alors Ramzan poussait et poussait encore. À force de lutter avec son corps, il en était venu à la conclusion que ses viscères l'avaient trahi. Même s'il sentait son rectum serré, comme cousu avec de la corde à linge, il ne pouvait s'empêcher de vérifier. Et chaque fois qu'il examinait la feuille de papier hygiénique fournie par l'armée, elle était d'une blancheur immaculée. Même quinze jours plus tard, après sa deuxième conversation avec le colonel, lorsqu'il avait donné Dokka, aucun soulagement n'était venu. Et trois jours après que les Russes eurent emmené son ami, quand Ramzan raccrocherait son téléphone satellite à la fin de sa troisième et dernière conversation avec le cosaque, il songerait à cette discussion qu'il avait eue avec son père le matin même, à ce que son père lui avait dit sur Akhmed. Était-ce vrai ? Non, impossible. C'était trop énorme, il ne pouvait y croire, et encore moins l'accepter ; ce devait être une invention pour le tourmenter, une ruse pour le faire céder. Cela faisait deux ans que son père ne lui avait plus adressé la parole… et il aurait rompu son vœu de silence pour lui raconter ce mensonge, cette chose inconcevable sur Akhmed ? De toute façon, cela n'aurait plus d'importance à cet instant, parce que Ramzan aurait déjà donné le nom d'Akhmed au colonel. La supplique prononcée le matin par son père, la bouche pincée et fière, aura été rapidement pervertie – l'appel à la clémence devenant celui, impérieux, à la délation. Car, oui, il allait faire disparaître la seule personne du village que son père aimait – si seulement cela pouvait lui apprendre, à son tour, ce que c'était que d'être seul. Où que soit Akhmed, où qu'il ait caché la gamine, il n'était déjà plus qu'un fantôme, encore ignorant de son trépas.

* * *

Ramzan commençait à croire que c'était le colonel cosaque qui avait noué ainsi ses entrailles. Son timbre grave et rauque aurait constipé la Volga. À chaque mot, il expulsait toute la fumée de ses trois paquets de cigarettes quotidiens. Il demanda à Ramzan si le soleil brillait sur le village, et la menace dissimulée dans cette question innocente prouvait que pour cet homme, à l'autre bout du fil, la mort était un événement anodin dans l'exercice de son commerce. Le soleil brillait, il était radieux même, et pourtant Ramzan avait envie de lui répondre que le ciel était couvert, les nuages aussi épais que du lait caillé, comme si un petit mensonge pouvait l'absoudre des vérités funestes qu'il révélait. Mais il ne mentit pas. Il répondit que oui, le soleil brillait. Le colonel grogna d'un air satisfait, puis consulta le bulletin météorologique militaire concernant le secteur d'Eldár. Il y eut un bourdonnement muet sur la ligne. Ramzan redressa l'antenne vers le ciel tel un paratonnerre cherchant à capter les foudres du cosaque. Quand la communication fut rétablie, le colonel lui parla du Makarov argenté…

Lorsque Ramzan avait quitté sa maison début décembre 2004, deux semaines avant que Dokka fût emmené, il n'avait encore jamais eu en ligne le colonel. Il n'entendrait sa voix que quarante-cinq minutes plus tard. Un sac bleu, de la taille d'un chat mort, oscillait au bout de son bras. À l'intérieur, un téléphone satellite. Il ouvrit la porte côté jardin, entra dans les bourrasques, traversa le terrain. Le soleil frappait le toit gelé des toilettes, mais les cabinets n'étaient pas encore devenus son calvaire – ce serait pour bientôt –, et il passa devant sans se retourner, progressant dans la neige qui s'écrasait sous ses bottes en cuir. Ramzan suivit le couloir formé par les draps raides oubliés sur les cordes à linge, foula l'herbe jaune et sèche, puis le monticule où étaient enterrés les restes de ses grands-parents, franchit le talus au fond du jardin, et s'enfonça dans la forêt.

Un manteau blanc couvrait le sol. Le silence de sa maison le suivit longtemps dans les bois. Au bout de deux cents mètres, il leva la tête et poussa un long cri, pour déchirer ce voile du silence et pouvoir ainsi progresser plus librement. Son père, espérait-il, penserait que c'était le hurlement d'un membre de sa meute pris dans un piège à loup. Avant les guerres, l'hiver était plus doux. Un météorologue serait peut-être d'un autre avis, mais prédire le temps était un commerce de sorcière dont il fallait se méfier.

Durant les trois kilomètres de marche, Ramzan scruta la neige mais ne trouva d'autres traces que celles d'un lapin. Les conditions qui avaient permis à la forêt de prospérer avaient en même temps sonné le glas pour sa faune. L'économie du village dépendait de l'exploitation forestière, et quand l'industrie et son administration disparurent avec le drapeau soviétique, les villageois se retrouvèrent sans machines ni infrastructures pour à leur tour tirer profit de la forêt. Alors ils s'étaient mis à chasser. Grâce aux abondantes munitions de guerre, ils traquèrent sans vergogne le chevreuil, le cerf, le sanglier, l'ours, et les loups, se disant que la forêt serait toujours pleine.

Ces chasses ataviques destinées à assurer la subsistance du groupe finirent par dégénérer en trafic d'armes ; une mutation structurelle qui allait coûter ses doigts à Dokka et forcerait Ramzan à marcher trois kilomètres en décembre pour passer un appel téléphonique. Au début, Ramzan ne se livrait qu'à un petit commerce innocent, rendu possible par la perestroïka et le relâchement de la vigilance des autorités. Il écumait les montagnes à la recherche des sculptures réalisées par les shamans. Il abordait les villages, telles des îles en altitude, perdues au milieu d'un océan de terres ravagées par l'industrie minière. Il troquait de l'essence, des médicaments ou de la nourriture en conserve en échange d'une pierre taillée. Les artisans tenaient à négocier la transaction sous la houlette d'une *choura* d'anciens. Le temps, comme un solvant improbable, avait liquéfié et recongelé sans fin leurs visages, et, du haut de sa petite vingtaine d'années, Ramzan se sentait comme un étranger au milieu de ces créatures parcheminées et payait toujours au prix fort ces œuvres – même si, à ses yeux, ces représentations naïves ne valaient guère plus que le fond d'une bouteille de vodka. Ensuite, Ramzan emportait les pièces dans une zone industrielle à la périphérie de Grozny, où elles étaient examinées, évaluées, emballées puis expédiées dans des pays lointains où des citadins bien nourris paieraient une petite fortune pour avoir dans leur vitrine de l'artisanat tchétchène.

En 1999, plusieurs années après qu'il eut battu les montagnes à la recherche de ces sculptures, Ramzan se mit à troquer de la viande séchée contre des cartouches de fusil dans un village voisin, où un soudeur fabriquait des munitions « maison ». La chevrotine étant hors de prix au marché noir, ce dernier bourrait les douilles avec des billes d'acier récupérées sur des roues de chariot. Les deux hommes avaient échangé quelques mots, avant la viande et les munitions, et s'étaient vite aperçus que tous deux avaient travaillé dans la même zone industrielle. Juste après la naissance de son fils aîné, le soudeur y avait officié comme gardien de nuit afin de pouvoir profiter, de temps en temps, d'une vraie nuit de sommeil. Ils avaient évoqué comment, en 1991, le marché des sculptures authentiques avait cessé – des entreprises s'étant mises à en produire à la chaîne dans les faubourgs de Grozny avec l'aide d'un professeur des Beaux-Arts qui exploitait ses élèves comme autant de moujiks. Les souvenirs façonnaient un tunnel par lequel la confiance voyageait vite. Les deux hommes n'avaient rien en commun hormis la mémoire de la Z.I., mais c'était suffisant. Ramzan avait donné au soudeur ses meilleurs morceaux, et l'ouvrier avait donné à Ramzan une kalachnikov. Ramzan était revenu voir le soudeur quelques jours plus tard avec les pattes arrière d'un ours encore fraîches dans la benne de son pick-up.

Un jour cependant, le soudeur avait disparu pour rejoindre les séparatistes. Durant toute l'année suivante, Ramzan avait lutté pour survivre. Sa tâche, déjà difficile, s'était compliquée encore par le diabète de son père. Dans un pays où l'eau potable était rare, se procurer de l'insuline était pure chimère. Mais Ramzan avait trouvé un moyen.

Dans une petite ferme collective, surnommée dans la région « les champs miraculeux », Ramzan devint exploitant de pétrole pour les insurgés, ou les Russes, ou pour les deux à la fois. Le pipeline, qui traversait le verger laissé à l'abandon et transportait le pétrole des puits des environs vers une grande raffinerie, était tellement criblé de balles que la raffinerie avait cessé de fonctionner. Dans la puanteur des fruits pourrissant sur pied, Ramzan creusait des rigoles le long du pipeline. Des fontaines noires remplissaient les réservoirs grâce au réseau qui servait jadis à l'irrigation des arbres fruitiers. La moitié du pétrole s'infiltrait dans le sol, et allait se perdre dans les nappes phréatiques. L'or noir coulait à flots. Cette manne était si abondante que personne ne songeait à colmater les fosses et les canaux. Deux fois par jour, un camion citerne venait siphonner le pétrole à l'aide d'un long tuyau de caoutchouc et allait le livrer aux fabriques clandestines, où le brut était raffiné en un gazole à haute teneur en soufre par des machines obsolètes, vieilles de quatre-vingts ans, volées au Musée national du Pétrole. Les femmes, qui mettaient le gazole en bouteilles et les vendaient aux coins de rue, étaient les seules « stations d'essence » sur des centaines de kilomètres à la ronde. Parfois, ce gazole de contrebande fonctionnait, parfois des voitures explosaient, mais l'argent alimentait les coffres des rebelles, ou des Russes, ou des deux à la fois. Pour son travail, Ramzan était bien payé et, avec cet argent, il parvenait à trouver de l'insuline et des seringues au marché noir. À cause des querelles territoriales permanentes aux abords du pipeline, le travail était plus dangereux que la guerre elle-même ; Ramzan tint bon toutefois, non par amour pour son père, mais par crainte de ne pouvoir s'occuper de lui – et donc de le décevoir.

En 2001, quand un groupe de rebelles blessés vint occuper quelques jours le village, Ramzan reconnut parmi eux le soudeur. Les deux hommes s'embrassèrent comme des frères, comme s'ils avaient enduré ensemble des épreuves bien plus traumatisantes que celle d'avoir travaillé dans la même zone industrielle. L'ouvrier le présenta à son commandant, un homme avec de vilaines dents et du fil dentaire cousu en travers de sa poitrine. Impressionné par sa connaissance des montagnes et pressé d'ouvrir des voies d'approvisionnement pour l'hiver, le commandant présenta à son tour Ramzan à un cheik saoudien, venu en Tchétchénie pour participer au djihad contre l'oppresseur infidèle.

Le cheik n'était pas le premier intégriste étranger à transgresser la charia, mais, de l'expérience de Ramzan, il était le premier à le faire pour s'adonner au poker en ligne.

— Le Coran dit : « Celui qui pratique le jeu de dés est comme celui qui plonge sa main dans la viande et le sang du porc », mais il ne parle pas des jeux de cartes, expliqua le cheik lors de leur première entrevue, tout en jouant le quart de finale d'un tournoi de poker.

Le cheik possédait sans doute le seul ordinateur en état de marche de Volchansk, connecté à Internet via une antenne satellite – une technologie qui offrait bien trop de libertés pour être conforme au dogme. Le Saoudien, aussi replet qu'une calebasse, regardait son écran en souriant.

— Je joue le matin, quand il fait encore nuit en Occident, et que le cerveau des autres joueurs est embrumé par le whisky. Tous mes gains, évidemment, sont reversés au djihad.

Avant la première guerre, aucun mouvement fondamentaliste n'avait encore pénétré la culture tchétchène. Le soufisme avait toujours été le courant musulman prédominant, et le wahhabisme fut une importation étrangère pendant le conflit. Deux ou trois fois l'an, des wahhabites venaient dans le village rechercher des recrues. Ils promettaient des rations, un toit, la vie éternelle au Paradis, et, dans l'attente de ce jour glorieux des martyrs, un salaire de deux cent cinquante dollars américains. Quelques jeunes adoptaient la doctrine monochrome des intégristes, mais la plupart se laissait radicaliser par la seule perspective de ce salaire mensuel qui dépassait de loin ce qu'ils auraient pu gagner en un an. La guerre d'indépendance fut rapidement associée au djihad parce que personne ne se souciait du droit à l'autodétermination d'une petite république enclavée. Les États arabes étaient prêts à financer une guerre sainte, pas une révolte nationaliste. En fin de compte, peu importait qui, des Russes ou des fondamentalistes, gagnerait la guerre – dans les deux cas, le rêve d'une Tchétchénie souveraine et démocratique serait réduit en pièces. Être un martyr nourrissait son homme, mais la mort n'attirait guère Ramzan. Il fut bien soulagé quand le cheik, ravi d'avoir remporté les dix mille dollars du tournoi, croisa ses jambes maigrelettes et lui fit une offre toute différente.

La véritable guerre était celle de l'approvisionnement, lui expliqua le cheik qui avait fait des études de droit fiscal pour être avocat d'affaires avant de consacrer sa vie à Allah – des premières amours auxquelles il reviendrait cinq ans et demi plus tard, quand Allah négligera, pour la dernière fois, de lui révéler ce que complotaient ses opposants. Les *djiguites* devaient être réapprovisionnés et réarmés, poursuivait le cheik, et perdre cette bataille serait plus destructeur pour le moral des troupes qu'un pilonnage de mortier. Parfois, quand les combattants se terraient dans les grottes des montagnes, sans assez d'armes pour repousser ne serait-ce qu'une meute de loups, le djihad n'était plus qu'un vœu pieux dans le cœur de ses fidèles, inaccessible. À ce niveau, il était difficile de prétendre que quelques milliers d'hommes cachés dans les montagnes pouvaient battre l'une des plus grandes armées du monde. Cependant, il fallait continuer à le clamer haut et fort. L'illusion de la victoire dans les esprits des jeunes convertis était déjà une victoire. Et le moral demeurait essentiel dans cette conquête des âmes tchétchènes. Si les rebelles périssaient sous les bombardements, ils accuseraient les Russes. S'ils mouraient de faim, ils accuseraient les wahhabites. Des approvisionnements fiables et sûrs étaient plus vitaux que toutes les prières des États arabes, et pourtant le cheik avait toutes les peines du monde à les organiser, parce qu'il était un étranger et qu'il ne connaissait pas le pays. Alors que Ramzan était chez lui. Finalement, ce dernier accepta la mission et le Saoudien lui donna une enveloppe avec dix billets verts de vingt dollars. Ramzan les examina, les palpa ; curieusement, il avait imaginé l'argent américain plus épais.

Tandis que ses voisins battaient les bois à la recherche de gibier, Ramzan allait s'approvisionner à Volchansk, Chali, et même à Grozny. Les armes qu'il livrait aux rebelles étaient toutes d'origine russe. Il en achetait une bonne partie à un capitaine véreux de la Fédération. Celui-ci mettait ses hommes au garde-à-vous, avec leur équipement au complet. Et, à mesure que Ramzan détaillait à voix haute les armes et les munitions demandées par le cheik saoudien, l'officier russe passait dans les rangs avec un grand sac pour faire la collecte. Plus tard, dans son rapport à ses supérieurs, le capitaine prétendrait que ses hommes avaient été victimes d'une embuscade rebelle et qu'ils n'avaient eu d'autres choix que de se rendre. Une autre partie des armes provenait des routes de contrebande qui zébraient les zones frontalières comme autant de veines sur une plaque de marbre. Un jour, alors qu'ils parlaient de l'approvisionnement, le cheik montra à Ramzan une carte de toute la Tchétchénie, assemblée à partir de documents trouvés sur Internet.

— Qu'est-ce qui ne va pas ? demanda le Saoudien en voyant Ramzan écarquiller les yeux devant les morceaux mal alignés et scotchés ensemble.

C'était la première fois que le jeune homme voyait une carte de son pays, car les Soviétiques avaient interdit toute représentation de la république dans son entier de crainte qu'un tel symbole éveille des sentiments nationalistes, ou tout au moins que les chauffeurs routiers ne se sentent pousser des ailes. Dans la fièvre contrebandière qui gagna le pays après l'effondrement du bloc soviétique, personne, à la connaissance de Ramzan, n'avait jamais eu l'idée d'introduire une carte en Tchétchénie. Et voilà qu'il en avait une sous les yeux, juste devant lui. Son pays ressemblait à un carré tracé par quelque victime d'un delirium tremens. Il eut une drôle de sensation et, dans l'instant, se sentit l'âme patriote.

— C'est une carte magnifique, souffla Ramzan, quand le cheik la lui donna.

Durant les seize mois où il travailla pour le chef saoudien, Ramzan transporta des armes automatiques, des cartouchières pour mitrailleuse, des pistolets Makarov, des seaux remplis de balles, classées par calibre, des fusils à lunette, des grenades, des bobines de fil de détente, des blocs de Semtex emballés dans du papier kraft, des chronomètres, du câble électrique de toutes les couleurs, des clichés en noir et blanc des bases russes, des cartes où figuraient barrages routiers, points de contrôle et ruines où se cacher, des pots de graisse noire, des bidons d'essence, des piles, des bonbonnes de gaz, des boussoles, des foulards, de la lessive en poudre, des comprimés d'iode, des cigarettes, des sacs de riz, des pommes de terre, de la confiture de prune, des abricots séchés, du lait condensé, des lentilles, du poivre, des communiqués de guerre, du papier, des crayons, des enveloppes, des lettres, la paye, des tapis de prière, des Corans de poche, des roquettes artisanales et leur tube-lanceur confectionnés à partir de buses d'évacuation. La rémunération dépendait des hasards du combat. Parfois, il s'agissait de billets – des dollars, des roubles, des livres anglaises, ou d'autres monnaies européennes. Parfois, c'était un tribut sur la marchandise : une paire de bottes en cuir de l'armée, un panier de maïs, une peau de sanglier, un manteau en mouton, un pistolet Makarov argenté. Quand Ramzan avait l'impression d'être un criminel, il se souvenait qu'un pays sans loi était un pays sans crime.

Les combats étiraient les voyages bien au-delà des paramètres habituels de temps et de distance. Un transport de cent kilomètres pouvait prendre des semaines à préparer et des jours à réaliser. Ramzan chargeait alors son pick-up et couvrait sa cargaison d'une simple couverture. Si les Russes l'attrapaient, peu importait qu'il transporte un couteau à beurre ou une bombe atomique. La sentence serait la même. Le peloton d'exécution. Il se dirigeait vers les montagnes qui se dressaient de plus en plus vers le ciel à son approche. Mais le danger se trouvait en dessous, sur les routes – mines, patrouilles ou hélicoptères. Ramzan prenait donc les chemins des bergers, couchant l'herbe haute de ses pneus. Les plaines devenaient alors collines, et les collines montagnes. Il empruntait des sentes si pentues qu'il devait s'y reprendre à trois fois pour négocier chaque tournant. Très vite, il perdit ses deux rétroviseurs extérieurs. La roche arrachait la peinture des portières. De temps en temps, son regard s'abîmait dans les ravins, des boyaux de verdure plongeant vers les eaux argent qui mettaient en évidence l'altitude et le degré d'inclinaison de l'endroit. Les nuages rendaient minuscules les villes et les villages en contrebas. Les combattants des deux camps s'accrochaient à cette terre qui, en fin de compte, leur survivrait.

Ramzan grimpait ainsi, le plus haut possible, jusqu'à ce que la montagne l'empêche de passer. Suivait alors l'étape la plus courte, et aussi la plus pénible du voyage. Il chargeait sa cargaison sur une planche en contreplaqué, la sanglait avec des sandows et des morceaux de bâche et arrimait le tout à ses épaules. Si la charge était bien équilibrée, il pouvait transporter de cette manière quarante kilos au sommet. Les rebelles ne l'aidaient pas. C'était une tâche indigne pour des combattants de la foi. Avec ses quarante kilos, Ramzan traversait les combes et les à-pics, sous les yeux béants des vallées. Toutes les dix minutes, il vérifiait sa position en consultant tour à tour sa boussole et la crête. Une cloche était attachée à son poignet afin que les guetteurs l'entendent avant de le repérer dans la lunette de leur fusil. Et soudain, les rebelles surgissaient de nulle part, dans leurs tenues de camouflage délavées qui se fondaient si bien avec le brun des rochers parsemés de lichens. Avec leurs barbes pendant de leurs visages tannés par le soleil, les martyrs l'accueillaient avec une reconnaissance fébrile. Quand la distance entre le campement des rebelles et la fin de la route était trop grande, Ramzan invitait Dokka – jamais Akhmed – à être du voyage.

* * *

Là.

Les empreintes d'un élan !

Ramzan s'accroupit au sol, fasciné par les traces dans la neige qui formaient une longue ellipse ne menant nulle part. Les marques n'étaient pas gelées, l'élan ne devait pas être loin. À quelques centaines de mètres, tout au plus. Revoir un élan. Admirer au lieu de tuer… Il se redressa et consulta sa montre, dont le soleil patinait d'or les aiguilles d'acier. Il devait appeler dans vingt minutes. Il baissa les yeux vers la piste du grand animal, tentant de suivre du regard la sente au travers des bouleaux et des sapins. Quelque part, dans ce sanctuaire de neige et d'ombre, un mouvement rompait l'immobilité des lieux et cette singularité là-bas accentuait sa solitude ici. Ramzan poursuivit son chemin. Impossible de passer l'appel en retard. Même pour la joie de voir un élan.

Les arbres s'ouvrirent à la dernière clairière. Déjà, les arbrisseaux étaient plus hauts que lui. Ils oscillaient au-dessus des moignons gelés de leurs ancêtres. La trace de Ramzan, plus large et grossière que celle du grand animal, sinuait dans le taillis pour s'arrêter devant l'épave d'un camion, abandonnée par les forestiers quand ils avaient plié bagage. En une décennie, la peinture jaune s'était écaillée et avait laissé place à la rouille. Les profondes sculptures des pneus lui permirent de grimper dans la cabine. Des fissures en étoiles zébraient le pare-brise, mais la vitre protégeait encore de la neige. Une fois installé derrière le volant, Ramzan ouvrit son sac et assembla le téléphone. L'antenne satellite était composée de trois rectangles de métal, enrobés de résine, qui, une fois installés sur le toit de la cabine et orientés à quinze degrés sur l'horizon, ressemblaient à une lèchefrite. Il connecta deux fils noirs à l'antenne, l'un branché à la batterie qu'il laissa sur le toit, et l'autre au récepteur, en le faisant passer par la fenêtre cassée. Le pavé numérique vert s'alluma. Trois minutes encore avant l'heure de l'appel. Quoique teintés de honte et de regrets, ces coups de téléphone étaient ses rendez-vous préférés du mois ; depuis presque deux ans, les militaires à l'autre bout de la ligne étaient les seules personnes qui daignaient lui parler. Il mesura le froid à la longueur de son haleine qui sortait de sa bouche telle une défense d'éléphant évanescente. Tout le silence de la forêt se cristallisait dans la cabine. Plus tard, il rangerait ce moment avec le souvenir de sa mère sortant de la cuisine, un rouleau à pâtisserie à la main, dont la seule vue le faisait saliver. Il chérirait ce souvenir comme il chérissait la pelote de laine jaune encore attachée à la manche inachevée du pull-over qu'elle lui tricotait quand elle était morte. Il tisserait ces trois minutes de conversation téléphonique dans la trame du souvenir de sa mère, parce qu'elle l'aimait, parce qu'elle croyait qu'il était un gentil garçon, généreux et doux, et qu'elle avait trépassé avant de voir le sous-homme qu'il était devenu. Depuis près de deux ans, il était un informateur pour les forces de sécurité de la Fédération de Russie. Il avait livré ses voisins qui venaient lui souhaiter son anniversaire tous les ans. Et pourtant, il s'estimait tout autant victime que responsable de ses crimes.

À onze heures précises, il composa les neuf chiffres du numéro sur le clavier. Un adjudant répondit et, dans le froid crissant de la cabine, sa voix sonnait comme une clarinette. Le militaire passa le combiné au colonel, dont la voix n'eut aucun effet sur ses intestins. Jusqu'à ce qu'il évoque le Makarov argenté.

* * *

Près de deux ans plus tôt, en janvier 2003, Ramzan conduisait dans les montagnes, et, bien qu'il l'ignorât, ç'allait être son dernier voyage. Le matin de son départ, il s'était éveillé à l'aube, avait fait ses ablutions et ses prières sur le rectangle de lumière qui faisait comme un tapis sur le sol. Le soleil d'hiver avait gardé la même heure que le bureau de poste soviétique et Ramzan se préparait à partir sans même avoir besoin d'allumer une lampe à pétrole. Neuf années s'étaient écoulées depuis que la maison qu'il occupait avec son père avait connu pour la dernière fois de l'électricité. À présent, les ténèbres n'avaient plus rien d'une absence, mais paraissaient plutôt être un épaississement de l'air, une viscosité qui ralentissait les mouvements, et exigeait une mémoire spatiale sans faille. Son caleçon long bâillait aux genoux et, quand il serra l'élastique sur sa taille, il songea avec amertume qu'il lui était plus facile de se procurer une caisse de fusils à lunette des forces spéciales qu'un sous-vêtement décent. Avant de quitter la maison, il plongea la main au fond du panier de linge sale ; les chaussettes en laine, les tricots de corps grisâtres se refermèrent autour de son bras comme un organisme informe et grouillant. Tout allait bien, le Makarov était là dans son nid, bien tangible.

Dans la cuisine, de la vapeur s'échappait de la bouilloire. Ramzan ouvrit la porte du four et mit ses mains en coupe devant la chaleur orange. Il entendait le bruissement de pages qu'on tourne dans le salon. Son père savait qu'il partait pour les montagnes aujourd'hui. Une lueur jaune moutarde filtrait de la pièce. Après s'être servi une tasse de thé, Ramzan s'approcha du seuil. Le halo courut à ses pieds et monta le long de ses jambes, mettant en évidence son caleçon trop lâche, jaunissant ses mains, ses poignets, puis ses avant-bras, et ses coudes.

— Tu t'en vas bien tôt, lâcha son père, ce qui au ton entendu n'était pas une question.

Le vieil homme était assis à son bureau, sous la flaque de lumière. Ramzan s'assit sur l'ottomane marron. Le dossier était tout pâle à force de recevoir le soleil du matin.

— Qu'est-ce que tu lis ? s'enquit Ramzan.

Son père lui adressa un sourire contrit, comme si on le surprenait à manger des *manti* avec les doigts, à même la marmite. Il inclina la couverture vers la lumière. Il s'agissait d'une histoire de conspiration inepte – un espion américain ayant infiltré le Kremlin se trouvait acculé par un commissaire dont la conscience prolétarienne, et la chance, compensaient avec bonheur son manque évident de raisonnement. Son père ne lisait ces inepties que lorsque Ramzan partait dans les montagnes. Pour un homme qui avait consacré sa vie aux écrits universitaires, ce brusque intérêt pour cette sous-littérature exprimait son inquiétude avec autant de puissance qu'un mégaphone.

— Tu l'as déjà lu ?

— Deux fois.

— Qui gagne ? Les Américains ou les Russes ?

— Les deux, répondit son père en regardant les vitres incrustées de givre.

— Qui sont les perdants alors ?

— Tous les autres.

— Je serai de retour dans une semaine.

Son père hocha la tête et reporta son attention sur le livre. Deux ans passeraient avant qu'il n'ait une autre conversation avec son père.

— On se revoit bientôt, reprit Ramzan.

Son père marqua sa page avec un crayon, se leva et passa ses bras sur les épaules de son fils. Le souffle chaud de son père courut sur sa joue, comme un reste de touffeur de l'été. Sur le bureau, sous le livre, gisait la carcasse de son manuscrit biffé de rouge comme autant de plaies sanglantes.

— Si tu essayais d'écrire ton livre plutôt que lire ceux des autres, tu aurais peut-être terminé à l'heure qu'il est.

— Peut-être.

Leur embrassade fut brève, une simple expiration, le temps de chasser ce fugace instant de tendresse entre eux. L'étreinte de son père était davantage un geste de précaution que d'amour, de sorte que si Ramzan ne revenait pas des montagnes, son père aurait la consolation que son dernier échange avec son fils avait été empreint de gentillesse et non d'aigreur.

Dans sa chambre, Ramzan souleva deux lattes de plancher et fouilla les ténèbres à la recherche du bout de corde élimée. Il enroula le brin à son poignet et tira la palette de bois sur la dalle de ciment. Dessus, il y avait un sac qui contenait ses plus belles pièces : trois grenades à fragmentation, une kalachnikov avec huit chargeurs pleins, un couteau de chasse, une vieille carte de membre pour le *bania* du village, deux cent mille roubles répartis en huit liasses, et une petite boîte en bois de santal renfermant la manche jaune du pull inachevé, avec encore sa pelote de laine.

Ramzan glissa une liasse dans la poche supérieure droite de son ancienne veste de l'Armée rouge – un vêtement qui paraissait n'être composé que de rangements – et passa les bras dans les manches qui ressemblaient à une paire de poches supplémentaires juste plus grandes que les autres. Il avait l'air d'un pêcheur. Il sortit le Makarov du panier à linge, l'enveloppa dans un maillot et le rangea dans le sac sur la palette. Il comptait garder l'arme pour lui, elle faisait pourtant partie des vingt qu'il devait livrer dans les montagnes aujourd'hui – ce serait sa petite commission. Trois semaines plus tard, il apprendrait à Havaa à s'en servir.

Dehors, le givre scintillait sous le soleil naissant, tandis qu'il marchait vers son pick-up, avec son sac à dos et la bouilloire. Il posa le récipient dans la neige pour faire refroidir l'eau, ouvrit le capot et remplit le radiateur. L'antigel étant un luxe inabordable, chaque soir il vidangeait le circuit de refroidissement et chaque matin il le remplissait – et ce serait le même rituel jusqu'au printemps. Le ravitaillement, le matériel et les armes – dont dix-neuf autres pistolets Makarov – étaient déjà chargés à l'arrière. Il était risqué de laisser les armes dehors la nuit, mais moins que de les faire entrer dans la maison – le choc thermique pouvait endommager le mécanisme. Son père se tenait dans l'encadrement de la porte, le visage soucieux.

Dans le rétroviseur, sa maison se mêla rapidement aux autres habitations chapeautées de neige. Il klaxonna deux fois en arrivant devant chez Dokka. Par la fenêtre du salon, il vit que son second coup de klaxon avait interrompu une dispute entre Dokka et sa femme. Sur le seuil, Havaa regarda tristement son père arrimer son sac sur ses épaules et s'éloigner dans la neige pour rejoindre Ramzan.

— Un réveil compliqué ? demanda celui-ci, tandis que Dokka grimpait dans le pick-up.

Dokka esquissa un sourire.

— Je suis marié. Tous les réveils sont compliqués.

Aucun véhicule n'était passé depuis la dernière neige. Sans traces de pneus, il était difficile de savoir où était la route. Tant qu'il ne percutait pas un arbre, se disait Ramzan, il était sur le bon chemin. Avachi dans son siège, Dokka faisait tourner un caillou dans sa paume.

Sur la route, tandis qu'ils progressaient vers le sud, la couche de neige passa de dix à vingt centimètres. Ramzan roula à quarante kilomètres à l'heure pendant si longtemps qu'il crut l'aiguille du compteur collée à ce chiffre. Ils s'arrêtèrent pour déjeuner et se soulager à côté d'un bosquet de sapins dont les branches camouflaient le véhicule rouge.

— La neige est comme la mère de ma femme, annonça Dokka, en effaçant à coups de pied les traces de pneus blanches. Une vraie pipelette ! Elle dira à tout le monde où on est allés.

— Prends une cigarette.

— On voit que tu n'as pas chassé cette année. Tu as oublié qu'un chevreuil est très facile à pister dans la neige fraîche.

Ramzan se pelotonna contre le capot chaud du pick-up. Fallait-il s'inquiéter comme Dokka ? Oui, ils seraient abattus si les Russes ou les forces de sécurité les trouvaient, mais cela pouvait arriver aussi bien à Eldár ou à Volchansk, chez eux ou dans la rue, pendant qu'ils dormaient ou qu'ils jouaient aux échecs, un sort si probable pour un Tchétchène qu'il valait mieux ne pas trop y penser.

Devant eux s'étendait un champ où depuis huit ans ne poussait que de la mauvaise herbe. La neige gommait les distances. Le champ semblait dépasser l'horizon et s'élever au-devant du soleil.

— Tu ne pourras pas continuer à faire ça très longtemps, lâcha Dokka. La guerre est finie. Grozny est tombé. Ces échauffourées sont les derniers sursauts.

— Toujours aussi optimiste, Dokka.

La nuit tomba. Ils traversèrent des vallées tapissées de champs en terrasses jusqu'à atteindre des maisons construites avec la même pierre pâle qui avait servi à édifier les murets qui ourlaient les versants. Des siècles plus tôt, l'endroit avait abrité plusieurs milliers de personnes; mais en 1956, quand les Tchétchènes avaient été autorisés à revenir de leur exil kazakh, les autorités soviétiques leur avaient refusé l'accès à leurs maisons ancestrales, si bien qu'il y avait des centaines de villages fantômes comme celui-ci, dans les montagnes, constitués de ruines intactes. Cela semblait si étrange de voir un village décimé non par les bombes et les balles, mais par le temps et l'abandon. Les trente-neuf habitants qui se rassemblèrent autour du pick-up avaient tous des arrière-arrière-grands-parents en commun. Les hommes portaient des toques de mouton et de grandes bottes de cuir, les vieilles femmes des fichus noirs et gris, et de longues robes de laine, les jeunes des hijabs bleus ou roses avec des plis de la largeur d'un couteau de chasse. Les enfants restaient à la lisière du faisceau des phares, comme s'ils redoutaient que la lumière les brûle.

Un ancien les accueillit; un grand vieillard maigre comme un arbre en hiver, qui mangeait de la neige pour calmer son ulcère. Après s'être lavé les mains dans un baquet, ils furent invités chez le vieil homme. Les murs étaient constitués de pierres blanches, scellées à la chaux, sur lesquelles étaient gravés de vieux pétroglyphes – des rayons de lumière jaillissant de soleils de la taille d'une prune. Ils dînèrent dans la pièce principale, sur les paillasses qui leur serviraient de lit ensuite. On mangeait différemment, ici. Les bols étaient pleins, les bouchées copieuses. Les mots ne servaient plus à rien quand la langue conversait avec le mouton.

N'étant plus habitués à de telles portions, Ramzan et Dokka finirent leur repas les derniers. Dès qu'ils posèrent leurs bols, les femmes entrèrent par la porte de derrière. Elles attendirent que les hommes s'en aillent pour prendre place sur les couvertures en peau de mouton. En entendant les murmures et les rires étouffés quand il referma la porte, Ramzan regretta de ne pouvoir demeurer à l'intérieur.

Les hommes suivirent la piste d'un chevreuil qui contournait les restes gelés d'une tour. Jadis, il s'agissait d'une forteresse, d'une tour de guet, à la fois phare et ancre pour le *taïp* depuis dispersé. Passé la tour, ils débouchèrent dans une clairière, au centre de laquelle une série de planches surélevées formait une plateforme. Au milieu de celle-ci, un cercle de pierre et les cendres d'un feu. Les hommes allèrent chercher du bois dans une cache creusée dans la colline. En quelques minutes, le brasier dépassa Ramzan d'une tête. Les flammes étaient tellement aveuglantes qu'il ne pouvait plus compter les cernes des bûches qui ne s'étaient pas encore embrasées. Cela faisait des années qu'il n'avait pas assisté à un *dhikr*[1].

Ramzan et Dokka retirèrent leurs bottes et vinrent s'asseoir avec les hommes autour du feu. Le vieillard ouvrit la cérémonie par une prière. Un appel lancé par un homme, songea Ramzan, dans des montagnes à présent désertes. *La ilaha illa Allah, la ilaha illa Allah!* L'ancien répéta l'appel, et son lent phrasé découpait les mots en syllabes comme autant de formules d'un langage ésotérique. Les autres se joignirent à la psalmodie, leur mélopée soutenant l'incantation du vieux. Puis tous tapèrent des mains, non pour marquer le rythme, mais pour l'accélérer. L'éclat argent de la lune et l'orange des flammes se mêlaient sur le visage du vieillard. *Il n'y a pas d'autre dieu qu'Allah!* Les hommes se balançaient de droite à

---

[1] Invocation de Dieu, fondatrice du soufisme, jugée davantage purificatrice que tout autre acte de piété et de dévotion. (*N.d.T*)

gauche à mesure que la cadence accélérait. Aux mouvements chaloupés s'ajouta le martèlement des pieds. Bientôt la poussière s'éleva des planches branlantes, et les hommes se mirent à arracher leurs vêtements. Devant la chaleur du brasier, les fidèles brûlaient de l'intérieur. Les manteaux tombaient, leurs manches battaient l'air, les gants de laine pleuvaient. Ce n'était pas les cris qui succédaient à l'explosion d'une mine ou à un pilonnage ; les appels du vieillard étaient l'expression douloureuse d'une adoration extatique : *Il n'y a pas d'autre dieu qu'Allah! Il n'y a pas d'autre dieu qu'Allah !*

Ramzan tapait des mains et des pieds, criait à tue-tête, le visage ruisselant de sueur. Soudain, plus loin dans le rang, un homme poussa un vagissement, une longue supplique. Sans pour autant reconnaître le moindre mot intelligible dans cette plainte gutturale, Ramzan sut exactement ce que disait cet homme. L'inconnu avait les yeux fermés, et la sérénité exceptionnelle qui irradiait son visage prouvait qu'il venait de voir tout ce qui pouvait être vu. La voix de l'ancien descendit alors d'une octave et, à l'unisson, la cadence des pieds de l'assistance se mua en danse. Ils tournèrent en rond, le cœur en liesse, dans le sens inverse des aiguilles d'une montre, faisant glisser le pied gauche, frappant les planches du droit. Tous ensemble, dans un même vortex. Trois cent soixante degrés devenant un plan unique et indivisible. Ramzan sentit quelque chose enfler dans sa poitrine. Il s'efforçait de le contenir en se répétant qu'il n'était plus un soufi, que ces gens n'étaient pas son peuple, que le regret de ces hommes était la prophétie d'un paradis vide. Mais la tension ne cessait de grandir, encore et encore, comme le souvenir d'un orgasme lointain, et bientôt elle emplit tout son corps, le moindre espace entre ses cellules. Et ce fut le jaillissement, la libération. Le vagissement de Ramzan, en revanche, n'eut rien de mélodieux. Sa voix était rauque et brisée quand elle retentit. Mais les autres hommes n'y prêtèrent pas attention, emportés par la trépidation des mains et des planches. Et malgré le manque de grâce de son cri, quand Ramzan put respirer à nouveau, il était en paix.

Le lendemain matin, Ramzan s'éveilla la gorge en feu. Après avoir déjeuné de noix, de fruits séchés et de lait de chèvre, le vieil homme accompagna ses invités à leur pick-up. En échange de leur hospitalité, Ramzan lui donna dix kilos de riz et une petite bonbonne de butane. Le vieux refusa les munitions, hormis de la chevrotine de chasse, mais Ramzan insista. Il tenait absolument à assurer la sécurité de cet inconnu. Mais à voir la mine renfrognée du vieillard, Ramzan comprit que celui-ci ne serait jamais convaincu que la possession d'une grenade puisse être, pour lui et les siens, un gage de sécurité. En partant, Ramzan dut faire un effort pour se concentrer sur la route. Les vies qu'il laissait derrière lui étaient si dérisoires et anonymes qu'elles avaient échappé à l'œil du socialisme, ainsi qu'aux deux guerres de Tchétchénie. La veille, pour la première fois depuis longtemps, il s'était enfin senti complet, et à présent il ne parvenait pas à détacher son regard du rétroviseur, de ces quelques centimètres carrés de verre qui recelaient désormais sa dignité.

Pendant encore cinq heures, ils roulèrent, se faufilant dans des passages très étroits, traversant autant de vallées oubliées. Cinq heures à écouter Dokka louer les talents de son épouse, et sa capacité à préparer des plats somptueux avec seulement le tiers des ingrédients recommandés, cinq heures d'éloges si appuyés et exagérés que cela frisait l'insulte. Sinon, pourquoi chanter les louanges du mariage à quelqu'un qui ne se marierait jamais ? pourquoi énumérer les merveilles de la vie conjugale si ce n'était pour le blesser, lui qui, pendant cinq longues heures, se sentit si déficient qu'il aurait donné sa main en dot pour avoir une femme qui n'aurait su ni cuisiner, ni coudre, ni élever des enfants, pour avoir une femme qui l'aurait trompé, aurait pété en public, une femme qui l'aurait traité comme un chien. Oui, il aurait pu prendre cette femme, et ç'aurait été pour le mieux parce qu'un homme, même diminué, restait un homme ; car Ramzan n'était plus un homme, plus vraiment, même si le monde attendait de lui qu'il en soit un. Il fallait entendre les voisins – *Pourquoi tu ne te maries pas, un bel homme comme toi qui vit encore avec son père!* –, et quand son silence ou sa réserve faisait naître la rumeur – *il n'aime pas les femmes, c'est pour ça qu'à trente et un ans il est toujours seul* – il ne savait ce qui était le plus humiliant, entre la vérité et les ragots. Finalement, il préférait qu'on le soupçonne d'être homosexuel parce que cela lui permettait de dissimuler la réalité, l'indicible réalité. Son silence entretenait certes le doute, la confusion, mais la honte n'en était pas moins grande; elle le rongeait et se muait en une rage ardente qui pulsait dans ses veines, ses reins, ses avant-bras, jusqu'aux orteils. Une colère sombre envahissait son cœur, gravant un à un dans sa chair les noms de tous ceux qui le calomniaient; une liste honnie que, plus tard, beaucoup plus tard, il énumérerait dans un téléphone satellite. Alors, à leur tour, les bourreaux deviendraient victimes. Ce serait le temps des « rumeurs de Ramzan » : ils avaient dit « homosexuel », il dirait « sympathisant des rebelles », « wahhabite », « djihadiste ». Mais pour l'heure l'idée de colporter de tels mensonges ne lui effleurait même pas l'esprit. Il se contentait d'endurer le soliloque de Dokka sur les bienfaits du mariage – son purgatoire du moment. Cinq heures de route, cinq heures à supporter cette logorrhée! Soudain, au détour d'une crête, Ramzan écrasa la pédale de frein : juste devant eux, à moins de deux cents mètres, se tenait une patrouille de soldats russes. Des Russes à la fois ennemis et libérateurs, car ils pouvaient aussi bien les tuer que délivrer Ramzan de son supplice. D'une voix vibrante de terreur et de reconnaissance mêlées, il lâcha les mots qui lui brûlaient la langue depuis si longtemps :

— Tais-toi, Dokka.

Un silence divin se répandit dans l'habitacle et Ramzan prit le temps de le savourer avant que la peur ne reprenne ses droits. Il y avait là deux véhicules de transport de troupes, deux jeeps UAZ, et un blindé avec une mitrailleuse sur tourelle.

— Fais demi-tour! cria Dokka en secouant le bras de Ramzan. Qu'est-ce que tu attends?

Mais il laissa son pied sur le frein.

— Ils nous ont déjà vus.

C'était effectivement le cas. Déjà, la tourelle du blindé pivotait dans leur direction et les deux UAZ démarraient en soulevant des gerbes de neige.

— Si on se sauve, on est fichus. Si on les attend tranquillement, on a une chance de survivre. On ne bouge pas. Ce n'est pas encore un crime d'être en vie. Tu pourras peut-être même me finir ton histoire avec ta femme.

Les jeeps s'arrêtèrent vingt mètres devant eux, moteur au ralenti, tandis que, derrière elles, le blindé achevait de grimper le versant. Les soldats qui descendirent n'arboraient pas les tatouages des *kontraktniki*, comme ceux que Ramzan avait vus pendant la *zatchistka*. Comparés à ces ours russes, ceux-là n'étaient que des chacals faméliques.

On a peut-être une chance de revoir le soleil se lever, songea-t-il.

Quatre soldats avec des mitraillettes s'approchèrent. Ramzan leva les mains. Dokka l'imita.

— Tu as déjà été arrêté. Tu as survécu. Ils ne t'ont rien fait, bredouillait Dokka, en s'efforçant de se donner de l'espoir.

Ramzan brûlait d'attraper Dokka par les oreilles et de le secouer jusqu'à ce qu'une once de raison lui revienne. Il ne sentait que trop le vide entre ses jambes.

— Tais-toi, Dokka. Ne dis plus rien.

L'un des soldats se planta devant la portière côté conducteur. Malgré la barbe de plusieurs jours, le creux de ses joues était perceptible. Tout autour la neige s'étalait, immense et indifférente.

— À boire, lâcha le soldat.

Ne comprenant pas la demande, Ramzan lui tendit ses papiers.

— À boire, répéta le soldat. Ça fait des jours que nous buvons de la neige crasseuse. On veut de l'eau. De l'eau propre. Vous parlez russe ?

— Je crois qu'on devrait lui donner de l'eau, murmura Dokka, ses mains toujours ouvertes face au pare-brise.

C'étaient les premières paroles sensées qu'il prononçait de la journée.

— J'ai de l'eau à mes pieds, répondit Ramzan au soldat. Ne tirez pas.

Le militaire accepta le bidon maculé de cambouis, et soupira d'aise quand il porta le goulot à ses lèvres ; un soulagement qui se transmit à Ramzan. Le Russe ignorait que l'eau avait passé la veille dans le circuit de refroidissement.

Quand on leur ordonna de descendre du pick-up, Dokka garda ses mains bien en l'air. Ramzan protesta pour la forme. Il avait donné de l'eau à ce soldat, et c'était comme ça qu'on le remerciait ? Mais il cessa ses récriminations quand le soldat, une fois sa soif étanchée, pressa son canon sur son front. On les étendit à plat ventre dans la neige, on leur attacha les poignets dans le dos avec des liens de plastique. Afin de respirer, Ramzan devait se cambrer, la tête dressée, comme un cétacé échoué. De cet observatoire inconfortable, il regarda les soldats descendre les sacs de riz et de blé de la benne. Quelques secondes plus tard, ils trouvèrent les pistolets Makarov, les grenades à fragmentation, les pains de Semtex, les bobines de câbles. Il allait mourir là, vautré dans la neige comme une putain de baleine, à des kilomètres de chez lui. Pourquoi n'avait-il pas cousu son adresse dans la doublure de son pantalon ? Il ne l'avait pas fait de peur que les forces de sécurité ne s'en prennent à son père, mais maintenant, avec cette neige qui fondait sous sa poitrine, il se rendait compte que rien n'était plus inhumain qu'une tombe sans nom. Allaient-ils le forcer à se coucher sur Dokka pour économiser les munitions ? Une telle mort serait indigne. Il exigerait d'avoir droit à sa propre balle. En remerciement du bidon d'eau. À côté de lui, Dokka avait abandonné. Le visage baignant dans son bol de neige fondue, il y déversait ses larmes.

— Ne t'inquiète pas, articula Ramzan. (Son ton le surprit lui-même. Il entrevoyait la fin du voyage et pourtant il était serein.) Aujourd'hui, on va enfin savoir si ce sont les imams ou les commissaires du peuple qui ont raison.

— Tu es courageux, répondit Dokka. Et moi, je suis là à pleurer. Je te déshonore.

Combien de fois, dans l'Histoire, une tristesse immense avait-elle été prise pour du courage ? Ramzan ouvrit la bouche et l'emplit de neige. Il la laissa fondre tandis qu'il écoutait les sanglots de Dokka. Les soldats, au moins, se souviendraient de celui qui avait fait face au canon les yeux secs.

Mais les militaires, dans un geste de compassion imprévu, décidèrent ne pas les exécuter sur-le-champ. Après avoir trouvé les armes, ils remirent Ramzan sur ses pieds, puis Dokka. Secouant la tête en voyant la morve sur le visage de Dokka, ils se tournèrent vers Ramzan pour ne s'adresser qu'à lui. Ils expliquèrent qu'ils étaient perdus. Trois nuits plus tôt, le froid avait eu raison de leur radio, et depuis ils traversaient les terres enneigées à la recherche d'une habitation. Ils ne traquaient pas les contrebandiers. C'était un pur hasard s'ils étaient tombés sur eux. Lorsque les fusils leur intimèrent de se diriger vers les jeeps, le commandant demanda :

— Tu connais la Décharge ?

Ramzan hocha la tête.

— Tu peux nous indiquer le chemin ?

— Le chemin ?

— Je te l'ai dit. Nous sommes perdus.

Ramzan n'en revenait pas.

— Si tu nous emmènes là-bas, vous aurez la vie sauve. Du moins, jusqu'à ce qu'on y arrive. Ça, je te le garantis. Et ensuite, vous aurez de bonnes chances. Je connais un lieutenant là-bas.

— D'accord, fit-il, car il ne voyait pas ce qu'il pouvait dire d'autre.

Le visage du commandant s'éclaira de reconnaissance. Redoutant les embrassades de l'homme, Ramzan fit le premier mouvement vers la jeep. Ses geôliers le suivirent.

Les soldats les accompagnèrent sur le versant, en s'assurant qu'ils ne glissent pas dans la pente. Le commandant ouvrit la porte de la jeep pour Ramzan et coupa leurs liens de plastique avec un couteau.

— Attention à la tête! prévint-il.

Jamais l'officier ne parlerait à quiconque de ses années de guerre. Pour la femme, qu'il épousera trois ans et demi plus tard, comme pour la centaine de personnes de son entourage, il serait un homme exemplaire : un mari, un père, un fidèle de l'Église, un instituteur, un bénévole pour de bonnes œuvres, mais jamais un ancien officier de l'armée d'occupation en Tchétchénie.

Ramzan s'installa au bout de la banquette. Dokka se glissa à côté de lui. Quelques minutes inconfortables s'écoulèrent avant que le commandant ne vienne s'asseoir sur le siège passager, avec une Marlboro rouge – la marque préférée du chef des rebelles – coincée entre les lèvres. Le commandant et les soldats le regardèrent avec insistance, comme s'ils attendaient quelque chose.

— Quoi? s'enquit Ramzan.

— Ta ceinture.

— Ma ceinture?

Il jeta un regard circulaire. Tout le monde était sanglé.

— On ne va nulle part tant que tu ne seras pas attaché! annonça le commandant.

Ramzan acquiesça; oui, bien sûr, il devait boucler sa ceinture de sécurité pour leur donner la direction de son camp de torture, parce que l'absurde est la seule loi qui demeurera jamais dans l'univers. Il s'exécuta, puis sortit sa boussole.

— Demi-tour. La Décharge est derrière nous.

Durant l'heure qui suivit, Ramzan les guida. Des ovales de neige fondue apparurent çà et là dans les champs. Des flaques de boue curieusement régulières. Le soleil brillait. Soudain, il se mit à bâiller et Dokka lui donna un coup de coude. À côté de lui, un soldat aux joues creusées et aux lèvres grasses somnolait.

— Je pense qu'Akhmed couche avec ma femme, souffla Dokka.

Ramzan détourna la tête vers la fenêtre. Des branches argentées défilaient derrière la vitre. Ils auraient un bel été. Ramzan en avait assez entendu sur l'épouse de Dokka.

***

Début décembre 2004. Deux semaines avant l'arrestation de Dokka. Dans la cabine du camion abandonné. La première conversation de Ramzan avec le colonel cosaque :

— Ramzan Geshilov ?

— Geshilov au rapport, colonel.

— Tu reconnais ma voix ?

— Non, colonel. Vous remplacez le capitaine Ivan Fyodorovich ?

— C'est ton officier de liaison ?

— Oui.

— Oui, qui ?

— Oui, colonel.

— J'ai baisé la femme de ton dernier officier de liaison quatre-vingt-sept fois, et seules les trois premières fois c'était avant son mariage. Tu vois le tableau ?

— Oui, colonel.

— On m'a dit que tu es le plus nul de nos contacts pour le secteur de Volchansk. C'est vrai ça ?

— Je ne sais pas, colonel.

— Enfin quelqu'un qui dit la vérité.

— Oui, colonel.

— Quel temps fait-il dans la forêt d'Eldár ?

— Il fait… beau. Beau et froid.

— C'est ce que me dit le rapport météo. Les météorologues ne se sont donc pas plantés. Pour une fois.

— Oui, colonel.

— Où es-tu en ce moment même ?

— Dans une épave de camion. À trois kilomètres du village, colonel.

— Parfait. Si tu m'as en ligne plutôt que ce cocu de capitaine, c'est parce qu'on a un problème ici de la plus haute importance. Puisque le capitaine n'est pas foutu de savoir où s'en va sa femme, à savoir dans mon lit tous les jeudis, je ne peux lui faire confiance pour régler cette affaire. Il se trouve qu'une analyse balistique m'est revenue, celle d'un pistolet qui a servi à assassiner un colonel du FSB, l'année dernière.

— L'année dernière ?

— Oui. Un an pour effectuer un simple examen balistique. On est en décembre 2004, et il vient juste d'arriver ! Quand j'étais à Moscou, j'ai lu que les chaînes chinoises peuvent assembler une voiture en quelques heures. Et nous, il nous faut un an pour étudier un bout de plomb et trouver une relation de cause à effet entre la balle dans la tête d'un colonel du FSB et l'arme abandonnée à quelques mètres de lui.

— Oui, colonel.

— L'analyse est donc revenue, et je veux que tu me dises d'où vient ce pistolet.

— Pardon ?

— T'as pété ?

— Non, colonel.

— Alors garde tes « pardons » à la con.

— Oui, colonel. C'est juste que je ne vois pas comment je pourrais découvrir l'origine d'une arme qui a été utilisée il y a un an.

— Une aiguille dans une botte de foin, c'est ça que tu te dis ?

— Sauf votre respect, colonel, oui, c'est exactement ça.

— Sauf que la chance est de ton côté, mon gars. Car il s'agit d'une de tes propres aiguilles.

— Vous devez faire erreur. Je n'ai rien vendu de plus dangereux qu'un cure-dent durant ces deux dernières années. Demandez au capitaine, colonel.

— Je demanderais plutôt à sa femme. Je m'intéresse moins à ce que tu prétends ne pas vendre qu'à ce que tu as déjà vendu. Il se trouve que le numéro de série du Makarov utilisé pour tuer le colonel en décembre 2003 appartient à la même série des Makarov trouvés à l'arrière de ton camion quand nos braves trouffions te sont tombés dessus et t'ont emmené à la Décharge en janvier 2002.

Silence

— T'es encore là, gamin ?

— Oui.

— Oui, qui ?

— Oui, colonel.

— Ça nous met dans une situation délicate. Il se trouve que le fournisseur de l'arme qui a servi à assassiner un colonel du FSB est justement notre indic'.

— Je vous jure que je n'ai rien à voir avec tout ça. Qui est l'assassin, colonel ?

— Une Veuve Noire. Une *chahidka*. Une séparatiste entraînée et envoyée par vos sauvages des montagnes.

— Elle a été prise vivante… colonel ?

— Elle s'est fait arrêter à un check-point. Tactique astucieuse. Elle a séduit le colonel, un homme, m'a-t-on dit, si généreusement servi par la nature que seule une grosse chatte de Tchétchène pouvait lui convenir. En apprenant la belle constitution du colonel, la *chahidka* a usé de ses charmes. Une fois seule avec lui, elle l'a abattu.

— Et personne ne l'avait fouillée ?

— Si tu avais encore une paire de couilles entre les jambes, tu saurais qu'on pourrait fourrer un lance-roquette dans la chatte de tes consœurs. Cet officier était un idiot, sans doute, mais c'était un officier.

— Oui, colonel. Mais ne serait-il pas plus efficace de remonter la piste de la *chahidka* plutôt que celle du pistolet ?

— Un pistolet est plus facile à identifier qu'une personne. On a retenu la leçon.

— Je veux dire, en la faisant parler…

— Elle ne peut plus rien pour nous.

— Très bien. Je vais voir ce que je peux faire, colonel.

— Non. Pas ce que « tu peux faire ». Tu vas faire ce qu'on te dit.

— Oui, colonel.

— Les numéros de série sont le langage de la vérité absolue. Ils ne mentent jamais, eux. À un moment, tu as été en possession de ce Makarov, et je veux savoir les noms et adresses de tous ceux qui l'ont eu entre les mains. J'ai été promu pour remplacer le colonel en question. J'ai à présent son rang et sa charge. Et ma priorité numéro un est d'avoir la peau de ceux qui ont organisé son assassinat. S'il m'arrivait pareille mésaventure et que ce cocu de capitaine soit amené à prendre ma place, ce serait une catastrophe pour la mère patrie, tu saisis ?

— Oui, colonel.

— Je vois dans ton dossier que tu as encore ton père.

— Oui, colonel.

— Et qu'il vit avec toi.

— Oui, colonel.

— Et qu'il va avoir soixante-dix-neuf ans cette année.

— Oui, colonel.

— Il a survécu à la Grande Guerre patriotique ?

— Oui, colonel.

— Et à la déportation au Kazakhstan ?

— Oui, colonel.

— Et à onze années là-bas dans les steppes ?

— Douze, colonel.

— Et tu aimerais lui fêter son quatre-vingtième anniversaire ?

— Oui, colonel.

— Alors, donne-moi les noms, Ramzan.
— Oui, colonel.
— Ou je te recouds les couilles juste pour pouvoir te les couper une deuxième fois.

* * *

Le centre de détention avait été baptisé la Décharge parce qu'il avait été édifié, ou plutôt enterré, dans un site d'enfouissement d'ordures qui n'avait jamais été achevé. Un jour, alors qu'il passait devant le chantier, Ramzan, jeune homme, avait regardé le balai des tractopelles mordre le sol avec leur gueule de brontosaures et arracher des pelletées de terre grandes comme des baignoires. Mais, après l'effondrement du bloc, et les guerres successives, la construction du site d'enfouissement avait été ajournée, puis abandonnée définitivement. Seules deux des huit fosses prévues avaient été creusées, chacune profonde de vingt mètres, sur une surface grande comme un stade de football. Les fondations de ciment et de plastique destinées à capter les effluents des déchets n'avaient jamais été installées, si bien que la pluie et la neige s'accumulaient au fond des deux trous pour former une bauge qui montait jusqu'aux genoux. Quand Ramzan fut emmené là-bas durant la première guerre, il avait passé trois jours au fond de la Fosse A, avant que deux gardes lui descendent une grande échelle de soixante barreaux, rincent ses jambes et ses pieds à l'eau glacée et le conduisent dans le bâtiment blanc dont l'entrée était encore surmontée du panneau : CENTRE DE TRAITEMENT DES DÉCHETS – ADMINISTRATION. Après la première guerre, il y avait eu des pétitions pour que les fosses soient comblées. Un groupe de seize femmes, qui avaient toutes perdu leur mari à la Décharge, pelletèrent pendant un mois, mais leurs efforts n'avaient été qu'une goutte d'eau dans le marécage. Pour finir, le bénéfice symbolique qu'aurait représenté le comblement de ces fosses funestes fut jugé moins important que celui, plus matériel, de reconstruire les rues, les maisons, les écoles, les usines, les raffineries et les hôpitaux. Personne n'imaginait alors que les fosses seraient de nouveau utilisées. Personne n'imaginait qu'il pût y avoir une deuxième guerre.

Mais il y en avait eu une. Et en ce jour de janvier 2003, après sa rencontre malheureuse avec la patrouille de soldats russes égarés, Ramzan se retrouva emprisonné pour la seconde fois. Il passa onze jours au fond du trou, cette fois dans la Fosse B, tandis que Dokka fut emmené dans la A. C'était au moins une consolation pour ses oreilles. Il descendit les soixante barreaux, désormais rouillés, et les gardes le firent tomber avant qu'il ait atteint les derniers échelons. La fange gelée formait à présent une bouillasse de neige fondue qui ne montait que jusqu'aux chevilles. Il y avait là une vingtaine de prisonniers. Dans les jours qui suivraient, il prierait le ciel avec eux, mais seules ses conversations avec l'imam aux yeux bleus resteraient gravées dans sa mémoire. Les gardes descendaient de la nourriture et de l'eau dans des seaux attachés à des cordes, de temps en temps, de façon arbitraire, parfois cinq fois par jour, parfois une seule, parfois au milieu de la nuit, pour forcer les détenus à se réveiller, à se regrouper pour faire le partage. La seule chose qui ne manquait pas dans la fosse, c'était l'espace. Ramzan passait ses journées à marcher le long des parois, en se demandant si les Russes avaient quelque part une prison moderne, avec de l'électricité, des paillasses, des cellules, et un toit. Peut-être qu'au lieu de prisonniers ils y entreposaient des peaux de banane, des pelures de pommes de terre, des restes de lacets cassés, des trognons de pommes, des calendriers de l'année précédente, des pneus crevés, des boules de papier froissé, des mouchoirs usagés, des mégots de cigarette et d'ultimes restes de savon. Elle était peut-être là-bas la vraie Décharge ? Un gardien compatissant – et l'imam apprendrait à Ramzan à honorer son âme – avait jeté quelques planches dans le trou, si bien qu'une sorte de passerelle de la largeur d'un fléau de balance faisait le tour de la fosse. Les noms des villages et des captifs étaient gravés dans la paroi d'argile. Les hommes la badigeonnaient de neige, le plus haut possible, pour humidifier l'argile et pouvoir y creuser des lettres en capitales du bout d'un bâton ou du doigt. Les Russes auraient torturé pour obtenir ces informations laissées au fond du trou. Mais il était communément admis que les soldats russes étaient aussi finauds qu'un mur de parpaings. Il était admis aussi que la souffrance, plutôt que le renseignement, était la véritable finalité de ces interrogatoires.

L'après-midi du quatrième jour, alors que Ramzan marchait en équilibre sur l'étroit trottoir, l'imam aux yeux bleus l'apostropha :

— Fais-moi la courte échelle, demanda le religieux, en désignant du menton la paroi où il avait écrit la moitié de son nom.

Dans un premier temps, Ramzan refusa. Depuis son arrivée, il s'efforçait de garder ses distances avec ces détenus crasseux et meurtris – il imaginait se déplacer sur une corde raide au-dessus d'eux, une façon d'ignorer leur sort.

— Tu es un général ? s'enquit l'imam. Un prince de Perse ? Aurais-tu les mains trop délicates pour aider un homme saint qui pourrait être ton père ?

— Je ne suis pas un prince de Perse.

— Alors descends de ton trône et aide-moi.

L'imam posa sa semelle boueuse dans les doigts enlacés de Ramzan. Il souleva le religieux, qui pesait plus lourd qu'il n'y paraissait. Après un moment interminable, l'imam lui tapota le front de son index et Ramzan le fit descendre.

— Regarde bien, dit l'imam en désignant son nom et celui de son village. Si jamais ils découvrent que tu es un prince persan et qu'ils te laissent sortir, tu devras te souvenir de moi.

— S'ils me laissent sortir, j'oublierai tout.

— Non ! protesta l'imam en agitant son doigt sale sous le nez de Ramzan. Tu devras te souvenir de moi.

— Pourquoi ?

— Pour que mes neveux sachent où racheter mon corps.

Ramzan hocha la tête.

— Je peux m'offrir ce luxe, tu sais, précisa l'imam avec fierté. J'ai toujours ma retraite.

Quand Ramzan tourna les talons, le religieux le rappela :

— Pourquoi tu es ici ?

— Trafic d'armes. Et toi ?

— À cause de ma taille.

— Ta taille ?

— Du moins, ma petite taille. Les Russes sont venus dans mon village pour une opération militaire antiterroriste. Ils cherchaient un chef wahhabite censé se cacher chez nous, mais la seule description qu'ils avaient était « un barbu de petite taille ». Ils ont arrêté tous les barbus, et de nombreux adolescents, imberbes pourtant, mais jugés suspicieusement râblés. Dans mon dossier, dans la case « motifs de l'arrestation », ils ont écrit *trop petit*.

L'imam secoua la tête et contempla son nom inscrit là-haut sur la paroi, désormais inaccessible. Ramzan était soulagé de ne plus avoir à le porter.

— C'est drôle, reprit-il. Ma génération a grandi dans les camps de réfugiés kazakhs. À cause du manque de protéines, il est courant que les hommes de mon âge soient petits, mais j'ai toujours eu honte de ma taille. Mon petit frère me répétait sans cesse qu'être courtaud n'était pas une plaie mortelle. Il n'avait que deux centimètres de plus que moi mais, je le jure devant Dieu, il a passé sa vie à s'enorgueillir de ces deux pauvres centimètres ; il me prenait de haut, me proposait constamment son aide pour prendre quelque chose sur les étagères. Je regrette qu'il ne soit plus en vie, parce que les Russes auraient pu l'arrêter aussi !

— Que peut-on y faire ? lâcha Ramzan dans un haussement d'épaules.

— Prier.

L'imam prêchait dans l'angle sud-ouest de la Fosse B, perché sur le meilleur siège, un seau de zinc retourné qui s'était détaché d'une corde. Tous les matins, il conduisait les prières et célébrait les ablutions avec de la neige qui rendait ses doigts blancs et gourds. Il soutenait que Dieu, dans Sa miséricorde, leur pardonnerait leurs corps malpropres. Il avait mémorisé tout le Coran et expliquait dans ses sermons la nature du mal qui n'était que l'ombre projetée du bien. À l'inverse des cheiks et des moudjahidines, l'imam ne liait jamais les versets à la politique, il insistait plutôt sur le bien-fondé de la foi, sur la sagesse du Prophète, et les merveilles d'un Paradis qui était l'été à l'hiver du monde. Et, par-dessus tout, il évoquait la fin des temps et le Jugement dernier.

Mais les Russes jugeraient Ramzan avant Dieu, et c'était ce jugement-là que Ramzan redoutait. Chaque jour, il assistait au rituel des appels. D'abord la grande échelle descendait dans la fosse, puis les noms des détenus résonnaient dans le mégaphone, d'une voix si puissante et mécanique qu'elle semblait descendre de la voûte céleste. Si le prisonnier appelé hésitait, il y avait un tir de semonce. Il gravissait alors les soixante échelons, plus celui en terre qui le menait à la surface, un lieu si lointain que le ciel paraissait plus proche. Jamais aucun des appelés n'était revenu. Un optimiste pouvait se dire qu'ils avaient été reconnus innocents, relâchés, rendus à leurs proches et à leur foyer ; mais même Dokka, qui se berçait d'illusions, aurait été incapable d'un tel aveuglement. Dès que les appelés parvenaient en haut de l'échelle et foulaient la terre gelée de la soixante et unième marche, l'imam commençait son oraison. La cérémonie funèbre était étrange. Pas de corps, pas de suaire. Pas d'amis ou de voisins ayant connu le défunt hors de cet état de misère. Tous les membres de cette assemblée étaient déjà morts, à seulement un échelon ou deux derrière le dernier disparu, et ils lui rendaient hommage non comme celui qui quitte ce bas-monde, mais comme celui qui entre totalement dans l'au-delà. L'imam réunissait tout le monde autour du morceau de paroi humide où l'appelé avait écrit son épitaphe – son nom et celui de son village. Tous répétaient le patronyme à haute voix, lentement d'abord, puis de plus en plus vite, rivalisant avec la frénésie d'un *dhikr*, jusqu'à ce que ce nom devienne une prière qu'ils envoyaient vers le ciel. Pendant vingt-quatre heures, du moins l'estimaient-ils, le nom de cet homme et celui de son village restaient gravés dans la glaise. À la vingt-cinquième heure, les hommes se rassemblaient autour de l'inscription. Chacun prenait une poignée de boue à ses pieds et la collait sur les lettres. Faute de dépouille, c'était le nom du mort qu'on enterrait. Et quand il n'y avait plus rien à lire, l'homme avait définitivement quitté ce monde.

— Selon le *hadith*, celui qui récite toutes les nuits la soixante-septième sourate aura une fin douce, annonça l'imam un après-midi, du haut de son seau retourné. Vous ne devez jamais l'oublier. Vous pouvez en être sûrs. La sourate décrit la création miséricordieuse des sept cieux, chacun au-dessus de l'autre. Le trône de Dieu est sur le plus haut, et ses lanternes décorent le plus bas. Ces lanternes sont nos étoiles et nos comètes, c'est ce firmament au-dessus de notre tête.

Il leva les yeux vers le ciel, puis baissa la tête. Il sortit une allumette de sa poche et la gratta. Une lueur jaune et douce baigna ses mains.

— Gardez courage, mes amis. Nous sommes déjà parmi les Justes. Nous sommes déjà avec Dieu.

Lorsqu'il porta la flamme à son visage, son ombre se découpa sur l'argile de la Décharge.

— Voici la lanterne de notre paradis sur terre.

Quelque part en hauteur, un nom résonna dans le mégaphone. L'imam descendit de son seau et se dirigea à son tour vers l'échelle.

— À la grâce de Dieu, dit-il avant de poser le pied sur le premier et le plus bas échelon.

La nuit tomba. Le clair de lune recouvrait Ramzan comme un drap trop fin. Il était étendu sur un bout de tapis autrefois bordeaux, qui risquait de s'enfoncer dans la boue s'il s'asseyait, se tournait, bâillait ou pensait trop fort. Les étoiles brillaient davantage ici. La lumière vaporeuse de la voie lactée baignait la Fosse B, en une manière de toit. Rien ici-bas ou dans l'autre monde n'était pire que la douleur physique. Dans l'Au-delà, alors réduit à une simple âme, il serait sans corps à meurtrir, sans peau à écorcher, sans sang à verser, sans yeux à énucléer, sans ongles à arracher, sans poumons à noyer, sans ventricules à tétaniser, et le traitement de Dieu serait toujours préférable à celui des hommes. Quand on appela son nom, le lendemain matin, il s'accrocha à cette vérité fondamentale. Il s'y accrocha durant tout le temps qu'il grimpa les soixante échelons et qu'il vit défiler, derrière les barreaux, les noms de ceux qui allaient suivre. Quand on lui ordonna de se dévêtir, il s'exécuta. Quand l'un des officiers voulut voir de plus près le cratère de peau à l'endroit où se trouvait autrefois son scrotum, il s'exécuta. Cette cicatrice datait de sept ans. Lors de sa première détention à la Décharge, en 1995, pendant la première guerre, il avait refusé de parler. Ses bourreaux avaient descendu son pantalon, lui avaient montré le coupe-boulon, et Ramzan avait encore refusé. Hurlant, se tordant sur le sol, les bourses sectionnées, il avait encore dit non. Il l'avait fait. Mais cette fois, il était prêt à dire oui. Oui à tout.

Cette fois, il aurait tout avoué, mais on ne lui demandait rien – ça n'intéressait pas. Ses bourreaux menacèrent de lui couper la langue, de lui arracher toutes les dents s'il s'avisait de prononcer le moindre mot. Ils enroulèrent des fils électriques autour de ses doigts. Une batterie de voiture envoya de l'électricité jusque dans la moelle de ses os. Dieu veillait sur tous, mais ce n'était pas sa main qui actionnait l'interrupteur. Les deux tortionnaires ne l'interrogeaient pas. Ramzan n'était plus qu'un instrument sur lequel ils jouaient, interprétant une partition à deux, au son de ses larmes. Tous deux portaient des chaussures bien cirées. C'est tout ce dont Ramzan se souviendra.

Lorsqu'il s'évanouissait, il était ramené à la vie par des seaux d'eau glacée ; et ce manège se répéta si souvent que même la brûlure de l'électricité dans ses veines ne parvenait plus à le réchauffer. Quand ses premiers interrogateurs sortirent de la pièce pour se reposer, de nouveaux officiers entrèrent. Ramzan avait été torturé pendant trois heures sans qu'on lui posât la moindre question. Durant un répit, alors que ses bourreaux parlaient de leur week-end, il essaya de percevoir les battements de son cœur au milieu des soubresauts et des spasmes de son corps désorganisé. Avant que ses nouveaux tortionnaires ne branchent une seconde batterie de voiture à la première, l'un d'eux l'entraîna vers une salle voisine. Ramzan était incapable de marcher – il avait oublié combien les séances de torture étaient épuisantes. L'officier – celui dont les chaussures étaient moins bien cirées – le remit debout, le cala sur ses épaules et le fit avancer. Il essuya soigneusement le front de Ramzan avec un mouchoir avant d'ouvrir la porte sur une pièce où trônait une table en bois, toute striée de griffures. Dans ce nouveau monde exempt de lumière, Ramzan ne fut pas surpris d'apercevoir un aquarium installé contre le mur opposé.

L'imam fut amené par une autre porte. Il ne reconnut pas Ramzan, ou s'il le reconnaissait, il ne le montra pas, refusant d'assumer sa déchéance devant un disciple. Le religieux fut allongé sur la table. L'un des gardes lui baissa le pantalon et son slip. L'officier aux chaussures mal cirées qui, quelques minutes plus tôt, avait gentiment aidé Ramzan à marcher, se dirigea vers l'aquarium. Il enfila une paire de gants épais en caoutchouc et plongea les mains dans la cuve. Allongé sur le ventre, l'imam ne distinguait que le mur et les bras qui le maintenaient sur le plateau. Il ne pouvait voir ce qui se passait, ce que Ramzan voyait. Il ne pouvait voir la brute aux chaussures mal cirées qui revenait avec, dans les mains, une chose noire comme une ceinture qui se tortillait. Et le bourreau ne pouvait voir le visage de sa victime. Ni l'imam ni Ramzan ne comprenaient ce qui se passait. Mais quand l'officier aux chaussures mal cirées enfonça l'anguille, gueule et crocs en avant, entre les fesses pâles de l'imam, il n'y eut plus de doute possible. La pièce devint trouble puis obscure, et les hurlements de l'imam accompagnèrent Ramzan dans l'inconscience. Quand il s'éveilla, il était de retour dans la première salle d'interrogatoire. Celui aux chaussures mal cirées s'accroupit derrière lui. Ses mains étaient encore mouillées. Tandis que Ramzan lui promettait tout, tout ce qu'il voulait, l'homme, tel un père jugeant son enfant trop vieux pour croire aux contes de fées, le regarda avec déception, comme attristé par la candeur de Ramzan. L'officier retira sa veste, remonta ses manches de chemise et posa ses fils sur la poitrine de Ramzan, délimitant les frontières de leur humanité commune. Ramzan offrit son âme, supplia qu'on fasse de lui un esclave. L'univers connu se réduisait à cette portion de sol en ciment, sur laquelle l'interrogateur était à la fois homme et divinité, prophète et dieu. Vers dix heures, l'officier aux chaussures mal cirées lui posa sa première question. À onze heures, les fils furent enlevés des doigts de Ramzan. À midi, il fut autorisé à se rhabiller. À treize heures, il était devenu un informateur du FSB. Il ne cessait de remercier l'homme aux chaussures mal cirées. Encore, encore et encore, il le remercia. Jamais, il n'avait éprouvé une telle gratitude. Il aurait suivi son bourreau partout. Il était le dieu qu'il avait trouvé à l'autre bout des fils électriques. On donna à Ramzan un téléphone satellite et son manuel de trois cents pages écrit en allemand, en français, en anglais et en japonais. Il demanda des nouvelles de Dokka, s'il pouvait acheter la vie de son ami. Oui, lui répondit l'interrogateur, si le village pouvait rassembler cinquante mille roubles dans la semaine. Passé ce délai, le prix pour son cadavre passerait à soixante-quinze mille roubles. Ramzan plongea la main dans l'une des nombreuses poches de sa veste, qu'on venait de lui rendre, et sortit timidement une liasse de billets. Personne n'avait songé à le fouiller à son arrivée.

— Ce n'est que la moitié, lui fit remarquer l'officier. Mais tu as de la chance, je suis un homme raisonnable qui a le sens de la mesure.

Ramzan attendit Dokka sur les marches du bâtiment de l'Administration du centre de traitement des déchets. À cent mètres de là, au fond de la Fosse B, on célébrait ses funérailles. L'un des prisonniers avait-il pris place sur le seau retourné de l'imam, psalmodiait-il son nom ? Ramzan Geshilov, Ramzan le juste, Ramzan le brave qui avait refusé de parler et était mort à la Décharge sept ans plus tôt, avait-il enfin droit à sa cérémonie funéraire ?

Les cailloux à ses pieds étaient ronds et constellés de trous. Ses orteils nus s'y lovaient. Il n'y avait ni culpabilité, ni honte ; tout cela viendrait plus tard. Pour l'heure, il n'y avait que le bruit blanc du soulagement, de son souffle retrouvé, de la fin de la souffrance. Des brûlures cerclaient tous ses doigts. Pour la première fois de sa vie, Ramzan croyait sans réserve en l'existence d'un Dieu généreux et compatissant, comme le désert enseigne à l'assoiffé le culte de la pluie.

Au bout d'une heure, son pick-up apparut au coin du bâtiment, soulevant un nuage de poussière qui continua son chemin quand le véhicule s'arrêta. Les halètements de Dokka filtraient par la fenêtre ouverte côté passager. Laissant le moteur tourner au ralenti, l'officier aux chaussures mal cirées descendit de la cabine. Il tenait à la main un sac de plastique rouge qu'il brandissait avec fierté, comme s'il venait d'attraper un joli poisson. Dix doigts flottaient dans leur sang.

— Ton ami pourra les récupérer quand j'aurai les vingt-cinq mille roubles restants, annonça-t-il.

Une fois monté à bord du pick-up, Ramzan pansa les mains de Dokka avec des foulards et du ruban adhésif. Lorsqu'il regarda le tableau de bord, il découvrit que l'interrogateur – dont les chaussures couvertes de sang brillaient à présent dans le soleil de l'après-midi – avait fait le plein.

* * *

Deux ans plus tard et deux semaines avant la disparition de Dokka, en ce jour de décembre 2004, au milieu de la forêt, quand la ligne fut coupée et que la tonalité revint, tel un point d'orgue prolongeant les menaces du colonel cosaque, Ramzan, sonné, rangea machinalement le téléphone satellite et descendit de la cabine du camion abandonné. C'était ce même engourdissement, cette même tétanie de l'esprit, qui lui avait donné la force de conduire et de quitter la Décharge, deux années plus tôt. Cette fois encore, les plaintes de Dokka résonnaient dans ses oreilles, cette fois encore, il devait les ignorer.

Durant les deux semaines qui suivirent l'appel du colonel cosaque, les deux semaines où son ventre se noua, le fantôme de Dokka hantait déjà Ramzan. Ramzan consulta les douze noms qu'il avait déjà donnés aux Russes ; douze disparus depuis qu'il était devenu un informateur deux ans plus tôt, à la Décharge. Un treizième, quelle importance ? Il n'était plus à un nom près. Que pesait la vie d'un homme écrasé sur l'enclume de l'histoire ? Ramzan s'assit et se prit à songer à Dokka comme s'il avait déjà disparu. Dokka qui terminait toujours ses questions par « ou », comme s'il anticipait un refus : *Tu veux jouer aux échecs ou… ? Les tickets de rationnement seront distribués demain ou… ?* Qui ouvrait généreusement sa maison à tous les réfugiés en exigeant néanmoins une rétribution, même symbolique, telle qu'un bouton de chemise, un trombone, ou quelque colifichet pour la collection de Havaa. Et ses yeux bruns qui avaient noirci deux fois – la première quand il avait perdu ses doigts, et la seconde quand il avait perdu sa femme. Ses mains comme des battoirs palmés. Ses longs orteils qu'il avait appris à manier comme sa main gauche. Il pouvait tenir un crayon entre les deux plus gros et écrire des lettres malhabiles, des caractères si gros qu'il lui fallait une feuille entière pour rédiger une phrase. Dokka et son génie pour les échecs.

Plus les souvenirs affluaient, plus c'était douloureux. La moindre évocation lui brisait le cœur. Dokka continuait de porter des chemises à boutons. Comment s'habillait-il chaque matin ? La petite lui prêtait-elle ses mains ou était-il trop fier pour demander de l'aide ? S'éveillait-il avant l'aube pour entreprendre cette longue corvée de boutonner sa chemise avec les pieds ? Ramzan n'en savait rien. Durant le trajet du retour de la Décharge, Dokka avait remercié Ramzan pour lui avoir sauvé la vie. Ils avaient survécu par miracle et pas même la douleur de l'amputation de ses dix doigts ne lui avait fait oublier les bonnes manières.

Deux semaines après sa première conversation avec le colonel cosaque, Ramzan revint dans les bois, s'enfonça sous le dais de branches gelées, jusqu'à la cabine du camion rouillé. Il appela le cosaque et donna le nom de Dokka, expliquant que Dokka accueillait des réfugiés et sans doute des sympathisants rebelles, mais se gardant bien de préciser que la plupart des Tchétchènes étaient *de facto* des sympathisants rebelles. Il décrivit, avec honnêteté, comment Dokka était venu lui demander une arme à leur retour de la Décharge, parce qu'il ne pouvait plus protéger sa famille. Il décrivit, avec la même honnêteté, comment il avait appris à Havaa à tirer avec le Makarov parce que Dokka n'avait plus de doigts pour presser la détente. C'était le premier rapport juste et fidèle que fournissait l'informateur Ramzan. Malheureusement, le Makarov en acier argenté était la seule pièce à conviction. Ramzan eut beau mettre en avant des circonstances atténuantes, plaider le hasard, l'imprévu, le doute, le colonel ne voulait pas entendre parler de procès contre Dokka. Il posa aussi des questions sur Havaa et Ramzan comprit, avec un étranglement des entrailles qui lui promettait de nouvelles souffrances matinales, que lorsqu'un homme était impliqué dans l'assassinat d'un colonel russe, c'était toute sa famille qui devait disparaître, même si celle-ci se réduisait à une fillette de huit ans.

Après cette seconde conversation téléphonique avec le colonel cosaque, Ramzan sortit des bois et se força à prendre la direction de la maison de Dokka. Son sang battait à ses tempes. Il ferma les yeux. Qu'est-ce que tu as fichu avec ce pistolet, Dokka ? Espèce de crétin ! Je ne peux pas acheter ta vie cette fois ! À chaque dénonciation, il jetait un morceau de lui-même. Quand il vendait ses voisins, il se rassurait en se disant que c'était l'époque qui voulait ça. Soit on était condamné à fouiller les poubelles pour manger, soit on dénonçait de vieux amis… Dans l'un ou l'autre cas, on s'avilissait. Ce n'était pas par appât du gain qu'il faisait l'informateur, du moins ce n'était pas sa motivation première. C'était par nécessité, pour survivre, par amour et par haine, et surtout par peur du pouvoir de cet officier interrogateur aux chaussures mal cirées. Mais en donnant Dokka et sa fille, il accomplissait un nouveau pas, délibéré, coupable ; à présent, il quittait le clair-obscur qui l'avait protégé jusqu'ici.

Quelques secondes après avoir toqué à la porte, celle-ci pivota sur ses gonds grâce à un ingénieux système d'ouverture au pied que Dokka avait mis au point avec une chaîne de tronçonneuse, une roue de Caddie et un étrier.

Dokka le salua et l'invita à entrer. Il n'y avait pas une once de suspicion dans sa voix. Avec une lucidité douloureuse, Ramzan se rendit compte que Dokka était la seule personne, hormis les Russes, qui acceptait de lui parler. La seule qui tolérait d'entendre sa voix, qui l'écoutait et lui répondait – et c'est lors de cette rencontre, s'apercevra-t-il plus tard, que l'univers était devenu silence. Il aurait pu inventer, incriminer Akhmed, ou n'importe qui d'autre. Pourquoi, cette fois-là, cette unique fois, avait-il dit la vérité ? Dokka réitéra son invitation. Et c'est à ce moment-là, face à l'hospitalité de Dokka, à son amitié, et en songeant aux mots qu'il allait prononcer, que Ramzan comprit pourquoi il s'infligeait la torture de cette visite.

— Non, non, c'est inutile, répondit-il quand Dokka lui désigna à nouveau la table de la cuisine. Je suis juste passé pour voir si tu avais encore du bois.

— Tu as laissé un gros tas dans le jardin, l'autre jour.

— Oui, je sais, mais je voulais m'assurer que…

Il s'interrompit en se mordant la lèvre et contempla ce seuil usé par les pieds des centaines de réfugiés qui l'avaient franchi. Ces pierres qui garderaient également la trace des pieds de ceux qui viendraient le chercher, lui et sa fille, ce soir. Ramzan releva la tête et regarda les yeux bruns de son ami.

— Tu es sûr que ça va ? s'enquit Dokka. Tu as l'air tout pâle.

Je suis désolé, Dokka. Si tu savais…

— Ramzan ?

— Je suis venu… Je voulais…

… te dire adieu.

— Te saluer.

19

1994 1995 1996 1997 1998 1999 2000 2001 2002 2003 **2004**

— C'est donc pour ça qu'ils vous gardent ? railla Akhmed en voyant le vigile manchot devenir écarlate sous le poids d'une caisse trop lourde.

Une veine bleue battait à la surface de son bras valide.

— Vous comptez vous reconvertir en déménageur professionnel ? (Akhmed s'adossa contre le camion et alluma une cigarette d'un air patelin.) Ou plutôt en semi-déménageur ?

— Je peux le descendre, docteur Sonja ? demanda le garde qui rêvait de botter les fesses d'Akhmed de ses deux jambes.

Elle sourit à ces deux idiots, parce que l'un et l'autre n'étaient que des idiots – tous les employés de l'hôpital ayant deux kopecks de jugeote avaient depuis longtemps plié bagage.

— J'ai besoin de ses bras ! lança-t-elle au gardien, qui poursuivait Akhmed à travers le parking. Ne le tue pas, du moins pas tant que nous n'avons pas porté tout ce matériel à l'intérieur.

Quand ils eurent fini de décharger, Sonja se rendit dans les cuisines. Dans le placard, derrière la boîte à chaussures où elle rangeait l'argent liquide, derrière le carton de cartes d'identité et le sac d'héroïne, il y avait le véritable trésor de l'hôpital : des boîtes de lait concentré sucré. Le sirop s'échappa de l'ouverture triangulaire, tapissant ses gencives, et pendant quelques secondes miraculeuses son esprit suivit ce flot sucré. « Ce truc te pourrira les dents mais sauvera ton âme », disait la grand-tante Lena qui mourut dans une maison de retraite de Grozny à l'âge de cent trois ans, après avoir perdu deux maris, six enfants, trois petits-enfants et ses trente-deux dents. La maternité était déserte, la traumatologie silencieuse. Sonja ferma les yeux, s'immergeant dans cette paix inattendue, comme dans un bain chaud.

Elle grimpa au troisième étage. Les portes battantes de l'ancienne maternité grincèrent à son passage. À l'aide de son briquet, elle se dirigea vers une lampe à pétrole qu'elle alluma. Quand elle leva la lanterne, la lumière décolla les ombres. Avec les années, les fresques de Natasha avaient passé et s'étaient troublées comme si un brouillard était tombé sur la ville. Et pourtant, la minutie des détails continuait de la fasciner. Là, dans la fenêtre qui abritait le parc municipal, un chien, depuis maintenant huit ans, se soulageait sur la jambe d'un commissaire politique.

— Vous ne m'aviez pas montré ça pendant la visite.

Akhmed avait encore enfilé une de ces blouses ridicules pour femmes ; il était appuyé au chambranle de la porte, avec une nonchalance pas vraiment crédible. Des crétins, des pitres, des orphelins, des fous, et des visionnaires. C'était ça sa famille.

— Je suis désolée pour ce matin, dit-elle.

Il haussa les épaules.

Lui aussi ! songea-t-elle. Combien de secouages de clavicules devrait-elle décoder dans sa vie ?

— Où on est ? demanda-t-il, en contemplant les murs.

— C'est l'ancienne maternité.

— Une maternité au dernier étage ?

— Le génie soviétique dans toute sa splendeur… L'hôpital a été construit en dépit du bon sens, au début des années Brejnev. Lorsque les soldats russes ont tiré une roquette dans la réserve de la maternité, on s'est enfin décidé à déménager le service au rez-de-chaussée.

Les ombres glissèrent sur son visage quand Akhmed s'avança dans la flaque de lumière.

— C'est vous qui avez dessiné ça ? s'enquit-il en désignant la fresque la plus proche.

— C'est Natasha.

— À quoi elle ressemblait ? dit-il en inclinant son visage vers elle.

Sonja avait décrit Natasha aux soldats des postes frontières, aux administrateurs des camps, aux bénévoles du sida. Yeux noisette, cheveux bruns, un mètre soixante-dix, soixante kilos, pas de tatouages ni de piercing, pas de cicatrices visibles hormis une grappe de brûlures de cigarette sur l'épaule gauche ; elle récitait cette litanie, l'écrivait partout de façon automatique, mais comment un instrument aussi limité que le langage pourrait-il décrire une personnalité aussi mystérieuse et insaisissable que celle de sa sœur ? Les métaphores y échouaient ; Natasha ne pouvait être résumée. Ce qui lui restait, c'était les manques : le manque de son rire, le manque de ses railleries, le manque de son amour revêche ; et comme un membre amputé peut encore démanger ou faire souffrir, sa Natasha perdue riait encore, se moquait d'elle, l'aimait avec rudesse ; elle était encore si pleine de vie que Sonja se demandait si ce n'était pas elle-même qui avait disparu.

— Natasha était un être complexe, finit-elle par dire ; ce qui demeurait le plus proche d'une vérité exprimable par des mots.

— Elle l'est toujours, rectifia Akhmed. Elle va revenir. Comme un George Bush.

Elle sourit bêtement. Puis elle haussa les épaules, et trouva finalement ce geste très utile. Les joues d'Akhmed se froncèrent aux coins de sa bouche. Il avait une telle foi qu'elle aurait pu se laisser aller à y croire. C'était cet espoir, accroché aux plus infimes marges du possible, qui lui était le plus douloureux, plus encore que la perte de Natasha ; à l'inverse de sa sœur, cette petite lueur n'avait pas disparu.

— Parler ne sert à rien, répliqua-t-elle.

Heureusement que Natasha n'était pas là pour l'entendre dire ça.

— Dokka a disparu une fois, et il est revenu. Sans ses doigts, mais il est revenu. J'espère encore que ce sera le cas.

C'est ça le plus dur du chemin, aurait-elle pu lui répondre, le temps qu'il faut pour que la douleur s'érode et devienne un mal supportable. Mais Akhmed et la fillette parvenaient à plaisanter avec une légèreté que Sonja n'avait jamais trouvée, même un an après la disparition de Natasha. Et cette force de joie chez ces deux-là la troublait.

— Aimeriez-vous autant cette petite, demanda-t-elle pour cacher son malaise, si vous aviez vous-même des enfants ?

— C'est difficile à dire, répondit-il. Je l'ai toujours aimée. Et aujourd'hui, je suis son nouveau père, personne n'est aussi proche d'elle. Si j'avais une famille, je trouverais sans doute de meilleurs mots pour expliquer ça. Mais une chose est sûre, elle est ma fille maintenant. Ça, je le sais.

Un jour, enfant, quand Sonja avait maudit sa famille dans un accès de colère, son père lui avait rétorqué : « On ne choisit pas sa famille. » Près de trente ans plus tard, alors qu'elle marchait dans le parc municipal, elle avait vu deux sans-abri pelotonnés dans un même sac de couchage, leurs bras noirs de suie enlacés. Et là, enfin, elle avait compris ce que son père voulait dire.

— C'est drôle, reprit Akhmed en se dirigeant vers la fenêtre. Un ami à moi m'a parlé de ces tableaux, il y a des années.

— Un enfant à lui est né ici ?

— C'est guère probable. (Il se tenait à une distance respectueuse de la planche de contreplaqué.) Il a près de quatre-vingts ans.

— Natasha a travaillé dessus longtemps. Je ne l'avais jamais vue aussi passionnée. J'étais si fière d'elle. Deshi et Maali l'ont aidée.

À l'époque, Natasha disait qu'elle était « la scribe de leur mémoire », une tournure si jolie que Sonja décida de la garder pour elle, intacte.

— J'avais totalement oublié ce détail, autrement, je vous aurais demandé de me les montrer dès le début. Quand Khassan m'a parlé de ces dessins, j'étais si ému que quelqu'un se soit donné tout ce mal. Cela paraissait être une perte de temps magnifique. Vous imaginez combien cela pouvait me toucher. Alors j'ai fait la même chose.

Sonja sentit son cœur se soulever d'un centimètre. Même disparue, Natasha parvenait encore à la surprendre.

— À cause des tableaux de ma sœur ?

— Oui. Sans doute. Je vous ai parlé de ces rebelles blessés qui ont occupé un temps le village, vous vous souvenez ? Les Russes sont venus ensuite. Quarante et un de mes voisins sont morts. Je me suis souvenu de ce que Khassan m'avait dit, à propos de cette pièce, sur ces dessins aux fenêtres qui recréaient ce qu'on y voyait avant. Alors j'ai fait les portraits des quarante et un disparus et les ai accrochés partout dans le village.

— Tout le monde ici est artiste, dit-elle en secouant la tête. Si les Tchétchènes passaient plus de temps à se battre et moins à dessiner, ils pourraient gagner une guerre de temps en temps.

— C'est à cause de l'école de médecine. (Il se pencha vers elle, et prit une voix de conspirateur :) Je ratais souvent des cours et des TD pour prendre des leçons de dessin. C'est pour cela que je suis meilleur dessinateur que médecin.

— Comment osez-vous me raconter ça ?

— Je vous livre mon secret le plus noir, en gage de confiance.

Il paraissait si content de lui que Sonja ne put s'empêcher de rire avec lui.

— Je risque de perdre ma place si on apprend que je vous ai gardé après l'avoir appris ! C'est presque criminel.

— De toute façon, vous êtes déjà une criminelle, il suffit de voir vos fréquentations. Des trafiquants de dimension internationale et des artistes amateurs. (Son bras gauche s'était approché du sien.) Vous pouvez toujours me mettre à la porte.

— C'est un peu tard, déclara-t-elle en lorgnant sur son biceps engoncé dans la blouse d'infirmière.

Il était vraiment ridicule dans cet accoutrement ! Il y en avait eu quatorze depuis que les ascenseurs ne fonctionnaient plus : quatre Russes, six Tchétchènes, deux Ingouches, un médecin français et un journaliste finnois avec lequel elle avait couché avant de lui accorder une interview. Aucun ne connaissait son nom de famille. L'anonymat était le meilleur des remèdes. Et le sexe, rare, volé et souvent impersonnel, la satisfaisait bien plus que ce qu'un mari aurait pu lui apporter. Chaque jour de son existence, elle avait sous les yeux les mille et une facettes de la souffrance humaine et, de temps en temps, elle avait besoin de se rappeler que le système nerveux ne servait pas exclusivement à transmettre la douleur.

— Même avant que je fasse ces dessins, continua Akhmed, les gens des fermes et des villages alentour venaient à mon cabinet. Comme ils n'avaient pas de photos de leurs disparus, je faisais leur portrait pour eux.

— De la même manière que ces artistes qui font des portraits-robots pour la police ?

— S'il faut à tout prix employer un mot en « iste », disons que j'étais plutôt un portraitiste.

Alors l'évidence vint.

— Dessinez-la pour moi ! demanda-t-elle. Dessinez le visage de la femme qui vous a dit mon nom.

Akhmed alla chercher un carnet de croquis et un crayon. Ils s'installèrent au comptoir.

— Je me souviens à peine d'elle, précisa-t-il en ouvrant le carnet – pour s'excuser ou se dédouaner, elle n'en savait rien.

D'un mouvement de menton, elle le pria de commencer. Elle redoutait d'ouvrir la bouche, d'ouvrir la vanne des souvenirs. Akhmed dégagea soigneusement la feuille et traça une ligne si douce qu'elle paraissait à demi effacée. Un ovale. Cela pouvait être la tête de n'importe qui, et pourquoi pas celle de Natasha. À côté, il dessina deux ovales plus petits, juste au milieu de la tête – trop grands ; jusqu'à ce qu'elle imagine les mèches de cheveux. Les deux yeux la regardaient. Quand il commença à tracer un mauvais trait pour le nez, elle lui serra le poignet.

— Non, ce n'est pas…

Elle n'osait finir sa phrase. Elle allait le regretter. Bien sûr. Mais elle n'avait pas vu sa sœur depuis douze mois, deux semaines et trois jours, et plus que revoir son visage, plus que raviver l'espoir de son retour, elle la voulait là, ici et maintenant.

— Son nez… il était plus petit, murmura-t-elle.

Pendant la demi-heure suivante, elle le corrigea gentiment chaque fois que son trait s'égarait. Elle se disait qu'il n'avait pas oublié son visage ; elle l'aidait simplement à se souvenir. Et si elle-même se trompait, quelle importance, au fond ? Mieux valait l'illusion que le désespoir, les chimères plutôt que le rien. Plus le visage serein de Natasha émergeait du papier, plus le cœur de Sonja cognait contre ses côtes, montait dans sa cage thoracique, jusqu'à son cou, lui comprimant la gorge. Dans un camp de réfugiés ou dans un pays étranger, quelque part loin d'ici, Natasha était en sécurité. Il dessina un menton qu'elle aurait reconnu dans une multitude, puis esquissa son cou parfait. Pas la moindre brûlure de cigarette ; elle ne lui avait pas dit de les mettre. Elle en eut le vertige. Comment aurait-elle pu s'attendre à ça ? Sur une simple feuille d'un carnet de deux cent vingt pages, avec rien d'autre qu'une mine de crayon de quelques millimètres, Akhmed lui rendait sa Natasha, la ramenait à la maternité.

— Arrêtez s'il vous plaît ! souffla-t-elle.

— Je pensais que vous vouliez que je le fasse.

Il tendit la main vers son épaule mais elle se détourna.

Il y eut un long silence.

— Je vais vous laisser, dit-il. On se voit demain.

— Emmenez ça avec vous.

Il souleva Natasha du comptoir et l'emporta avec lui, loin d'ici.

20

1994 **1995** **1996** 1997 1998 1999 2000 2001 2002 2003 2004

Natasha fut vendue à un bordel du Kosovo tout proche, puis envoyée vers le sud, destination Tirana, une ville de parpaings. Puis ce fut la traversée de la mer Adriatique, où, secouée par la houle verte et monotone, elle vit la lune pour la première fois depuis cinq semaines. Sa face, avec ses cratères, paraissait elle aussi constellée de brûlures de cigarette. Le passeport de Natasha, qui faisait office de contrat de vente et de titre de propriété pour son dernier acheteur, voyagea avec elle, presque à portée de main, mais jamais tout à fait. Dans ce chaos, demeurait un rituel immuable, aussi prévisible que le lever du soleil. Tous les matins, une injection d'héroïne lui enflait la tête, comme une bouée flottant au-dessus de son cou, et l'effet durait jusqu'à midi. L'après-midi, le manque commençait à la démanger. Le soir, elle était prête à tout accepter pourvu qu'elle ait sa dose pour la nuit. Elle n'était pas la call-girl de luxe qu'elle imaginait être, transportée par limousine de palace en palace, où elle aurait connu tous les chasseurs, les appelant par leur prénom, leur laissant de gros pourboires, au moment de disparaître dans la nuit, en femme libre. Elle n'aurait pas même pu s'acheter de quoi manger avec ce que payaient les clients pour une demi-heure.

Cela ressemble à l'automne, mais c'est peut-être le printemps. Difficile à dire quand on se trouve quinze étages au-dessus de la première feuille d'arbre. Elle ne se rappelle plus l'année, ni la ville, pas plus le goût de l'air frais ou le contact du passeport dans sa main, ou même le son de la voix de sa sœur, ou l'amour, ou le désespoir qui aurait pu la convaincre de s'enfuir, mais elle se poste derrière la fenêtre et mémorise la vue. Dans huit mois, quand tout serait terminé et qu'elle prendrait des douches de trois heures dans un foyer pour femmes, elle viendrait se placer devant le miroir de la salle de bains et elle dessinerait cette vue sur la glace embuée. Les hommes l'appellent Natasha ; comment savent-ils son nom ? Katya finit par lui dire que c'est comme ça qu'on appelle toutes les filles de l'Est. On est toutes des Natasha pour eux. Une journée ordinaire, c'est dix hommes, trois cheeseburgers, huit verres d'eau du robinet, et deux injections. Une brosse à dents, pas de dentifrice. Un rouleau de bonbons au menthol – un après chaque client. Les filles qui sont revenues ont raison. C'est de l'esclavage moderne, même s'il n'y a rien de moderne là-dedans. Huit à dormir sur quatre matelas jetés dans une pièce. Au petit matin, l'après-midi, chaque fois que les nuages se dissipent, quand l'héroïne s'écoule dans le sang et qu'on ne sait plus son nom, on va à la fenêtre coudre l'éternité du ciel avec les épingles des rétines. Immeuble après immeuble, la ville s'étend, et aucun bâtiment, même le dernier en travers de l'horizon, ne s'écroule jamais. Sergey, le mac, dont le frère a été renvoyé à Grozny dans un cercueil de zinc, a cessé de fumer la semaine dernière ou le mois dernier, et ses restes de chewing-gum à la nicotine constellent le sol, comme autant de petits morceaux de cervelle séchée. Une Natasha est morte, sept sont parties ; une nouvelle Natasha est arrivée dans la chambre en demandant si c'était là que les filles au pair dormaient. Elles sont toutes remplaçables, interchangeables. Du consommable. Sergey lit des livres d'économie, suit des cours sur le capitalisme et le libéralisme, et parfois, pendant une passe, on entend le cours à travers le mur, derrière les grognements du client, et devant les termes « libre échange », « circulation des marchandises », on se prend à regretter la relative sécurité des systèmes totalitaires. Tout se réduit à la nuit de maintenant, à la nuit d'avant et à la prochaine. Le garrot autour de la cheville, les deux pichenettes sur la seringue, le sang qui monte dans le réservoir, puis le piston qu'on pousse. Il y a là Anzhela, qu'on appelle Natasha. Il y a là Nadya, qu'on appelle Natasha. Et Natasha, qu'on appelle Natasha.

21

1994 1995 1996 1997 1998 1999 2000 2001 2002 2003 **2004**

Au matin, Khassan prit la route forestière, s'attendant sans doute à y croiser Akhmed, mais il ne trouva que ses empreintes fraîches. Par prudence, il se mit à marcher de long en large et pressa ses chiens d'en faire autant. À eux tous, ils finirent par retourner cinq kilomètres de neige en une énigme à jamais indéchiffrable. Khassan avait retiré ses gants et, régulièrement, il enduisait ses doigts de beurre – ainsi pendant les cinq kilomètres de marche, les langues chaudes réchauffèrent ses phalanges. Le chien pelé, Kashtanka, grelottait comme un rat nouveau-né et, plusieurs fois, Khassan dut s'arrêter pour rajuster la couverture ficelée à son torse pâle. L'été, il baignait les chiens. Si l'un était malade, il le soignait. Arrivé aux abords du village, Khassan s'agenouilla et les bêtes se rassemblèrent autour de lui, avec force bonds et léchages de joues, lui grimpant sur le dos pour mettre avidement leur truffe dans ses oreilles, ses oreilles malades et sales, ses oreilles à lui, à lui, à lui. Quand il se releva, les six chiens le suivirent, Sharik fermant la marche. Il n'était pas encore neuf heures du matin.

Le jour s'étirait et sa trace avec lui, toujours aussi méandreuse et indéchiffrable. Avant même de dépasser le virage, il distinguait déjà la maison d'Akhmed et, en face, le trou où se trouvait autrefois la maison de Dokka. S'il avait vu Akhmed ce matin, il aurait été obligé de lui demander la permission de rendre visite à Ula ; et s'il devait demander la permission, on pouvait la lui refuser. Il avait bien fait de traîner au lit. Et ce n'était pas à cause du froid qu'il était resté pelotonné plus longtemps sous les couvertures.

Les chiens l'attendaient sur la pelouse enneigée devant la maison. Khassan traversa les ombres du salon, veillant à ne pas bouger les rideaux, puis arriva dans la chambre où Ula dormait à poings fermés. Il hésitait à la réveiller, redoutant de se dissoudre s'il la touchait, comme n'importe lequel de ses rêves. Ses cheveux s'étalaient en mèches épaisses et grasses ; elle sentait le talc. Dans la cuisine, il remplit une marmite d'eau et la déposa au pied du lit. Il remonta les couvertures jusqu'au menton pour qu'elle ne s'inquiète pas de sa tenue à son réveil. Puis, à contrecœur, il lui toucha le bras.

— Qu'est-ce que tu fais là ? demanda-t-elle, sans la moindre expression de surprise sur son visage.

— Tu te souviens de moi ? s'enquit-il avec plus d'urgence qu'il n'aurait souhaité le montrer.

Ula plissa les yeux.

— J'ai dû vivre mille vies avant celle-ci. J'ai été un oiseau. Un insecte. J'ai vécu dans les feuilles. Je ne sais pas quelle vie est l'hallucination.

— Tu es Ula. Tu es mariée à Akhmed.

— Qu'est-ce que tu fais là ?

Encore cette question. Encore il ne répondit pas.

Parce que c'était à cause de son fils qu'elle passait la journée seule. Parce que lui rendre visite, lui tenir compagnie, s'occuper d'elle, était bien le moins qu'il pouvait faire. Parce qu'il était seul lui aussi. Parce qu'il avait oublié ce qu'était la compagnie d'une femme. Parce que parler à une bande de chiens errants, comme un vieux sénile, ne lui disait rien si tôt le matin. Il regarda la marmite d'eau à côté du lit. Parce qu'elle oubliait. Parce qu'elle oubliait tout ce qu'il lui disait.

— Je viens te laver les cheveux.

Elle acquiesça et il tira les couvertures. Sa peau était plus pâle que celle d'une Russe. Parfois, Akhmed l'installait dehors, sur un rocking-chair, et elle restait là, sans se balancer, emmitouflée dans des couvertures même en plein été. Khassan la fit pivoter afin que les cheveux pendent par-dessus le matelas et trempent dans l'eau. Le savon donnait de belles bulles. Il prit de la mousse dans ses paumes pour l'écraser dans ses cheveux, dissoudre la graisse et les peaux mortes. Après les avoir lavés et rincés, il enveloppa les cheveux d'Ula dans une serviette et lui cala la tête contre l'oreiller.

— Tu ressembles à un cheik avec ce turban autour de la tête.

— Qu'est-ce que tu fais ici ?

— Je suis venu terminer mon histoire.

Elle sourit, ravie de cette réponse.

— Tu devras me répéter des passages. Tu l'ignores peut-être, mais ma mémoire n'est plus ce qu'elle était.

Il reprit là où il s'était arrêté, dans la steppe du Kazakhstan, où Mirza et lui devaient prendre le train pour la Tchétchénie, le lendemain matin. Eldár était un village fantôme quand les survivants revinrent. Pour construire une nouvelle route, les soldats soviétiques avaient éventré toutes les tombes du cimetière. Khassan arriva au village par une rue bordée d'épitaphes funéraires. Chez lui, une couche de poussière d'un demi-centimètre couvrait la table, les étagères, le sol. L'air était si épais, presque irrespirable. Pour sa première nuit, il dormit dehors. Le lendemain matin, sous le dais de gros nuages, il enterra la valise marron au fond du jardin.

Il avait trente et un ans et s'inscrivit à l'université d'État de Volchansk pour passer un doctorat d'histoire. Le jour du mariage de Mirza, il se barricada dans la bibliothèque de l'université. Il avait songé à la kidnapper, les jeunes Tchétchènes faisaient ça depuis des temps immémoriaux quand ils n'obtenaient pas l'accord des parents de leur belle. Mais il ne voulait pas avoir la réputation d'être un voleur de femmes, surtout dans le milieu universitaire. Et, de toute façon, il était trop tard. Mirza allait épouser un botaniste auquel elle était promise depuis son neuvième anniversaire, et si la botanique ne suffisait pas à sa misère, le garçon avait un pied-bot et faisait la collection de fleurs séchées. Le jour du mariage, Khassan s'enferma pour lire des ouvrages philosophiques, mais aucun n'expliquait l'injustice d'un monde où il perdait Mirza pour un botaniste infirme passionné par les pétales pressés entre deux buvards. Le botaniste était un homme bien, mais Khassan était amoureux, et donc capable d'une haine infinie.

Alors qu'il commençait à écrire le livre qui allait l'occuper le reste de sa vie, Khassan mena un autre projet de réhabilitation historique, moins ambitieux, mais plus personnel : il consignait les souvenirs que des amis, voisins, ou relations lointaines avaient de sa famille, sur des cartes qu'il accrochait aux murs dans l'ancienne chambre de sa sœur. Des souvenirs anodins et ordinaires – le rire hoquetant de sa sœur, le goût de son père pour la petite monnaie quand elle tintait dans ses poches comme s'il était riche –, des mémorandums que Khassan, seul désormais dans cette maison, relisait. Le passé lui revenait alors en mémoire avec une force imprévue. Lorsqu'un mur fut recouvert de cartes, du sol au plafond, il se mit à entreposer dans la pièce les objets ayant appartenu à Mirza, comme si elle aussi appartenait désormais à l'histoire de sa famille. Il la suivit aussi – beaucoup. Quand, au bazar, elle acheta de la laine, d'un beau rouge rubis, il acheta la pelote qui se trouvait juste à côté – orange celle-là; quand elle porta un gilet gris, avec des boutons argent, il dénicha le même, sauf qu'il avait des boutons dorés. Pendant que le botaniste au pied-bot collectionnait ses fleurs, Khassan collectionnait tout de sa femme. La pièce tapissée de notes fut bientôt encombrée d'écharpes que Mirza n'avait jamais portées, de cigarettes qu'elle n'avait jamais fumées. Le soir, Khassan se coulait dans ce fauteuil rayé de vert, qui ressemblait tant à celui aux rayures bleues qui ornait le salon de sa dulcinée, et lisait, en buvant un thé dans une tasse identique à une autre. Et, durant quelques instants, quand la chance était avec lui, il oubliait sa solitude et sentait la présence de Mirza juste à la périphérie de son champ de vision, l'entendait remplir le samovar ou tricoter – pourquoi pas des mitaines orange ? –, et le bonheur de Khassan devenait alors la seule et unique réalité tangible de la pièce.

Et cela dura longtemps. Il s'écoula sept années avant qu'il ne parle à la vraie Mirza. L'improbable survint un après-midi d'automne, morne et sinistre au possible, quand le coup de klaxon d'un bus de Volchansk déchira le silence. Khassan venait de quitter la bibliothèque pour chercher des allumettes, quand le coup de corne rageur le fit se retourner. Si le Prophète en personne s'était tenu là, il n'aurait pas été plus surpris ! Elle portait le gilet gris ; les boutons argent étaient définitivement plus jolis que les dorés ! Les pans d'une écharpe rubis battaient sur ses épaules. Le bus s'était arrêté à moins d'un mètre d'elle ; Khassan aurait pu s'agenouiller et baiser cette portion de macadam où elle s'était tenue. Leurs regards se trouvèrent. Elle rougit, non de surprise ou d'étonnement, mais d'embarras, parce qu'elle avait été découverte.

Khassan l'invita à la cafétéria de l'université. Gênés, ils picorèrent une assiette de pâtisseries. Mirza tenta de le convaincre qu'elle était en ville pour un rendez-vous chez le dentiste, et il lui assura qu'il la croyait. Mais sa timidité fondit aussi vite que la cuillère de sucre dans sa seconde tasse de thé. Ses ongles, coupés court, pointaient vers lui, au-dessus de la frontière des couverts. Ils parlèrent pendant deux heures, et quand la serveuse s'impatienta pour débarrasser, Mirza demanda à Khassan de lui faire visiter la bibliothèque de l'université. Tandis qu'elle passait de rayonnage en rayonnage, les yeux écarquillés, elle lui confia qu'elle n'avait jamais mis les pieds dans un de ces sanctuaires. Khassan emprunta alors une dizaine de livres pour elle et les porta dans son bureau – « bureau » étant un bien grand mot. Il s'agissait d'un vrai placard à balais ! Il avait jeté les balais quand on lui avait assigné cet espace, afin d'y mettre une minuscule table. Mirza confia qu'elle s'ennuyait à mourir dans sa vie. Pourrait-elle venir quelques jours par semaine à l'université pour lire dans son bureau ? Cette Mirza était si différente de celle qui avait pulvérisé le buste de Staline à coups de talon. Avait-il changé lui aussi ? Toujours est-il qu'il l'aimait tout autant.

Deux fois par semaine, ils se retrouvaient au coin de la rue, en prenant garde aux bus. Mirza venait avec son gilet gris à boutons argent, ou avec le bleu, celui avec les boutons en faux ivoire, ou encore avec son pull vert qui n'avait pas de boutons. Ils partageaient une cigarette, et quand Khassan sentait l'humidité des lèvres de Mirza sur le filtre, le monde devenait vaste et magnifique. Son bureau étant trop petit pour deux, c'était elle qui s'installait sur l'unique chaise, pour lire, pendant qu'il allait travailler à la bibliothèque. Un après-midi, il revint une demi-heure plus tôt que d'ordinaire et la trouva penchée au-dessus d'un énorme tas de feuilles dactylographiées. En regardant la taille des deux piles, Khassan estima qu'elle avait lu les deux tiers du manuscrit – de *son* manuscrit. Il se sentit brusquement si fragile qu'un souffle d'air aurait suffi à le casser en mille morceaux.

— C'est une merveille, articula-t-elle en se levant, comme si elle n'en revenait pas qu'il ait pu écrire quelque chose d'aussi beau.

Khassan baissa la tête, ses yeux s'arrêtèrent sur les chevilles de Mirza. Des chevilles adorables. Tandis qu'elle faisait l'éloge de son livre, il la serra dans ses bras, davantage par gratitude que par désir. Mais ils ne se lâchèrent pas. Elle embrassa ses joues, ses oreilles. Depuis des mois, leurs doigts effleuraient les plis et replis de leur affection sans jamais en toucher la substance. La circonférence du monde se réduisit d'un coup à leurs bras enlacés. Elle s'assit sur le bureau, entre les deux colonnes du manuscrit, entre les pages « lues » et « à lire », et le fit venir à elle en lui attrapant le bout des doigts.

Cela dura quatre-vingt-dix secondes. Ensuite, il l'accompagna à l'arrêt du *marchroutka*. Quand elle monta à bord du minibus, il la suivit et s'assit à côté d'elle, pressant sa cuisse contre la sienne. Ils firent le voyage sans se parler, tels deux étrangers gardant un secret, une feuille de papier coincée entre chacun de leurs genoux.

Elle le retrouva derrière sa maison ; elle se tenait sur le seuil, frissonnante, les joues rouges, et il lui prit les mains. Elle était chez lui. Sa chaîne, son ancre. Il la conduisit dans la chambre des souvenirs. Il n'eut rien à expliquer. Quand elle vit la pelote de laine, elle comprit. Elle retira son écharpe rubis de son cou et l'ajouta à sa collection. Cette fois, ils se dévêtirent avant de faire l'amour. La marque de naissance, si présente dans ses souvenirs, était toujours là, comme une tache d'encre pourpre sur son ventre, la seule partie de son corps qui n'avait pas vieilli.

Leur liaison dura onze mois, jusqu'à ce que Mirza tombe enceinte. Depuis plusieurs années, elle essayait de faire un enfant avec son mari, qui recourait à une potion aphrodisiaque préparée à base de racines par une vieille veuve – quand on apprit la grossesse de Mirza, l'herboriste eut tant de commandes qu'elle devint la femme la plus riche du village, et reçut presque autant de demandes en mariage. Khassan ne sut jamais lequel des deux était le père – lui ou le botaniste dopé aux racines. Akhmed naquit le 1er juillet 1965 ; c'était tout ce qui importait. Lorsque Mirza mourut à trente-neuf ans, Akhmed avait alors sept ans, et le cancer de Mirza moins de huit mois. Après sa mort, Khassan et le botaniste devinrent amis. Les deux hommes pleuraient le même amour perdu, et même s'ils n'en parlèrent jamais, Khassan était presque sûr que le botaniste savait. Il accepta que Khassan soit un oncle pour Akhmed, une figure masculine que le garçon pourrait aimer sans avoir à dépendre de lui. En cette manière, quel que fût le détenteur réel de la paternité, Khassan fut un bien meilleur père pour Akhmed qu'il ne le fut pour Ramzan.

— Même toi, tu le sais, Ula. Il suffit de voir ce que l'un et l'autre sont devenus.

* * *

Quand Khassan revint chez lui, il trouva Ramzan assis à la table. Étant donné sa posture, « assis » n'était sans doute pas le terme approprié. Il était tellement avachi que le dossier de son siège était plus haut que sa tête. Des effluves d'alcool planaient dans l'air. Khassan se demanda un moment si la boisson n'avait pas dissous la colonne vertébrale de son fils.

Bien que vacillant derrière la table, Ramzan parlait d'une voix ferme. Il n'avait toujours pas remarqué son père, debout sur le seuil.

— Il n'y a rien à manger et je ne n'arrive plus à chier. Je n'y comprends rien. Comment je peux être constipé alors que tu donnes toute la viande à tes saloperies de chiens ? Les somnifères. C'est peut-être eux, les responsables ? Ou bien c'est le temps. Peut-être que le froid de décembre m'a gelé les boyaux ?

Il soliloquait du ton monocorde de celui qui sait que personne ne l'écoute. Khassan était bouleversé d'entendre la voix de son fils, vide et solitaire, s'adresser à une chaise vacante. Quelques années plus tôt, Ramzan avait laissé tant de questions en suspens. Un oui ou un non aurait pourtant suffi à éclairer Khassan. Mais aujourd'hui, rien concernant son fils ne pouvait avoir de réponse aussi simple.

S'il n'avait pas parlé à Ula, Khassan serait parti retrouver ses chiens. Il les aurait suivis à travers les allées, les caniveaux emplis d'immondices, le long des labyrinthes que dessinaient les ombres filiformes des arbres dans la forêt, jusqu'à ce que leurs museaux se tournent vers lui, affamés et impatients. S'il n'avait pas parlé à Ula, il aurait cette fois encore ignoré la voix de son fils ce matin, comme chaque fois qu'il disait au revoir à sa meute et revenait à la maison préparer son injection d'insuline. Et ce jour de silence se serait joint aux centaines d'autres avant. Mais il avait parlé à Ula… et maintenant que ce poids avait libéré ses épaules, Khassan décida que le moment était venu d'avoir une conversation avec la seule personne qui se languissait d'entendre sa voix.

— Tu ne peux pas chier? commença-t-il doucement. (Après tant de silence, le ton du reproche ne lui vint pas spontanément.) C'est peut-être les pilules que tu prends pour dormir au milieu des fantômes? C'est peut-être Alman, ou Moussa, ou Omar, ou Aslan, ou Apti, ou Mansour, ou Aslan le poilu, ou Rouslan, ou Amir, ou Amir numéro Deux, ou Issa, ou Khaled, ou même Dokka? Oui, c'est sans doute Dokka.

Il chargea ses paroles de toute l'animosité possible. Il ne s'était jamais adressé à lui de cette manière. Pendant un an, onze mois, et quatre jours, les suppliques, les remontrances, les prières qu'il brûlait de prononcer n'avaient jamais pu sortir de ses poumons. Le poids de tout ce qu'il avait tu était comme un organe mort dans sa poitrine. Il avait de la peine à respirer. Apparemment, lui aussi avait sa part de déchets qu'il ne pouvait expulser.

Le visage de Ramzan s'illumina de surprise.

— Cela fait si longtemps que j'attends que tu me dises ça.

Un grand sourire éclaira le noir de sa silhouette. Le silence de Khassan avait été si long, si solitaire, que cette salve d'accusations était à la fois une victoire et une absolution pour Ramzan. Le son de la voix de son père, c'était tout ce qui importait; peu importait son message.

— Mais tu n'as pas le droit de me parler de cette façon, rétorqua-t-il, par provocation, espérant qu'une dispute lui offrirait encore d'autres paroles paternelles.

— Tu oses me dire comment je dois te parler? Toi? (Le sang lui battait mes tempes.) Un fils à son père? Un morveux? Un…

Khassan s'arrêta avant de faire allusion à la virilité perdue de Ramzan.

— Tu te crois supérieur aux autres, mais qui donc t'apporte la nourriture que tu jettes aux chiens ? répliqua Ramzan d'une voix lente, pleine d'une joie sauvage, appuyant chaque mot comme autant d'éperons. Il n'y a pas une aspirine à cinquante kilomètres à la ronde pour faire passer une gueule de bois, mais tous les quinze jours je t'apporte ton insuline. Tu devrais me remercier. Je te permets à la fois de vivre et de m'en vouloir pour ça.

Khassan en avait le souffle coupé. Cette évidence, implacable comme un étau, acheva d'écraser ce qui restait de l'affection du père après ce long jeûne de paroles. Malgré les mensonges dans lesquels vivait Ramzan, il était encore capable de dire la vérité, et c'était cette vérité, plus que les chimères, que Khassan détestait. Une fois, il avait tenu sa main au-dessus du berceau de Ramzan et les doigts du bébé s'étaient refermés sur les siens comme de petites vrilles de vigne. Une fois, il avait soulevé le garçon et vu des miracles dans le bleu de ses yeux inflexibles.

— Tu n'es plus rien pour moi ! lâcha-t-il.

Mais, toujours souriant, toujours gonflé d'une joie inextinguible, Ramzan répondit :

— Tout comme ton livre ? Tu vas m'emmener aussi dans les bois pour me brûler ?

— Ce livre comptait pour moi, plus que tout au monde.

— Je sais. Plus que maman.

— Elle savait exactement qui j'étais quand elle a accepté de m'épouser.

— Elle pensait que tu étais un Albert Einstein, que la magnificence de ton génie compenserait toutes tes négligences. Tu traites les chiens mieux que tu ne l'as traitée !

— Ce n'est pas vrai, répondit Khassan, qui ne comprenait pas comment la conversation avait pu ainsi se retourner contre lui.

— Un génie, croyait-elle. Comme si Einstein avait pu oublier l'anniversaire de sa femme !

Pourquoi avait-il parlé ? Deux ans supplémentaires de silence auraient fait moins mal qu'une minute de cette conversation. Il s'attendait à la véhémence de Ramzan, à ses faux-fuyants, mais pas à cette concision. Il n'avait pas imaginé que le fils qui avait ruiné sa réputation, sali son nom, détruit sa foi en la bonté humaine, trouverait encore un moyen de le mettre à terre. Plus que ses failles en tant que père, c'était la joie sinistre que prenait Ramzan à les décrire qui marquerait Khassan. Ces yeux qui le défiaient, qui brillaient de jubilation… c'était son fils, sa chair. Et cette conversation, c'était celle qu'il redoutait d'avoir depuis la naissance de Ramzan. Depuis que la femme, qui n'était pas Mirza, avait dit, dans l'épuisement après la douleur, ces mots qui allaient les lier à jamais : « C'est notre enfant. » Depuis qu'il avait tenu Ramzan, juste une petite tête chauve emmaillotée de couvertures, et regretté que ce bébé dans ses bras ne soit pas Akhmed. Pauvre petite chose ! Dès le début, tu n'avais pas la moindre chance.

— Je n'ai pas été un bon père, je sais, je sais, je sais, je sais. (Il répéta ces mots, encore et encore, comme s'il se flagellait, comme pour empêcher Ramzan de les prononcer lui-même.) Mais je ne t'ai jamais fait de mal, lâcha-t-il finalement. Jamais, je n'ai levé le petit doigt sur l'un de vous deux.

— Tu étais une bouche qui ne s'ouvrait que pour manger. Tout comme maintenant. Et, le pire, c'est que tu as gâché ce que tu avais. Physiquement, tu étais capable d'avoir une femme et un fils, mais tu ne voulais pas de nous.

— Je regrette ce qui t'est arrivé, dit-il.

Même dans le regret, il ne pouvait l'exprimer clairement. Le 2 mars 1995, huit jours après qu'on eut fêté les vingt-trois ans de Ramzan – il n'oublierait jamais cette date : le camion militaire qui n'avait pas même ralenti lorsqu'ils avaient jeté Ramzan dans la rue ; la couche pour adultes dont ils l'avaient emmailloté, toute marronnasse. Trouver son garçon, là, sur le macadam… L'horreur l'avait laissé sans voix. Akhmed avait soigné la blessure ; il était le seul habitant du village à savoir. Pendant des semaines, Khassan s'était occupé de son fils, lui apportant ses repas au lit, lui lisant des romans de gare, tentant de faire briller à nouveau une étincelle de vie dans ses yeux meurtris. Ramzan n'en avait jamais guéri. Pas complètement, ni physiquement, ni psychologiquement. La Décharge l'avait mutilé, comme on coupe une branche, et tout le thé et toutes les paroles de réconfort du monde n'auraient pu recoller les deux morceaux ensemble. Ramzan ne voulut jamais raconter ce qui s'était passé là-bas. La fierté d'avoir été brave et la disgrâce qu'il en avait récoltée étaient si intimement liées qu'il ne put pas même dire à son père qu'on l'avait castré parce qu'il avait refusé de parler et de dénoncer ses voisins.

— Je pleure la vie que tu ne connaîtras pas, dit Khassan. Pour le père que tu ne seras pas. Pour nous tous.

— Moi, je pleure le père que tu aurais pu être.

Le sarcasme peu à peu se desquamait, et derrière perlait le manque, intact, insondable. Khassan sentait sa tête si lourde. Il s'attendait à de fausses accusations, à de la mauvaise foi. Mais pas à de l'honnêteté. Les lattes du plancher gémirent quand il se tourna vers la porte. Dans sa tête, il entendit le jingle de l'émission qui suivait le journal TV du soir dans les années soixante-dix – une chanson gaie et stupide, chantée par les ouvriers d'une coopérative, dont la mélodie jouait le rôle inverse d'une sonnerie de réveil, à savoir qu'il était temps d'aller dormir, de se reposer, de rêver. Il n'avait pas pensé à cette musique depuis des années, et voilà qu'elle lui revenait en mémoire, dans le détail, jusqu'à la moindre note, et il se mit à la fredonner alors qu'il se cramponnait au chambranle, avec l'envie de mourir, là, maintenant.

— Tu crois que je suis égoïste, mais ce n'est pas vrai ! lança Ramzan dans son dos, avec une sincérité d'airain. Pense à l'insuline. Tout ça aura une fin. Il nous faut juste survivre. Et tu ne vivras pas sans ton médicament. Et nous avons tous les deux besoin de manger, non ?

— J'ai soixante-dix-neuf ans. Soixante-dix-neuf. Le reste de ma vie ne vaut pas celle de Havaa, ni celle de Dokka ou d'Akhmed.

— Ce n'est pas moi qui mets l'arme sur leurs tempes.

— Ramzan, soupira Khassan, c'est toi qui mets les balles dans la culasse.

— Je suis comme toi ! Tu dis que tu n'as jamais levé la main sur moi, ou sur maman. Moi aussi, je n'ai jamais frappé personne !

— Comme moi ?

— Oui, comme toi.

— Juste un nom au téléphone ?

— Oui, juste ça !

— Puis un autre nom. Et encore un autre, et un autre, et un autre, et un autre, et un autre, et un autre, et un autre, et un autre, et un autre, et un autre, et un treizième : celui de Dokka.

Dans les yeux du fils se reflétait le même effarement du père. Ce stupide gamin était-il donc aussi perdu que lui ?

— J'ai fait ça pour nous. Pour que nous puissions survivre. Toi et moi. Tu es la seule personne que j'ai. Tu es ma famille.

C'étaient les mots les plus tristes, les plus doux que Khassan ait jamais entendus. Dans un autre monde, il aurait pris Ramzan dans ses bras, l'aurait embrassé, serré contre lui pour sentir battre son cœur avec le sien.

Il marcha vers la table, posa ses mains en coupe sur les épaules de Ramzan. Ses paumes étaient fermes et réconfortantes. Il songea à Ibrahim au sommet de la montagne, et le verset lui revint : *Ô mon fils, j'ai vu dans le rêve que je t'égorgeais.*

— Tu parles de famille. Alors laisse vivre Havaa et Akhmed.

— Je sais que tu aurais voulu qu'il soit ton fils. Je l'ai su ma vie entière.

— Et s'il l'était, Ramzan ? murmura Khassan en serrant plus fort les épaules de Ramzan. S'il l'était ?

Le visage de Ramzan devint un masque froid.

— Personne n'est lié à quelqu'un par une distinction aussi triviale. Tu crois que la paternité a la moindre importance? Non, père, non. Nous sommes les enfants des loups. C'est tout, père. Il pourrait être ton fils, ton frère, ton neveu, ton voisin, ton ami, que je ne le sauverais pas.

— Mais tu me sauves, moi. Quel gâchis.

Khassan se dirigea vers la porte, qui s'ouvrit sur les bourrasques. Il se retourna. Ramzan l'observait, aussi figé et impénétrable qu'une mare gelée. *Tu es ma chair. Je te reconnais comme mien. Nous enroulons nos âmes à nos misères mutuelles. C'est cela qui fait de nous une famille.*

Dehors, ses chiens l'attendaient.

22

1994	1995	1996	1997	1998	1999	2000	2001	2002	2003	**2004**

Alors qu'Akhmed longeait le bois de bouleaux enfumé pas les cheminées du village, il entendit quelqu'un siffler discrètement. Khassan, escorté par sa garde canine, sortit du couvert des arbres, cachant dans sa paume la lumière de sa lampe. Il rejoignit Akhmed sur la route, les chiens, les oreilles dressées, l'observaient avec méfiance.

— Je ne voulais pas que Ramzan me voie t'attendre.

Les doigts de Khassan, devant le faisceau, brillaient d'une lueur orangée.

— Il était devant chez moi, hier soir, il m'a posé des questions sur Havaa.

— J'ai parlé avec lui ce matin. Pour la première fois en deux ans. Mon propre fils. Je l'ai supplié.

Sous le choc, Akhmed recula d'un pas. Surpris, honoré que le vieil homme rompe son vœu de silence pour sauver Havaa et le sauver lui aussi, il referma les mains sur les doigts lumineux et la route redevint obscure.

— Ça va aller.

— Je suis désolé, Akhmed, murmura Khassan, je suis tellement…

Un sanglot lui coupa la voix. Akhmed serra plus fort les doigts de Khassan. Quand sa mère était morte, Khassan avait pleuré aux funérailles. Quand son père était mort, Khassan avait fourni le suaire. Cela l'avait marqué. Ce chagrin. Comme si Khassan faisait partie de la famille. Dans l'obscurité tout autour, les pattes des chiens crissaient dans les brindilles.

— Ils vont donc venir me chercher.

Pendant des années, Akhmed avait vécu avec la peur d'être emmené, torturé, tué, et de devenir à son tour un disparu, comme tous les hommes de son âge. C'était cette absurdité qui le terrifiait le plus ; le fait que la mort, finalité suprême, vienne arbitrairement. C'était plus terrible encore que l'éternité qui s'ensuivrait. Cependant, si, par sa mort, il faisait disparaître tout lien entre la ville et le village, alors elle ne serait ni inutile ni insignifiante, et il aurait bien de la chance ; bien plus que les milliers de ses compatriotes.

— Je ne sais pas, répondit Khassan.

Ses mains tremblaient sous celles d'Akhmed.

— Et Ramzan ne sait pas où j'ai passé ces trois derniers jours ?

— Je ne pense pas qu'il tienne à le savoir. Tant que les secrets sont de ton côté, des petits recoins de sa conscience peuvent rester propres.

Akhmed songea à Havaa lorsqu'elle ennuyait Sonja – pourquoi le caca est marron, pourquoi les oreilles sont plissées… –, elle était si jeune, si agaçante, si intelligente. Elle était une enfant sans parents, et lui, un homme sans descendance. Dix ans plus tôt, il n'aurait jamais pensé à en réclamer la charge, mais les lois de ce pays avaient volé en éclats. Il n'y avait plus personne pour lui dire qui il pouvait aimer.

— Je ne leur dirai rien, murmura Akhmed.

— C'est un cauchemar.

— Havaa est ma seule charge à présent.

La lune découpait le visage de Khassan. Des larmes ourlaient ses cils et ses lèvres étaient pincées. Ce n'était pas de la contrition, on aurait presque dit de la fierté. Une fierté immense.

— Pendant la première guerre, chuchota Akhmed, Dokka trimbalait toujours un livre avec lui, tu te souviens ? Chaque fois que les soldats passaient, Dokka ouvrait son livre et commençait à lire.

Khassan eut un sourire.

— Les Russes prenaient les rebelles pour des illettrés, alors lire un livre prouvait qu'il n'en était pas un.

— Et, en fait, ce n'était même pas un livre ?

— Non. C'était un journal. Toutes les pages étaient blanches. Mais ça, ils ne pouvaient le savoir.

Ils rirent et le faisceau de lumière fit des ronds dans l'ombre.

— Et il n'est pas mort, souffla Khassan.

— Non, pas cette fois.

Khassan sortit une grosse enveloppe de la poche de son pardessus. Le port de la main à la main, songea Akhmed, était depuis des années le seul service postal du pays.

— J'aimerais que tu donnes ça à Havaa. C'est une lettre, des souvenirs qui concernent Dokka, avant qu'elle vienne au monde. Pour que Havaa puisse avoir une trace de son père quand elle sera grande.

— Je vois que tu es optimiste.

— Que veux-tu que je fasse ? Je sais ce qu'exige l'honneur, mais faire ça ? À mon propre fils ? De mes propres mains ? C'est cela qu'on attend de moi ? Dis-moi ce que je dois faire, Akhmed ? Tu sais que ton nom est le prochain qu'il donnera aux Russes. Dis-moi ce qu'un père doit faire ? Allez, dis-le-moi.

Khassan s'était collé à lui, son souffle court et chaud fouettait la joue d'Akhmed. C'était une sensation curieuse. Jamais ils ne s'étaient tenus enlacés.

— Je ne sais pas.

Il n'y avait pas de bonnes réponses, et il était trop fatigué, trop frigorifié, et trop près de la maison pour les passer toutes au crible.

— Je n'ai jamais été père, dit-il. Je ne sais pas ce que je ferais à ta place.

— Je ne cherche pas ton approbation. Je te demande un conseil. Une voie.

Akhmed hocha la tête.

— Je vais y réfléchir.

Khassan recula, et son visage, baigné par la lune, se mit à tressaillir. Il ouvrit la bouche, mais, pendant un moment, ce furent uniquement ses yeux qui parlèrent. Akhmed voulait combler ce fragile espace entre eux, lui dire sa gratitude. Il aurait remercié Khassan pour les conseils, les récits de ses voyages, les repas, les cigarettes, les silences, même pour les interminables leçons d'histoire, pour tout ce qu'ils avaient partagé durant toutes ces années. Il lui aurait dit qu'il avait été comme un père pour lui, depuis les dix années que le sien était décédé. Il allait lui dire ça, mais c'est Khassan qui parla le premier.

— J'ai beaucoup de chance de te connaître, Akhmed. Je voulais te le dire depuis longtemps.

Leurs regards se croisèrent, puis se détournèrent. De tels éloges, aussi bruts, les embarrassaient tout deux. Akhmed hocha la tête, puis reprit son chemin vers le village. Sans rien dire.

Il pénétra dans l'ombre rance du salon et marcha vers la chambre à la lueur de la lanterne.

— C'est moi ! annonça-t-il sur le seuil. Comment ça va ?

Sous les couvertures, Ula se tourna, esquissa un sourire vague.

— Oh, très bien. Vraiment très bien. Ton père est revenu. Il m'a raconté une histoire pour m'endormir.

Il prépara le dîner. Lentilles et abricots en boîte. Il tira une chaise près du lit et mangea avec elle. Sa pauvre Ula. Elle perdait vraiment l'esprit. Son état physique s'était amélioré ces derniers mois, mais l'entendre dire qu'elle passait ses journées avec son père mort il y a dix ans effaçait tout espoir de guérison. C'était peut-être préférable. Perdre le sens des réalités était un moindre mal. Dans une boîte à cigares, il cacha la seringue et la fiole d'héroïne qu'il avait dérobées à l'hôpital.

Après avoir nettoyé les assiettes, il récupéra son livre *Hadji Mourat*, coincé sous un pied de la commode branlante, et alla le déposer à côté de la porte. Il tira les doubles rideaux du salon avant d'ouvrir l'enveloppe de Khassan. Un paquet de quarante ou cinquante pages, retenues par deux pinces en laiton. Il les feuilleta au hasard. *Ton père aimait le nez de ta mère. Pourtant grand et disproportionné. Il disait qu'il poussait encore, qu'il finirait par lui manger les joues et le front et que, bientôt, tout son visage ne serait plus qu'un nez!* Il ne pouvait commencer à lire, pas maintenant. Il rangea les feuillets dans l'enveloppe.

Au lit, il posa la main sur la hanche osseuse d'Ula. Ce n'était pas la hanche de leur nuit de noces, quand il s'échinait, maladroit et grognant; il s'était senti tellement gêné par son manque évident d'expérience qu'il ne s'était pas attendu à voir son épouse incommodée détourner la tête vers la fenêtre ouverte. Mais il aimait ces hanches, elles lui manquaient. Ils se disputaient pour tout, des querelles qui les laissaient enroués au matin, puis ils se pardonnaient mutuellement en silence, avec une tasse de thé, une main sur l'épaule, sans recours aux mots qui divisaient. Ses attitudes hautaines lui manquaient aussi plus que tout. Sa façon de le regarder, comme s'il n'était pas là. Le fait qu'elle savait ce que tout le village suspectait, à savoir qu'il était un médecin incompétent, un gestionnaire plus mauvais encore, un romantique, un homme qui n'était heureux que quand il dessinait les oiseaux dans les bois. Elle savait ça et elle l'aimait quand même. Il fit courir ses doigts dans ses cheveux. Cela faisait des jours qu'il ne les avait pas lavés, et pourtant ils étaient si propres. Qu'Allah soit loué si elle parlait à son père, si elle regardait aussi loin, par-delà l'horizon. Au moins ne voyait-elle pas ce qu'il y avait à sa porte.

— Tu te rappelles qui je suis ? demanda-t-il, mais elle s'était déjà rendormie.

* * *

— Tu sais comment on a inventé ces machins ? dit Sonja en désignant du menton le stéthoscope avec lequel la fillette écoutait les battements de son propre cœur.

» Un médecin français avait un patient obèse. Il était si gros que le docteur ne pouvait pas entendre son rythme cardiaque à travers la poitrine. Alors il a inventé le stéthoscope.

— C'est bizarre, dit Havaa en déplaçant le pavillon avec hésitation, comme une pièce d'échec sur un échiquier. Je n'ai jamais vu de personne grosse.

— Jamais ?

— Jamais. Mais, parmi mes souvenirs, j'ai un autographe de quelqu'un qui avait été gros autrefois.

La fillette nota sa fréquence cardiaque sur le tableau que Sonja lui avait donné. Prise d'un intérêt soudain pour la médecine, Havaa, vêtue d'une blouse qui traînait par terre, suivait Sonja partout depuis le dîner. Il se passa près d'une heure avant que Sonja s'aperçoive que la fillette singeait tous ses faits et gestes dans son dos. Son exaspération diminua en mécontentement amusé quand elle vit l'enfant sermonner l'air parce qu'il propageait des maladies. Pauvre petite, songea-t-elle, elle ferait mieux de se trouver un autre modèle que moi.

Havaa tenait le pavillon comme un microphone et, tout en donnant des coups de pied dans un pan de drap, elle se mit à interviewer Sonja.

— Qu'est-ce que ça fait d'être chirurgien ?

— C'est génial. Question suivante.

— Pourquoi tu n'as pas d'enfants ?

— Ils posent trop de questions.

— À qui as-tu graissé la patte pour entrer à l'école de médecine ?

— Curieusement, à personne.
— Et tu es la seule femme chirurgien dans le monde ?
— C'est parfois l'impression que j'ai.
— Quelle est ta maladie préférée ?
— La chlamydiose.
— S'ils t'ont laissée être chirurgien plutôt qu'épouse, tu crois qu'ils me laisseront être arboriste ?
— Qui ça, « ils » ?
— Tu sais bien.
— Non, raconte-moi.

Le visage de Havaa se creusa de résignation. Il y avait longtemps, Sonja avait elle aussi connu ça ; elle se souvenait de ce qu'on ressentait à force de s'entendre dire qu'on n'était pas plus brillante que le plus benêt des hommes, pas plus forte que le plus faible des garçons. Avec toutes ces idées qu'on vous mettait dans la tête, l'option « soumission » était le seul choix possible. Sonja s'assit sur le lit à côté de la fillette. Oui, elle se souvenait de ce qu'on ressentait alors, et elle fut pleine d'empathie.

— Écoute-moi, ma petite, dit-elle avec le plus de ferveur qu'elle pouvait trouver à cette heure de la nuit, tu peux être qui tu veux, d'accord ? Cela ne semble pas évident, mais les choses changent quand on grandit. Si tu travailles dur, et que tu es prête à faire des sacrifices, et aussi à soudoyer quelques personnes ici ou là, tu pourras devenir arboriste, ou anémoniste de mer, ou tout ce que tu veux.

Et elles parlèrent encore, en se passant à tour de rôle le pavillon du stéthoscope.

— Et pour moi, tu as des questions ? s'enquit Havaa, à la fin de l'interview.

Depuis le départ d'Akhmed ce soir, une question lui brûlait les lèvres, comme une enveloppe longtemps attendue qu'on n'ose ouvrir.

— Est-ce qu'une Russe est venue dormir dans ta maison ?
— Une Russe ? Quelle Russe ? Des tas de gens ont dormi chez nous.

— Elle s'appelle Natasha.

— Des Natasha, il y en a eu au moins trente.

— Elle me ressemble.

Havaa examina longuement le visage de Sonja.

— Alors, non.

— Elle me ressemble, mais en jolie.

La fillette inclina la tête.

— C'est possible, ça ?

Et ça la frappa d'un coup. Pourquoi n'y avait-elle pas pensé plus tôt ? Le dessin d'Akhmed ! Elle quitta la pièce avant même que la fillette n'ait le temps de lui demander où elle allait. Pourquoi lui avait-elle demandé d'emporter le portrait ? Où l'avait-il laissé ? Elle grimpa au troisième étage, fouilla les deux maternités, l'ancienne et la nouvelle, la chambre du jeune unijambiste, les bureaux vides de l'administration, la salle d'attente. Tout en cherchant, elle songea au jour où elle avait trouvé le garde-casse-noix de Buckingham. Il avait résisté aux avions à travers toute l'Europe, à tous les chocs de la Samsonite, et même à la honte d'être baptisé Alu, sans jamais broncher, comme si c'était son devoir.

Elle avait trouvé le casse-noix dans une petite supérette au sol poisseux. Elle y était entrée parce qu'elle voulait se procurer des comprimés contre la toux avant de se rendre à une conférence. C'était quatre semaines avant Noël. La première guerre ne commencerait officiellement que douze jours plus tard. Elle l'avait acheté sans penser une seule fois à Natasha, sur un coup de tête, parce que le palais de Buckingham était le symbole de Londres, pour les étrangers, et que Sonja, avec un *j*, n'était que cela. Une étrangère. Des nuages gris soulignaient l'horizon quand elle était sortie de la station Holborn par l'escalator et avait traversé le Lincoln's Inn Fields pour rejoindre le Collège Royal de chirurgie. Là, à une conférence de neurochirurgie, elle avait transcrit la syntaxe alambiquée du monde académique anglais dans un carnet rose bonbon qu'elle avait déniché dans un bac « tout à cinquante pence ».

La vénérable institution abritait un musée dédié à l'histoire de l'anatomie et de la pathologie. Après avoir remercié le conférencier, et fait une pause dans le patio pour fumer, et tousser enfin, elle était allée visiter les curiosités du musée. Il y avait une vitrine détaillant l'histoire de l'embaumement ailleurs qu'en Égypte, une alcôve dédiée exclusivement au tibia. Dans une pièce étaient exposés les mille quatre cent soixante-quatorze crânes collectés par Joseph Barnard Davis, médecin du XIXe siècle. Il y avait le crâne fracturé d'une femme trouvé à Pompéi. Les crânes de neuf pirates chinois pendus à Ningbo. Et aussi des crânes de Congolais provenant des plantations d'hévéas du roi Léopold II. Mais la pièce la plus saisissante était le crâne d'un cannibale du Bengale. Intact. Le maxillaire s'emboîtait encore parfaitement dans l'os temporal. Pas un seul des vingt et un os composant un crâne humain ne manquait. Les huit os plats constituant la boîte crânienne baignaient sous les projecteurs à lampe halogène. À la taille des plaques, de la proéminence du bourrelet sus-orbitaire et des lignes temporales, et à en juger par les dimensions générales et l'apparente solidité de l'ensemble, ce crâne avait appartenu à un homme. Il ressemblait à ceux des pirates chinois, des ouvriers de la plantation au Congo. Elle avait lu la pancarte, rédigée cent cinquante ans plus tôt par un phrénologue victorien. *« Il n'y a aucune différence anatomique entre le crâne d'un cannibale et celui d'un homme ordinaire. »*

Cette association morbide entre le cannibale et le garde-casse-noix, détail qu'elle avait passé sous silence devant Natasha, la hantait maintenant qu'elle cherchait frénétiquement le portrait. Elle découvrit enfin le carnet de dessin sur le comptoir des cuisines, sous une pile de draps. À la dernière page utilisée, Natasha la regardait paisiblement, avec des yeux exempts de jugement ou de rancune, ses cheveux attachés en arrière avec un bandeau qu'elle n'avait jamais eu, ses lobes ornés de boucles d'oreilles qu'elle n'avait jamais eues non plus. Visiblement, Akhmed ne l'avait jamais rencontrée.

Quand elle revint vers sa chambre, ses pas lents de procession funèbre sonnaient comme les dernières gouttes d'un robinet qu'on vient de fermer. Elle voulait savoir et ne pas savoir ; les deux allaient de pair, toujours la déchirant, dans un jeu du tir à la corde, où elle était la corde. Ce n'est pas grave, se disait-elle. La vérité était une rumeur de plus, passant dans les colonnes de réfugiés, une autre hallucination qu'elle pourrait refuser de croire. Quand elle entra dans la pièce, la fillette s'était endormie. Elle glissa le portrait dans un tiroir, heureuse de retarder la réponse pour une nuit encore.

23

1994 1995 1996 1997 1998 1999 2000 **2001** 2002 2003 2004

Quand la deuxième guerre arriva à Volchansk, ce fut sans bombardements, sans tir de mortier, sans balles traçantes ni blindés. Elle arriva par le bazar, quelques kopecks de plus pour le gramme de cardamone, quelques roubles de plus par carotte – une perte de pouvoir d'achat suffisamment légère pour accuser l'inflation, le marché international, les catastrophes naturelles. Puis l'électricité fut coupée. Certes, les lignes de la ville, réparées après la première guerre, étaient déjà incapables de transporter du courant pendant plus de deux heures d'affilée. L'électricité pouvait surgir à l'aube, comme à minuit, quinze ou vingt minutes de félicité pendant lesquelles Natasha rechargeait ses batteries, écoutait à la radio les nouvelles du monde, fonçait sous la douche ou le sèche-cheveux avant que les lumières ne se mettent à vaciller à nouveau et que la ville ne replonge dans les ténèbres. Puis ce fut le tour de l'eau courante. Comme les autres civils qui étaient restés, elle allait tirer de l'eau aux puits qui n'étaient pas murés et la filtrait avec des taies d'oreiller avant de la faire bouillir. Puis les pénuries se succédèrent. Plus de lait. Puis plus de prunes, plus de choux, plus de maïs. Même les animaux sauvages devinrent silencieux, les chiens arrêtèrent de hurler à la mort, les oiseaux cessèrent de chanter. Et même si les forces de la Fédération de Russie envahirent la Tchétchénie en août 1999, pour Natasha la deuxième guerre ne commença qu'un après-midi de 2001, quand elle passa les portes de l'Hôpital n° 6.

Les cieux des fresques de la maternité étaient aussi paisibles que le jour où elle les avait dessinés, quand la première détonation, qu'elle prit à tort pour un coup de tonnerre, retentit. Puis des coups de feu suivirent, aussi rapides que ses pas dévalant l'escalier. Dans l'aile de traumatologie, Sonja et les infirmières s'étaient rassemblées près des casiers en aluminium.

— Nous pourrions évacuer les malades vers un village, suggéra Sonja. Nous avons le camion.

— Non, répondit Deshi. On les garde ici. C'est un hôpital. C'est ici qu'ils doivent être.

Maali était du même avis :

— Servons-nous d'eux comme boucliers humains !

Natasha tenta de s'immiscer dans la conversation, mais comme d'habitude le trio refusa de devenir quatuor. Agacée, elle s'en alla. Ce n'est pas contre toi, se répétait-elle. Maîtrise-toi ! Ce qui compte, c'est ce que tu décides de faire ou non. Qui aurait cru que ces livres de psychologie, que Sonja avait rapportés avec elle le jour où elle était revenue avec un verre de glaçons, valaient la peine d'être lus, finalement ? Pendant les cinq années où Natasha avait travaillé à l'hôpital, son spectre émotionnel avait peu à peu dépassé la dépression monochromatique qui ombrait les premiers temps de sa guérison. « Le retour à la vie », disait-on. Quelle expression étrange et merveilleuse. Rien ne définissait mieux sa réintégration graduelle au monde humain. Près de neuf mois d'enfermement, de prostitution forcée, de sévices et d'addiction à l'héroïne, mais elle était revenue. Personne n'était plus surprise qu'elle-même, et personne n'était plus heureuse que Sonja. Quand Natasha était au lycée, elle s'était endormie un jour sur un toit et s'était réveillée rouge comme du bortsch. La semaine suivante, les filles les plus populaires de l'école étaient revenues avec des coups de soleil, et une semaine plus tard, toutes les autres – y compris la proviseure – soutenaient qu'il était certain que les filles aimaient se faire rôtir au soleil en maillot de bain. Ce souvenir avait survécu, niché dans un repli du temps, et il lui revenait chaque fois qu'elle montait sur le toit de l'hôpital pour prendre le soleil. Et cela la faisait sourire. Désormais, il s'écoulait parfois plusieurs heures sans qu'elle pense à l'Italie.

Les infirmières pouvaient se passer de Natasha, mais pas les malades. Comme Xenia, patiente numéro 29395, une vieille dame qui ne cessait de demander « Qu'est-ce qu'il y a ? », de plus en plus confuse et hésitante, tandis que son voisin, son cousin germain, la suppliait de se taire parce qu'il préférait encore mourir d'une balle ou d'une bombe plutôt que supporter davantage sa voix de crécelle. Quand les Russes blancs avaient envahi Volchansk quatre-vingt-un ans plus tôt, Xenia avait posé la même question à son cousin et son cousin lui avait répondu. Xenia avait alors six ans, son cousin sept. Sa voix était charmante alors.

— Je vais vous expliquer, répondit Natasha. Ne vous inquiétez pas. Vous voulez que je vous apporte de la glace ?

Xenia lança un sourire narquois à son cousin et hocha la tête.

— Et ramenez une spatule ! Qu'on lui écrase la langue ! lança le cousin dans le dos de Natasha.

Deux jours plus tôt, quand Xenia était arrivée avec une pneumonie, Sonja avait traité ses poumons avec la délicatesse d'un plombier débouchant une fosse septique. Le travail de Sonja était efficace, mais sa façon de pratiquer dérangeait Natasha. Pour exercer dans de telles conditions, un chirurgien devait réduire l'individu à un corps – et c'était aussi l'attitude des trafiquants, des maquereaux et des clients qui avaient peuplé son enfer. Alors pendant que Sonja examinait le bassin brisé d'un patient sans jamais croiser son regard, l'appelait par son numéro plutôt que par son nom, Natasha se réfugiait dans la maternité du troisième étage, où des journées entières se déroulaient sans qu'elles se rencontrent, là où les vagissements des nouveau-nés lui rappelaient que la vie est plus bruyante qu'un pouls. Tandis que Sonja débattait du bien-fondé d'une évacuation, Natasha nourrissait Xenia de glaçons et lui expliquait ce qui se passait exactement.

Une cavalcade résonna dans le couloir, mettant fin à tout débat. Le vigile poussa la double porte et agita les bras, les pans de sa chemise fouettant l'air.

— Ils sont là ! annonça-t-il. Ils sont entrés !

Il courut devant Sonja et s'enfuit par la porte de derrière, hurlant à tue-tête sa reddition immédiate.

— Mais qui ? cria Sonja. Les Russes ou les rebelles ?

Pas de réponse. Le vigile était déjà trop loin.

Dans la chambre à côté, Xenia n'osait croquer dans le glaçon qu'elle avait dans la bouche. Personne ne parlait. Le bruit des bottes s'arrêta derrière la double porte fermée. L'air était si épais qu'on aurait pu y marcher. Un coup de pied, si puissant qu'on eût dit un coup de feu, les fit sursauter et les deux battants s'ouvrirent à la volée. Quatre barbus entrèrent dans la pièce, mitraillettes au poing.

— Je suis à la retraite depuis sept ans ! lança Deshi à la cantonade.

— Nous délivrons cet hôpital pour la grande cause patriotique de la reconquête de l'indépendance nationale, déclara le plus petit des rebelles.

Ses joues étaient pleines de poussière. Du sang maculait sa chemise et son pantalon. Il jeta un regard circulaire dans la pièce, mettant quiconque au défi de bouger ne serait-ce qu'une paupière.

— Qui est le responsable ?

À l'autre bout de la pièce, avec un roulement d'yeux agacé, Sonja leva la main.

— Je suis le commandant de la quatrième brigade de l'armée nationale de la République tchétchène d'Itchkérie.

Il baissa son arme et avança à petits pas chancelants vers Sonja.

— Nous sommes quarante. La plupart de mes hommes ont besoin de soins. Et tous ont besoin de nourriture et d'eau.

— On pourrait amputer toutes leurs jambes ? proposa Maali.

Mais cette fois, étant donné l'état des trente-six autres rebelles claudicants qui arrivèrent ensuite, cette proposition était peut-être à prendre au sérieux.

Sonja accepta de soigner les blessés, à condition qu'ils enlèvent leurs bottes. Les rebelles furent installés dans l'une des ailes désaffectées, avec la promesse silencieuse que plus vite le travail serait terminé, mieux ce serait pour tout le monde. Les rebelles demandèrent à être soignés par ordre croissant de rang, plutôt que par gravité. Les deuxième classe étaient les premiers jetés dans la bataille, expliqua le commandant avec un accent du Nord ; ils souffraient donc depuis plus longtemps. La gorge de Natasha se serra quand elle découpa la jambe de pantalon d'un fantassin aux cheveux bouclés. Il resta presque de marbre. Juste une pâleur soudaine des joues, ses yeux qui se voilaient de rose. Elle n'avait pas touché le pantalon d'un homme depuis cinq ans et trois mois.

— Qu'est-ce que vous faites ? demanda-t-il en se redressant sur le lit d'hôpital.

— Je vous confectionne un short. Vous avez de jolies gambettes.

— Mes jambes ! Où sont mes jambes ?

— Elles sont là, ne vous inquiétez pas.

Elle s'efforçait de ne pas lui faire mal, mais le shrapnel avait déchiqueté son mollet gauche.

— Accrochez-vous, dit-elle. Tenez le coup.

Des mèches humides collaient à son front. Elle voulait lui demander comment il s'appelait, mais s'il devait mourir ici, que ferait-elle de son nom ? Il s'appelait Saïd. Il venait d'une banlieue de Grozny, où sa mère, assistante vétérinaire, rapportait à la maison les éclopés abandonnés sur le perron de la clinique. La guerre lui avait déjà pris sa mère, mais Saïd survivrait et rentrerait chez elle pour s'occuper de ses chats qui étaient devenus nombreux au fil des années de conflit, faisant ripaille des proliférations de rats et de souris. En vivant de petits boulots, Saïd sacrifierait sa vie, ne connaîtrait pas les joies d'une vie de famille, pour s'occuper de la descendance des chats maternels. Huit cent quatre-vingt-deux, à qui sa mère avait tous donné un nom – bien qu'il ne sût jamais leur nombre exact. Dans soixante-six ans, au moment de son dernier souffle, il se souviendrait de cet après-midi lointain, quand les doigts de la jolie infirmière avaient retiré la mitraille de sa chair. Cela avait été le moment le plus intime qu'il ait jamais eu avec une femme. Puis il penserait à ses chats.

Natasha appela Sonja, pour lui demander un antalgique. Le jeune soldat était incohérent, il parlait à sa mère le nez dans un flacon de tampons de coton. À l'autre bout de la salle, le crissement de la scie chirurgicale s'arrêta, mais Sonja ne leva pas les yeux du bras à demi sectionné qu'elle amputait.

— Il va falloir que tu te débrouilles toute seule, répondit-elle calmement.

Malgré son passé de toxicomane, Natasha n'avait jamais préparé une injection d'héroïne et encore moins fait de piqûre. Des visions de cuillères tordues flottaient encore devant ses yeux et, après cinq ans d'abstinence, elle craignait encore que la flamme d'un briquet ne réveillât son ancienne addiction. Mais elle arracha ses gants de latex et fonça vers les cuisines. Ce n'était plus le temps des précautions, pas avec ce garçon qui l'attendait sur ce lit d'hôpital. Dans le placard, derrière un arsenal de boîtes de lait concentré, elle trouva son graal. Le sachet épousa la forme de sa main. Le frère d'Alu disait qu'il n'y avait pas assez de talc dans tout le sachet pour poudrer les fesses d'un bébé. La merde italienne que Sergey lui injectait dans les veines en contenait assez pour fournir une crèche ; pourtant cela avait suffi à transformer ses veines en fils électriques. Alors cette poudre-là… pure à quatre-vingt-dix-huit pour cent… Elle cracha dans l'évier. Elle salivait ! Maîtrise-toi ! Ce qui compte, c'est ce que tu décides de faire ou pas.

En deux minutes, elle prépara l'héroïne. Il lui suffisait maintenant d'emporter cette seringue en trauma, mais les vingt mètres qu'il lui fallut parcourir seule avec cette seringue parurent sans fin.

Quand vint le moment de traiter les gradés, les derniers brins de fil chirurgical avaient disparu dans les membres de leurs soldats. Lorsque le commandant, dernier à recevoir des soins, s'étendit sur le lit, le sang de ses hommes trempait déjà les draps ; et quand son épaule nue entra en contact avec cette humidité, il soupira. Entre sa barbe et ses yeux, il n'y avait qu'une peau brune tannée par le soleil et la malnutrition. Natasha observa sa sœur à l'œuvre. Une longue entaille, semi-circulaire, ouvrait le côté gauche du torse du soldat.

— C'est mon sourire de poitrine, plaisanta-t-il.

Sonja inonda la plaie d'iode et de solution saline. Avec des forceps, elle écarta les lèvres pour retirer les fragments d'obus. La plaie avait commencé à cicatriser, mais ne guérirait pas sans être recousue. Toute la troupe suivait l'intervention avec intérêt.

— On a un problème, annonça-t-elle au commandant qui hocha la tête avec fatalisme, en continuant à regarder le plafond. Je dois vous recoudre mais nous sommes à court de fil. Nous n'avions pas assez de réserves pour soigner autant de blessés d'un coup.

— Prenez mon fil, intervint un homme dont la barbe avait été rasée à moitié pour pouvoir réaliser treize points de suture sur la joue gauche.

Un concert d'autres offres suivit. Même ceux qui n'avaient aucune suture suppliaient qu'on rouvre leurs plaies.

— C'est hors de question, ne serait-ce que d'un point de vue sanitaire, répliqua Sonja pour mettre un terme à cette ferveur.

Chez tous les prétendants à l'échange, la déception était tangible.

— Vous n'avez pas de kit de premiers soins ? questionna-t-elle. Rien que nous puissions stériliser pour vous recoudre ?

Un jeune officier s'avança et tendit un petit sac vert. Natasha le fouilla pendant que Sonja posait une compresse dans la plaie. Elle en sortit une brosse à dents rose avec des poils gris, une petite bouteille de bain de bouche sans alcool, un tube de pâte au fluor pour blanchir les dents, cinq tubes de dentifrice, sur lesquels les cinq prières journalières étaient écrites au feutre noir et trois rouleaux de fil dentaire.

— Du fil dentaire, dit Sonja. Ça peut marcher.

Le commandant grimaça quand le fil, trempé au préalable dans l'alcool, suivit l'aiguille à travers la peau. Il refusa de prendre l'antidouleur maison. Natasha admira cette volonté d'abstinence.

— Il y a donc aussi des dentistes dans vos rangs ? demanda Natasha tandis que sa sœur plantait l'aiguille pour la cinquième fois dans sa chair.

Puisqu'il refusait un antalgique, elle pouvait bien lui offrir un brin de conversation pour détourner son attention de la douleur.

— Non, c'était les effets personnels d'un capitaine.

— Il avait de belles dents ?

— Oui, répondit le commandant, dont la bouche ouverte laissait entrevoir une hygiène dentaire moins scrupuleuse. Elles étaient belles, magnifiques. Il les brossait cinq fois par jour, avant chaque prière, comme s'il faisait les ablutions dans sa bouche.

— Il prêtait attention à sa santé ?

— Pas vraiment. Il fumait deux paquets de cigarettes par jour.

— Un homme complexe, donc.

— On peut dire ça. Durant la première guerre, j'ai combattu avec un homme qui avalait deux tubes d'antiacides tous les jours.

— Cela peut causer un déséquilibre électrolytique : une hypercalcémie. Et donc lithiase, asthénie, anorexie, tétanie, polyurie, insomnie et désordres psychiatriques, récita Natasha en répétant en pensée « désordres psychiatriques ».

Elle se demandait si Maali avait un penchant pour les antiacides.

— Cela n'a guère d'importance. Il est tout ce qu'il y a de mort, aujourd'hui. Et puis, nous n'avions que de la *kacha* de sarrasin à manger. Il prenait des antiacides comme complément de calcium. Il avait peur de l'ostéoporose.

Elle faillit rire.

— Quel âge avait-il ?

— Vingt-deux ans.

— Vous êtes tous fous à lier !

Quand Sonja serra les points de suture, le commandant grimaça avant de continuer :

— On se dit qu'en prenant soin d'une partie de son corps, cela protège le reste. Comme si Allah n'aurait pas le cœur d'ôter la vie à un homme ayant des dents parfaites.

— Et ça a marché ?

— On lui a laissé la bouche ouverte quand on l'a enterré, pour qu'au Paradis il puisse les montrer aux anges.

Les rebelles passèrent la nuit dans l'aile désaffectée. Personne ne ronfla. Même dans le sommeil, ils demeuraient sur leurs gardes. Au matin, ils orientèrent les lits de leurs compagnons blessés vers La Mecque. Natasha leur servit un gruau épais d'avoine et de lait concentré. Avec Sonja et les infirmières, elle inspecta les brûlures qui avaient été pansées, les plaies recousues, les fractures réduites et immobilisées dans des attelles de fortune, pour s'assurer que tout était en ordre. Seul le rebelle au bras amputé serait laissé à l'arrière. Le commandant fit une prière pour lui, puis fouilla son sac pour s'assurer que rien ne pouvait trahir son appartenance aux insurgés.

— Tu es un civil à présent, annonça le commandant. Profite de la paix pour laquelle tu as combattu. Nous emportons ton bras pour l'enterrer, mais on ne peut t'emmener avec nous. Si tu veux rester ici, la dame docteur a dit que le poste du vigile vient de se libérer.

De même qu'il avait demandé à être soigné en dernier, le commandant exigea le même traitement concernant la nourriture. Natasha lui apporta le dernier bol de gruau. La surface, en refroidissant, avait formé une carapace qu'il dut crever à coups de cuillère.

— Où allez-vous aller ?

— Au sud, répondit le commandant. Vers les montagnes.

— Tâchez de trouver un médecin ou un vétérinaire avant. Si votre blessure s'infecte, les Russes seront le cadet de vos soucis.

— Vu notre état, nous n'irons sans doute pas plus loin qu'Eldár aujourd'hui.

Seuls deux boutons étaient du même brun que la chemise du commandant, dont la couleur d'origine était indéfinissable. Natasha dégagea son épaule et couvrit les points avec un nouveau bandage. Le fil dentaire avait fait son office.

— Je suis allée dans les montagnes une fois, dit-elle. J'ai grimpé tout là-haut pour franchir la frontière.

— En hiver ?

— Au printemps.

— L'hiver, ça va être difficile pour nous. Il nous faut des moyens d'approvisionnement. Des intermédiaires de confiance. On trouvera peut-être quelqu'un à Eldár. Vous ne cherchez pas à changer de métier, par hasard ?

En paiement de son passage à l'hôpital, le commandant laissa le sac avec les tubes de dentifrice. Il se tenait avec raideur à côté de la porte attendant que ses hommes sortent du bâtiment. Une fois seul, il se tourna vers les deux sœurs.

— Merci, articula-t-il en s'inclinant. Vous êtes gentilles, honnêtes, et sans vouloir vous manquer de respect, tout à fait charmantes. Il doit y avoir du sang tchétchène en vous.

— J'ai une faveur à vous demander, intervint Sonja. Vous voudriez bien nous écrire un sauf-conduit pour que nous puissions, si le besoin se présente, circuler en territoire rebelle ?

Le commandant avait deux sœurs de son côté, de un an et trois ans ses aînées, qui le taquinaient, le grondaient, et le couvaient comme deux mères poules. Il gardait leurs noms sur un bout de papier cousu dans la couture de son pantalon. Il avait tellement confiance en elles qu'il leur avait révélé le nom de son premier amour. Une confiance qui demeurerait pour l'éternité. Il sourit, fouilla ses poches à la recherche d'un stylo.

Quand le commandant s'en alla et que la double porte se referma, Natasha retourna à la maternité, presque convaincue que la guerre était partie avec lui. Six jours plus tard, les Russes entreraient dans la ville. Ils lanceraient sur l'hôpital un obus de mortier, un seul, en représailles d'avoir accueilli des rebelles. Cet obus toucherait les réserves du troisième étage. Maali s'y trouverait, occupée à prendre des draps propres. Elle atterrirait avec les gravats douze mètres plus bas, et son pouls battrait encore dans ses veines. Une seringue serait préparée, et à demi injectée, mais ce serait la mort, et non la drogue, qui viendrait soulager ses souffrances. Alors le monde stupide et hurlant se tairait enfin quand Natasha enfoncerait le reste de la seringue entre ses orteils et que, d'une poussée sur le piston, elle mêlerait le sang de Maali au sien.

LES QUATRIÈME ET CINQUIÈME JOURS

24

1994 1995 1996 1997 1998 1999 2000 2001 2002 2003 **2004**

Si Akhmed avait dormi sur le canapé, il aurait vu la lettre pour Havaa. S'il y avait eu un reste d'électricité dans la lampe de chevet, il aurait vu la lettre. S'il s'était levé une heure plus tard, quand l'aube éclairait le sol, il aurait vu la lettre. Mais il ne l'avait pas vue, et ce n'est que lorsque Havaa traversa à toutes jambes la salle d'attente, son visage telle une fleur filante, une lune, ou un boulet de canon, ce n'est que lorsque sa tête lui enfonça l'estomac, ses petits bras se refermant comme un étau autour de sa taille, qu'il se souvint de la lettre. La lettre que lui avait écrite Khassan, la lettre qu'il avait oublié de lui apporter.

— Tu es là ! lança-t-elle, le visage enfoui dans sa hanche.

— Bien sûr que je suis là.

Il ne mesurait pas ce que la fillette savait, qu'ici c'était un endroit spécial, hors du monde. Elle se disait qu'il pouvait avoir disparu, lui aussi. Qu'il pouvait être avec son père, où qu'il soit, quoi que cela puisse signifier. Mais non, il était là. Une bouffée de désinfectant annonça l'arrivée de Sonja. L'homme et la fillette se tournèrent vers la porte avant qu'elle ne s'ouvre. Sa blouse d'un blanc immaculé aurait pu être celle d'un médecin de Moscou, de Londres ou de Berlin. Elle avait raison : si Akhmed devait marcher sur une mine, ou croiser le chemin d'un balle, il aurait aimé être soigné par un médecin portant ce genre de blouse.

La nuit précédente, alors qu'il dressait le portrait de sa sœur, il brûlait de se pencher pour que son genou touche celui de Sonja. Cela faisait deux années qu'il n'avait pas effleuré un genou de cette façon. Seulement deux ans ? Quand avait-il touché une partie du corps d'Ula avec du désir ou quelque chose s'en approchant ? Il était désormais garde-malade. La passion, autrefois sauvage, prête à s'enflammer comme de l'essence, était devenue une petite veilleuse, une lueur souffreteuse.

— Alors c'est lui ? Le livre de Tolstoï ? lança-t-elle en désignant la chaise où il avait posé *Hadji Mourat*. (Ça, il ne l'avait pas oublié.)

— Oui. C'est celui qui parle de la Tchétchénie.

Elle rajusta une mèche de cheveux rebelle, dessinant derrière son oreille un point d'interrogation. Il lui tendit le roman. Elle l'ouvrit à la dernière page.

— Qu'est-ce que vous faites ? Ne lisez pas la fin.

— Je fais toujours ça, dit-elle, sans lever les yeux.

— Cela gâche l'effet. Tout le livre converge vers cette dernière page.

Les lèvres de Sonja se plissèrent. Elle avait les mains crispées sur la couverture cartonnée, comme si elle tentait de les empêcher de trembler. Les amphétamines ? Mais elle parla d'un ton monocorde et atone.

— Je ne crois pas que j'aimerais ce genre de fin, alors je ne vais pas le lire.

Elle le lui rendit.

— Vous êtes sérieuse ?

— Il est décapité à la dernière page. Je ne veux pas lire de fin comme ça.

Elle était plus rétive que le dernier cornichon d'un pot. Il avait pensé l'impressionner, qu'ils pourraient ensuite parler du livre, des images qu'il suscitait, des thèmes abordés, un petit salon littéraire dans une ville privée d'électricité.

— Mais c'est un magnifique roman ! Il date de cent cinquante ans et pourtant ça reste le meilleur livre sur ces deux guerres.

— Pourquoi devrais-je lire ce que je vis déjà ?

— Vous préférez vous évader ?

— Vous êtes ici depuis quatre jours. Continuez à revenir, et nous verrons si vous aurez encore le goût de discuter littérature.

* * *

Akhmed était parti avec Deshi et Havaa qui, comme toutes les semaines, se rendaient au centre de distribution. Aussi, quand peu après huit heures, un jeune homme fut amené avec un tuyau d'échappement planté dans la poitrine, Sonja s'en chargea toute seule. L'homme, un sous-traitant pour l'armée, souffrait d'asthme depuis sa naissance, vingt et un ans plus tôt. Après avoir eu toute sa vie l'impression de se noyer, sa dernière respiration, dix-neuf secondes après que la voiture piégée eut explosé, entra en lui enfin librement. Jamais une inspiration ne fut plus facile, par la trachée métallique qui lui saillait de la poitrine et menait à son poumon écrasé, jamais son souffle – son dernier – ne fut plus doux.

Mais Sonja ne voyait en lui qu'un cadavre. La poignée d'amphétamines qui l'avait tenue en éveil durant la nuit s'attardait dans son sang. Elle l'emmena sur le brancard dans l'aile de traumatologie, l'installa sur un lit, et s'assit à côté de lui tandis qu'un essaim de mouches voletait au-dessus de la dépouille. La tête roula sur le côté et ses paupières s'ouvrirent. Alors elle se mit à parler au mort – qui était, il fallait le reconnaître, le meilleur auditeur qui soit – et se retrouva emportée si loin dans l'illusion qu'elle en oublia le monde réel autour d'elle – en particulier derrière elle, là où les pas d'Akhmed s'approchaient dans le couloir.

— Il faut honorer ses morts ? disait Sonja, son visage à la hauteur de celui du cadavre.

Akhmed, sur le seuil, l'observait.

— D'accord, mais seulement si les morts sont honorables. Non, je ne suis pas médisante ! Ce n'est pas grave si tu te sens pourrir. Tu viens de mourir, tu sais. Ne sois pas trop dur avec toi-même. Maintenant, j'ai une question à te poser : est-ce que tu peux voir ma sœur, là où tu es ? Oui, je sais, il y a foule, mais, s'il te plaît, jette un coup d'œil. Je peux attendre. Et pendant que tu y es, réserve-moi une chaise à côté d'elle. Oui, c'est idiot, tu as raison. Évidemment qu'on se tient debout là-bas.

Akhmed ne pouvait voir son visage, mais rien qu'à entendre sa voix épuisée il avait mal pour elle.

— Tu dis que tu as eu toute ta vie des difficultés à respirer ? poursuivit-elle en parlant dans le tuyau de métal comme dans un microphone. Il se trouve que tu as une grosse tumeur dans les bronches.

Quand elle prit le visage de l'homme dans ses mains, Akhmed entra dans la pièce pour la délivrer de ses chimères.

— Il n'y a aucune différence entre le crâne d'un cannibale et celui d'un homme ordinaire, expliqua-t-elle au cadavre. Mais je peux te dire qu'on aurait pris du bon temps, toi et moi.

Deux mains l'écartèrent doucement du mort avant que celui-ci n'ait pu lui répondre, lui dire si Natasha était là-bas avec lui.

— Pas vous, aussi, murmura Akhmed avec lassitude.

La peau d'Akhmed était plus chaude d'un degré ou deux que celle du mort. Il portait toujours son *pes* bleu marine, une taille trop petite, perché à l'arrière de son crâne.

— Quelqu'un ici doit rester sain d'esprit.

Ce grand nigaud l'emporta dans le bureau qui lui faisait office de chambre. Il était comme un bassin plein d'eau où elle venait de tomber ; elle se débattait, tapait encore et encore, et il était toujours là, tout autour. Elle était éveillée depuis une éternité. Le nuage de mouches la submergeait. Dans le bureau, Akhmed l'assit de force dans le fauteuil de direction.

— Maintenant, vous allez vous reposer, la somma-t-il, avec une autorité qui se voulait égale à la sienne.

— Vous êtes qui pour me donner des ordres ?

Déjà, le mort lui manquait. Sa conversation était bien plus agréable.

— Quelqu'un qui a dormi cette nuit.

Il parcourut la bibliothèque du regard, choisit le volume le plus épais et le posa sur le bureau.

— Un dictionnaire médical. Si vous ne lisez pas Tolstoï, lisez ceci. Il n'y a pas mieux pour tomber comme une masse.

Quand la porte se referma derrière Akhmed, Sonja contempla le dictionnaire, d'un air suspicieux. Elle ne l'avait pas ouvert depuis des années. Un chirurgien de sa trempe n'en avait pas besoin. Lentement, redoutant de voir de nouvelles hallucinations entre les pages, elle ouvrit l'ouvrage. Il était toujours aussi ennuyeux que dans son souvenir.

Mais elle était déjà prise au piège, l'écriture minuscule l'apaisait. Les définitions avaient cette assurance sereine de l'orthodoxie. Cela lui rappelait le temps d'avant-guerre, quand elle pouvait compter sur ce bréviaire pour terminer ses gardes, quand elle s'installait à son bureau, avec des boules de coton dans les oreilles, tandis que les *boum ! boum !* de la musique de Natasha – et elle osait appeler ça de la musique ! – retentissaient dans la pièce à côté, quand elle croyait encore que le sens d'une chose se limitait à quelques phrases lapidaires. Mais, elle le savait à présent, rien ne pouvait être défini par exclusion, et chaque bestiole, chaque crayon, chaque brin d'herbe était un dictionnaire à lui tout seul, exigeant les définitions de tout le reste de l'univers pour compléter la sienne.

Ses doigts projetaient leur ombre sur les fines pages et les mots semblaient écrits sur sa peau : le poids moyen d'une main, les degrés de rotation d'une jointure de doigts. Le châle de l'assoupissement s'enroulait sur ses épaules. Elle détestait le reconnaître, mais Akhmed avait raison. Puis, à la moitié du dictionnaire, au bas de la page mille trois cent vingt-deux, cerclé de rouge :

Vie : une constellation de phénomènes vitaux – organisation, irritabilité, mouvement, croissance, reproduction, adaptation.

Même un coup de tonnerre déchirant le ciel n'aurait pu produire un effet plus saisissant. Elle répéta cette définition à son lit défait, à la valise de Havaa toujours fermée, au bureau de l'ancien directeur du service de gériatrie. Jamais, elle n'avait biffé un passage dans un dictionnaire, pas une seule fois, mais c'était là, un cercle du même rouge que le stylo qu'elle laissait sur sa table de nuit. Elle avança en titubant dans le couloir, tendant les bras en avant, sans trouver le moindre mur. Ses jambes étaient aussi raides que le jour où elle avait tenté d'enfiler son nouveau pantalon, mais quand elle perdit l'équilibre, quand elle tomba tête la première, Natasha ne fut pas là pour la rattraper.

* * *

Quand elle s'éveilla, étendue au sol, elle avait l'impression que ses joues étaient des zestes de citron. Elle se massa les tempes et vérifia les lumières au-dessus de sa tête – Dieu merci, le plafond était encore là. Dans la réserve, elle sortit un paquet de Marlboro de la nouvelle cartouche. Le crissement du plastique l'accompagna dans le couloir. À la porte, le vigile manchot refusa la cigarette qu'elle lui proposa. Des morceaux de verre luisaient dans le cendrier. Il s'appelait Mohmad. Il n'aimait pas particulièrement son travail, mais il mesurait la chance d'avoir un emploi en ces jours, en particulier pour un infirme. En Ingouchie, il avait une fille de onze ans dont il ne savait rien, qui attendait son appel. Dans deux ans et demi, il entendrait pour la première fois le son de sa voix.

Elle grilla trois cigarettes avant qu'Akhmed apparaisse derrière elle, se réchauffant les mains sur une tasse d'eau chaude.

— Une Marlboro ? proposa-t-elle.

Il l'alluma avec la braise de la cigarette de Sonja.

— Vous avez meilleure mine, dit-il en retroussant le coin de ses lèvres en guise de sourire.

— Ça va. Fermez-la.

— Rien n'est plus doux qu'une beauté au réveil.

— Je fiche le feu à votre blouse si vous l'ouvrez encore.

Le sourire s'affaissa, en signe de reddition.

— Ils sont revenus chercher le corps, annonça-t-il.

— Amener un mort à l'hôpital. Ils me prennent pour une magicienne, ou quoi ?

— Les miracles de la médecine, ce sont les seuls miracles qu'on voit jamais. Pour le commun des mortels.

Il avait marqué un point.

— Vous êtes prêt à croire en beaucoup de choses, dit-elle.

Cela expliquait son incompétence et tout le reste.

— En certaines, du moins.

— En Dieu ?

Il secoua la tête.

— Pourtant, je vous vois prier le midi.

— C'est comme si vous me demandiez si je crois en la gravité. Ce n'est pas une question de foi.

— J'ai toujours jugé que le point de vue de Marx sur la religion est la seule chose sensée qu'il ait dite. La foi est une béquille.

— Quand on marche sur une mine, la béquille devient la jambe.

L'abbaye de Westminster était la seule église où elle ait jamais mis les pieds – et elle avait un guide touristique dans les mains plutôt qu'un missel. Comme tout ce qui était doux et bon, Dieu habitait Londres. Elle regarda ses paumes et pinça les cals qui les constellaient.

— Seigneur. On dirait celles d'un bûcheron, dit-il en lui soulevant les mains pour les examiner avec un mélange de respect et de pitié. Des mains d'homme des bois.

— Je déteste mes mains.

À haute voix, cette confession semblait aussi stupide et ridicule que lorsqu'elle la pensait. N'empêche qu'elles étaient horribles… une aberration de la nature qu'il lui fallait assumer :

— Comment des battoirs pareils ont-ils pu pousser à des poignets de femme ?

— Vous vous êtes trompée de profession. À défaut de bûcheron, vous auriez fait une excellente étrangleuse.

Avec la dextérité inattendue d'un chirurgien, les doigts d'Akhmed remontèrent sur son avant-bras.

— Mais ma tête, elle, pense en médecin, dit-elle. (Les doigts d'Akhmed s'étaient arrêtés sur le cubitus.) Donnez-moi le nom des os.

— Je suis nul en terminologie médicale. (Il serra son biceps.) Concernant l'anatomie, vous devriez avoir la même approche que moi. C'est votre bras. Juste votre bras. Là, c'est votre épaule, rien de moins que votre épaule. Et là, votre cou, seulement votre cou.

Son index effleura un menton qui n'était rien d'autre que son menton, des joues qui n'étaient rien d'autre que ses joues, un nez qui n'appartenait à personne d'autre.

— Et ces lèvres, dit-il en se penchant pour l'embrasser. Nos lèvres…

Elle se recula après le baiser, regardant vers l'hôpital d'un air maussade, lissant sa blouse. Après les diverses formes d'amour, de chagrin, de colère et de peur, qui avaient palpité sous cette blouse, l'anticipation optimiste était une sensation toute nouvelle. Elle contempla son grand visage idiot, rougit, et se détourna. Que dirait Deshi si elle la voyait dans cet état ? Sous le choc, elle pourrait bien mettre à exécution sa menace, à savoir prendre sa retraite à laquelle elle avait droit depuis dix ans.

— Je monte au troisième étage, finit-elle par murmurer. Rejoins-moi là-haut dans une demi-heure.

— Même si je ne suis pas un bon médecin ?
— Même si tu es totalement incompétent.
Il ouvrit les mains. Pas un cal.
— Ne te moque pas de mes mains de bûcheron.
— Pas du tout.
— Si, tu te moques.
Elle le vit contempler le camion au bout du parking et plisser les yeux. Il songeait peut-être à la veille, quand elle lui avait tendu ce piège à Grozny ? Quelle femme était-elle donc, devait-il se dire, pour lui plaquer un jour une arme dans le dos, et l'autre, lui donner ses lèvres. Quand il demanda les clés du camion, prétextant avoir oublié son écharpe sur le siège, Sonja fut si soulagée qu'elle préféra ne pas s'arrêter sur le fait qu'Akhmed n'en portait pas la veille.

* * *

Les traces de leur passage de la veille étaient encore visibles sur le sol de l'ancienne maternité. Les tableaux de Natasha semblaient l'épier, comme si Sonja leur appartenait. Troublée à l'idée de se trouver seule parmi ces fantômes, elle battit en retraite dans le couloir et ouvrit la porte des réserves pour humer l'air frais. Les décombres s'étendaient jusqu'à la rivière gelée. Les lois internationales interdisaient de viser des installations médicales, ce qui expliquait pourquoi, dans une ville où quatre-vingt pour cent des constructions avaient été rasées, l'hôpital tenait encore debout. L'obus qui avait frappé cette pièce était une vengeance plutôt qu'un fait de guerre. Natasha s'était effondrée avec ces murs, elle était tombée avec Maali. Elle était restée un moment en l'air, soutenue par des courants d'air ascendant, puis avait plongé dans l'abîme, jusqu'à ce que la terre s'ouvre, béante, et qu'elle y disparaisse tout entière. Sonja savait que Maali et Natasha s'entendaient bien, amies dans les confidences, sœurs dans l'ambition, deux âmes revêches difficiles à vivre. Elle savait que Natasha avait été bouleversée par la chute de Maali. Mais Sonja ignorait que Maali, la cadette de Deshi pour dix-huit minutes, avait vécu ses soixante-sept ans à l'ombre de ce laps de temps manquant, là où elle projetait tous ses rêves, toutes ses peurs, et toute son exaspération, et qu'elle avançait sa montre de dix-huit minutes pour pouvoir prétendre avoir autant d'expérience que Deshi. Maali qui se demandait toujours comment aurait été son existence, si elle avait été l'aînée de dix-huit minutes. En fait, Natasha aimait Maali pour cela autant que pour son enthousiasme pour les amputations. Dans quatre mois, quand Sonja viderait une armoire de dossiers, elle trouverait des dessins de bâtiments administratifs au verso d'une liasse de bulletins de paie. L'écriture inégale de Maali déparait les croquis de Natasha; ses commentaires étaient parfois amusants, parfois acerbes, mais toujours sincères. En découvrant ces dessins annotés, qu'elle encadrerait et accrocherait dans la salle d'attente, un après-midi, Sonja mesurerait alors seulement toute la connivence des deux cadettes.

La porte du palier claqua. Sonja et Akhmed marchèrent l'un vers l'autre, jusqu'à ce que leurs deux silhouettes ne fassent plus qu'une. Dans l'obscurité, elle chercha ses sourcils avec ses pouces. Ils allèrent vers le troisième lit de la maternité. Elle s'assit au bord du matelas, et il se tint entre ses jambes. Ses cuisses se refermèrent sur ses hanches. À l'autre bout de la pièce, la lueur de la lanterne les éclairait faiblement.

— Je crois qu'il y a une abeille sur mes fesses, dit-elle.

— C'est encore une hallucination.

— Tu devrais lui donner une claque pour être sûr.

Elle passa sa main sous sa chemise, les doigts écartés sur son abdomen, en s'efforçant de ne pas nommer les organes qu'elle effleurait.

— C'est ton estomac, dit-elle, imitant sa voix de baryton; pas l'estomac de ton frère, pas celui de Staline. Le tien.

— À t'entendre, on dirait que je suis un homme grave et sérieux.

— Tu es tout sauf ça.

Ils se déshabillèrent petit à petit, un bouton ici, une manche là, plaisantant sur leurs défauts, leur corps rendu androgyne par la privation. Comment pouvait-elle avoir autant confiance en quelqu'un ? Au point de glousser et de minauder comme une ado ? Elle s'étendit sur le dos. Il faisait noir. Ses lèvres trouvèrent les siennes.

***

— Bonne nuit à vous et à votre vilain nez ! lança Deshi à Akhmed au moment où il partait.

Une nouvelle confiance irradiait en lui quand il s'enfonça dans le crépuscule bleu. Sur le chemin du village, il se sentait dans le top dix, cette fois ceux du sommet. Jamais, ce « vous » ne l'avait tant honoré.

Mais la vue du pick-up de Ramzan, avec son antenne radio déployée, garé devant chez lui, mit un terme à ce bien-être. Avec un sourire de résignation, Akhmed avança vers sa maison, serrant les poings dans les manches de son manteau. Son pardessus, de fabrication militaire, avait cinquante-huit ans – quasiment la seule chose que l'Armée rouge ait faite avec soin. Il le maintenait au chaud, comme son père avant lui, et le père de son père et l'idée que trois générations s'étaient emmitouflées dans cette toile rêche et grossière lui réchauffait le cœur plus encore que le vêtement.

Encore une fois, Ramzan lui posa des questions, encore une fois, Akhmed feignit ne rien savoir.

— Tu me déçois, mon ami, répondit Ramzan.

Son manteau à lui n'avait pas six mois. Jamais, il ne réchaufferait d'autres épaules.

— Tu es médecin, reprit-il. Pense avec logique. Pense à ton épouse. Pense à toi. Pense aux conséquences de ton silence. C'est de la folie.

— Mon silence, je le dois à Dokka. À toi, je ne te dois rien.

— Devoir quelque chose ? Nous sommes bien au-delà. Nous portons des vêtements, nous parlons, nous créons des civilisations, et nous nous croyons meilleurs que des loups. Mais, à l'intérieur de nous, il y a un mot que nous ne pouvons prononcer, et qui définit ce que nous sommes en vérité. Tu te crois une âme noble, tu crois que tu vas accomplir le sacrifice suprême. Parce que tu as baisé la femme de Dokka, il y a deux ans, tu devrais sauver sa gamine ? Écoute-moi bien, Akhmed. Tu ne la sauveras pas. Havaa n'est pas ta fille. (Sa voix se brisa et il dut prendre deux inspirations pour trouver la force de poursuivre – et ce n'était pas de la comédie.) Je sais qu'à tes yeux je suis un traître et un lâche. Et tu as raison. Mais ce n'est pas pour autant que je me trompe dans mon jugement. Je te le dis, parce qu'on était amis. Tu ne dois pas ça à Dokka.

Akhmed n'avait jamais été attiré par Esiila avant les guerres ; elle n'était que l'épouse de Dokka, son meilleur ami. Ç'aurait pu être quelqu'un d'autre. Il voulait juste qu'une femme lui chuchote son nom à l'oreille, un corps chaud et moite contre le sien, entier et vivant, à mille lieues de la souffrance. Était-ce vraiment mal ? Non, bien sûr que non. Mais il y avait Dokka. Dokka… Aujourd'hui, Akhmed se battait pour eux, pour être un héros plutôt qu'un hypocrite, comme s'il n'avait pas trahi cette famille, ne l'avait pas déshonorée ni brisée. Aujourd'hui, il était prêt à mourir pour sauver le dernier survivant de cette famille. Ramzan lui barrait le passage mais il savait que, dans leurs cœurs, ils étaient du même camp.

La lune pâle éclairait ses traces de pas dans la neige, et Akhmed soudain comprit la fragilité du plan qu'il avait conçu la veille. Havaa serait en sécurité, supposait-il, s'il coupait le lien entre le village et la ville ; et ce lien, c'était lui. Mais cela impliquait de faire confiance à Sonja pour s'occuper de la petite. Allait-il mettre la vie d'une fillette entre les mains d'une chirurgienne imprévisible et débordée, qui avait été sur le point de le faire abattre un jour plus tôt ? Il lui fallait balayer ses doutes et croire – croire en Sonja, en sa bonté, même si elle la cachait bien.

— Pourquoi veulent-ils la petite, Ramzan ? Tu n'as pas tenté de leur expliquer ?

— La vengeance, répondit Ramzan. Dokka a merdé.

— Qu'est-ce qu'il a fait ?

— Akhmed, ça fait trop de questions. Si tu avais appris à te taire, à faire profil bas, tu aurais eu une vie plus heureuse.

— Ils ont déjà Dokka. Pourquoi leur faut-il la gamine ?

Ramzan secoua la tête.

— Parce que la vie d'un colonel russe vaut plus que la vie d'un arboriste tchétchène.

— Tu ne crois tout de même pas que…

— Quelques jours après notre retour de la Décharge, Dokka m'a demandé un pistolet. Il voulait pouvoir protéger sa famille, alors je lui ai donné un des Makarov que j'avais prélevés sur la marchandise avant notre dernière livraison. C'est cette arme qui a été utilisée pour abattre le colonel.

— Mais Dokka n'est pas un séparatiste ! Il ne pourrait pas tenir un pistolet dans sa main, et encore moins presser la détente !

— C'est un détail, pour eux. Le numéro de série du pistolet qui a servi à assassiner le colonel appartient au même lot de Makarov que les soldats nous ont confisqué. Les Russes ont fait le rapprochement. Et je ne peux pas leur donner Dokka, parce qu'ils l'ont déjà.

— Et pourquoi Havaa ?

Ramzan lui retourna un sourire attristé.

— Tu connais le dicton, « le fils hérite de son père, mais le père hérite du fils aussi » ? Pour les Russes, c'est devenu la politique officielle. Il s'agit de faire disparaître non seulement les insurgés, mais également toute leur famille. On a moins envie de rcjoindre les rebelles dans les montagnes quand on sait que sa maison va brûler et que sa famille va être massacrée. Le recrutement chez les séparatistes a chuté drastiquement ces derniers mois. C'est la nouvelle arme de dissuasion. C'est ainsi qu'ils vont gagner cette guerre, par la terreur. Ils vont tuer Havaa et apporter la paix.

Akhmed en eut le tournis ; il n'était même pas surpris ! Les propos de Ramzan lui paraissaient sensés. Il comprenait pourquoi les Russes voulaient tuer un enfant. Et avec ce constat, une autre évidence surgit, tout aussi indigne : cette guerre incompréhensible lui prendrait tout, jusqu'à son humanité qui, aujourd'hui, lui permettait encore de voir l'absurdité de tout cela.

— Pourquoi tu me racontes ça ?

— Parce que j'essaie de te protéger.

Quand Ramzan était revenu de son premier séjour à la Décharge, avec cette blessure entre les jambes, Akhmed l'avait sauvé. Ce ne fut jamais formulé ; Ramzan ne remercia jamais Akhmed, mais les deux hommes savaient que l'un serait mort si l'autre, pendant une semaine entière, ne s'était évertué à endiguer l'infection. Si quelqu'un, ignorant l'histoire, avait placé son oreille dans l'espace entre les deux hommes à cet instant précis, il aurait entendu en sourdine le rugissement de cette évidence.

— C'est trop tard, non ?

— Non. Pas encore.

— Si, ça l'est.

— Si tu abandonnes comme ça, cette fois tu seras le docteur le plus stupide de Tchétchénie.

Akhmed ne put s'empêcher de sourire. C'était le Ramzan de ses souvenirs.

— J'aurais au moins cet honneur pendant quelque temps.

— Tu te prends pour un héros, ou un martyr, n'est-ce pas ? Tu imagines devenir un saint si tu tiens tête aux Russes ? Parce que c'est ça que tu as derrière la tête. Tu crois qu'en t'opposant à moi tu t'opposes aux Russes. Mais tu te trompes, mon ami. Je ne suis rien. Rien comparé à ceux qui vont suivre. Tu crois que tu vas pouvoir continuer de te taire, comme tu le fais avec moi ? Mais tu parleras, Akhmed. Tu parleras. Tu penses que tu seras courageux, que tu t'accrocheras à tes convictions, mais tu n'es jamais allé à la Décharge. Ils ne te demanderont pas où est Havaa. Tu iras la chercher pour eux et tu te verras faire ça. Regarde-moi, Akhmed. Autrefois, j'étais comme toi, mais bientôt c'est toi qui seras comme moi. Leur boulot, c'est de briser des vies, Akhmed. Et là, ce sont des experts.

C'était la plus grande peur d'Akhmed. Parviendrait-il à ne rien dire ? Pourrait-il tenir face à ce qui l'attendait ? Il se disait que son amour pour Havaa suffirait à lui donner la force de résister à toutes les tortures. Mais ça, comme tant d'autres choses qu'il s'était racontées, c'était un mensonge. Déjà, la vue du sang le faisait tourner de l'œil. Alors comment se comporterait-il quand il baignerait dans son propre sang ? Mais il ne voyait pas d'autre solution. Il prierait pour avoir la force de garder le silence, pour que son cœur flanche, et que Dieu se débrouille ensuite.

— Tu te souviens de mon premier séjour à la Décharge en 95 ? C'était le jour de mon vingt-troisième anniversaire, et j'ai eu la malchance de me trouver en vélo sur la grand-route après l'embuscade des rebelles. C'est la seule raison pour laquelle ils m'ont arrêté. Un Tchétchène dehors, le jour où les rebelles décident d'attaquer les Russes aux abords de Goudermès ! Alors ils m'ont emmené à la Décharge, et tu sais ce qu'ils m'ont fait là-bas. C'est toi qui m'as recousu. Pendant des années, j'ai eu peur que toi ou mon père vous me demandiez pourquoi c'était arrivé ; j'étais terrifié, terrifié que vous me posiez la question – pourquoi ? – et de ce que je devrais répondre. Mais toi comme lui vous ne m'avez jamais rien demandé. Vous étiez trop polis. Tu ne veux vraiment pas savoir, Akhmed ? Tu affectionnes pourtant ce mot – *pourquoi* – alors je vais te le dire. C'est arrivé, Akhmed, parce qu'ils m'ont demandé des informations sur mes amis, sur mes voisins. Quand ils m'ont menacé de me rouer de coups, je n'ai rien dit. Quand ils m'ont menacé de m'électrocuter, je n'ai rien dit. Quand ils m'ont menacé de me castrer, je n'ai rien dit. Je n'ai rien dit. Quoi que tu puisses penser de moi, souviens-toi qu'une fois je n'ai rien dit alors qu'un homme ayant deux sous de jugeote aurait parlé. Il aurait chanté, même. Et les interrogateurs n'en revenaient pas. Ils ont appelés les autres pour voir ça. J'étais par terre ; et au-dessus, leurs têtes faisaient des ovales noirs qui se découpaient devant les lumières du plafond. Ils me frappaient fort, je n'entendais plus bien, mais je continuais à dire non, à chaque respiration que je pouvais prendre. Ils ne m'ont pas tué et ils m'ont laissé partir. Et la seule raison pour laquelle ils m'ont épargné, la seule, c'est par une sorte de respect pervers, une sorte de reconnaissance professionnelle. Mais j'aurais préféré qu'ils me tuent, Akhmed, parce que ce qu'il y avait de bien en moi est mort là-bas ; et tout ça, tout ce qui s'est passé depuis, c'est un purgatoire d'où j'essaie de m'échapper.

Akhmed n'avait jamais frappé quelqu'un, mais cette fois il dut rassembler toute sa volonté pour retenir ses mains. S'il les avait laissées faire, elles auraient sauté à la gorge de Ramzan pour l'empêcher de dire un mot de plus. Était-ce une confession ? Une ruse ? Akhmed n'en savait rien, mais le tourment était vrai. Il était là, vibrant, sous ses yeux, sur ce visage.

— Pourquoi as-tu commencé à dire oui ?

Ramzan n'était plus qu'une petite chose tremblante derrière ses bras croisés.

— Une deuxième guerre. Un deuxième séjour là-bas. Je savais ce qui allait arriver. Je savais que ça ne s'arrête jamais. Ils plantent la honte en toi, et ça s'étend comme un pont sans fin, l'humiliation, cette putain d'humiliation de savoir que tu n'es plus un être humain, mais une pelote de nerfs hurlants, et que la torture dure encore même quand la douleur physique s'est apaisée. Le comportement des gens à mon égard a changé quand je suis revenu la première fois. Les rumeurs ont commencé, parce que je vivais encore chez mon père, que je ne pouvais pas me marier ; j'étais devenu un sujet de moquerie pour eux, eux pour qui j'avais sacrifié femme, enfant, famille, eux pour qui j'avais sacrifié ma vie. Quand les Russes nous ont emmenés, Dokka et moi, à la Décharge, quand j'ai dit oui, quand je leur ai dit ce qu'ils voulaient, quand j'ai accepté de donner des informations sur tout le monde, j'ai regretté ce que j'avais fait en 95, à la première guerre. Et ça, c'est marqué au fer rouge. Si j'avais dit oui, dès le début, je serais encore un homme. Je ne te demande pas ton amitié ou ton pardon, Akhmed, dis-moi juste que tu comprends. Donne-moi au moins ça. Je t'en prie.

Ramzan s'avança pour embrasser Akhmed. Et, juste avant qu'Akhmed recouvre ses esprits, plante ses mains sur la poitrine de Ramzan et le pousse au sol, il eut l'envie irrépressible de prendre Ramzan dans ses bras, comme un patient, comme un vieil ami, et de soigner ses blessures.

— Non ! lâcha-t-il en repoussant Ramzan.

Ramzan tomba à la renverse et, l'instant suivant, Akhmed était sur lui, poing levé, prêt à le frapper comme ses tortionnaires l'avaient frappé, pour ce qu'il avait fait à Dokka, à Havaa, à tout le village, pour ce qu'il s'était fait à lui-même. Ramzan se protégea le visage avec les mains, tentant de ramper sur le dos.

— Ne me fais pas de mal. Ne fais pas ça, ne me fais pas mal, pitié, pitié, suppliait-il, les yeux fermés, recroquevillé comme un fœtus, pleurant dans la neige brune.

Akhmed se releva, dégoûté par lui-même, par cet homme à ses pieds, par cette guerre qui les avait réduits à ça.

— Non, je ne comprends pas, articula-t-il, mais, derrière ses supplications, Ramzan ne pouvait l'entendre.

* * *

Après d'être assuré qu'Ula n'avait besoin de rien, Akhmed tira les doubles rideaux et alluma la lampe à pétrole du salon. La lettre de Khassan était sur le canapé, là où il l'avait laissée la veille au soir. Comment avait-il pu l'oublier ? Il n'était qu'un idiot. Dehors, derrière la porte, il entendait les sanglots étouffés de Ramzan. La nuit précédente, lorsque Khassan lui avait demandé un conseil, il pensait alors connaître la juste et digne réponse. Mais, à présent, il ne savait plus. Au fond de la poche de sa veste, il y avait les deux sauf-conduits qu'il avait volés dans la boîte à gants du camion cet après-midi, quand il avait prétexté avoir oublié son écharpe. Il y avait dans le compartiment des dizaines de lettres similaires, il espérait que ces deux-là ne manqueraient pas trop à Sonja. Il les glissa dans la grosse enveloppe qui avait contenu la lettre de Khassan, y joignit un message – un seul mot – à l'attention de Khassan, scella le tout et écrivit : *Pour K. 56, Route forestière, Eldár.*

De retour dans la chambre à coucher, il déshabilla Ula et la porta dans la salle de bains. L'eau monta si peu quand il la déposa dans la baignoire. Elle n'avait jamais appris à nager. Enfant, elle récupérait des carottes dans la marmite de sa mère pour les donner au lapin qui avait élu domicile dans le fond du jardin. Un après-midi d'automne, sa mère avait attrapé un lapin et en avait fait un ragoût, et pendant toute leur vie commune, Ula avait refusé d'expliquer à Akhmed son aversion pour les carottes. Il lui lava le cou, les épaules. Il souleva son coude, et savonna la touffe de poils doux sous son aisselle. La mère d'Ula disait que le désir était dangereux comme un fusil chargé et quand, un été, le gamin aux grandes oreilles qui habitait à l'autre bout du village s'était transformé en une créature harmonieuse et irrésistible, la jeune fille avait caché son affection, l'avait enfouie au fond de sa poitrine, parce qu'elle savait que la honte aurait tué sa mère. Akhmed lava ses coudes, ses poignets. Avec une brosse à dents, il cura la crasse sous les ongles. Il lui lava la nuque, le dos et fit courir ses doigts entre les vertèbres. Le frère aîné d'Ula, né débile, était gardé dans une chambre avec les rideaux toujours tirés, ses vagissements battant comme un cœur mystérieux contre les murs de la maison. Toujours, ou presque, Ula avait eu peur de lui, et toujours ou presque, elle avait eu honte de cette peur ; elle voulait passer les bras au travers de cette folie, atteindre cette part de lui qui, parfois, était si douce et gentille, et l'embrasser tout entière. Akhmed lui lava la poitrine, la peau pendante qui autrefois avait été ses seins. Il lui lava les hanches, l'estomac, faisant mousser le savon dans son nombril. Elle avait eu si peur d'Akhmed quand elle l'avait rencontré pour la première fois, un matin de juin, sur son perron, tandis que les merles pépiaient dans les branches. Huit ans après leurs fiançailles, il était devenu une célébrité locale. Il pouvait avoir n'importe quelle fille. Toutes celles qu'il voulait. Sa mère l'avait invité à la maison sans embarras car un cousin avait emmené le grand frère pour la journée. Akhmed lava le pubis d'Ula, son vagin, son anus. Il lava ses cuisses. Il lava ses mollets. De tout temps, Ula avait voulu être mère. Il lui lava le dessus des pieds, la plante, et les dix orteils et l'espace entre chaque. Elle aurait eu huit filles, elles auraient été l'air qui entrait dans ses poumons, qu'elles soient normales ou attardées, qu'elles mangent des carottes ou pas ; elle leur aurait voué son existence. Elle aurait offert à chacune un petit lapin ; une mère – oui, elle aurait été une mère si son corps et celui d'Akhmed s'étaient accordés comme la nature le prévoyait. Quand Akhmed eut terminé la toilette, ils étaient propres tous les deux.

Il passa une serviette sur ses épaules et, avec de longues et vigoureuses caresses, il la sécha. Akhmed avait toujours peur qu'elle attrape froid. Quatre heures plus tôt, il avait joui en Sonja et à présent il brossait les cheveux de sa femme. Un trouble, c'est tout ce qu'il put ressentir à la place de la culpabilité. Il regarda les yeux de son épouse qui était devenue sa patiente. Un sourire naquit dans sa barbe. Jamais, il ne l'avait plus aimée.

Il l'aida à enfiler sa chemise de nuit, remonta les couvertures sous son menton et s'étendit à côté d'elle.

— Tu as eu de la visite, aujourd'hui ? demanda-t-il.

— Non. J'ai attendu ton père, mais il n'est pas venu.

Ce mariage avait été une longue déception – pas d'enfants, la maladie – mais ils étaient enfin en paix, maintenant que la lutte était finie. Akhmed l'avait accepté, même si l'espoir, encore, demeurait le pilier de sa vie. Il fit ses ablutions nocturnes et pria – un rituel vide, mécanique –, récitant les mots comme on énumère une recette. La perle de foi s'était dissoute mais, au tréfonds, demeurait le grain de sable du doute, et il s'y accrochait, sachant que ce doute, tout comme l'espoir, pouvait lui donner la force d'aller jusqu'au bout.

Plus tard dans la nuit, le vent apporta le grondement des camions qui s'approchaient dans le lointain. Il s'habilla en hâte, enfila de grosses chaussettes de laine et son manteau vieux de cinquante-huit ans, parce que là où ils allaient l'emmener, il ferait froid. Lorsque les véhicules s'arrêtèrent devant sa maison, il avait déjà empli la seringue avec une dose d'héroïne suffisante pour arrêter le cœur d'un homme en pleine santé. La respiration d'Ula, lente et régulière, emplissait la pièce. Il prit le temps de désinfecter la peau. Au-dehors, les portières claquèrent. Il remercia le ciel pour Ula et ses hallucinations. Sans elles, il n'aurait pas eu la force d'enfoncer le piston et d'endormir à jamais cette précieuse veine. Mais elle était convaincue que son père, mort depuis dix ans, lui avait rendu visite cette semaine, alors même quand ses yeux s'ouvrirent d'un coup, et que des larmes coulèrent en une supplique indéchiffrable, il détourna la tête, parce qu'une femme qui parle à des fantômes en était déjà un elle-même, et qu'il était juste de l'aider à parcourir le reste du chemin.

Son souffle ralentit. Ses yeux partirent sur la gauche, pour regarder ce qui allait arriver ensuite. Akhmed tint sa main. Elle restait chaude. Un jour, trois mois après leur mariage, il avait tenu cette main pendant une marche de deux kilomètres sous une averse d'été, un périple dont ils étaient sortis trempés jusqu'aux os, radieux et purifiés. Il lui ferma les yeux. Posa un petit sparadrap sur la veine immobile. C'était fini. Dieu ne pouvait plus rien lui demander. Les forces de sécurité tambourinaient à la porte. La grosse enveloppe avec les deux sauf-conduits gisait au sol, à côté des pages reliées de Khassan, sa lettre pour Havaa. Les lirait-elle jamais ? Saurait-elle que son père faisait des meubles avec ses livres ? Les tambourinements devinrent coups de butoir. Un cadavre serait le dernier endroit où fouilleraient les soldats. Il glissa l'enveloppe et la lettre de Khassan sous le corps d'Ula, déposa un baiser sur son front. Elle était partie et il ne lui avait pas dit au revoir. « On ne séchera jamais », lui avait dit Ula. Et la pluie qui n'en finissait pas de tomber du ciel. Il était sûr qu'elle était là-bas.

Quand les hommes fracassèrent la porte, Akhmed était agenouillé. Il pria pour sa femme, pour qu'au Paradis Allah lui donne un corps en état de marche. Il pria pour Sonja, pour qu'elle trouve un compagnon. Il pria pour Havaa, pour qu'elle vive et meure d'une mort naturelle. Il pria pour Khassan, et pour Dokka. Mais quand les soldats commencèrent à le frapper, quand ils le bâillonnèrent et le jetèrent à l'arrière du camion, il pria pour lui.

25

1994	1995	1996	1997	1998	1999	2000	2001	2002	**2003**	2004

Le jour où Natasha s'en alla – un mardi –, cela faisait trois jours qu'il n'avait jamais fait aussi chaud en décembre. Le manteau de Sonja était toujours suspendu à la patère, là où elle l'avait laissé avant de partir au travail, après avoir passé la main à la fenêtre pour tester la température de l'air. Natasha avait prétendu être malade quand sa sœur, les doigts encore tièdes du soleil radieux du matin, était venue frapper à sa porte. En réalité, elle était déjà en manque. Depuis que Maali était tombée du troisième étage, Natasha s'assommait de prises d'héroïne. Hormis la première dose, volée sur la seringue destinée à l'avant-bras de Maali, elle ne faisait que la sniffer. Pas plus d'une fois ou deux par mois pendant la première année, une fréquence si faible qu'elle pensait – et ce n'était pas totalement injustifié – contrôler la drogue et non l'inverse. Puis vint le temps où elle mit au monde trois mort-nés en une semaine, le temps où l'hiver s'étira jusqu'à la fin mai, le temps où une douleur dans sa cheville gauche ne la quitta plus pendant des mois, le temps où elle s'éveillait en se sentant aussi pourrie qu'une courge ratatinée sur pied et deux fois plus répugnante. Le monde était sans doute devenu plus cruel, car elle trouvait toujours une bonne raison de prendre un snif chaque jour. La mort de Maali avait été un choc traumatique pour Natasha, comme si la chute de l'une avait provoqué la rechute de l'autre – une explication bien trop simple et bien trop commode ! Même si Natasha, oubliant ses bonnes résolutions, trouvait toujours un prétexte pour assouplir les règles qu'elle se dictait, une certitude demeurait, immuable : elle ne se piquerait jamais plus. Si bien que, la nuit précédente, quand elle s'était vue se planter une aiguille dans cet espace familier entre ses orteils, elle s'était promis de partir le lendemain. À sa grande surprise, elle s'éveilla lucide le matin. À sa surprise plus grande encore, elle tint sa promesse.

Natasha fit son lit, rangea sa chambre du mieux qu'elle put, et emballa ce dont elle aurait besoin dans la Samsonite de Sonja. Avant de s'en aller, elle s'assit à la table de la cuisine fabriquée par son père. Un meuble bringuebalant, avec des clous rouillés qui n'arrêtaient pas de sortir de leur logement et des boîtes d'allumettes fixées sous deux pieds pour caler le tout. Une table que même un hospice refuserait ! Mais toute sa vie elle y avait mangé, parce que les tasses de thé bouillant renversées sur les genoux ou le risque d'attraper le tétanos étaient finalement de moindres maux comparés à la fierté blessée d'un père. Elle tenta de rédiger une lettre pour Sonja mais aucun alphabet, qu'il soit arabe, latin ou cyrillique, ne semblait convenir. Que pouvait-elle lui dire d'ailleurs ? Toutes les excuses sembleraient être une insulte aux yeux d'une sœur qui avait – à présent elle le reconnaissait – quitté une vie agréable à Londres pour lui venir en aide. Mieux valait ne rien dire. Elle lui écrirait quand elle serait dans un camp de réfugiés, quand elle serait trop loin pour faire demi-tour. Si elle avait su le mal qu'elle ferait à Sonja en partant ainsi, sans lui laisser un mot, elle aurait écrit la phrase qui tournait en boucle sous son crâne : *Merci, Sonja. Merci.*

Elle prit la route qui quittait la ville et filait dans la forêt, droit vers la frontière – un chemin déjà foulé par cinquante mille réfugiés avant elle. Où irait-elle après les camps ? La Turquie ? L'Arménie ? Plus vraisemblablement l'Azerbaïdjan, mais elle aurait préféré émigrer en Chine ou à Hawaï, des pays où on ne parlait ni russe, ni tchétchène. Elle voulait faire rouler des syllabes inconnues dans sa bouche, comme autant de bonbons à la menthe, les faire fondre une à une jusqu'à parler couramment la langue. Les feuilles mouillées qui constellaient la chaussée collaient aux roues de la valise. Il faisait chaud, mais elle avait froid. Au coucher du soleil, elle avait seulement parcouru les onze kilomètres qui la séparaient d'Eldár.

La dernière fois qu'elle était passée là, elle se trouvait à l'arrière d'un camion bâché, en compagnie de cinq femmes. Elle ne connaissait pas le nom du village, alors. Elle se retrouva dans la grande rue, traversée de venelles noyées d'ombres. Il y avait peut-être du courant dans les fils des poteaux électriques, mais aucun réverbère pour éclairer ces crevasses de ciment. Elle s'approcha d'un perron où deux femmes tricotaient et bavardaient dans l'air tiède, et demanda une chambre. Elles lui indiquèrent le bout de la rue.

Un tiers des maisons avaient été détruites par des incendies ou des explosions, ou par les anciens occupants eux-mêmes qui, comme des fermiers semant du sel dans leur champ, considéraient que la destruction était l'acte ultime de propriété. Des portraits étaient accrochés aux poteaux, aux portes, une succession de visages qui la regardaient fixement. Elle demanda une chambre à un vieil homme qui lui désigna, plus loin, une maison avec une porte verte où un dénommé Dokka avait toujours un lit pour les refugiés qui tentaient de gagner la frontière.

Le Dokka en question ouvrit la porte avec ses orteils. Suspicieux, il l'examina de la tête aux pieds et Natasha craignit que sa peau, plus pâle depuis septembre, ne trahisse ses origines. Puis, soudain, il la reconnut.

— Natasha ! s'exclama-t-il en ouvrant les bras en signe de bienvenue.

Au bout de ses poignets, deux mains hideuses, sans doigts. Elle recula d'un pas. Il connaissait son nom, pourtant ils ne s'étaient jamais rencontrés. Elle n'aurait pas pu oublier ces moignons au bout de ses bras.

L'homme s'étonnait qu'elle ne se souvienne pas de lui.

— Je suis désolée. Je devrais ?

Il partit d'un grand rire chaleureux. Elle ne pouvait détacher son regard de ses mains mutilées. Il n'y avait pas là de quoi rire.

— On s'est rencontrés il y a sept ans, à la maternité de l'Hôpital n° 6. Je me souviendrais de vous pour le restant de ma vie. Vous avez mis au monde ma fille, Havaa.

Elle répéta le nom, sans pouvoir mettre un visage dessus. Elle avait mis au monde des centaines de bébés. Derrière lui, se tenait une fillette, avec des cheveux couleur amande, des yeux verts et ses dix doigts au complet. Lorsque Natasha lui demanda s'il avait une place pour elle, Dokka l'interrompit :

— Entrez donc ! Vous pouvez rester ici autant que vous le voulez !

Les pièces semblaient amputées à hauteur de hanche. Rien au-delà de la portée d'un enfant. Dokka refusa poliment l'aide de Natasha, il utilisait ses mains comme des pinces tout en s'affairant dans la cuisine. Il coinça une allumette entre ses dents, la gratta contre le mur, et la cracha enflammée dans le four ouvert. En quatre ans, il avait préparé du thé pour peut-être deux mille réfugiés, mais il désirait que celui-ci soit exceptionnel. Encore une fois, elle proposa son aide. Mais Dokka avait deux mille fois préparé du thé sans faillir, et il n'avait besoin d'elle que pour pouvoir le boire en sa compagnie.

— Vous allez dans un camp ? demanda-t-il.

Elle acquiesça. Elle avait entendu parler des camps surpeuplés, avec leur unique robinet pour approvisionner en eau trois mille âmes, mais les rumeurs n'avaient pas de limites, c'était là leur avantage ; on pouvait choisir de croire ou de ne pas croire à ce qu'on voulait. Malgré tout ce qui s'était passé, le Londres de Sonja continuait de l'attirer. C'était là-bas qu'elle voulait vivre.

— Vous ne devriez pas voyager seule. Il y a des soldats et des bandits, et ce sont souvent les mêmes personnes. Il vaut mieux faire la route dans un groupe où il y a au moins un homme.

Elle ne put s'empêcher de sourire.

— J'ai déjà fait ça en groupe. Et ça s'est mal passé.

— Et en plus vous êtes d'origine russe ! Vous ne pouvez continuer comme ça. C'est de la folie !

Après un long silence, Dokka hocha la tête, en regardant le siège vide à côté de Natasha.

— Avant que vous ne partiez, on vous trouvera une solution.

Quand la fillette revint, une demi-heure plus tard, avec un trésor composé de pommes de pin, de plumes d'oiseaux et de feuilles séchées, classées par couleur, son père, avec une exaspération familière, lui demanda de retirer ses chaussures crottées. La fillette déposa avec précaution ses trouvailles sur la table de la cuisine et les suivit dans la chambre à coucher. Elle n'avait toujours pas dit un mot à Natasha. Debout devant l'armoire ouverte, Dokka expliqua que sa femme était morte au printemps. Elle lui manquait beaucoup, d'autant plus qu'il n'y avait plus qu'une seule paire de mains valides à la maison, encore trop petites et trop faibles pour couper du bois. Cependant, il avait encore cette armoire pleine d'habits, qui feraient le festin des mites avant que Havaa ne soit en âge de les porter. Alors il valait mieux que tout ça lui soit utile, à elle. Puis Dokka quitta la pièce pour lui laisser de l'intimité. Au moment de se déshabiller, Natasha se tourna pour cacher les brûlures de cigarettes, mais la fillette, qui avait vu pire, se mit à observer les cicatrices sans dégoût ni jugement. Sans miroir, elle dut demander à l'enfant son opinion pour chaque robe. La gamine secouait la tête, non, non, non. Elle avait vu sa mère dans toutes ces robes, et cela lui faisait mal qu'une inconnue les porte ; elle n'acquiesça que lorsque Natasha enfila une robe pour femme enceinte, le seul vêtement que Havaa n'avait jamais vu sur sa mère.

Après le dîner, Dokka lui donna une paire de draps propres et la conduisit dans la chambre qui était autrefois celle de sa fille. Par-delà le monde, il y avait exactement deux mille dix-huit personnes qui avaient dormi dans cette pièce. Toutes garderaient dans leur cœur le doux souvenir de ce havre, souvenir qui ne s'éteindrait définitivement que quatre-vingt-dix-neuf ans plus tard, quand une petite fille – que Havaa, en son temps, avait regardée dormir –, devenue alors l'ultime survivante des deux mille, fermerait les yeux et ne les rouvrirait pas.

Havaa s'étendit sur la couchette du bas, à côté du lit qu'occupait Natasha et, se relevant sur un coude, elle demanda à voir ses mains.

— Tu as encore tes doigts, dit-elle, en pliant les phalanges de la jeune femme.

— Et je compte bien les garder.

— Ma mère avait les siens, mais elle est quand même morte.

— Pour ce genre de choses, les doigts n'ont pas un grand rôle.

La fillette ne paraissait guère convaincue.

— Mon père dit que tes mains ont été les premières à m'avoir tenue.

Elle avait arrêté de plier et déplier les doigts de Natasha. Elle les tenait à présent serrés dans ses paumes.

— J'ai aidé ta mère à te mettre au monde. J'ai veillé à ce qu'elle soit propre et bien installée. Quand tu es sortie, j'ai fait la même chose pour toi.

— J'ai vu des bébés lapins naître, une fois, annonça la fillette toute fière. Je ressemblais à ça ?

— Pas du tout. Tu étais très belle.

Une grimace déforma son visage enfantin.

— J'aurais préféré être bizarre.

— Oh, mais tu étais bizarre, répondit Natasha un peu trop vite.

— Je ne te crois pas.

— Tes jambes te sortaient des épaules, tes bras te sortaient des genoux, et tu respirais par les fesses. J'ai dû tout réparer. J'ai raté le déjeuner, ce jour-là, à cause de toi.

La fillette rayonnait de joie.

— Tu vas aider les enfants à naître dans les camps ?

— Ç'a été une longue journée. On parlera de tout ça demain.

L'enfant souffla la lampe. Une fumée s'éleva lentement de la mèche, juste troublée par le bâillement de Natasha. La jeune femme pouvait compter les lattes du sommier à travers le matelas. Les grosses couvertures grises, assez rêches pour récurer une poêle, gardaient l'odeur de tous les corps qu'elles avaient réchauffés. Où était sa sœur en ce moment ? Se posait-elle, elle aussi, la même question ? Il y aurait un temps pour la culpabilité, pour le remords, pour réfléchir à ses actes, mais là, c'était le temps du repos. Au moment où elle glissait dans le sommeil, un sommeil si profond et paisible que même les longs tentacules des rêves ne pourraient l'atteindre, elle entendit la fillette chuchoter :

— Je suis contente que tu aies eu tous tes doigts. Sinon, je serais tombée.

Au petit déjeuner, Dokka insista pour qu'elle reste encore une nuit ou deux. Un groupe de réfugiés risquait de passer, et elle pourrait alors se joindre à eux. Le stratagème était enfantin mais, venant de lui, connaissant sa bonté et son hospitalité, Natasha décida de rester, même si elle n'était qu'à douze kilomètres de chez elle. La fillette cacha son sourire derrière sa cuillère de *kacha*. Havaa voulait lui montrer la forêt. Après avoir lavé la vaisselle, elles retournèrent ensemble dans la chambre s'habiller pour leur expédition.

— Tu veux voir ma collection de souvenirs avant qu'on sorte ? demanda Havaa. J'en ai de toutes les personnes qui ont dormi ici.

Elle ouvrit un tiroir avant que Natasha n'ait eu le temps de lui dire qu'elles pourraient examiner tout ça plus tard, quand elles ne seraient plus aussi chaudement vêtues, à rôtir sur pied. Il y avait là un petit carnet – comme un journal de voyage – mais dont toutes les pages étaient vierges, avec juste une fleur séchée à l'intérieur, arrachée à la terre ukrainienne vingt-deux ans plus tôt. Trois boutons de cuivre qui servaient à fermer le blazer d'un homme d'affaires qui avait connu trois faillites et qui, à Hoboken, dans le New Jersey, venait de créer une société de recouvrement de dettes qui le rendrait millionnaire d'ici huit ans. Un anneau avec deux clés qui ouvraient la porte d'entrée d'une maison qui n'existait plus.

— Tu dois me donner quelque chose avant de partir.

— Je te donnerai toutes les dents de ma bouche si nous sortons maintenant. C'est une vraie mare sous mes vêtements. Je pourrais nourrir des têtards.

La fillette prit Natasha par la main et l'emmena marcher dans le sous-bois jusqu'à ce que la forêt oublie la route forestière et que les bouleaux occultent les cheminées du village. Comme c'était bizarre d'avoir un sol meuble sous les pieds ! Quand avait-elle marché, pour la dernière fois, ailleurs que sur l'asphalte, le ciment, ou le linoléum ? Oui, lorsqu'elle avait traversé la frontière avec les cinq femmes dont elle ne connaissait toujours pas les noms… Cette fois, c'était beaucoup plus plaisant.

Dans un tas de feuilles pourrissantes, elles trouvèrent des asticots, des larves et des bestioles appartenant à l'ordre des crustacés qui, d'un avis commun, seraient bien mieux dans les profondeurs des océans. Elles trouvèrent les bouses d'un cerf qui formaient une montagne miniature, minée par une armée infatigable de fourmis rouges. Le soleil perçait un trou de feu au milieu du ciel. Natasha se demandait si, avec ses mains infirmes, Dokka serait capable de préparer du *siskel* pour déjeuner, quand la petite s'arrêta brusquement.

— Que se passe-t-il ? s'enquit Natasha.

La fillette désigna du menton une ouverture dans le couvert, à une vingtaine de mètres, où se profilaient deux bandes bleu marine, telles deux portions de ciel qui se seraient détachées de la voûte céleste. En s'approchant, Natasha comprit que ces bandes azur n'appartenaient pas au ciel, mais à un pantalon bourré de paille.

— Un épouvantail ?

Une ancienne chemise de l'Armée rouge achevait de pourrir par-dessus. Neuf soldats avaient guerroyé et étaient morts avec cette chemise sur les épaules. L'épouvantail, oscillant comme un homme ivre adossé à son tronc d'arbre, avait été décapité. Clouée à l'arbre, là où se trouvait jadis la tête, une planche, mangée par la mousse.

— Non, c'est Akim.

— Akim ?

N'étant pas encore en âge d'expliquer ça avec des mots, la fillette n'avait que son visage pour exprimer ce sentiment de perte que représentait ce nom. Ne comprenant pas ce que signifiait ce totem, Natasha s'impatienta, jugeant qu'au lieu de s'apitoyer sur le sort d'un épouvantail, il valait mieux se soucier de celui des créatures vivantes. Mais son irritation fut de courte durée. De quel droit pouvait-elle juger sur qui ou quoi devait se porter l'affection d'une petite fille. Elle referma les bras autour de Havaa. La totalité de l'épaule osseuse de la petite tenait dans le creux de sa paume. La fillette leva les bras et s'accrocha au cou de Natasha. Si Akim avait pu les voir ainsi enlacées, il se serait moqué de Havaa pendant des semaines.

***

Après dîner, ce soir-là, un homme, grand, mince et barbu, les rejoignit. Sa présence rendit Dokka aussitôt silencieux. Il s'appelait Akhmed. Il lui posa des questions sur l'hôpital, en particulier sur les conditions d'embauche. L'établissement ne se souciait pas de ce genre de formalités, lui confia-t-elle, même avant son arrivée – elle n'avait pas même un brevet de secourisme ! S'il voulait travailler là-bas, il lui suffisait de s'adresser à Sofia Andreyevna Rabina, la chirurgienne, elle l'embaucherait sûrement. La lueur de joie dans ses yeux s'éteignit quand elle précisa qu'aucun employé là-bas n'avait touché le moindre salaire depuis plusieurs années. Et puis il lui posa cette question étrange : avait-elle déjà utilisé du fil dentaire pour réaliser des sutures ? Natasha douta de sa santé mentale quand il parla d'un commandant rebelle qui serait arrivé au village, deux ans plus tôt, avec la poitrine recousue au fil dentaire. Si la chose était possible, alors c'était cette chirurgienne – Sonja – qui avait fait ça, déclara Natasha, elle pourrait coudre un lion au dos d'un gnou. Jamais, disait-il, il n'avait vu plus belle suture, même avec le plus fin des fils conventionnels. Il voyait encore, comme si ça datait d'hier, les vingt-trois points refermant la blessure en un croissant parfait, que le commandant appelait « son sourire de poitrine ». Ce souvenir, qui l'avait longtemps hanté, lui rappelait les merveilles qu'un esprit éclairé pouvait créer. Natasha était bien de cet avis et laissa entendre que, oui, Sonja était capable de tous les miracles – non par ironie, mais par une fierté grandissante, comme un pont enjambant les onze kilomètres qui la séparaient de son foyer.

Dokka ne dit pas un mot à Akhmed, pas même bonjour ni au revoir quand il s'en alla. Intriguée, Natasha lui demanda pourquoi il venait ainsi sans être invité.

— Il passe une fois par semaine, répondit Dokka. Ou quand des voyageurs s'arrêtent ici. Il aime parler aux gens, avoir des nouvelles de l'extérieur. Et il m'aide, quand les mains de Havaa sont trop petites. Pour couper du bois. Ce genre de choses.

— Mais vous faites comme s'il n'était pas là.

Dokka eut un sourire attristé.

— C'était mon meilleur ami, autrefois. Je ne peux pas me passer de son aide, et cela m'est très pénible.

Dans la chambre, Natasha se déshabilla sous le regard inquisiteur de Havaa.

— Toi aussi, ils t'ont emmenée à la Décharge ?

— Non, répondit Natasha.

— Alors pourquoi tu as toutes ces marques sur les épaules ? Par réflexe, elle leva la main pour les cacher. Une trentaine de cicatrices constellaient son épaule gauche et son cou, et si Sergey n'était pas passé au chewing-gum à la nicotine, il y en aurait eu le double.

— Ce n'est rien, répliqua-t-elle en s'empressant d'enfiler une chemise de nuit. Je me suis endormie un jour en plein soleil. Je n'ai pas pu dormir sur le dos pendant des mois. Un petit souvenir pour me rappeler à quel point j'étais stupide à l'époque.

Après s'être lavé les dents, Natasha demanda :

— L'épouvantail est venu tout seul dans les bois ?

— Je l'ai aidé, répondit Havaa avec fierté.

— Il devait être très lourd.

— Ça m'a pris trois jours. Je l'ai traîné le long de la route et j'ai dû le cacher chaque soir pour que personne ne me le prenne.

— Pourquoi ?

— Pour Akim.

— Tu as dit son nom tout à l'heure. Qui est Akim ?

— En vrai, personne.

— Comme un ami imaginaire ? Ma sœur et moi, quand on était enfants, on disait qu'on avait une autre sœur.

— Non ! s'écria la fillette, horrifiée par cette idée. Akim n'est pas imaginaire.

— Pardon, je posais juste la question.

— Tu es méchante.

Natasha eut l'impression d'être entrée dans une *terra incognita* dont elle ne comprenait ni les coutumes ni les manières, où ses gestes d'empathie étaient pris pour des affronts. Ayant laissé la Samsonite ouverte après avoir pris ses chaussettes de laine pour dormir, elle aperçut par l'interstice la coiffe poilue du garde de Buckingham. Sans songer aux milliers de kilomètres que ce souvenir avait déjà parcourus, ni à la possibilité qu'elle ait besoin de ce totem pour y puiser de la force les jours de doute, elle sortit le casse-noix de la valise et le tendit à la fillette en signe de réconciliation.

— Tiens. Voilà un souvenir.

Le casse-noix était aussi large que la main de l'enfant, et deux fois plus grand. Havaa l'étudia, la curiosité l'emportant sur la colère.

— Qui est-ce ? questionna-t-elle.

Quel nom avaient-elles donné à ce petit bonhomme en bois qui n'avait pas le droit de rire ? Natasha s'étendit sur le dos, plus angoissée d'avoir perdu le nom que le casse-noix en lui-même, mais non, il était là dans sa mémoire, cela faisait des années qu'elle ne l'avait pas prononcé, mais il était là…

— C'est Alu.

* * *

Cinq nuits passèrent. Et les réfugiés promis par Dokka n'étaient toujours pas en vue. Au matin du sixième jour, Natasha annonça qu'elle s'en allait. Après le petit déjeuner, Dokka lui demanda de le suivre dans sa chambre. Il y avait six boucles de rubans attachées aux six boutons de tiroir de la commode. Dokka glissa son poignet dans la première du haut, découvrant un assortiment de bijoux, de monnaies étrangères, de montres, de billets – une collection plus somptueuse que celle de sa fille.

— Là, vous voyez ce foulard rouge ? Prenez-le.

Le foulard enveloppait un objet qui suggérait la forme d'un *L*. Quand elle le souleva, son poids confirma son appréhension.

— C'est un Makarov semi-automatique, annonça Dokka. Il suffit de retirer la sécurité, pointer la cible et tirer.

Hormis sa poignée beige, le pistolet argenté brillait au soleil. Un nuage passa et assombrit son éclat. Elle avait vu des armes à la télévision, au bazar, dans les mains de rebelles, de soldats, de bandits, pointées sur elle dans le parc municipal ou dans cette cave cauchemardesque en Serbie, mais jamais elle ne s'était trouvée de ce côté du canon.

— Je risque davantage de me tirer sur le pied que de toucher mon agresseur, fit remarquer Natasha.

Elle ne voulait pas de cette arme. Mais Dokka insista, expliquant que le camarade Makarov la protégerait des dangers de la route.

— Vous armez comme ça tous vos hôtes ? demanda-t-elle en souriant.

— Vous êtes la première.

— Pourquoi ?

— Après avoir perdu mes doigts, je me suis dit que Havaa devait apprendre à tirer. Mais quand je l'imagine faire feu sur des soldats, et que je songe à ce qui arriverait ensuite… Elle sait courir, c'est plus sûr. Il vaut mieux qu'il n'y ait pas d'arme ici.

— Mais pourquoi me la donner à moi ?

— Parce que je ne veux pas qu'il arrive de mal à la personne qui a mis mon Havaa au monde.

Elle était à court d'arguments. Il voulait qu'elle l'ait toujours sur elle, et l'acier de l'arme pressa son sein gauche quand elle serra la fillette dans ses bras pour lui dire au revoir. Havaa s'accrochait à ses doigts. Pleine de reconnaissance, Natasha dut se forcer pour se détacher et s'enfuit dans l'air froid, avant que leur gentillesse n'ait raison de sa volonté. Ses bottes lui faisaient mal aux chevilles, mais elle ne voulait pas s'arrêter pour enfiler une paire de chaussettes supplémentaire avant d'être loin de la maison de Dokka. Il fallait que l'idée de faire demi-tour soit proscrite. Les maisons de bois, de brique, de ciment rapetissaient de plus en plus à mesure qu'elle approchait de la limite sud du village. Des chaumes morts couvraient les champs abandonnés. La forêt se referma autour de la route. Suspendu à un arbre, un dernier portrait : une femme avec de long cheveux bruns et un nez aquilin, que Natasha reconnut, sans pouvoir mettre un nom dessus. De tous les portraits du village, celui-ci était le plus détaillé et le plus minutieusement reproduit. Au centre de ce visage serein, la bouche de la femme était entrouverte, guère plus d'un centimètre, laissant entrevoir la langue. C'était le quarante-deuxième portrait, si Natasha les avait comptés, et le seul où le sujet ouvrait la bouche pour parler ou pousser un soupir, un dernier mot pour l'éternité ou une expression de regret. Mais il était impossible de savoir si c'était là une volonté du sujet ou de l'artiste. Elle contempla le dessin pendant plusieurs minutes avant de comprendre enfin pourquoi ce visage lui paraissait familier. Peut-être cette femme, avec ses yeux, grands comme des châtaignes, l'avait-elle reconnue ? Après tout, Natasha portait sa robe quand elle était enceinte.

Au coucher du soleil, Natasha avait parcouru vingt kilomètres. Elle espérait atteindre un village où on lui aurait offert un centième de l'hospitalité de Dokka ; elle ne trouva que les restes pillés de baraquements de bûcherons. Tout autour, ce n'était que la forêt. Elle s'enfonça suffisamment dans les bois pour qu'on ne puisse distinguer de la route la lueur d'un feu. Se souvenant des leçons du Prophète du parc, elle confectionna un bûcher avec des branches sèches et des feuilles mortes. Dokka lui avait donné une ration de l'aide humanitaire : trois boîtes de lait concentré et une conserve de viande. Les soldats qui distribuaient ces rations au compte-gouttes soutenaient qu'elles pouvaient nourrir un homme de taille et corpulence moyennes pendant trois jours. Cela confirma les doutes de Natasha : soit les Russes étaient des nains, soit ils ne savaient pas compter. Elle mélangea le lait concentré à l'eau de sa gourde et agita la mixture jusqu'à ce que des gouttes blanches, captant la lueur orangée des flammes, se forment sur le goulot comme autant de perles dorées. Quand vint le moment de dormir, elle éteignit le feu et, comme le lui avait enseigné le Prophète, elle étendit son duvet sur le sol où se trouvaient auparavant les braises, pour garder le dos au chaud.

Le lendemain, elle progressa de dix, vingt, ou quarante kilomètres – elle ne savait pas trop. Le surlendemain, peut-être plus, peut-être moins. Mille fois, elle songea à faire demi-tour mais tout le froid de Tchétchénie serait moins douloureux qu'un seul après-midi passé dans le couloir de l'hôpital, à dix pas du placard tentateur des cuisines. Et cette Samsonite, pourquoi l'avait-elle prise ? Les graviers et la boue se coinçaient dans les roues, la transformant en traîneau, puis en enclume munie d'une poignée rétractable. Quel idiot irait dans un camp de réfugiés avec une Samsonite ? Il lui avait fallu un tel effort de volonté pour remplir cette valise qu'il ne lui en restait plus pour oser penser à ce qu'elle avait fait à Sonja.

Chaque jour, les montagnes grandissaient un peu plus à l'horizon. Partout des barrages et des points de contrôle, la plupart tenus par de jeunes soldats trop effrayés pour aller traquer des mouvements suspects dans les bois. Mais, au soir du quatrième jour, alors que Natasha avait dans les jambes vingt-huit kilomètres, elle arriva en vue d'un poste plus imposant et mieux éclairé que les précédents. La barrière, hérissée de fils barbelés, s'étendait dans le pré et s'enfonçait dans les bois, empêchant tout contournement. Si elle était arrivée là, quand le soleil était encore haut, elle aurait rebroussé chemin et pris la route secondaire qu'elle avait croisée deux heures plus tôt. Si cela avait été l'été, et que la terre n'avait pas eu besoin d'être réchauffée et séchée par un feu, elle aurait bivouaqué dans les bois et attendu le matin pour décider de la conduite à suivre. Mais il faisait nuit. Il faisait froid. Ses os demandaient grâce. Tout ce qu'elle voulait, c'était passer de l'autre côté, chauffer le sol et dormir, dormir, dormir. Et puis, elle n'était qu'une réfugiée qui rejoignait un camp de réfugiés. Et, dans son épuisement, elle crut que les soldats obéiraient au droit international qui lui garantissait la libre circulation.

Le halo d'un projecteur la cerna – pour la guider ou la suivre ? Difficile à dire. Un mégaphone lui demanda de lever les mains en l'air. La fatigue et l'impatience lui avaient embrumé l'esprit, et ce n'est qu'à ce moment, quand elle s'avança dans le rond de lumière, un bras levé, l'autre tirant sa valise, qu'elle commença à s'inquiéter. Elle avait pensé que cette fois encore, ce seraient de jeunes garçons, en mal du pays, à peine sortis de l'école, qui surveilleraient le point de contrôle. Mais quand elle vit les tatouages de prisonniers sur leurs mains, l'air renfrogné du garde à lunettes quand elle lui présenta un billet de cinquante roubles en guise de passeport, elle mesura son erreur. C'étaient des mercenaires, des *kontraktniki* ; et, cette fois, c'était la ligne de front. Le Makarov comprima soudain sa poitrine. Les hommes passèrent sa valise au peigne fin, jusqu'à déchiqueter son paquet de serviettes hygiéniques qu'ils trouvaient suspect, mais ils ne l'avaient pas encore fouillée, elle. Ils se rassemblèrent autour de son radio-réveil comme une tribu de sauvages devant un colifichet. À chaque seconde qui passait, le pistolet pesait de plus en plus lourd.

Elle songea à la clinique pour femmes à Rome qui, malgré toutes ses récriminations, avait été son salut. Son sang avait été purgé et filtré par une machine grande comme un distributeur de boissons, avec plein de lampes rouges et jaunes qui clignotaient. Elle avait été testée positive pour une demi-douzaine de maladies sexuellement transmissibles, qui avaient toutes des noms de figures géométriques. En séance de groupe, elle écoutait les confessions de femmes qui regrettaient leurs proxénètes, qui étaient terrifiées à l'idée des réactions de leur famille, qui ne dormaient plus de crainte de se réveiller dans le lupanar. Et Natasha hochait la tête, car elle était dans le même cas. Des inconnues de Pologne, de Turquie, de Sibérie parlaient avec ses mots. Son espoir d'être sauvée avait mis tant de temps à mourir. Il avait survécu aux traitements dans la cave en Serbie, au bordel du Kosovo, aux coups, aux viols, à l'héroïne. Il avait survécu plus longtemps que le déni et l'indignation, plus longtemps que trois de ses dents. Il avait survécu jusqu'au jour où le portefeuille d'un client était tombé de son pantalon et avait atterri sur le sol, ouvert. Dans la pochette transparente, il y avait la photo d'un garçon et d'une fillette habillés avec les mêmes pulls qui souriaient timidement à l'objectif. Elle l'avait supplié de la sauver, lui, un mari, un père de famille. Mais il l'avait regardée d'un air ahuri, comme si elle lui avait demandé de lui agrafer des plumes sur les bras. Quand était venu son tour de parler, Natasha avait raconté cet épisode, et, à leur tour, les autres femmes avaient hoché la tête.

Le salut aujourd'hui se trouvait dans un autre pays, et elle ne savait pas si elle pourrait l'atteindre. Les soldats continuaient à déballer ses affaires, dépliaient les vêtements, arrachaient, déchiraient, tandis que, sur sa poitrine, le Makarov pesait peu à peu plus lourd qu'une kalachnikov, puis autant qu'un lance-roquettes Katyusha. Les soldats se mirent à démonter les roulettes de sa valise. Ils ne l'avaient toujours pas fouillée, elle. Alors qu'elle serrait son fichu, elle comprit enfin. Ils la prenaient pour une Tchétchène.

Un officier plus âgé, empestant l'eau de toilette à en enivrer sa troupe, sortit de la baraque camouflée qui faisait office de bureau. Des étoiles dorées scintillaient à ses épaulettes. Un aigle à deux têtes était perché sur son attache de cravate. Ses cheveux se séparaient au-dessus de son oreille gauche et étaient plaqués sur son crâne, pour cacher sa calvitie. Il avait les yeux bleus perçants d'un lynx. Les soldats lui disaient « colonel ».

— Je suis désolé de ce désagrément, dit-il en russe avec force roulements de « r ». Vous allez pouvoir poursuivre votre chemin.

Il donna des instructions à ses hommes. Elle n'avait aucune raison de douter de ses paroles quand elle vit les soldats ranger les vêtements et refermer sa valise détruite avec de la ficelle.

— Par ici, dit le colonel, en la guidant par le bras, comme un gentleman, vers la forêt. Il faut que vous signiez quelques papiers avant que je puisse vous laisser passer. Malheureusement, les formulaires se trouvent dans un poste à cinq cents mètres d'ici.

Elle ne put dire au bout de combien de pas la vérité s'imposa en elle – au cinquième ? au sixième ? Au huitième ou au dix-huitième ? Mais bien avant qu'ils n'atteignent les bois, elle comprit ce que cet homme allait lui faire. Même si le colonel, un homme qui était opposé à ces guerres parce que sa première femme vivait autrefois ici, n'avait encore rien décidé de précis.

Tout le chemin, le militaire, compatissant, lui disait qu'il avait conscience des tracas que la bureaucratie causait aux habitants, et qu'il avait à cœur de laisser passer sans encombre une si charmante réfugiée. Il parlait d'une voix calme et claire. Son bras la tenait si courtoisement qu'elle voulait croire qu'ils se dirigeaient réellement vers un poste avancé au milieu de la forêt pour remplir des papiers. De temps à autre, il mordait bruyamment dans son chewing-gum.

Quand ils atteignirent la lisière des bois, le colonel lui demanda de s'arrêter. Les lumières du poste de contrôle se reflétaient dans ses yeux, mais ils étaient bien trop loin de ce morceau de civilisation, tout contestable qu'il fût. Il détacha le fichu de Natasha et enfonça les doigts dans ses cheveux. Il avait eu une première épouse, puis cinq autres. Chacune fit la connaissance de la suivante après son divorce et toutes entretinrent entre elles de bons rapports. Toutes les cinq seraient les dames d'honneur à leur remariage mutuel. Les enfants de leur second mari seraient baptisés ensemble, et beaucoup plus tard, deux de leurs trente-neuf petits-enfants se marieraient et ne divorceraient pas. Fier de cette amitié entre ses ex-épouses, le colonel estimait que c'était sa plus belle réalisation en quarante-sept ans d'existence.

— Enlève tes habits, ordonna-t-il avec lassitude, comme si c'était là encore l'exigence d'une bureaucratie tatillonne.

— Non.

Elle n'avait jamais dit non à un homme comme ça. Elle avait la bouche sèche et tout son corps tremblait quand elle répéta ce « Non ».

— Retire-les, insista le colonel.

— Non.

Il la frappa du revers de la main. Puis se massa les phalanges. S'il avait été simplement en colère ou pris de désir, elle aurait pu céder, mais il n'y avait aucune émotion sur son visage, rien qui laissait penser qu'ils étaient l'un et l'autre des humains. Pendant ses séjours dans quatre bordels, elle avait connu toutes les formes de désespoir que Dieu avait inventées pour les possesseurs de testicules, et les seuls à qui elle ne pardonnerait rien, c'étaient ceux qui préféraient infliger de la souffrance plutôt que de recevoir du plaisir. Le coup lui chauffa la joue. Sous ses cheveux cimentés, le colonel était l'incarnation de tous ces hommes, restés gravés dans sa mémoire.

— D'accord, dit-elle. Je vais le faire.

Même cette reddition n'alluma aucune lueur dans les yeux du militaire. Elle leva la main vers les boutons de son manteau. Une armée tambourinait dans sa poitrine. Ses veines palpitaient. Elle déboutonna son pardessus sans toutefois le laisser tomber de ses épaules – elle ne le ferait jamais. Il lui fallut rassembler toute sa volonté pour sortir le Makarov de sa poche intérieure. Dans sa main, il y avait le poids de bataillons entiers, la masse de cent mille membres perdus, et pourtant elle ne tremblait pas. Elle souleva le cran de sécurité et braqua le pistolet sur le haut du nez du colonel. À voir l'expression de ce dernier, elle aurait pu mettre en joue une part de tarte. Il souriait. Si Natasha n'avait déjà traversé toutes les flammes de l'enfer, elle aurait sans doute pu accepter de perdre sa dignité. Mais elle en avait trop vu. Et quand le colonel comprit, quand le regard de Natasha s'agrandit, comprimant l'air entre eux, il vit à l'intérieur de ces prunelles noisette qu'il ne repartirait jamais d'ici.

— Non, ne…, commença-t-il.

Et elle pressa la détente. Plus que la colère, la peur ou la haine, c'est une grande déception qu'elle ressentit à l'égard du colonel. Parce qu'il avait voulu parler. Il aurait dû savoir qu'aucune parole ne pourrait le faire sortir vivant de ces bois. Elle était une piètre tireuse ; bien qu'elle ait visé le front du colonel, la balle avait éraflé le côté gauche du crâne. Son oreille pendait arrachée, comme retenue par une langue d'argile humide. Du mucus sortait de son nez et se mêlait à sa sueur, à son sang et ses larmes, à tout ce qui faisait briller le clair de lune sur sa peau. Il hurlait, et elle souriait en entendant ces braillements qu'il avait contenus jusque-là dans sa poitrine. La douleur dépassait le registre des expressions adultes, elle s'échappait de sa bouche en cris stridents, comme ceux d'un enfant. Natasha s'agenouilla à côté de lui, elle se pencha sur son visage. Ses hurlements jaillissaient de sa bouche en bouffées chaudes. Alors c'était comme ça ? Comme ça qu'on pouvait faire souffrir une personne ? Elle ignorait qu'elle allait réaliser le souhait le plus ardent de cinq ex-épouses à un demi-continent d'ici. Elle plaqua le canon sur la tempe et plongea le regard dans la plaie béante de ses yeux, avec l'assurance de celui qui rend service à un inconnu. Elle ne se pressa pas. Il la regarda et elle attendit que la terreur achève de dissoudre la pierre noire de ses prunelles. Le sang coulait à gros bouillons du trou où se trouvait autrefois son oreille, néanmoins ses cheveux gominés au-dessus étaient toujours en ordre.

— Tu vas devoir aller dans la forêt tout seul, dit-elle.

Il battit des bras avant que trois pressions sur la détente ne les immobilisent. Il y eut un grand silence. Natasha ferma les yeux. Alors seulement, ses mains se mirent à trembler.

Puis vinrent des bruits de pas, des appels – colonel ! colonel ! –, des faisceaux de lampes dessinant des paraboles dans la nuit, fouillant le sol. Les branches nues s'ouvraient devant elle pour l'accueillir. Elle pouvait fuir, mais combien de temps durerait la cavale ? Quelques heures ? Un jour ou deux au mieux, avant que les chiens ne retrouvent sa trace après qu'on leur eut fait humer le contenu de la Samsonite ? Non, elle avait fini de se cacher, fini de négocier. Elle l'avait su dès qu'elle avait sorti le pistolet. Vivre avec dignité, c'était accepter une mort prématurée. Un des cercles de lumière effleura les doigts du colonel gisant bras en croix. Quelques minutes plus tard, un autre faisceau les trouva et cette fois s'arrêta. Elle ne put s'empêcher de sourire quand elle entendit les cris : « Une *chahidka* ! Une *chahidka* ! » Elle resta solide, se cala contre le tronc d'un chêne et parvint à tirer deux fois encore avant qu'une rafale de mitraillette ne lui déchire le ventre et qu'elle tombe à genoux. C'était censé faire mal, d'accord, mais à ce point ? Les mères disaient que ça faisait plus mal qu'elles ne l'imaginaient. Et ça valait le coup ? leur aurait-elle demandé. Oh oui, elles auraient dit. Oh oui. La lumière la trouva encore. La deuxième balle fit un trou dans sa poitrine, et elle sentit son cœur flancher, mais ni la troisième, ni la quatrième, ni la cinquième, ni la sixième, ni la septième, ni la huitième, ni la neuvième, ni la dixième, ni la onzième, ni la douzième, ni la treizième, ni la quatorzième, ni la quinzième, ni la seizième, ni la dix-septième, elle ne la vit, ne la ressentit ou ne l'entendit.

26

1994 1995 1996 1997 1998 1999 2000 2001 2002 2003 **2004**

L'aiguille de l'horloge passa huit heures du matin, puis huit heures et demie, puis neuf heures, puis neuf heures et demie, et toujours aucun signe d'Akhmed. La fillette le réclama dès son réveil, mais Sonja avait évité de prononcer son nom, comme on contourne une flaque d'eau dans la rue. Depuis, elles n'avaient plus parlé de lui. « Parler ne sert à rien », avait dit Natasha et, pour une fois, elle savait que sa sœur avait raison. Cela faisait cinq jours que Dokka avait disparu.

Quand l'aiguille atteignit onze heures, Sonja alla à la cuisine se servir un verre d'eau glacée, histoire de se calmer. Elle trouva un morceau de papier sur le comptoir. *Si vous trouvez mon corps, retournez-le pour qu'il soit enterré.* Elle roula le papier en boule et le glissa au fond sa poche puis se ravisa et l'examina de plus près. L'adresse était la suivante : *38, Route forestière Eldár.* Le village d'Akhmed. C'était ça qu'il gardait cousu à l'intérieur de son pantalon ? Seize heures plus tôt, ils étaient étendus sur un lit étroit de la maternité et se tenaient mutuellement pour s'empêcher de tomber. Quand il s'était levé et avait remonté son pantalon, elle avait aperçu la petite déchirure au genou ; il avait incriminé un brin de fil barbelé abandonné, alors qu'elle ne lui avait rien demandé. Elle lissa le bout de papier avec le pouce. Elle « recevrait » encore un mot de lui. Au fond d'une boîte à chaussures, dans le placard de la cuisine, parmi une soixantaine de cartes d'identité, il y aurait la sienne. Son dernier message. Mais elle ne le trouverait que cinq jours plus tard.

Avec ce bout de papier dans sa poche, Sonja se rendit à Eldár en camion. Privés de feuilles, les arbres ressemblaient à des squelettes. C'était la route qu'Akhmed faisait tous les jours à pied pour se rendre à l'hôpital. Qu'il *fait* à pied, rectifia-t-elle, veillant à le garder en vie le plus longtemps possible. Des nuages veinaient le ciel. Les chaumes frémissaient sous les petites risées. La forêt avait grignoté une grande partie des terres, mais au détour d'un virage, la route traversa un champ. Là, elle aperçut la carcasse gelée d'un loup.

Eldár n'était qu'un hameau à côté de Volchansk, le type de village que l'on ne trouve que lorsqu'on se perd. Hormis les portraits dans la rue, il n'avait que son nom pour le distinguer des milliers d'autres villages en ruine. Elle chercha l'adresse ; ce qui était assez simple étant donné le peu de maisons encore debout. Elle se gara devant le numéro 38. En face de la maison d'Akhmed, des cendres noires tapissaient les restes calcinés d'une maison, et le champ derrière, jusque dans les bois. Le foyer de Havaa… un aiguillon de douleur traversa Sonja. Havaa et Akhmed n'avaient commencé à exister que lorsqu'ils avaient débarqué de nulle part pour entrer dans sa vie. Elle savait ce qui était arrivé au père de Havaa et à sa maison, mais, devant ces ruines, la petite prenait une autre densité dans ses pensées. Elle tourna le dos aux décombres.

La porte du numéro 38 avait été arrachée, retenue seulement par les gonds du haut. Son ventre se serra quand elle entra, comme chaque fois qu'elle arrivait au bloc sachant qu'elle ne pourrait sauver la personne sur la table d'opération.

Pendant les neuf premières années de sa vie, Sonja avait passé Noël et le nouvel an chez sa grand-mère maternelle à Grozny. Sa grand-mère avait quitté Moscou pour Grozny à la fin des années quarante, avec les autres Russes envoyés pour repeupler la république après la grande déportation, et elle avait emporté avec elle un matelas en plume d'oie, hérité de ses parents. La grand-mère de sa mère, l'arrière-grand-mère de Sonja, avait caché ce matelas dans une meule de foin pendant trois ans après la Révolution, quand le prix à payer pour posséder un objet aussi luxueux était de neuf grammes de plomb dans le cœur. L'État avait déjà pris aux arrière-grands-parents tout ce qui avait moins de valeur que leur vie : la terre, la ferme, presque tous leurs vêtements et leurs meubles, même leur âne pourtant baptisé Vladimir Ilitch. Pendant toute cette époque, le matelas avait séjourné sous le tas de foin que ni les commissaires du peuple, ni les agents de la Tcheka n'avaient songé à sonder. Quand ils étaient arrivés à Moscou, leur matelas était devenu une relique sacrée, le souvenir d'un bonheur perdu parce que des révolutionnaires hirsutes et barbus s'étaient mis dans l'idée de libérer le peuple de sa servitude. Même durant la Grande Purge, quand ils cachaient le matelas sous le lit et dormaient sur une fine paillasse, ils le sortaient les grands jours pour célébrer leur vie d'antan. La grand-mère de Sonja avait été conçue sur ce matelas, mise au monde sur ce matelas et, soixante-quatre ans plus tard, elle y était morte. Pendant sa longue existence, qui avait dépassé celle de l'Union soviétique, le matelas avait gardé l'odeur grisante du foin. Une odeur qui avait marqué les neuf premier décembre de Sonja et, aujourd'hui, à trente-cinq ans, alors qu'elle poussait la porte branlante de la maison d'Akhmed, elle retrouvait soudain l'odeur du matelas de sa grand-mère.

Le salon était sens dessus dessous. Une bibliothèque était renversée en travers du canapé. Par terre, elle remarqua de petits cercles de lumière de la taille d'un kopeck, reliés à des trous dans le plafond – douze impacts de balle. Sonja appela, cria son nom, mais la maison ne lui répondit pas, pas même en écho. Un chemin de bris de verre menait à la cuisine où une théière et deux boîtes de lait concentré étaient les seuls objets intacts. Dans la chambre, il y avait un corps sous les draps. Une seringue gisait au sol, à côté du lit. La femme d'Akhmed, comprit Sonja. Elle tira lentement les couvertures. Par habitude, elle chercha un pouls. Les cheveux de la femme sentaient la poire. Ses mains étaient douces, sans cals, magnifiques. Sonja posa ses doigts sur le front de la défunte. Pour la première fois depuis de nombreuses années, elle se trouvait face à un mort sans ressentir de culpabilité ; simplement attristée comme un proche, et non comme un chirurgien ayant failli.

Elle ignorait les couleurs qu'aimait cette femme, ou son plat favori, ou même si, enfant, elle préférait son père ou sa mère ; elle ignorait le son de sa voix, si elle était aussi fluette que son corps ou l'inverse, devenant plus ferme à mesure que sa chair s'amenuisait. Elle ignorait jusqu'à son nom. Mais elle savait que cette femme avait un mari, et que c'était un homme bien. Oui, qu'il *était* un homme bien. Akhmed était mort au moment où elle avait vu son épouse dans le lit. Il ne reviendrait pas. La prochaine personne qui passerait ce seuil trouverait cette ruine, ce chaos, et ne saurait jamais la façon dont Akhmed avait vécu ; un étranger, un réfugié découvrirait cette maison, mais jamais l'homme et la femme auxquels elle appartenait.

Sonja trouva un balai et une pelle à poussière dans le placard de la cuisine et ramassa les restes d'assiettes, de pichets, de tasses. Elle redressa la bibliothèque, et ne sachant trop comment Akhmed classait ses livres, les rangea par ordre alphabétique. Elle essuya les débris de plâtre arrachés par les balles et cloua une planche pour cacher les trous dans le plafond. Elle nettoya les dépôts noirs sur le bassin avec de la laine de verre. Pendant plus de deux heures, elle remit en ordre la maison. Les pièces contenaient si peu de choses qu'elles furent faciles à ranger. Puis, au début de l'après-midi, Sonja n'eut d'autre choix que de s'atteler à la chambre à coucher. Il y avait de la poussière sur le bureau, sur le sol, sur le cadre de leur photo de mariage. Elle sortit une paire de chaussettes de tennis du tiroir.

— Cela ne vous dérange pas si je vous emprunte ça ? demanda-t-elle, décidant d'interpréter le silence comme un accord.

Elle épousseta le bureau, le sol, les appuis-fenêtres et les vitres. Le bord du lit, le pourtour de la lampe, les livres empilés au pied de la table de nuit. *Hadji Mourat* était parmi eux. Elle le sortit de la pile sachant que cette fois elle passerait outre son aversion pour les fins tristes. Dans l'un des tiroirs du bureau, elle découvrit des dizaines de dessins représentant la femme désormais morte dans son lit. Sur les croquis, ses joues étaient plus rondes, ses yeux ouverts et clairs. Sur chacun, elle souriait.

Quand Sonja eut terminé le ménage, elle reporta son attention sur le lit.

— *Plusieurs heures après la mort, les sphincters et les muscles de la vessie se relâchent*, récita-t-elle à voix basse. Ce n'est pas bien de passer l'éternité dans des dessous souillés. Je vais vous nettoyer, d'accord ?

Elle retira les couvertures et ôta la chemise de nuit. En se servant des chaussettes comme de gants, elle lava les cuisses et les fesses de la femme, puis elle lui passa une jupe marron, un pull vert bouteille, une écharpe bordeaux sur les cheveux. On aurait dit un bouquet de roses. Akhmed lui avait dit que sa femme n'avait plus marché depuis deux ans, alors après lui avoir enfilé la dernière paire de chaussettes propres, elle glissa les pieds de la morte dans des baskets.

— Maintenant, vous pouvez aller où vous voulez.

Après avoir préparé et habillé la femme, elle s'intéressa à la grosse enveloppe et à la liasse de pages qu'elle avait trouvées sous le cadavre. Il y avait une adresse sur l'enveloppe : *Pour K. 56, Route forestière, Eldár.* Elle ignorait qui était cette personne. En tout cas, elle n'habitait pas loin. Sonja posa l'enveloppe et prit la liasse de feuilles reliées. Cela ressemblait à une lettre ou à un extrait de journal. La première phrase était :

Je voulais te parler de ton père. Elle feuilleta les pages pour lire la dernière phrase, comme à son habitude, puis remonta au dernier paragraphe, puis en haut de la dernière page :

Il ne reste plus beaucoup d'encre dans le stylo, et encore moins d'énergie dans ma main, et le moment est venu de conclure. Cette histoire finit là où la tienne commence. Tu es née dans un hôpital. J'y ai conduit ta mère et ton père avec le pick-up que j'avais offert à mon fils pour son seizième anniversaire. Le visage de ta mère était cramoisi de douleur. Ton père n'arrêtait pas de me dire de rouler plus vite. La maternité se trouvait au troisième étage. Ton père et moi avons aidé ta mère à monter les marches. Quand ses jambes n'ont pu la soutenir davantage, nous l'avons portée. Elle avait peur que ses hanches t'écrasent. Avant même que tu sois née, elle s'inquiétait pour toi. C'était miraculeux de voir l'amour qu'elle te portait avant même que tu sois là. Peut-être nos plus grands amours sont-ils déjà inscrits en nous, peut-être l'objet de cet amour ne crée-t-il pas un monde nouveau pour nous, mais nous permet d'en lire un déjà écrit ? Durant leur vie entière, avant même de t'avoir devant eux, ton père et ta mère avaient cet amour pour toi dans leur cœur, comme le gland a déjà le chêne en lui. Tu étais la pluie et le soleil, leur matin et leur nuit.

À la maternité, l'infirmière a installé ta mère sur un lit. Je tenais sa main gauche et ton père sa main droite. On dit qu'un homme ne doit pas être présent à un accouchement, mais on a fait fi de la tradition. On aurait raté ça pour rien au monde. Sur les fenêtres bouchées, il y avait des dessins d'une ville qui n'existe plus aujourd'hui. Tu es née au milieu des souvenirs d'un passé plus doux. Les cris de ta mère lui ouvraient si grand la bouche que tu aurais pu sortir par là. Jamais, je n'ai vu ton père aussi terrifié. Et tu es arrivée. On était tous là, vibrant d'attente. L'infirmière t'a prise dans ses mains. Tu ne respirais pas. On a retenu nos souffles tandis que toi tu tardais à trouver le tien. Et enfin, quand ta bouche s'est ouverte, que tes poumons se sont décollés, on a su qu'ils seraient à jamais pleins de leur amour. Et ton père… jamais je n'ai vu un homme plus heureux.

La femme qui t'a mise au monde s'appelait Natasha. Après toutes ces années, je me souviens de son nom, parce qu'à l'époque elle s'était souvenue du mien. Elle avait lu mon livre, *Origines de la civilisation tchétchène*, l'une de mes rares lectrices. Ce furent les premières mains qui t'ont tenue. Et quand tu suffoquais, elle t'a appris à respirer.

Les mains de ta mère furent les suivantes. Elle te regardait comme si elle était née pour toi. Elle t'a passée à ton père. Les coins de ses yeux étaient tout fripés. Son cœur avait été le gland. Maintenant, le chêne était là.

Ce sont les premières paires de mains qui t'ont touchée. Et j'espère de tout mon cœur que tu vivras longtemps… et que je ne saurai jamais quelles seront les dernières !

« Comment allez-vous l'appeler ? » a demandé l'infirmière, alors que ton père te tenait contre sa poitrine.

« Havaa », il a répondu.

Et ce nom, c'était comme le battement d'un cœur.

Quand ils ont emmené ton père, il avait ton nom toujours là, dans sa poitrine ; tu étais avec lui, même si tu ne le savais pas. Et quand est arrivée la fin pour lui, il n'est pas mort. Il a dit ton nom et a commencé à vivre en toi.

Sonja posa la lettre. Si son cœur battant scandait un nom aujourd'hui, c'en était un qu'elle ignorait à l'époque. Sa sœur avait mis au monde des centaines de bébés au cours des sept ans où elle avait travaillé à la maternité, des centaines de Havaa, et ces nouveau-nés étaient ses patients, pas ses enfants, elle ne les aimait ni plus, ni moins que les autres êtres qui avaient commencé leur vie ici, ou l'avaient finie, ces existences sauvées ou perdues, ces ressuscités ou ces trépassés qui avaient franchi les murs gris de l'Hôpital n° 6. Mais Sonja ne savait pas même le nom de ses propres patients, innombrables, n'avait jamais partagé avec eux un coin de matelas ou une barre chocolatée, elle n'aurait pu reconnaître leurs visages dans la rue, au bazar, ou au cimetière, il n'y avait pas dans sa chair ce qu'elle souhaitait à présent pour Havaa. C'était là un besoin tout nouveau : sauver cette vie entre toutes, cette enfant que sa sœur avait mise au monde.

Avant de repartir, elle vérifia les pièces une dernière fois. La femme d'Akhmed reposait en paix, les mains le long du corps, ses baskets blanches prêtes à l'emmener n'importe où. Sonja remonta la porte du mieux qu'elle put, en se demandant qui serait le prochain à passer ce seuil. La maison vide deviendrait un nouveau havre pour les réfugiés qui avaient entendu que quelqu'un offrait le gîte dans la grande rue d'Eldár. Bien sûr, elle ne serait jamais aussi propre que cet après-midi, quand trois mille âmes auraient trouvé abri ici.

Sonja roula jusqu'à l'adresse indiquée sur l'enveloppe. Le pick-up rouge, garé devant la maison, était en bon état comparé aux autres véhicules qu'elle avait vus dans le village. Des gouttes vertes d'antigel luisaient dans la neige fondue qui couvrait l'allée. Elle toqua à la porte. Il s'écoula une minute avant qu'un vieillard n'ouvre le battant, les yeux rouges et bouffis, le regard hagard. Croyait-il voir un fantôme ?

— Je suis désolé de vous déranger. Je suis…

Que pouvait-elle dire ? L'employeuse d'Akhmed ? Sa collègue ? Son amante ? Une connaissance de cinq jours ? Elle lui tendit l'enveloppe.

— Je suis une amie d'Akhmed. K., c'est vous ?

— Oui. Khassan, marmonna le vieil homme.

Il tendit le bras vers l'enveloppe comme si elle n'était pas là, comme si sa main allait passer au travers du papier, au travers d'elle, pour plonger dans l'éternité.

— Où l'avez-vous…, souffla-t-il.

— Dans sa maison. C'est là que je l'ai trouvée. Akhmed a été emmené cette nuit.

— Je sais. Et Ula ?

— Ula ?

— Sa femme.

— Elle est là-bas. Mais elle est morte aussi.

Le vieillard eut un hochement de tête, imperceptible. Il serra l'enveloppe et son index parcourut l'adresse.

— Ça va aller ?

Elle eut l'impression qu'il allait s'écrouler.

— Merci de m'avoir apporté ça.

Elle était à mi-chemin de son camion quand elle entendit qu'il déchirait le rabat de l'enveloppe. Son véhicule était là, à côté du pick-up rouge, et elle était pressée de partir. Cette enveloppe contenait le dernier message d'Akhmed, mais il ne lui était pas destiné, et elle ne voulait pas savoir ce qu'il disait. Sonja glissa la lettre pour Havaa dans la boîte à gants, sur la liasse de sauf-conduits, sans remarquer qu'il en manquait deux. Une fois qu'elle eut repris la route, elle se mit à répéter ces deux syllabes qui lui arrondissaient les lèvres : *Ula. U-la.* En prononçant ce nom, sa bouche se fronçait comme si elle attendait un baiser en retour. Si Sonja avait su plus tôt comment elle s'appelait, elle aurait vêtu la femme d'une robe et d'un châle, au lieu d'une jupe et d'un pull-over, pour qu'elle puisse, pour toujours, être aussi élégante que l'était son nom.

27

1994 1995 1996 1997 1998 1999 2000 2001 2002 2003 **2004**

Sous les étoiles, par cette nuit sans nuages et sans vent, avec la forêt nue pour seul obstacle, les bruits portaient loin. Les bourdonnements des moteurs diesel ne tardèrent pas à parvenir jusqu'à Khassan qui, devant la fenêtre ouverte, attendait, l'oreille aux aguets. Quand le réveil de la table de nuit indiqua 0 h 15, les faisceaux des phares fendirent les ténèbres. Une minute plus tard, les camions s'arrêtèrent devant la maison d'Akhmed, moteurs tournant au ralenti. Les occupants en sortirent, des hommes des forces de sécurité. Khassan, penché à la fenêtre, distingua fugitivement leurs silhouettes dans le halo de lumière avant qu'elles ne disparaissent dans l'ombre. 0 h 16. Elle était loin l'époque où il avait suffisamment de temps devant lui pour ignorer le passage des minutes. Aujourd'hui, chacune d'elles était cruciale, celle-ci, puis la suivante, et la suivante encore, comme autant de facettes d'un même cauchemar. À 0 h 17, les coups à la porte commencèrent. Khassan ne pouvait voir les agents en cagoule frapper la porte d'Akhmed, du poing puis des pieds ; à cette distance, les bruits pouvaient sembler anodins, rien de plus que l'agitation d'un charpentier insomniaque, ou qu'un couple prenant du bon temps au lit. Mais, une minute plus tard, il y eut le craquement du bois, immanquable, le grincement des gonds qui cédaient. Khassan agrippa l'appui de la fenêtre. Il ne voyait plus rien, sinon le halo pâle des phares. « Tu es un lâche. » Mirza lui avait dit ça cinquante ans plus tôt, et il l'entendait encore, comme si elle se tenait juste derrière lui. Tu es un lâche. Mais que pouvait-il faire ? Accourir ? Faire entendre raison à ces hommes cagoulés qui entraient dans la maison d'Akhmed ? Au mieux, ils l'arrêteraient et l'emmèneraient avec Akhmed, quelle que fût la destination qui l'attendait. Au pis, ils seraient abattus tous les deux, à cause de son intrusion. Et Havaa ? que lui arriverait-il ? Une sueur glacée dégoulinait dans sa nuque tandis que ses mains serraient plus fort le rebord de la fenêtre. Il voulut bouger les pieds, les faire avancer vers la porte, mais ils ne voulaient rien savoir. Jamais, en soixante-dix-neuf ans, il ne s'était senti aussi inutile, aussi impuissant et terrifié. Tu es un lâche, lui soufflait Mirza à l'oreille. Mais elle ne savait pas ce qu'on faisait aux gens à la Décharge. À 0 h 21, il y eut des tirs. Douze coups de feu, de quoi tuer douze Akhmed, mais aucune silhouette ne réapparut dans la trouée de lumière. Ne pouvant ni voir ni se déplacer, il tenta d'entendre les os d'Akhmed se briser, sa chair meurtrie, ses yeux énucléés, ses organes écrasés, ses doigts fracturés, ses joues perforées, ses tempes enfoncées, son crâne fracassé, ses sanglots, sa reddition, sa défaite, ses hoquets, ses supplications, ses promesses, ses prières, ses dernières inspirations, ses derniers souvenirs – l'étreinte de sa mère, la cuisse d'Ula, ou l'aboiement d'un chien, ou celui d'une balle traversant une nuée rose de neurones –, tout ce qui pourrait faire cesser les murmures de Mirza et que vienne enfin le silence de l'ascension. Seule la douleur d'Akhmed pourrait faire taire cette incantation, tu es un lâche, tu es un lâche, tu es un lâche, mais Akhmed ne poussa aucun cri, ni plainte, ni appel à la pitié. Le seul son qui s'échappa de la maison fut un fracas de vaisselle cassée – les assiettes blanches aux bords éraillés, les petites soucoupes qu'Akhmed utilisait pour tromper son estomac, la tasse de thé bleue, celle avec le pourtour violet où Khassan avait bu ce thé indien que quelqu'un de leur famille avait apporté. Comment une telle tasse pouvait-elle se briser quand elle était enveloppée de tant de couches de souvenir ? Comment tout cela pouvait-il se produire à nouveau, comment Khassan pouvait-il se tenir encore à cette fenêtre, là où quatre nuits plus tôt il avait entendu les mêmes bris de vaisselle, et qu'il avait regardé les mêmes phares implacables, avec cette même honte dans tout le corps quand Dokka avait été emmené ? À 0 h 27, des silhouettes traversèrent une nouvelle fois les lumières et, parmi ces ombres, il y en avait une si effondrée, si repliée sur elle-même que personne, sauf Khassan, aurait pu reconnaître Akhmed. L'instant suivant, les formes s'évanouirent, les portières claquèrent, et les reproches de Mirza continuaient de clouer Khassan au rebord de la fenêtre. La lumière des phares ramenait les engins vers l'outre-monde d'où ils étaient sortis et, quand le dernier camion passa devant la fenêtre ouverte, Khassan entendit cette fois les plaintes étouffées d'Akhmed.

Ce n'est qu'au matin que le tumulte de son esprit s'apaisa enfin. Il dormit, sans pour autant se reposer. Dans ses rêves, il traversait des herbes gelées et se perdait dans des champs semés de rubans blancs raidis par le froid. Il avait exécré le Kazakhstan. Jamais il n'avait imaginé qu'il dirait un jour de son exil que cela avait été les années les plus heureuses de sa vie.

À dix heures, Khassan s'éveilla et, pendant trois heures, il fixa le plafond du regard, en attendant de trouver le courage de se lever. La maison était silencieuse. Il se faufila dans la chambre de Ramzan par la porte entrouverte, comme il l'avait souvent fait quand il avait quelque chose à dire à son fils. Ramzan était étendu sur le dos, la bouche ouverte. Khassan s'approcha de la commode et sortit le *kinzhal* du tiroir du haut. Il l'avait reçu de son père, qui lui-même l'avait reçu de son père, et ainsi de suite, pendant cent cinquante ans de transmission filiale. C'était le plus vieil objet qu'il ait possédé, à l'exception des arbres derrière la maison. Par contraste avec la blancheur de la poignée, la lame paraissait brunie par le sang d'un conscrit de l'armée impériale, à moins que ce ne fût juste la rouille. Son père lui avait appris à le manier, au cas où le tsar Alexandre II reviendrait d'entre les morts pour piller Eldár : frapper d'estoc et faire pivoter la lame avant de la ressortir.

Les arêtes du manche épousaient les sillons dans sa main, sa ligne de vie, sa ligne de cœur. Il emporta le couteau jusqu'au lit, le cacha sous la couverture pour que la présence de l'arme ne réveille pas Ramzan prématurément. Il prit une inspiration, jusqu'à ce que l'air lui emplisse entièrement les poumons. On ne revenait pas d'une nuit comme celle-là. Lorsque les phares avaient disparu dans la nuit, Khassan avait croisé et décroisé les doigts, pris cent fois le verre d'eau, cent fois l'avait reposé, et cette agitation anodine avait été le temps de son agonie, car maintenant il était mort. « On n'est rien sans amour, sans honneur, sans famille », avait-il dit une fois à Akhmed. Les deux premiers n'étaient plus, emportés la nuit précédente à l'arrière d'un camion ; il lui restait à accomplir le reste du chemin, à annihiler, d'un coup de lame, le troisième.

— Je t'ai raconté l'histoire du cordonnier et de son fils ivrogne ? demanda-t-il doucement. (Ramzan, comme d'habitude, n'entendait rien.) Quand j'étais enfant, notre village vivait dans la terreur du fils du cordonnier, un crétin de dix-huit ans qui causait une quantité incroyable de problèmes pour un gamin qui, la plupart du temps, n'était pas fichu de mettre un pied devant l'autre tant il était soûl. Le cordonnier était respecté de tout le monde jusqu'à ce que son rejeton découvre les joies du *samogon* de betteraves. L'alcool avait fait d'eux des parias dans le village, prouvant la validité de l'aphorisme qui dit que si le fils hérite du père, le père hérite aussi du fils. Pendant des années, le cordonnier avait demandé l'aide de l'imam, allait s'excuser auprès des pères des filles que son fils avait déshonorées, et remplaçait ou rapportait les biens volés. Il offrait de réparer les chaussures de tous ceux auxquels son fils avait causé du tort. Il en fut ainsi longtemps. Mais un jour est arrivé où la capacité de destruction du fils a dépassé les capacités de réparation du père. Et celui-ci s'est retrouvé en dette vis-à-vis de la communauté. La moitié du village marchait avec des chaussures offertes en dédommagement des dégâts du fils ivrogne. Et un jour, le rejeton a disparu. On n'a plus entendu parler de lui. Il n'y a pas eu de funérailles, pas de ragots prétendant qu'il était parti travailler dans une ferme collective lointaine ; il avait juste disparu du jour au lendemain. Un mois plus tard, mon grand-père est allé rendre visite au cordonnier avec les anciens du village. Ils lui ont apporté du miel et du raisin et lui ont souhaité la bienvenue pour son retour dans la communauté. J'étais encore enfant, mais on m'a dit d'honorer et de respecter le vieux cordonnier, comme tous les villageois, parce qu'il avait placé l'intérêt de notre petite société, de notre *taïp,* avant le sien. Prononcer le nom de son fils est alors devenu un blasphème ; il a été effacé de la mémoire collective, banni même des commérages. L'histoire, quand on la raconte, finit toujours par cet éloge de l'honneur et du sens du sacrifice. On ne raconte jamais que le cordonnier, qui n'a plus jamais réparé une chaussure dans sa vie, a vécu jusqu'à l'âge de quatre-vingt-dix-neuf ans en ermite, qu'il s'est mis à boire sans retenue du matin au soir, seul avec le fantôme de son fils dont il hurlait le nom, et qu'on entendait ses appels au pardon jusqu'à l'autre bout du village.

» Personne ne raconte cette partie : combien de temps le malheureux a enduré ce supplice.

Khassan prit les doigts mous de Ramzan. Trente-deux ans et neuf mois s'étaient écoulés depuis qu'il avait tenu ces mêmes doigts, ces doigts dont la délicatesse l'avait étonné, fins comme des pattes de moineau qui s'étaient accrochés à son pouce comme à la branche la plus solide de la forêt.

— Non, ça, ils ne le disent jamais.

Tout au long de ces deux dernières années, Khassan se honnissait chaque fois qu'il s'imaginait en arriver à cette extrémité. Disparition après disparition, il avait tenu le compte des personnes que Ramzan avait condamnées à mort – même si son fils ne les avait pas exécutées lui-même, il les avait placées sous le sabre – Alman, Moussa, Omar, Aslan, Apti, Mansour, Aslan le Poilu, Rouslan, Amir, Amir numéro deux, Issa, Khaled, et Dokka, repoussant l'inévitable au lendemain, à la prochaine disparition, jusqu'à hier soir où il avait vu la silhouette meurtrie d'Akhmed dans le halo des phares. Cette fois, il avait su qu'il n'y aurait pas de lendemain, que le jour qui se lèverait serait le dernier. Vingt et un ans et cinq mois plus tôt, Ramzan avait bondi du lit, franchi cette porte pour foncer dans la cuisine, torse nu, les yeux écarquillés d'étonnement, et montrer à son père son premier poil sous son aisselle, tout excité comme s'il avait trouvé une pierre précieuse.

— Tu avais raison à propos des sonneries des trompettes, articula Khassan.

Le regret était déjà là, un mur blanc qu'il passerait le reste de ses jours à contempler.

— C'est bien la fin des temps. Il ne peut plus rien exister après ça.

Maintenant qu'ils en étaient là, tout son discours à propos des sacrifices sur le sommet des montagnes paraissait absurde, un délire pompeux né de l'esprit vacillant d'un vieillard. Il n'y avait aucune voix dans le ciel.

Ramzan ignorait ce qu'allait faire cette main qui était en train de tenir la sienne. Dans le sommeil, sa poitrine se soulevait régulièrement. Khassan avait tenu cette poitrine quand elle n'était pas plus large que le poitrail d'un poulet, il l'avait serrée contre lui et avait senti quelque chose de si tendre et précieux glisser entre eux qu'il aurait donné sa vie pour ce garçon. Comment en étaient-ils arrivés là ? Si le flacon de somnifères n'avait pas été ouvert sur la table de nuit, il serait passé à l'acte plus vite. Mais depuis le temps qu'il venait se confier sur ce bord de matelas, il savait que les pilules laisseraient Ramzan dans le coma jusqu'au soir. Rien ne pressait. Dans son cœur, il avait sauté le pas, peu importait le temps que durerait sa chute.

— Avant, j'aimerais tant te dire quelque chose, trouver les mots, souffla-t-il. Mais je ne sais pas quoi. Je ne sais plus.

La fierté interdisait les excuses, même maintenant.

— Tu es mon fils. Tu es ma chair, murmura-t-il, comme un présent, une berceuse, une marque au fer rouge.

La tête de Ramzan pivota sur l'oreiller, un mouvement si léger que Khassan en eut les larmes aux yeux de voir ce frémissement de vie.

— Dors, dors encore un peu, c'est bien, il n'y a que là que tu ne souffres plus et que tu ne causes pas de souffrance.

Khassan s'étendit sur le lit, et cala sa respiration sur celle de son fils. Il suivait la cadence de Ramzan. Ensemble, ils partageaient le même air, sa main ouverte sur la poitrine de Ramzan, qui se soulevait, s'affaissait dans ce silence qu'ils avaient tissé.

Trois coups retentirent à la porte. Khassan s'assit en sursaut et, avec son cœur désormais vide, il marcha jusqu'à la porte d'entrée. Personne dans le village, pas même Akhmed, ne venait à la maison depuis qu'on savait que Ramzan était un informateur de l'ennemi. Était-ce ses anciens amis qui venaient lui apporter du miel et du raisin, pour lui souhaiter bon retour parmi eux ? Vous arrivez trop tôt, voulait-il crier. Je ne l'ai pas encore fait. Je suis encore en train de gravir la montagne ! Il s'épongea le front avec un mouchoir avant d'ouvrir la porte.

Sur le seuil, une femme se découpait sur le ciel turquoise. Elle portait un manteau gris matelassé par-dessus une blouse blanche.

— Je suis désolée de vous déranger. Je suis… je suis une amie d'Akhmed. K., c'est vous ?

Elle lui donna l'enveloppe, celle qu'il avait remise à Akhmed deux jours plus tôt. Son pouls s'affola quand il la tint dans les mains. Si elle contenait toujours la lettre pour Havaa, ce serait le coup de grâce. Mais l'adresse était écrite de la main d'Akhmed. Et le contenu était plus fin.

— Dans sa maison, expliqua-t-elle. C'est là que je l'ai trouvée. Akhmed a été emmené cette nuit.

Akhmed… sa silhouette informe traversant la lumière jusqu'à la rive noire de l'autre côté… La maladie, qui effacerait toute la mémoire de Khassan dans neuf ans, lui laisserait ce souvenir intact. Quand tout serait oblitéré, ces lumières de phares continueraient de briller. Ce serait la lumière au bout du tunnel. Khassan n'arrivait pas à parler, ni à penser, ni à agir, ni même à respirer. C'était quoi le sens de tout ça ? Pourquoi ? Il s'entendit prononcer le nom d'Ula. La femme baissa les yeux et secoua la tête, avec respect et en même temps sans faillir ; peut-être était-elle habituée à apporter de mauvaises nouvelles ? Dès qu'elle fit demi-tour vers la route, il déchira l'enveloppe. Il y avait deux lettres à l'intérieur. L'une était écrite par un colonel du FSB, l'autre par un commandant rebelle. Chacune d'elles donnait ordre de laisser passer sans encombre son porteur, sans précision de nom. Il y avait aussi un message au fond de l'enveloppe, rédigé sur un bout de papier si petit qu'il faillit ne pas le voir. Un seul mot. Il était écrit *Miséricorde.*

Quand il traversa la rue et partit en direction de la maison d'Akhmed, les chiens, qui somnolaient dans le jardin, s'étirèrent et lui emboîtèrent le pas, Sharik en dernier. Khassan tenait l'enveloppe contre sa poitrine, pour l'abriter du vent.

La porte d'entrée était calée contre le chambranle. Il traversa un salon immaculé. Dans la bibliothèque, les livres étaient curieusement classés par ordre alphabétique. Les chiens le suivirent, Sharik en dernier, parce que la porte d'entrée ne fermait plus, et parce que cela n'avait plus d'importance à présent, car ils étaient plus propres que les précédentes bêtes qui étaient venues.

Ula, habillée, était étendue sur le lit défait. Après l'heure qu'il avait passée à regarder les va-et-vient de la poitrine de son fils, il sut immédiatement qu'elle n'était plus de ce monde. Des baskets blanches saillaient au bas de sa jupe marron, comme si dans l'au-delà, elle allait renaître en bonne santé, avec un nouveau système nerveux bien câblé, qui lui permettrait de courir le marathon dans son paradis personnel. Il entra dans la chambre et ferma la porte, craignant que les chiens n'aient envie de grignoter le corps. Il entendait le frottement de leurs pattes derrière la paroi. S'il devait revenir ici, ce serait en chien.

Pendant un moment, Khassan resta debout sur le seuil, surpris par l'odeur de savon qui flottait dans l'air. Puis il fit un pas. Puis un autre. Il croisa les mains d'Ula et les posa sur son ventre. La pièce était propre, comme le corps, et même s'il n'avait aucune explication pour ces deux miracles, il n'était pas surpris. Une écharpe bordeaux encadrait le visage. Il prit doucement la tête dans ses mains en coupe, comme s'il manipulait un bol fragile dans lequel il aurait mis ses biens les plus précieux et, soulevant les paupières avec ses pouces, il lui permit de voir la lumière morte de l'après-midi. Elle regardait un monde au travers de lui, vers les replis infinis qui embrassaient ses trente-cinq années d'existence, vers un lieu où ils se retrouveraient bientôt, quand cesserait le son des trompettes, quand il descendrait les notes de la mélodie finale jusqu'au silence où Mirza l'attendait.

Il aurait pu prendre, dans l'armoire presque vide, un drap-housse – qui s'approchait le plus d'un *kafan* funèbre – et en envelopper Ula. Le corps était d'ordinaire lavé à l'eau parfumée, mais un martyr était enterré en l'état, avec les habits qu'il portait au moment du trépas. Il aurait pu aller l'inhumer. Elle était si légère que même un vieillard comme lui aurait pu la porter. Dans le jardin derrière la maison, il aurait pu l'installer sur un coussin de neige. Le sol était gelé. Il aurait pu enfoncer sa pelle sur trente centimètres, mais pas au-delà. Il ne connaissait aucune prière pour un enterrement, mais il aurait pu se tenir debout, silencieux, et laisser les halètements des chiens ponctuer la minute de recueillement. Il avait passé sa vie à enterrer les morts, à les exhumer pour les enterrer à nouveau ; il aurait pu le faire une fois de plus. Il aurait égratigné le permafrost, répandu de la neige sur la poitrine d'Ula. Trois mille ans avant que n'existe l'Empire russe, les tribus enfouissaient leurs morts dans des *kourganes* qui devinrent si grands qu'ils avaient fini par faire partie du paysage et ces tumulus avaient survécu aux civilisations ultérieures comme à tous leurs monuments. Il aurait songé à ça au moment de lui faire sa sépulture. Il aurait pelleté jusqu'à ne plus pouvoir lever les bras, jusqu'à ce que la tombe lui monte à la poitrine, jusqu'à ce qu'elle forme un tertre qui résisterait jusqu'au dégel du printemps. Mais il n'avait plus cette énergie. Il se contenta de lui fermer les yeux, de gonfler l'oreiller sous sa tête, et de l'orienter vers La Mecque.

De retour chez lui, il prit trois rechanges complets. De quoi mettre plusieurs couches de laine, car il ne pourrait plus compter sur le confort que son fils lui offrait. Il lui fallait maintenant trouver de quoi transporter ces vêtements. Il fouilla son armoire, mais ne trouva qu'un sac à linge sale. Il n'avait jamais songé à remplacer la valise marron après l'avoir mise en terre, ni pensé qu'un jour il quitterait la Tchétchénie à nouveau. Au milieu de son petit ballot d'habits, il glissa l'écharpe rubis de Mirza, celle qu'elle avait détachée de son cou et placée dans ses mains, un après-midi, il y a si longtemps. Dans la cuisine, il prit les tampons d'alcool, les seringues, les flacons d'insuline et toute la nourriture qu'il put trouver et fourra le tout dans de vieux sacs en plastique. Sur la table de la cuisine les clés du pick-up brillaient, accrochées à leur anneau. Il les glissa dans sa poche. Il ne savait pas où il irait. Il avait déjà traversé la Pologne, la Tchécoslovaquie, et l'Allemagne – là où, en signe de victoire, il avait coulé un bronze magnifique sur une commode du Reichstag. Puis, il y avait eu les steppes kazakhes où, jusqu'à l'horizon, on n'entendait rien d'autre que le vent. Il avait parcouru ainsi un quart du monde sans jamais y faire un pas de son plein gré. Ici, c'était son foyer. Dans les baraquements, les tranchées boueuses, sous les bâches des avant-postes, sur les lits de camp ou la terre froide des champs, partout où il avait dû dormir, seul le souvenir de sa maison le soulageait. À son retour en 1956, il s'était juré de ne plus jamais la quitter. Plutôt mourir, croyait-il, que d'endurer un nouvel exil.

Il traversa le couloir et se rendit dans la chambre de Ramzan. Ni le *kinzhal,* ni son garçon n'avait bougé. S'il pouvait revenir en arrière, il prendrait son fils dans ses bras, il l'aimerait, et dénouerait la pelote de nœuds qu'était devenue son âme. Il trouverait le bout de chaque brin. « Pourquoi es-tu mon père ? » lui avait demandé une fois le garçon, un après-midi d'août, vingt secondes après avoir demandé « pourquoi le ciel est bleu », et quarante secondes avant de demander « pourquoi les gens vieillissent ? ». Ils étaient assis dehors. Khassan apprenait à son fils à manger des graines de tournesol et il avait retenu son souffle, en espérant que son garçon allait oublier la question. « Pourquoi es-tu mon père ? » avait répété le garçon. C'était deux ans avant qu'il ne cesse de lui réclamer une bicyclette, cinq ans et trois mois avant qu'il ne demande plus rien à son père. Khassan n'avait jamais trouvé la réponse à cette question. S'il revenait dans le passé, il en aurait une.

Il referma la porte de la chambre de Ramzan. Le temps des réponses était révolu et la paix de l'après-midi exprimait mieux qu'il n'aurait su le faire tout ce qu'il souhaitait pour son fils. Les sacs en plastique, le sac de linge, et deux sauf-conduits l'attendaient devant la porte d'entrée. Au moment où il se dirigeait vers son paquetage, une question le saisit. Sous le choc, il s'arrêta net. Qui était cette femme et pourquoi était-elle venue lui apporter la réponse d'Akhmed ? Savait-elle qu'elle allait le délivrer de l'emprise de son fils ? Aucune importance. Il se souviendrait d'elle à jamais, un ange vêtu d'un pardessus et d'une blouse blanche, envoyé pour retenir sa main.

Il ferma la porte à clé derrière lui et traversa les paquets de neige pour rejoindre le pick-up rouge. Les chiens le suivirent, reniflant le sac avec l'insuline, les seringues et les cuisses de poulet. Il posa ses affaires sur le siège côté passager et se tourna vers les chiens, ses six chiens efflanqués, hirsutes, aveugles ou pelés.

— Je pars.

Sa voix se brisa tandis que les bêtes lui tendaient leurs truffes. Tuer un fils paraissait moins répréhensible que d'abandonner ces bêtes.

— Je ne sais pas où je vais. Je ne sais pas ce qui va arriver.

Les larmes ruisselaient sur ses joues. Deux chiens coururent après une souris chimérique, tandis que le reste de la meute regardait son bienfaiteur pleurer.

— Je ne peux rien vous promettre, mais je ferai tout ce que je peux pour prendre soin de vous. Si vous voulez venir, je vous emmène.

Il grimpa à bord, glissa les deux sauf-conduits dans la boîte à gants, et démarra le moteur. Il lâcha le frein à main et laissa le pick-up rouler au pas, pour voir ce qui allait se passer. Dans le rétroviseur, les chiens se léchaient mutuellement les babines, chahutaient au sol, vivant leur vie de chiens sans lui. Les gravillons tintèrent quand il accéléra et les oreilles du chien chauve se dressèrent. C'est alors que les autres comprirent. Leurs museaux pivotèrent vers le véhicule et, comme un seul animal, ils se mirent à galoper, une bête à vingt-quatre pattes, à douze oreilles, à courir pour ne pas perdre de vue le septième membre de leur meute. Khassan descendit le hayon arrière, et un à un ils sautèrent dans la benne, Sharik en dernier.

En passant devant les portraits des disparus, Khassan eut l'impression de les voir pour la première fois. Personne ne se souviendrait du visage de l'artiste, mais lui, oui. Quand il atteignit le bout de la rue, il continua à rouler. Quand il atteignit le bout du village, il continua à rouler. Le vent faisait tressaillir les langues des chiens et ils s'ébrouaient devant tant de merveilles. Les crêtes découpaient l'horizon. Il mit plein cap sur elles. Le rêve des colonnes de réfugiés, prêts à croire toutes les rumeurs pourvu qu'elles entretiennent l'espoir. Khassan ignorait ce qui l'attendait de l'autre côté. Il ignorait que la maladie, qui dans neuf ans mangerait sa mémoire et tous ses souvenirs, hormis ces phares dans la nuit, couvait déjà dans ses neurones. Il ignorait que son fils vivrait seul dans le village pendant trois années de chagrin, qu'il attendrait longtemps son retour avant de s'installer dans un hameau de montagne, et que là-bas il continuerait à se demander, pendant encore cinquante-sept ans, ce qu'il était advenu de son père – une question qui resterait à jamais sans réponse. Khassan ne savait rien de tout ça. Il roulait. Il avait soixante-dix-neuf ans et commençait une nouvelle vie.

28

1994 1995 1996 1997 1998 1999 2000 2001 2002 2003 **2004**

— Si tu pouvais revenir en arrière, tu quitterais Londres ? lui avait demandé Natasha par un matin glacial, en mars 1998.

L'ambiance était bonne ce mois-là. Elles partageaient les dernières bouffées d'une cigarette sur le parking de l'hôpital, tandis que des débris voletaient sous un ciel qui leur paraissait trop bleu pour durer. « Si tu pouvais revenir en arrière, tu quitterais Londres ? » Mille fois Sonja s'était posé cette question – un mystère qui la hanterait jusqu'à la fin de ses jours. Mais cela avait été la seule fois que quelqu'un lui demandait ça sans détour, comme s'il y avait une réponse possible. « Si tu pouvais revenir en arrière… » Il y avait eu une époque où elle s'abîmait, plusieurs heures par jour, dans ce questionnement hypothétique, fixant ce point sur cette carte où elle avait vécu. Mais la vie n'avait rien d'une ligne droite, et la sienne était une orbite irrégulière autour d'une étoile noire, celle d'un papillon de nuit autour d'une ampoule morte, cherchant une lumière qui n'existait plus.

Sa visite chez Akhmed avait duré beaucoup plus longtemps que prévu et quand elle gara le camion et traversa le parking, elle eut un mauvais pressentiment, comme si quelque désastre allait arriver. Mais la respiration sonore de Deshi, somnolente, était les seuls bruits dans la salle d'attente. Sonja secoua sa chaise. Les aiguilles à tricoter reprirent leur ouvrage avant même que l'infirmière n'ouvre les yeux.

— Quoi de neuf? demanda Sonja.

— Rien. On a eu une semaine tranquille, finalement. Le frère est venu récupérer notre blessé de la mine. Notre seul visiteur.

— C'est tout? Rien d'autre?

Elle s'appuya au comptoir des admissions, où un stylo, vide depuis longtemps, demeurait attaché à sa chaîne. Comment était-ce possible, aujourd'hui, entre tous les autres jours, que les urgences de Dieu et des hommes puissent être aussi calmes?

— Non, rien d'autre, répondit Deshi sans lever le nez de ses aiguilles. Pas un seul patient à l'hôpital.

— Autant fermer alors.

L'infirmière sourit. Pas un jour ne passait sans qu'elle ne se reproche d'avoir demandé à sa sœur d'aller chercher des draps propres; pas un, sans qu'elle ne se revoie tenir la main de Maali au milieu des gravats tombés du troisième étage, comme elle l'avait tenue le jour où sa petite sœur était tombée d'une balançoire, quatre ans avant la grande déportation, quand Maali hurlait de douleur et qu'elle était la seule à pouvoir la réconforter.

— Et où elle irait, notre Sonja?

— En vacances.

— Toutes ces études pour enfin l'entendre dire quelque chose d'intelligent!

— Autant que je m'en souvienne, jamais l'hôpital n'a été vide.

— Pareil.

— Ça ne va pas durer.

— Pourquoi gâcher un bel après-midi par des paroles aussi noires? répliqua Deshi en secouant la tête de dépit.

— Je suis juste réaliste.

— Je parie qu'elle voudrait être réaliste même un jour d'été ! railla Deshi.

— Je pensais que tu en avais terminé avec les jeux d'argent ?

— J'aurais aimé jouer aux cartes avec Akhmed. Je lui aurais fait enlever son pantalon !

Sonja sourit, songeant qu'elle y était parvenue.

— J'aurais aimé voir ça.

— On ne le reverra plus, je suppose ?

— Non. Je ne pense pas.

— Quel dommage.

Après cette épitaphe lacunaire, Deshi ne parlerait plus jamais d'Akhmed. Un doigt se matérialisait au bout des aiguilles à tricoter.

— C'est pour qui, ces mitaines ?

— Pour notre jeune amie. Elle a passé toute la semaine les mains enfouies dans ses manches.

Havaa. Sonja n'avait pas réfléchi à ce que signifiait pour la fillette la disparition d'Akhmed. En une semaine, la petite avait tout perdu. Cette journée avait été paisible. Pas de jambes arrachées par les mines, pas de cœurs broyés par les infarctus. Mais elle n'avait pas épargné Havaa.

— Où est-elle ?

— Je suis censée ne plus travailler depuis dix ans !

Une décennie passera encore avant qu'elle ne la prenne, cette retraite. Et trois ans plus tard, elle mourrait d'un cancer de la gorge, sans tomber cette fois amoureuse de son oncologue.

— Elle n'a qu'à la chercher elle-même ! pesta l'infirmière.

Finalement, Sonja découvrit Havaa au troisième étage, assise en tailleur sur le seuil de la porte des réserves où se profilaient au loin les restes carbonisés de la ville. Elle s'assit à côté de la fillette.

— Je suis désolée, articula-t-elle.

— Il va revenir ?

— Je ne sais pas, répondit Sonja.

Elle regretta aussitôt ses paroles sachant le faux espoir que ces quelques mots pouvaient engendrer.

— Non, sans doute pas, rectifia-t-elle.

La fillette acquiesça, sans quitter la ville des yeux.

— C'est dur pour toi, Havaa, je sais. La même chose m'est arrivée avec ma sœur.

Mais ça, c'était un mensonge… Elle parlait de Natasha comme si elle était une des disparues. Elle voulait sa part de souffrance nationale, rendre les Russes responsables si sa sœur ne l'aimait pas assez pour lui dire adieu. Toujours cette noirceur indicible autour de laquelle elle gravitait sans oser s'y arrêter.

— Je ne sais pas où elle est. Je ne sais pas si elle est vivante ou morte. Je ne sais rien.

— Comment on va les retrouver ? demanda la fillette.

Elle leva les yeux vers Sonja, comme si elle regardait un abîme.

— Je ne sais pas, ma petite. Je ne sais pas. Peut-être qu'on trouvera des morceaux d'eux chez d'autres personnes. Par leur gentillesse, leur générosité. Ces choses-là ne disparaissent pas tout à fait.

La fillette renifla sa morve. Ce n'était pas la réponse qu'elle voulait, mais Sonja avait appris à être pragmatique quand il s'agissait de parler de la mort. Même si les paroles de Sonja ne mettaient aucune distance entre Havaa et le trou béant que la guerre avait ouvert en elle, cette réponse, espérait la jeune femme, lui permettrait de tenir le coup.

Havaa tendit la main vers elle ; et, par réflexe, Sonja lui chercha son pouls. Son artère radiale battait sous les doigts de Sonja, comme un doux rappel à la vigilance. Elle posa sa paume sur son front.

— Je suis malade ? murmura la fillette.

— Non. Tu es en parfaite santé.

Ces mots, en soi, décrivaient un petit miracle. Sonja tint le poignet de Havaa, fit bouger l'articulation d'avant en arrière.

À travers le jogging bleu passé, elle tâta le mollet et le genou. Ces jambes se mettraient debout, elles pourraient marcher, courir. Ces bras pourraient étreindre, prendre, et repousser aussi. Cette personne grandirait, s'adapterait, vivrait ; Sonja y veillerait. « On ne choisit pas sa famille », avait dit son père, pour mettre fin à une querelle, des années plus tôt, et une fois encore, sans l'avoir cherché, elle découvrait un nouveau sens à ces paroles.

— Qu'est-ce que tu vas faire ? s'enquit Havaa.

Une onde de gratitude traversa Sonja. C'était idiot d'être impressionnée à ce point par des jambes qui peuvent marcher, des poignets qui se plient, des mains qui peuvent serrer. Au lieu de s'expliquer, elle porta son attention sur cette chance, cette bénédiction du ciel, pour que plus tard elle puisse se souvenir de cette sensation, de son émerveillement devant le corps intact de cette petite, de ce miracle qu'était la matière humaine.

— Je n'ai pas la moindre idée de ce que je vais faire, dit-elle en aidant Havaa à se remettre sur ses pieds. Mais ne défais pas ta valise. Peut-être que tu vas devoir bouger encore.

Havaa acquiesça.

***

Une demi-heure plus tard, elles quittaient l'hôpital. Les immeubles n'avaient pas changé, hormis la localisation des nouveaux cratères et le rayon de dispersion des briques. Un panneau « sens unique » pointait vers le ciel. Trois chiens faméliques les regardèrent passer de l'autre côté d'un ravin, relique d'une épicerie qui avait été soufflée. Par chance, les animaux ne les suivirent pas. Pendant tout le trajet, la tête de Sonja bourdonnait. Elle tenait la valise de la petite dans une main, dans l'autre sa main. Elle tentait de se souvenir de l'adresse où elle avait vécu.

Voilà où elle en était. Le sol brûlé en étoile, comme mangé par des coquillages géants. Les nuages qui se rassemblaient à l'horizon. La terre écorchée, labourée par les obus. Cette main – la sienne – tenant une autre main – celle d'une petite fille. C'était tout. Rien d'autre.

Ses pieds se souvenaient du chemin pour elle. Ils la guidaient. Son bâtiment était encore là. Des tirs avaient ouvert de nouvelles fenêtres, mais la construction était toujours debout. Elles montèrent l'escalier.

— Une dame très gentille habite ici, dit-elle en passant devant la porte de Laina. Tu pourras aller la voir quand je serai à l'hôpital.

La petite hocha la tête. Elles se tenaient devant la porte d'entrée.

— Cela fait plusieurs mois que je ne suis pas venue, annonça Sonja en ouvrant la porte.

Il y avait de la poussière partout, sauf au plafond. Elle s'en occuperait demain, ou le jour d'après ; elle avait assez fait le ménage pour aujourd'hui. Il n'y avait aucun signe d'intrusion dans le hall d'entrée. Les voleurs avaient fui le secteur depuis longtemps. Elle alluma une bougie.

Pour dîner, Havaa éplucha deux pommes de terre pleines d'yeux ; de son côté, Sonja trouva une batterie de voiture avec encore assez de courant pour faire cuire du riz sur une plaque électrique. Pendant le repas, Sonja lui expliqua qu'en Asie, les gens mangeaient avec des baguettes. La fillette tenta l'expérience avec deux crayons, et après cinq minutes d'efforts infructueux, elle déclara que l'Asie était une invention de Sonja. Quand elles eurent terminé, Sonja la conduisit dans la chambre de Natasha. Par habitude, elle toqua à la porte avant d'entrer. Le lit était toujours fait. La chaise du bureau se trouvait tournée de trois quarts, comme si son occupante allait revenir s'asseoir dans un instant pour écrire un mot, une lettre, une explication, ou des excuses.

— C'est ici que tu vas dormir, annonça Sonja.

Elle posa la valise sur le bord du lit et retira les jeans et les pulls de Natasha du dernier tiroir de la commode. Natasha avait pris le cardigan bordeaux que Sonja lui avait offert pour ses dix-huit ans, celui qu'elle détestait et ne portait jamais, et elle espérait, où que soit sa sœur, que la température descendrait suffisamment bas pour qu'elle accepte enfin de le porter.

— Tu peux ranger tes affaires dans ce tiroir, proposa-t-elle.

— Je vais vivre ici ?

Sonja n'avait pas réfléchi aussi loin.

— Tu veux ?

La fillette jeta un regard circulaire dans la pièce, ouvrit l'armoire, vérifia sous le lit.

— Toute la chambre sera pour moi ?

— Oui. Toute la chambre.

— Et je n'aurai pas à la partager ?

— Non, elle sera tout à toi.

La fillette hocha lentement la tête et se lova contre Sonja, écoutant les gargouillis des organes, ces petites merveilles qu'on ignore, qu'on oublie, et dont le fonctionnement paraît aller de soi.

— Allez ! souffla Sonja. Tu devrais déballer tes affaires avant que l'une de nous change d'avis.

Havaa ouvrit sa valise et sortit des chaussettes grises roulées en boule, deux écharpes, une culotte blanche décorée de petits arcs roses. Puis vinrent une collection d'objets, étranges et improbables : un contrat de mariage datant de 1942, donné par un couple marié depuis soixante et un ans et qui n'avait plus besoin de ce document ; une photographie d'un homme mince en caban, un habit qui se trouvait désormais dans une armoire en Arabie Saoudite. Les quatre-vingt-un brouillons d'une lettre d'amour, plus le timbre intact qui aurait dû servir à envoyer la quatre-vingt-deuxième mouture qui ne fut jamais écrite. Un livre de prières, ouvert par deux cent six mains avides.

— C'est quoi tout ça ?

Dans trois semaines, quand Sonja aiderait la petite à construire une vitrine pour exposer ses trésors, elle utiliserait pour la première fois sa scie chirurgicale pour créer quelque chose plutôt que pour ôter.

— Mes souvenirs.

Havaa les plaça dans le tiroir avec plus de précaution qu'elle n'en avait montré pour ranger ses vêtements.

— Des cadeaux des réfugiés qui ont dormi à la maison, expliqua-t-elle.

Il y avait une bague d'argent grâce à laquelle une mère de deux enfants, âgée de trente-huit ans, s'était crue la femme la plus glamour de Grozny. Un carnet d'adresses qu'un mari infidèle avait donné à Havaa pour que le fantôme de son épouse ne le trouve pas sur lui quand il viendrait à trépasser. Un hippocampe séché qu'un père avait offert à sa fille de six ans pour remplacer le poney dont elle rêvait. Un porte-clés représentant le Taj Mahal qu'un réfugié du sud de la Russie regrettait aujourd'hui d'avoir donné. Une pince de cravate qu'un cosmonaute avait emportée dans l'espace. Un garde-casse-noix de Buckingham.

— Qu'est-ce que c'est que ça ? bredouilla Sonja d'une voix quasiment inaudible.

— C'est Alu, répondit la fillette. Un idiot.

Dans trois semaines et un jour, quand elle aurait une saine douleur à la paume d'avoir scié trop de bois avec son outil de chirurgie, Sonja lui narrerait l'épopée de ce garde de Buckingham.

— Qui t'a donné Alu ?

— L'une des femmes qui a dormi chez nous.

— Une des réfugiées ?

Dans huit mois, Sonja commencerait à lui raconter l'histoire de Natasha, et cela leur prendrait le reste de leur existence pour la terminer.

— Je l'ai présentée à Akim, dit la fille. Elle était gentille.

— Comment s'appelait-elle ?

— Je ne m'en souviens pas. Plein de gens sont passés à la maison.

— Mais tu te souviens du nom d'Alu.

Dans huit ans et demi, Sonja aurait déjà fait apprendre à la petite tout le programme du lycée, grâce aux cahiers de cours qu'elle avait gardés. Dans dix ans et neuf mois, la petite, alors étudiante en première année de biologie à la toute nouvelle université de Volchansk, commencerait à lui apprendre des choses à son tour.

— Alu, lui, n'est pas parti.

— À quoi elle ressemblait ?

— Elle avait tous ses doigts.

— Quoi d'autre ? Quoi d'autre ?

Dans douze ans et quatre mois, la petite, désormais adulte, accompagnerait Sonja à Londres pour des vacances de cinq jours. Quand le gardien de nuit demanderait à Sonja « Votre fille veut-elle une tisane ? », il ne lui viendrait pas à l'idée de le corriger ; et cela faisait déjà un certain temps que cela ne lui serait plus venu à l'esprit. À la fin des cinq jours, elles quitteraient Londres. Sonja ne reverrait jamais l'Angleterre. Mais Havaa y reviendrait.

— Elle était très jolie. Et j'avais peur qu'elle ne me trouve pas jolie.

— Elle était heureuse ?

— Je ne sais pas.

— Où elle allait ?

Quand la petite – car elle serait toujours « la petite » pour Sonja – se rendrait au lac Baïkal durant deux ans pour écrire sa thèse traitant des effets du réchauffement climatique sur les micro-organismes d'eau douce, Sonja songerait un moment dormir à l'hôpital. Mais le monde avait depuis longtemps cessé de trembler, et personne n'aurait toléré une telle excentricité, pas même de la part de l'éminente chef du service de chirurgie.

— Sûrement vers un camp de réfugiés.

— Mais où ? Quel camp ?

— Je ne sais pas.

— Essaie de te souvenir. Où ?

Dans vingt ans, Sonja trouverait le nom de Natasha à côté du sien, aux bas de la page des remerciements de la thèse de Havaa. Le travail de recherche serait publié et connaîtrait un certain succès, et sur les étagères poussiéreuses des universités d'une demi-dizaine de pays, les deux sœurs auraient, ensemble, une vie après la mort, au bas de cette dernière page de remerciements, à une virgule de distance d'Akhmed et Dokka.

— Je ne sais pas.

— Elle était seule ?

— Oui. Elle était seule.

Dans vingt-huit ans et sept mois, lors d'un colloque de limnologie à Cologne, la petite rencontrerait l'homme qu'elle épouserait neuf ans plus tard. À l'âge de quarante-six ans, elle aurait son seul et unique enfant dans la même maternité où elle était née, un garçon qu'elle appellerait Dokka, comme son père – et ses mains seraient les deuxièmes à toucher le nouveau-né. À soixante-huit ans, c'est son premier petit-fils qu'elle tiendrait dans ses bras – lui aussi s'appellerait Dokka – et ses mains cette fois seraient les troisièmes à l'accueillir pour sa venue au monde.

— Et elle est partie de chez vous ?

— Oui, je lui ai dit au revoir et elle est partie.

— Dans quelle direction ? Quelle direction ?

— Par la grande rue. Il n'y avait que cette direction au village.

La petite survivrait à son mari, à son fils, à son petit-fils, et à tous ceux qu'elle avait rencontrés avant l'âge de sept ans. Elle aurait perdu alors vingt-trois de ses dents, trois orteils, un rein, et n'aurait plus que des cheveux blancs.

— Où est-elle, alors ?

— Je n'en sais rien.

— Mais tu l'as vue.

La petite mourrait à l'âge de cent trois ans, dans le service gériatrie de l'Hôpital n° 6, dans une pièce qui avait été jadis le bureau du directeur du service, puis la chambre à coucher de Sonja, et enfin une chambre d'hôpital standard, une pièce dont Havaa se souviendrait comme les milliers de réfugiés se souvenaient de leur chambre d'enfant, un havre qui avait été là quand il en avait eu besoin.

— Où est-elle ? Je t'en prie, Havaa. Dis-le-moi.

La petite referma ses doigts sur ceux de Sonja. Elle leva les yeux vers elle. Ses yeux étaient si verts.

— On ne sait pas où elle est, dit-elle.

Personne ne le saurait jamais.

29

1994	1995	1996	1997	1998	1999	2000	2001	2002	2003	**2004**

Les hommes dans la Fosse B se rappelleraient un homme silencieux, si tant est qu'ils aient survécu pour pouvoir se souvenir de lui. Ils garderaient en mémoire comment il parvenait à boutonner sa chemise avec ses pieds, à se débrouiller sans plus aucun doigt. Il était inquiet, affamé, apeuré, mais ils l'étaient tous. La nuit, ils dormaient dans la neige boueuse sur des morceaux de tapis, sur des planches, sur tout ce qu'ils pouvaient trouver. Même si tous faisaient des cauchemars, certains se souviendraient de cet homme sans doigts qui ne cessait de répéter dans son sommeil, *est-ce qu'elle a pu… est-ce qu'elle a pu… est-ce qu'elle a pu… est-ce qu'elle a pu… est-ce qu'elle a pu*… avant que quelqu'un le secoue pour le faire taire.

Quatre nuits après l'arrivée de l'homme sans doigts, un autre détenu descendit l'échelle de soixante barreaux. Il se recroquevilla au pied de la paroi et s'endormit. Au matin, le nouveau observa les prisonniers. Ses yeux trouvèrent l'homme sans doigts parmi eux. Il était évident que ces deux-là se connaissaient, dans l'autre vie, soixante échelons plus haut, mais on ne pouvait dire s'ils étaient frères, amis, rivaux ou ennemis. Ceux qui étaient là depuis des mois, savaient que la Décharge chantournait l'honneur et la morale, que dans ce monde d'en bas même la vue d'un visage honni là-haut pouvait être agréable.

Le nouveau venu examina leurs blessures à tous, et même s'il ne fit pas de miracles, ils l'appelèrent docteur. Il était calme. La nuit, il ne poussait pas de cris ni ne ronflait, et le jour, il répondait aux questions la plupart du temps par un hochement de tête. Quand ils lui parlaient de sa réserve, il disait qu'il s'entraînait pour les interrogatoires. Les prisonniers, ceux qui y laisseraient leurs doigts, leur santé mentale, une part de leur âme, mais qui partiraient vivants, se souviendraient peut-être de leurs messages gravés dans les parois d'argile. Malgré sa dextérité, l'homme sans doigts était incapable d'écrire son nom. Le docteur l'y aida. Les deux épitaphes furent écrites si proches l'une de l'autre qu'elles paraissaient n'en faire qu'une.

Quelques jours plus tard, l'homme sans doigts et le docteur furent appelés à l'échelle. Le mutilé avait du mal à monter. Une fois encore, le docteur l'aida. Le jour et la nuit suivante, les prisonniers au fond de la Fosse B, ceux qui survivraient, comme ceux qui y resteraient, psalmodièrent leurs deux noms. Vingt-quatre heures après que les deux hommes eurent monté l'échelle, les prisonniers de la Fosse B, ceux qui craqueraient comme ceux qui ne plieraient pas, plaquèrent chacun une poignée d'argile sur la paroi. Leurs paumes étaient humides et froides, leur geste solennel. Quand les noms des deux hommes furent enterrés, tout le monde sut que ces deux-là n'étaient plus de ce monde.

Mais s'ils devaient se rappeler une seule chose de l'homme sans doigts et du docteur, ce serait leur première conversation, quand personne ne savait ce qu'ils étaient l'un pour l'autre. Le docteur s'était approché du mutilé. Pendant un moment, ils étaient restés face à face, hésitants. Puis l'infirme avait ouvert ses bras, et le docteur s'y était jeté. Les deux hommes s'étaient tenus un moment enlacés, puis s'étaient mis à tourner sur place, en un *dhikr* personnel dont seuls ces deux-là comprenaient le sens. Personne ne savait que penser de ces deux hommes qui s'étaient retrouvés dans la bauge de la Décharge et qui se mettaient à danser. Personne n'avait vu ça. Le médecin lui murmurait des mots à l'oreille, ne voulant pas se faire entendre des autres, et, tandis qu'ils oscillaient sur place comme un couple ivre, personne ne sut ce que l'un racontait à l'autre, s'il s'agissait d'une confession, d'une histoire, d'un pardon. Quelqu'un soutint qu'il avait entendu le docteur répéter *elle est en sécurité*, par trois fois, mais celui qui le prétendait recevait régulièrement la visite de sa belle-famille défunte et doutait de ses propres sens. Tout ce qui serait réellement entendu, vu, gravé dans les mémoires, c'était que l'homme sans doigts, dans les bras du docteur, avait levé son visage, ses joues cramoisies, et s'était mis à rire. Un rire, comme aucun n'en avait entendu depuis tant de jours, tandis qu'il criait un nom – *Havaa, Havaa, Havaa.* Et ceux qui étaient présents se souviendraient comment ici, dans la Fosse B, un homme ayant perdu sa liberté et ses doigts, et bientôt sa vie, avait trouvé dans ce simple nom un bonheur vertigineux.

NOTES DE L'AUTEUR

Pour écrire ce roman, je me suis abreuvé aux sources suivantes, dont je conseille la lecture *in extenso* à quiconque voudrait en savoir davantage sur la Tchétchénie et la Russie moderne.

Pour avoir un aperçu de la vie quotidienne pendant la guerre d'un chirurgien tchétchène, je me suis inspiré des magnifiques mémoires de Khassan Baiev, *Le Serment tchétchène : un chirurgien dans la guerre*[1]. Le récit poignant d'Anna Politkovskaïa, *Voyage en enfer : journal de Tchétchénie,* était toujours à portée de ma main et j'ai repris dans le roman, en les adaptant, quelques anecdotes citées dans son ouvrage. Baiev et Politokvskaïa sont deux des rares héros du conflit tchétchène, et leur témoignage est courageux et crucial.

Pour les descriptions de la guerre à Grozny, les analyses sur les déportations et l'industrie du pétrole caucasien, je me suis référé à *L'Ange de Grozny : histoires de Tchétchénie*[2], de Åsne Seierstad et *Allah's Mountains : the Battle for Chechnya,* de Sebastian Smith. Dans le chapitre 12, pour le portrait de la Tchétchénie entre l'effondrement du bloc soviétique et la première guerre tchétchène, les articles de Smith m'ont été précieux ; la scène où Sonja tente, pour Akhmed, de recréer la grande place de Grozny en ruine, est directement inspirée de ce qu'avait fait pour Smith une femme tchétchène. Smith et Seierstad ont passé beaucoup de temps à commenter ce qui se passait en Tchétchénie, et leurs écrits dressent un panorama minutieux du Caucase Nord sur les vingt dernières années.

---

[1] Éditions Lattès, 2005.

[2] Éditions Lattès, 2008.

Pour décrire la *zatchistka*, je dois beaucoup au témoignage de Andrew Meier du massacre de Novye Aldi dans son ouvrage *Black Earth : A Journey Through Russia after the Fall.* Meier qui, pour ses recherches, a voyagé de la Tchétchénie à l'Arctique, de l'océan Pacifique au golfe de Finlande, a réalisé, en un seul volume, l'ouvrage le plus complet sur la Russie post-soviétique.

Pour le voyage de Natasha en Europe occidentale, voici mes sources d'inspiration : *Les prostitueurs : sexe à vendre… les hommes qui achètent du sexe,* de Victor Malarek et *Sex Trafficking : The Global Market in Women and Children* de Kathryn Farr. *La Couleur de la guerre : récits*, de Arcadi Babchenko, *Towers of Stone : The Battle of Wills in Chechnya*, de Wojciech Jagielski. *The Chechens : A Handbook,* de Amlad Jaimoukha et *I Am a Chechen!* de German Sadulaev, qui apportent un éclairage du contexte historique et culturel particulièrement instructif. L'anecdote de Joseph Barnard Davis avec ses mille quatre cent soixante-quatorze crânes est extraite de *Human Remains : Dissection and Its Histories,* de Helen MacDonald. En ce qui concerne la répression politique et les disparitions, je dois beaucoup à *Lost Radio City,* de Daniel Alarcón, et au *Fantôme d'Anil,* de Michael Ondaatj – dans ces deux romans, on mentionne des artistes ayant fait des portraits de disparus, et j'ai repris cette idée pour Akhmed. La scène de Sonja avec Ula doit beaucoup à *Old Boys, Old Girls*, de Edward P. Jones. Ce roman s'inspire de deux récits, communs à la tradition islamique et chrétienne : celui d'un père à qui l'on demande de sacrifier son fils, et celui où un orphelin se trouve confié à la famille qui a tué ses parents. À cet égard, je suis très reconnaissant à N.J. Dawood pour son élégante traduction du Coran[1] et à *The New Oxford Annotated Bible.* Et enfin, je dois citer *Hadji Mourat*, le dernier roman de Tolstoï (et l'un des plus beaux), qui apparaît dans une traduction magnifique de Richard Pevear et Larissa Volokhonsky dans *The Death of Ivan Ilyich and Other Stories*[2].

---

[1] Pour la sourate 69, versets 13 à 18, nous avons repris l'ancienne traduction de 1840 de M. Kasimirski, revue par M. G. Pauthier, aux éditions Charpentier, Paris. *(N.d.T.)*.

[2] En France, on pourra lire *Hadji Mourat,* par exemple, dans la traduction de Jean Fontenoy et Brice Parain de 1960, aux éditions Gallimard.*(N.d.T.)*

REMERCIEMENTS

J'exprime toute ma gratitude au Stanford Creative Writing Program, à l'Iowa Writer's Workshop, au Truman Capote Literary Trust, et au Patricia Rowe Willrich Fellowship, pour leur soutien à ce roman, et à la Bread Loaf Writers' Conference et la Sun Valley Writer's Conference pour leurs encouragements.

Ce livre n'aurait su trouver un éditeur et défenseur aussi ardent que Lindsay Sagnette. Je l'en remercie encore, ainsi que Becky Hardie au Royaume-Uni, Anne Collins au Canada, Molly Stern, Christine Kopprasch, Rachel Rokicki, et toute l'équipe de Crown. J'exprime toute ma reconnaissance à Tom Jenks, Carol Edgarian et Josh Clark du magazine *Narrative*, où Sonja, Akhmed et Havaa sont apparus pour la première fois, et à Olga Zilberbourg, pour avoir répondu à mes multiples questions ayant trait à la Russie. Un immense merci encore à Austin Ratner et Christina Minami, à la fois grands écrivains et médecins, qui ont rectifié mes erreurs concernant le domaine médical.

La Tchétchénie a beaucoup changé ces dix dernières années, en grande partie grâce aux efforts de la jeune génération bien décidée à reconstruire la république. Merci pour leur aide et leur hospitalité qui ont rendu mes voyages en Tchétchénie possibles. Toutes ces pages ne sauraient exprimer tout le respect et la considération que j'ai à leur égard.

À Stanford, pour leur soutien et leurs commentaires, merci à Eavan Boland, Adam Johnson, Elizabeth Tallent, Tobias Wolf et au Stegner Workshop ainsi qu'à ceux qui ont aimablement lu de long extraits de ce roman : Josh Foster, Helen Hooper, David Kim,

Dana Kletter, Justin Perry, Shannon Pufahl, Nina Schloesser, Justin Torres, Juliana Xuan Wang. Et dans l'Iowa : Erika Jo Brown, Scott Butterfield, Ethan Canin, Andres Carlstein, Lan Samantha Chang, Patrick Haas, Michelle Huneven, Allan Gurganus, Alexander Maksik et Elizabeth McCracken. Merci aussi à Jay Muranaka pour son amitié, à Christina Ablaza, Connie Brothers, Krystal Griffiths, Deb West et Jan Zenisek pour m'avoir donné des réponses à presque tout.

À ma famille, mes amis de Washington, et à ceux qui m'appellent toujours Hal : merci.

À Peter Orner, mon directeur de thèse, qui fut la troisième personne à lire ce livre.

À Janet Silver, dont les conseils avisés, la générosité, font l'âme de toutes ces pages, et qui fut la seconde.

À Margaret Reges, l'héroïne de ma propre histoire, qui fut la première.

CET OUVRAGE A ÉTÉ COMPOSÉ
PAR DATAMATICS
ET ACHEVÉ D'IMPRIMER
PAR L'IMPRIMERIE CAYFOSA, BARCELONE
POUR LE COMPTE DES ÉDITIONS J.-C. LATTÈS
17, RUE JACOB - 75006 PARIS
EN JUIN 2014

PAPIER À BASE DE
FIBRES CERTIFIÉES

JC Lattès s'engage pour
l'environnement en réduisant
l'empreinte carbone de ses livres.
Celle de cet exemplaire est de :
1554 g éq. CO_2
Rendez-vous sur
www.jclattes-durable.fr

N° d'édition : 01
Dépôt légal : août 2014
Imprimé en Espagne